KiWi 350

Über das Buch

Die Kapuzinergruft

War der *Radetzkymarsch* der Abgesang der österreichisch-ungarischen Monarchie, so ist *Die Kapuzinergruft* der Roman vom Untergang Österreichs als selbständiger Staat, wie er in den Kreisen der Aristokratie und des Bürgertums erlebt wurde. Man wird nicht aufhören, die Kunst und die Meisterschaft Joseph Roths zu bewundern, mit der er hier die letzte tragische Phase einer in sich zerfallenden und sich selbst aufgebenden Gesellschaft kritisch und dennoch mit einem tiefen menschlichen Mitgefühl geschildert hat.

Die Geschichte von der 1002. Nacht

Das Wien des 19. Jahrhunderts mit seinem Glanz und seiner Melancholie bildet den Hintergrund von Joseph Roths letztem Roman, der die Geschichte der kleinen Mizzi Schinagl erzählt, die den Rittmeister Taittinger liebt, dann aber für eine Nacht die Geliebte des Schahs von Persien wird. Das wertvolle Perlenhalsband, das sie zum Lohn erhält, wird ihr und Taittinger zum Verhängnis.
»Mit Menschenkenntnis, Sprachgewalt und echter, liebesgieriger Verzweiflung schafft Roth die stummen Tragödien der schlichten Herzen, die intelligente Poesie im Dasein der Einfältigen, das wunder-volle Leben der Leute von der Straße, in den abgelegenen kleinen Städten. Er malt einen alt-österreichischen Exotismus, eine Art von verschollenem und märchenhaftem Wild-Ost.« *Hermann Kesten*

Band 4

Joseph Roth

Romane

Die Kapuzinergruft

Die Geschichte von der 1002. Nacht

Kiepenheuer & Witsch

Umschlaggestaltung Manfred Schulz, Köln
Satz Fotosatz Froitzheim, Bonn
Druck und Bindearbeiten Clausen & Bosse, Leck
ISBN 3-462-02379-9

Inhalt

Die Kapuzinergruft

Roman

1938

I

Wir heißen Trotta. Unser Geschlecht stammt aus Sipolje in Slowenien. Ich sage: Geschlecht; denn wir sind nicht eine Familie. Sipolje besteht nicht mehr, lange nicht mehr. Es bildet heute mit mehreren umliegenden Gemeinden zusammen eine größere Ortschaft. Es ist, wie man weiß, der Wille dieser Zeit. Die Menschen können nicht allein bleiben. Sie schließen sich in sinnlosen Gruppen zusammen, und die Dörfer können auch nicht allein bleiben. Sinnlose Gebilde entstehen also. Die Bauern drängt es zur Stadt, und die Dörfer selbst möchten justament Städte werden.

Ich habe Sipolje noch gekannt, als ich ein Knabe war. Mein Vater hatte mich einmal dorthin mitgenommen, an einem siebzehnten August, dem Vorabend jenes Tages, an dem in allen, auch in den kleinsten Ortschaften der Monarchie der Geburtstag Kaiser Franz Josephs des Ersten gefeiert wurde.

Im heutigen Österreich und in den früheren Kronländern wird es nur noch wenige Menschen geben, in denen der Name unseres Geschlechts irgendeine Erinnerung hervorruft. In den verschollenen Annalen der alten österreichisch-ungarischen Armee aber ist unser Name verzeichnet, und ich gestehe, daß ich stolz darauf bin, gerade deshalb, weil diese Annalen verschollen sind. Ich bin nicht ein Kind dieser Zeit, es fällt mir schwer, mich nicht geradezu ihren Feind zu nennen. Nicht, daß ich sie nicht verstünde, wie ich es so oft behaupte. Dies ist nur eine fromme Ausrede. Ich will einfach, aus Bequemlichkeit, nicht ausfällig oder gehässig werden, und also sage ich, daß ich das nicht verstehe, von dem ich sagen müßte, daß ich es hasse oder verachte. Ich bin feinhörig, aber ich spiele einen Schwerhörigen. Ich halte es für nobler, ein Gebrechen vorzutäuschen als zuzugeben, daß ich vulgäre Geräusche vernommen habe.

Der Bruder meines Großvaters war jener einfache Infanterieleutnant, der dem Kaiser Franz Joseph in der Schlacht bei Solferino das Leben gerettet hat. Der Leutnant wurde geadelt. Eine lange Zeit hieß er in der Armee und in den Lesebüchern der k.u.k. Monarchie: der Held von

Solferino, bis sich, seinem eigenen Wunsch gemäß, der Schatten der Vergessenheit über ihn senkte. Er nahm den Abschied. Er liegt in Hietzing begraben. Auf seinem Grabstein stehen die stillen und stolzen Worte: »Hier ruht der Held von Solferino.«
Die Gnade des Kaisers erstreckte sich noch auf seinen Sohn, der Bezirkshauptmann wurde, und auf den Enkel, der als Leutnant der Jäger im Herbst 1914 in der Schlacht bei Krasne-Busk gefallen ist. Ich habe ihn niemals gesehn, wie überhaupt keinen von dem geadelten Zweig unseres Geschlechts. Die geadelten Trottas waren fromm-ergebene Diener Franz Josephs geworden. Mein Vater war ein Rebell.
Er war ein Rebell und ein Patriot, mein Vater – eine Spezies, die es nur im alten Österreich-Ungarn gegeben hat. Er wollte das Reich reformieren und Habsburg retten. Er begriff den Sinn der österreichischen Monarchie zu gut. Er wurde also verdächtig und mußte fliehen. Er ging, in jungen Jahren, nach Amerika. Er war Chemiker von Beruf. Man brauchte damals Leute seiner Art in den großartig wachsenden Farbenfabriken von New York und Chikago. Solange er arm gewesen war, hatte er wohl nur Heimweh nach Korn gefühlt. Als er aber endlich reich geworden war, begann er, Heimweh nach Österreich zu fühlen. Er kehrte zurück. Er siedelte sich in Wien an. Er hatte Geld, und die österreichische Polizei liebte Menschen, die Geld haben. Mein Vater blieb nicht nur unbehelligt. Er begann sogar, eine neue slowenische Partei zu gründen, und er kaufte zwei Zeitungen in Agram.
Er gewann einflußreiche Freunde aus der näheren Umgebung des Erzherzog Thronfolgers Franz Ferdinand. Mein Vater träumte von einem slawischen Königreich unter der Herrschaft der Habsburger. Er träumte von einer Monarchie der Österreicher, Ungarn und Slawen. Und mir, der ich sein Sohn bin, möge es an dieser Stelle gestattet sein, zu sagen, daß ich mir einbilde, mein Vater hätte vielleicht den Gang der Geschichte verändern können, wenn er länger gelebt hätte. Aber er starb, etwa anderthalb Jahre vor der Ermordung Franz Ferdinands. Ich bin sein einziger Sohn. In seinem Testament hatte er mich zum Erben seiner Ideen bestimmt. Nicht umsonst hatte er mich auf den Namen Franz Ferdinand taufen lassen. Aber ich war damals jung und töricht, um nicht zu sagen: leichtsinnig. Leichtfertig war ich auf jeden Fall. Ich lebte damals, wie man so sagt: in den Tag hinein. Nein! Dies ist falsch: Ich lebte in die Nacht hinein; ich schlief in den Tag hinein.

II

Eines Morgens aber – es war im April des Jahres 1913 – meldete man mir, dem noch Verschlafenen, erst zwei Stunden vorher Heimgekehrten, den Besuch eines Vetters, eines Herrn Trotta.

Im Schlafrock und in Pantoffeln ging ich ins Vorzimmer. Die Fenster waren weit offen. Die morgendlichen Amseln in unserem Garten flöteten fleißig. Die frühe Sonne durchflutete fröhlich das Zimmer. Unser Dienstmädchen, das ich bislang noch niemals so früh am Morgen gesehen hatte, erschien mir in ihrer blauen Schürze fremd – denn ich kannte sie nur als ein junges Wesen, bestehend aus Blond, Schwarz und Weiß, so etwas wie eine Fahne. Zum erstenmal sah ich sie in einem dunkelblauen Gewand, ähnlich jenem, das Monteure und Gasmänner trugen, mit einem purpurroten Staubwedel in der Hand – und ihr Anblick allein hätte genügt, mir eine ganz neue, ganz ungewohnte Vorstellung vom Leben zu geben. Zum erstenmal seit mehreren Jahren sah ich den Morgen in meinem Haus, und ich bemerkte, daß er schön war. Das Dienstmädchen gefiel mir. Die offenen Fenster gefielen mir. Die Sonne gefiel mir. Der Gesang der Amseln gefiel mir. Er war golden wie die morgendliche Sonne. Selbst das Mädchen in Blau war golden wie die Sonne. Vor lauter Gold sah ich zuerst gar nicht den Gast, der mich erwartete. Ich nahm ihn erst ein paar Sekunden – oder waren es Minuten? – später wahr. Da saß er nun, hager, schwarz, stumm, auf dem einzigen Stuhl, der in unserm Vorzimmer stand, und er rührte sich nicht, als ich eintrat. Und obwohl sein Haar und sein Schnurrbart so schwarz waren, seine Hautfarbe so braun war, war er doch inmitten des morgendlichen Goldes im Vorzimmer wie ein Stück Sonne, ein Stück einer fernen südlichen Sonne allerdings. Er erinnerte mich auf den ersten Blick an meinen seligen Vater. Auch er war so hager und so schwarz gewesen, so braun und so knochig, dunkel und ein echtes Kind der Sonne, nicht wie wir, die Blonden, die wir nur Stiefkinder der Sonne sind. Ich spreche Slowenisch, mein Vater hatte mich diese Sprache gelehrt. Ich begrüßte meinen Vetter Trotta auf slowenisch. Er schien sich darüber durchaus nicht zu wundern. Es war selbstverständlich. Er erhob sich nicht, er blieb sitzen. Er reichte mir die Hand. Er lächelte. Unter seinem blauschwarzen Schnurrbart schimmerten blank die starken, großen Zähne. Er sagte mir sofort du. Ich fühlte: dies ist ein Bruder, kein Vetter! Meine Adresse hatte er vom Notar. »Dein

Vater«, so begann er, »hat mir 2000 Gulden vermacht, und ich bin hierhergekommen, um sie abzuholen. Ich bin zu dir gegangen, um dir zu danken. Morgen will ich wieder heimkehren. Ich habe noch eine Schwester, die will ich jetzt verheiraten. Mit 500 Gulden Mitgift kriegt sie den reichsten Bauern von Sipolje.«
»Und der Rest?« fragte ich.
»Den behalt' ich«, sagte er heiter. Er lächelte, und es schien mir, als strömte die Sonne noch stärker in unser Vorzimmer.
»Was willst du mit dem Geld?« fragte ich.
»Ich werde mein Geschäft vergrößern«, erwiderte er. Und als gehörte es sich jetzt erst, mir den Namen zu nennen, erhob er sich von seinem Sitz, es war eine kühne Sicherheit, mit der er aufstand, und eine rührende Feierlichkeit, mit der er seinen Namen nannte. »Ich heiße Joseph Branco«, sagte er.
Da erst fiel mir ein, daß ich in Schlafrock und Pantoffeln vor meinem Gast stand. Ich bat ihn zu warten und ging in mein Zimmer, um mich anzukleiden.

III

Es mochte etwa sieben Uhr morgens gewesen sein, als wir ins Café Magerl kamen. Die ersten Bäckerjungen trafen ein, schneeweiß und nach reschen Kaisersemmeln duftend, nach Mohnstrizzeln und nach Salzstangeln. Der frisch gebrannte erste Kaffee, jungfräulich und würzig, roch wie ein zweiter Morgen. Mein Vetter Joseph Branco saß neben mir, schwarz und südlich, heiter, wach und gesund, ich schämte mich meiner blassen Blondheit und meiner übernächtigen Müdigkeit. Ich war auch ein wenig verlegen. Was sollte ich ihm sagen? Er vergrößerte noch meine Verlegenheit, als er sagte: »Ich trinke keinen Kaffee am Morgen. Ich möchte eine Suppe.« Freilich! In Sipolje aßen die Bauern des Morgens eine Kartoffelsuppe.
Ich bestellte also eine Kartoffelsuppe. Es dauerte ziemlich lange, und ich schämte mich inzwischen, den Kipfel in den Kaffee zu tauchen. Die Suppe kam schließlich, ein dampfender Teller. Mein Vetter Joseph Branco schien den Löffel gar nicht zu beachten. Er führte den dampfenden Teller mit seinen schwarzbehaarten braunen Händen an den Mund. Während er die Suppe schlürfte, schien er auch mich vergessen

zu haben. Ganz diesem dampfenden Teller hingegeben, den er mit starken, schmalen Fingern hochgehoben hielt, bot er den Anblick eines Menschen, dessen Appetit eigentlich eine noble Regung ist und der einen Löffel nur deshalb unberührt läßt, weil es ihm edler erscheint, unmittelbar aus dem Teller zu essen. Ja, während ich ihn so die Suppe schlürfen sah, erschien es mir beinahe rätselhaft, daß die Menschen überhaupt Löffel erfunden hatten, lächerliche Geräte. Mein Vetter setzte den Teller ab, ich sah, daß er ganz glatt und leer und blank war, als hätte man ihn eben gewaschen und gesäubert.

»Heute nachmittag«, sagte er, »werde ich das Geld abholen.« Was für ein Geschäft er habe – fragte ich ihn –, das er zu vergrößern gedacht hätte. »Ach«, sagte er, »ein ganz winziges, das aber den Winter über einen Menschen wohl ernährt.«

Und ich erfuhr also, daß mein Vetter Joseph Branco Frühling, Sommer und Herbst ein Bauer war, dem Feld hingegeben, winters war er ein Maronibrater. Er hatte einen Schafspelz, einen Maulesel, einen kleinen Wagen, einen Kessel, fünf Säcke Kastanien. Damit fuhr er Anfang November jedes Jahr durch einige Kronländer der Monarchie. Gefiel es ihm aber ganz besonders in einem bestimmten Ort, so blieb er auch den ganzen Winter über, bis die Störche kamen. Dann band er die leeren Säcke um den Maulesel und begab sich zur nächsten Bahnstation. Er verlud das Tier und fuhr heim und wurde wieder ein Bauer.

Ich fragte ihn, auf welche Weise man ein so kleines Geschäft vergrößern könnte, und er bedeutete mir, daß sich da noch allerhand machen ließe. Man könnte zum Beispiel außer den Maroni noch gebratene Äpfel und gebratene Kartoffeln verkaufen. Auch sei der Maulesel inzwischen alt und schwach geworden, und man könnte einen neuen kaufen. Zweihundert Kronen hätte er schon sowieso erspart.

Er trug einen glänzenden Satinrock, eine geblümte Plüschweste mit bunten Glasknöpfen und, um den Hals geschlungen, eine edel geflochtene, goldene, schwere Uhrkette. Und ich, der ich von meinem Vater in der Liebe zu den Slawen unseres Reiches erzogen worden war und der ich infolgedessen dazu neigte, jede folkloristische Attrappe für ein Symbol zu nehmen, verliebte mich sofort in diese Kette. Ich wollte sie haben. Ich fragte meinen Vetter, wieviel sie kostete. »Ich weiß es nicht«, sagte er. »Ich habe sie von meinem Vater, und der hatte sie von seinem Vater, und man kauft dergleichen nicht. Aber da du mein Vetter bist, will ich sie dir gerne verkaufen.« – »Wieviel also?« fragte ich.

Und ich hatte doch im stillen gedacht, eingedenk der Lehren meines Vaters, daß ein slowenischer Bauer viel zu edel sei, um sich überhaupt um Geld und Geldeswert zu kümmern. Der Vetter Joseph Branco dachte lange nach, dann sagte er: »Dreiundzwanzig Kronen.« Warum er gerade auf diese Zahl gekommen sei, wagte ich nicht zu fragen. Ich gab ihm fünfundzwanzig. Er zählte genau, machte keinerlei Anstalten, mir zwei Kronen herauszugeben, zog ein großes, blaukariertes, rotes Taschentuch heraus und verbarg darin das Geld. Dann erst, nachdem er das Tuch zweimal verknotet hatte, nahm er die Kette ab, zog die Uhr aus der Westentasche und legte Uhr und Kette auf den Tisch. Es war eine altmodische schwere silberne Uhr mit einem Schlüsselchen zum Aufziehen, mein Vetter zögerte, sie von der Kette loszumachen, sah sie eine Zeitlang zärtlich, beinahe herzlich an und sagte schließlich: »Weil du doch mein Vetter bist! Wenn du mir noch drei Kronen gibst, verkaufe ich dir auch die Uhr!« – Ich gab ihm ein ganzes Fünfkronenstück. Auch jetzt gab er mir den Rest nicht heraus. Er zog noch einmal sein Taschentuch hervor, löste langsam den Doppelknoten, packte die neue Münze zu den anderen, steckte alles in die Hosentasche und sah mir dann treuherzig in die Augen.
»Auch deine Weste gefällt mir!« sagte ich nach einigen Sekunden. »Die möchte ich dir auch abkaufen.«
»Weil du mein Vetter bist«, erwiderte er, »will ich dir auch die Weste verkaufen.« – Und ohne einen Augenblick zu zögern, legte er den Rock ab, zog die Weste aus und gab sie mir über den Tisch. »Es ist ein guter Stoff«, sagte Joseph Branco, »und die Knöpfe sind schön. Und weil du es bist, kostet sie nur zwei Kronen fünfzig.« – Ich zahlte ihm drei Kronen, und ich bemerkte deutlich in seinen Augen die Enttäuschung darüber, daß es nicht noch einmal fünf Kronen gewesen waren. Er schien verstimmt, er lächelte nicht mehr, aber verbarg dieses Geld schließlich ebenso sorgfältig und umständlich wie die früheren Münzen. Ich besaß nun, meiner Meinung nach, das Wichtigste, das zu einem echten Slowenen gehört: eine alte Kette, eine bunte Weste, eine steinschwere, stehende Uhr mit Schlüsselchen. Ich wartete keinen Augenblick mehr. Ich zog mir alle drei Dinge auf der Stelle an, zahlte und ließ einen Fiaker holen. Ich begleitete meinen Vetter in sein Hotel, er wohnte im »Grünen Jägerhorn«. Ich bat ihn, am Abend auf mich zu warten, ich wollte ihn abholen. Ich hatte vor, ihn meinen Freunden vorzustellen.

IV

Der Form halber, als Ausrede und um meine Mutter zu beruhigen, hatte ich Jus inskribiert. Ich studierte freilich nicht. Vor mir breitete sich das große Leben aus, eine bunte Wiese, kaum begrenzt von einem sehr, sehr fernen Horizontrand. Ich lebte in der fröhlichen, ja ausgelassenen Gesellschaft junger Aristokraten, jener Schicht, die mir neben den Künstlern im alten Reich die liebste war. Ich teilte mit ihnen den skeptischen Leichtsinn, den melancholischen Fürwitz, die sündhafte Fahrlässigkeit, die hochmütige Verlorenheit, alle Anzeichen des Untergangs, den wir damals noch nicht kommen sahen. Über den Gläsern, aus denen wir übermütig tranken, kreuzte der unsichtbare Tod schon seine knochigen Hände. Wir schimpften fröhlich, wir lästerten sogar bedenkenlos. Einsam und alt, fern und gleichsam erstarrt, dennoch uns allen nahe und allgegenwärtig im großen, bunten Reich lebte und regierte der alte Kaiser Franz Joseph. Vielleicht schliefen in den verborgenen Tiefen unserer Seelen jene Gewißheiten, die man Ahnungen nennt, die Gewißheit vor allem, daß der alte Kaiser starb, mit jedem Tage, den er länger lebte, und mit ihm die Monarchie, nicht so sehr unser Vaterland wie unser Reich, etwas Größeres, Weiteres, Erhabeneres als nur ein Vaterland. Aus unsern schweren Herzen kamen die leichten Witze, aus unserem Gefühl, daß wir Todgeweihte seien, eine törichte Lust an jeder Bestätigung des Lebens: an Bällen, am Heurigen, an Mädchen, am Essen, an Spazierfahrten, Tollheiten aller Art, sinnlosen Eskapaden, an selbstmörderischer Ironie, an ungezähmter Kritik, am Prater, am Riesenrad, am Kasperltheater, an Maskeraden, am Ballett, an leichtsinnigen Liebesspielen in den verschwiegenen Logen der Hofoper, an Manövern, die man versäumte, und sogar noch an jenen Krankheiten, die uns manchmal die Liebe bescherte.

Man wird begreifen, daß mir die unerwartete Ankunft meines Vetters willkommen war. Keiner meiner leichtfertigen Freunde hatte solch einen Vetter, solch eine Weste, solch eine Uhrkette, eine solch nahe Beziehung zu der originellen Erde des sagenhaften slowenischen Sipolje, der Heimat des damals noch nicht vergessenen, aber immerhin bereits legendären Helden von Solferino.

Am Abend holte ich meinen Vetter ab. Sein glänzender Satinrock machte auf alle meine Freunde einen mächtigen Eindruck. Er stammelte ein unverständliches Deutsch, lachte viel mit seinen blanken, starken Zähnen, ließ sich alles bezahlen, versprach, neue Westen und Ketten in Slowenien für meine Freunde zu kaufen, und nahm gerne Anzahlungen entgegen. Denn alle beneideten mich um Weste, Kette, Uhr. Alle hätten sie mir am liebsten den ganzen Vetter abgekauft, meine Verwandtschaft und mein Sipolje.

Mein Vetter versprach, im Herbst wiederzukommen. Wir begleiteten ihn alle zur Bahn. Ich besorgte ihm ein Billett zweiter Klasse. Er nahm es, ging zur Kasse, und es gelang ihm, es gegen ein Billett dritter umzutauschen.

Von dort aus winkte er uns noch zu. Und uns allen brach das Herz, als der Zug aus der Station rollte; denn wir liebten die Wehmut ebenso leichtfertig wie das Vergnügen.

V

Ein paar Tage noch sprachen wir in unserer heiteren Gesellschaft von meinem Vetter Joseph Branco. Dann vergaßen wir ihn wieder – das heißt: wir legten ihn gleichsam vorläufig ab. Denn die aktuellen Torheiten unseres Lebens wollten besprochen und gewürdigt werden.

Erst im Spätsommer, gegen den zwanzigsten August, erhielt ich von Joseph Branco in slowenischer Sprache einen Brief, den ich meinen Freunden noch am gleichen Abend übersetzte. Er beschrieb die Kaiser-Geburtstagsfeier in Sipolje, die Feier des Veteranenvereins. Er selbst war noch ein zu junger Reservist, um den Veteranen anzugehören. Dennoch marschierte er mit ihnen aus, in die Waldwiese, wo sie an jedem achtzehnten August ein Volksfest veranstalteten, einfach, weil keiner von den alten Leuten noch so kräftig war, die große Kesselpauke zu tragen. Es gab fünf Hornisten und drei Klarinettbläser. Aber was ist eine Marschkapelle ohne Kesselpauke?

»Merkwürdig«, sagte der junge Festetics, »diese Slowenen! Die Ungarn nehmen ihnen die primitivsten nationalen Rechte, sie wehren sich, sie rebellieren sogar gelegentlich oder haben zumindest den Anschein zu rebellieren, aber sie feiern den Geburtstag des Königs.«

»In dieser Monarchie«, erwiderte Graf Chojnicki, er war der älteste unter uns, »ist nichts merkwürdig. Ohne unsere Regierungstrottel« (er liebte starke Ausdrücke) »wäre ganz gewiß auch dem äußerlichen Anschein nach gar nichts merkwürdig. Ich will damit sagen, daß das soge-

nannte Merkwürdige für Österreich-Ungarn das Selbstverständliche ist. Ich will zugleich damit auch sagen, daß nur diesem verrückten Europa der Nationalstaaten und der Nationalismen das Selbstverständliche sonderbar erscheint. Freilich sind es die Slowenen, die polnischen und ruthenischen Galizianer, die Kaftanjuden aus Boryslaw, die Pferdehändler aus der Bacska, die Moslems aus Sarajevo, die Maronibrater aus Mostar, die ›Gott erhalte‹ singen. Aber die deutschen Studenten aus Brünn und Eger, die Zahnärzte, Apotheker, Friseurgehilfen, Kunstphotographen aus Linz, Graz, Knittelfeld, die Kröpfe aus den Alpentälern, sie alle singen ›Die Wacht am Rhein‹. Österreich wird an dieser Nibelungentreue zugrunde gehn, meine Herren! Das Wesen Österreichs ist nicht Zentrum, sondern Peripherie. Österreich ist nicht in den Alpen zu finden, Gemsen gibt es dort und Edelweiß und Enzian, aber kaum eine Ahnung von einem Doppeladler. Die österreichische Substanz wird genährt und immer wieder aufgefüllt von den Kronländern.«
Baron Kovacs, junger Militäradel ungarischer Nationalität, klemmte das Monokel ein, wie es immer seine Gewohnheit war, wenn er etwas besonders Wichtiges sagen zu müssen glaubte. Er sprach das harte und singende Deutsch der Ungarn, nicht so sehr aus Notwendigkeit wie aus Koketterie und Protest. Dabei rötete sich sein eingefallenes Gesicht, das an unreifes, zu wenig gegorenes Brot erinnerte, heftig und unnatürlich. »Die Ungarn leiden am meisten von allen in dieser Doppelmonarchie«, sagte er. Es war sein Glaubensbekenntnis, unverrückbar standen die Worte in diesem Satz. Er langweilte uns alle, Chojnicki, den Temperamentvollsten, wenngleich ältesten unter uns, erzürnte es sogar. Die ständige Antwort Chojnickis konnte nicht ausbleiben. Wie gewohnt, wiederholte er: »Die Ungarn, lieber Kovacs, unterdrücken nicht weniger als folgende Völker: Slowaken, Rumänen, Kroaten, Serben, Ruthenen, Bosniaken, Schwaben aus der Bacska und Siebenbürger Sachsen.« Er zählte die Völker an gespreizten Fingern seiner schönen, schlanken, kräftigen Hände auf.

Kovacs legte das Monokel auf den Tisch. Chojnickis Worte schienen ihn gar nicht zu erreichen. Ich weiß, was ich weiß – dachte er wie immer. Manchmal sagte er es auch.

Er war im übrigen ein harmloser, sogar zeitweilig guter junger Mann, ich konnte ihn nicht leiden. Dennoch bemühte ich mich redlich um ein freundliches Gefühl für ihn. Ich litt geradezu darunter, daß ich ihn nicht leiden mochte, und dies hatte seinen guten Grund: Ich war nämlich in

Kovacs' Schwester verliebt; Elisabeth hieß sie; neunzehn Jahre war sie alt.
Ich kämpfte lange Zeit vergebens gegen diese Liebe, nicht so sehr deshalb, weil ich mich gefährdet glaubte, sondern weil ich den stillen Spott meiner skeptischen Freunde fürchtete. Es war damals, kurz vor dem großen Kriege, ein höhnischer Hochmut in Schwung, ein eitles Bekenntnis zur sogenannten »Dekadenz«, zu einer halb gespielten und outrierten Müdigkeit und einer Gelangweiltheit ohne Grund. In dieser Atmosphäre verlebte ich meine besten Jahre. In dieser Atmosphäre hatten Gefühle kaum einen Platz, Leidenschaften gar waren verpönt. Meine Freunde hatten kleine, ja unbedeutende »Liaisons«, Frauen, die man ablegte, manchmal sogar herlieh wie Überzieher; Frauen, die man vergaß wie Regenschirme oder absichtlich liegenließ wie lästige Pakete, nach denen man sich nicht umsieht, aus Angst, sie könnten einem nachgetragen werden. In dem Kreis, in dem ich verkehrte, galt die Liebe als eine Verirrung, ein Verlöbnis war so etwas wie eine Apoplexie und eine Ehe ein Siechtum. Wir waren jung. An eine Heirat dachte man zwar als eine unausbleibliche Folge des Lebens, aber ähnlich, wie man an eine Sklerose denkt, die wahrscheinlich in zwanzig oder dreißig Jahren notwendig eintreten muß. Ich hätte viele Gelegenheiten finden können, um mit dem Mädchen allein zu sein, obwohl es in jener Zeit noch nicht zu den Selbstverständlichkeiten gehörte, daß junge Damen allein in Gesellschaft junger Herren ohne einen schicklichen, geradezu legitimen Vorwand länger als eine Stunde bleiben konnten. Nur einige wenige solcher Gelegenheiten nahm ich wahr. Alle auszunützen, schämte ich mich, wie gesagt, vor meinen Freunden. Ja, ich gab peinlich darauf acht, daß von meinem Gefühl nichts bemerkt wurde, und oft fürchtete ich, der und jener aus meinem Kreise wüßte bereits etwas davon, hier oder dort hätte ich mich vielleicht schon verraten. Wenn ich manchmal unerwartet zu meinen Freunden stieß, glaubte ich aus ihrem plötzlichen Schweigen schließen zu müssen, daß sie soeben, vor meiner Ankunft, von meiner Liebe zu Elisabeth Kovacs gesprochen hatten, und ich war verdüstert, als hätte man eine verfemte, geheime Schwäche bei mir entdeckt. In den wenigen Stunden aber, in denen ich mit Elisabeth allein war, glaubte ich zu spüren, wie sinnlos und sogar frevlerisch der Spott meiner Freunde war, ihre Skepsis und ihre hochmütige »Dekadenz«. Zugleich aber auch hatte ich eine Art Gewissensbisse, als hätte ich mir einen Verrat an den heiligen Prinzi-

pien meiner Freunde vorzuwerfen. Ich führte also in einem gewissen Sinn ein Doppelleben, und es war mir gar nicht wohl dabei.
Elisabeth war damals schön, weich und zärtlich und mir ohne Zweifel zugeneigt. Die kleinste, die geringste ihrer Handlungen und Gesten rührte mich tief, denn ich fand, daß jede Bewegung ihrer Hand, jedes Kopfnicken, jedes Wippen ihres Fußes, ein Glätten des Rocks, ein leises Hochheben des Schleiers, das Nippen an der Kaffeetasse, eine unerwartete Blume am Kleid, ein Abstreifen des Handschuhs eine deutliche, unmittelbare Beziehung zu mir verrieten – und nur zu mir. Ja, aus manchen Anzeichen, die zu jener Zeit wohl schon zur Gattung der sogenannten »kühnen Avancen« gezählt werden mochten, glaubte ich mit einigem Recht entnehmen zu müssen, daß die Zärtlichkeit, mit der sie mich anblickte, die scheinbar unwillkürliche und höchst zufällige Berührung meines Handrückens oder meiner Schulter bindende Versprechungen waren, Versprechungen großer, köstlicher Zärtlichkeiten, die mir noch bevorstünden, wenn ich nur mochte, Vorabende von Festen, an deren kalendarischer Sicherheit gar nicht mehr zu zweifeln war. Sie hatte eine tiefe und weiche Stimme. (Ich kann die hellen und hohen Frauenstimmen nicht leiden.) Ihr Sprechen erinnerte mich an eine Art gedämpftes, gezähmtes, keusches und dennoch schwüles Gurren, an ein Murmeln unterirdischer Quellen, an das ferne Rollen ferner Züge, die man manchmal in schlaflosen Nächten vernimmt, und jedes ihrer banalsten Worte bekam für mich dank dieser Tiefe des Klangs, in der es ausgesprochen ward, die bedeutungsvolle, gesättigte Kraft einer weiten, und zwar nicht genau verständlichen, wohl aber deutlich erahnbaren verschollenen, vielleicht einmal in Träumen vage erlauschten Ursprache.
War ich nicht bei ihr, kehrte ich in die Gesellschaft meiner Freunde zurück, so war ich wohl versucht, ihnen im ersten Augenblick von Elisabeth zu erzählen; ja sogar von ihr zu schwärmen. Aber im Anblick ihrer müden, schlaffen und höhnischen Gesichter, ihrer sichtbaren und sogar aufdringlichen Spottsucht, deren Opfer zu werden ich nicht nur fürchtete, sondern deren allgemein anerkannter Teilhaber ich zu sein wünschte, verfiel ich sofort in eine stupide, wortlose Schamhaftigkeit, um kaum ein paar Minuten später jener hochmütigen »Dekadenz« zu verfallen, deren verlorene und stolze Söhne wir alle waren.
In solch einem törichten Zwiespalt befand ich mich, und ich wußte wahrhaftig nicht, zu wem mich flüchten. Ich dachte zeitweilig daran, meine Mutter zu meiner Vertrauten zu machen. Aber ich hielt sie da-

mals, als ich noch jung war und weil ich so jung war, für unfähig, meine Sorgen zu verstehen. Die Beziehung, die ich zu meiner Mutter unterhielt, war nämlich ebenfalls keine echte und ursprüngliche, sondern der kümmerliche Versuch, das Verhältnis nachzuahmen, das die jungen Männer zu ihren Müttern hatten. In ihren Augen waren es nämlich gar keine wirklichen Mütter, sondern eine Art von Brutstätten, denen sie ihre Gereiftheit und ihr Leben zu verdanken hatten, oder, im besten Fall, so etwas wie heimatliche Landschaften, in denen man zufallsmäßig zur Welt gekommen ist und denen man nichts anderes mehr widmete als ein Gedenken und eine Rührung. Ich aber empfand zeit meines Lebens eine fast heilige Scheu vor meiner Mutter; ich unterdrückte dieses Gefühl nur. Ich aß nur mittags zu Hause. Wir saßen einander still gegenüber, an dem großen Tisch im geräumigen Speisezimmer, der Platz meines verstorbenen Vaters blieb leer, am Kopfende des Tisches, und jeden Tag wurde, den Anweisungen meiner Mutter zufolge, ein leerer Teller und ein Besteck für den für alle Zeiten Abwesenden aufgetragen. Man kann sagen, meine Mutter sei zur Rechten des Verstorbenen gesessen, ich zu seiner Linken. Sie trank einen goldenen Muskatwein, ich eine halbe Flasche Vöslauer. Er schmeckte mir nicht. Ich hätte Burgunder vorgezogen. Aber meine Mutter hatte es so bestimmt. Unser alter Diener Jacques bediente, mit seinen zitternden Greisenhänden, in schneeweißen Handschuhen. Sein dichtes Haar war fast von dem gleichen Weiß. Meine Mutter aß wenig, schnell, aber würdig. Sooft ich den Blick zu ihr erhob, senkte sie den ihrigen auf den Teller – und einen Augenblick vorher hatte ich ihn doch auf mir ruhen gefühlt. Ach, ich spürte damals wohl, daß sie viele Fragen an mich zu richten hatte und daß sie diese Fragen nur unterdrückte, um sich die Beschämung zu ersparen, von ihrem Kind, ihrem einzigen, angelogen zu werden. Sie faltete sorgsam die Serviette zusammen. Das waren die einzigen Augenblicke, während deren ich ungehindert ihr breites, etwas schwammig gewordenes Gesicht genau anschauen konnte und ihre schlaffen Hängebacken und ihre runzeligen, schweren Lider. Ich sah auf ihren Schoß, auf dem sie die Serviette zusammenfaltete, und ich dachte daran, andächtig, aber auch zugleich vorwurfsvoll, daß dort der Ursprung meines Lebens war, der warme Schoß, das Mütterlichste meiner Mutter, und ich verwunderte mich darüber, daß ich so stumm ihr gegenüberzusitzen vermochte, so hartnäckig, ja, so hartgesotten, und daß auch sie, meine Mutter, kein Wort für mich fand und daß sie sich offenbar vor ihrem erwachsenen, allzu schnell erwachsenen Sohn ebenso schämte wie ich mich vor ihr, der alt gewordenen, zu schnell alt gewordenen, die mir das Leben geschenkt hatte. Wie gern hätte ich zu ihr von meiner Zwiespältigkeit gesprochen, von meinem Doppelleben, von Elisabeth, von meinen Freunden! Aber sie wollte offenbar nichts hören von all dem, was sie ahnte, um nicht laut mißbilligen zu müssen, was sie im stillen geringschätzte. Vielleicht, wahrscheinlich, hatte sie sich auch mit dem ewigen, grausamen Gesetz der Natur abgefunden, das die Söhne zwingt, ihren Ursprung bald zu vergessen; ihre Mütter als ältere Damen anzusehen; der Brüste nicht mehr zu gedenken, an denen sie ihre erste Nahrung empfangen haben; stetes Gesetz, das auch die Mütter zwingt, die Früchte ihres Leibes groß und größer, fremd und fremder werden zu sehen; mit Schmerz zuerst, mit Bitterkeit sodann und schließlich mit Entsagung. Ich fühlte, daß meine Mutter mit mir deshalb so wenig sprach, weil sie mich nicht Dinge sagen lassen wollte, wegen deren sie mir hätte grollen müssen. Aber hätte ich die Freiheit besessen, mit ihr über Elisabeth zu sprechen und von meiner Liebe zu diesem Mädchen, so hätte ich wahrscheinlich sie, meine Mutter, und mich selbst sozusagen entehrt. Manchmal wollte ich in der Tat von meiner Liebe zu sprechen anfangen. Aber ich dachte an meine Freunde. Auch an ihre Beziehungen zu ihren Müttern. Ich hatte das kindische Gefühl, ich könnte mich durch ein Geständnis verraten. Als wäre es überhaupt ein Verrat an sich selbst, vor seiner Mutter etwas zu verschweigen, und überdies ein Verrat an dieser Mutter. Wenn meine Freunde von ihren Müttern sprachen, schämte ich mich dreifach: nämlich meiner Freunde, meiner Mutter und meiner selbst wegen. Sie sprachen von ihren Müttern beinahe wie von jenen »Liaisons«, die sie sitzen- oder liegengelassen hatten, als wären es allzu früh gealterte Mätressen, und noch schlimmer, als wären die Mütter wenig würdig ihrer Söhne.

Meine Freunde also waren es, die mich hinderten, der Stimme der Natur und der Vernunft zu gehorchen und meinem Gefühl für die geliebte Elisabeth ebenso freien Ausdruck zu verleihen wie meiner kindlichen Liebe zu meiner Mutter.

Aber es sollte sich ja auch darauf zeigen, daß diese Sünden, die meine Freunde und ich auf unsere Häupter luden, gar nicht unsere persönlichen waren, sondern nur die schwachen Vorzeichen der kommenden Vernichtung, von der ich bald erzählen werde.

VI

Vor dieser großen Vernichtung war mir noch die Begegnung mit dem Juden Manes Reisiger beschieden, von dem noch später die Rede sein wird.

Er stammte aus Zlotogrod in Galizien. Eine kurze Zeit später lernte ich dieses Zlotogrod kennen, und ich kann es also hier beschreiben. Es erscheint mir deshalb wichtig, weil es nicht mehr existiert, ebensowenig wie Sipolje. Es wurde nämlich im Kriege vernichtet. Es war einst ein Städtchen, ein kleines Städtchen, aber immerhin ein Städtchen. Heute ist es eine weite, große Wiese. Klee wächst im Sommer dort, die Grillen zirpen im hohen Gras, die Regenwürmer gedeihen dort fett geringelt und groß, und die Lerchen stoßen jäh herunter, um sie zu fressen.

Der Jude Manes Reisiger kam eines Tages im Oktober zu einer ebenso frühen Morgenstunde zu mir, wie ein paar Monate vorher sein Freund, mein Vetter Branco, zu mir gekommen war. Und er kam auf die Empfehlung meines Vetters Joseph Branco. »Junger Herr«, sagte Jacques, »ein Jude möchte den jungen Herrn sprechen.« Ich kannte damals ein paar Juden, freilich Wiener Juden. Ich haßte sie keineswegs, und zwar gerade deshalb, weil um jene Zeit der positive Antisemitismus der Noblesse und der Kreise, in denen ich verkehrte, eine Mode der Hausmeister geworden war, der Kleinbürger, der Schornsteinfeger, der Tapezierer. Dieser Wandel war durchaus jenem der Mode analog, der da bewirkte, daß die Tochter eines Rathausdieners genau die gleiche Pleureuse auf den Sonntagshut steckte, die eine Trautmannsdorff oder eine Szechenyi drei Jahre vorher am Mittwoch getragen hatte. Und ebensowenig wie heute eine Szechenyi die Pleureuse anstecken konnte, die den Hut der Magistratsdienertochter zierte, ebensowenig konnte die gute Gesellschaft, zu der ich mich zählte, einen Juden geringschätzen – einfach deshalb, weil es bereits mein Hausmeister tat.

Ich ging ins Vorzimmer, und ich war darauf vorbereitet, einen jener Juden zu sehen, die ich kannte und deren Beruf ihren körperlichen Aspekt imprägniert, ja sogar gebildet zu haben schien. Ich kannte Geldwechsler, Hausierer, Kleiderhändler und Klavierspieler in Bordellen. Als ich nun ins Vorzimmer trat, erblickte ich einen Mann, der nicht nur keineswegs meinen gewohnten Vorstellungen von einem Juden entsprach, sondern sie sogar vollkommen zu zerstören hätte imstande sein können. Er war etwas unheimlich Schwarzes und unheimlich Kolossales. Man hätte nicht sagen können, daß sein Vollbart, sein glatter blauschwarzer Vollbart, das braune, harte, knochige Angesicht umrahmte. Nein, das Angesicht wuchs geradezu aus dem Bart hervor, als wäre der Bart gleichsam früher dagewesen, vor dem Antlitz noch, und als hätte er jahrelang darauf gewartet, es zu umrahmen und es zu umwuchern. Der Mann war stark und groß. In der Hand hielt er eine schwarze Ripsmütze mit Schirmrand, und auf dem Kopf trug er ein rundes, samtenes Käppchen, nach der Art, wie es manchmal geistliche Herren tragen. Er stand so, hart an der Tür, gewaltig, finster, wie eine gewichtige Macht, die roten Hände zu Fäusten geballt, sie hingen wie zwei Hämmer aus den schwarzen Ärmeln seines Kaftans. Er zog aus dem inneren Lederrand seiner Ripsmütze den schmal gefalteten slowenischen Brief meines Vetters Joseph Branco hervor. Ich bat ihn sich zu setzen, aber er lehnte schüchtern ab, mit den Händen, und diese Ablehnung erschien mir um so schüchterner, als sie mit diesen Händen vorgebracht worden war, von denen jede imstande gewesen wäre, mich, das Fenster, den kleinen Marmortisch, den Kleiderständer und überhaupt alles, was im Vorzimmer vorhanden war, zu zertrümmern. Ich las den Brief. Aus dem erfuhr ich, daß der Mann, der da vor mir stand, Manes Reisiger aus Zlotogrod war, ein Kutscher seines Zeichens, Freund meines Vetters Joseph Branco, der auf seiner alljährlichen Rundreise durch die Kronländer der Monarchie, in denen er die Maroni verkaufte, bei ihm, dem Überbringer des Briefes, Kost und freien Aufenthalt genoß, und daß ich verpflichtet sei, im Namen unserer Verwandtschaft und unserer Freundschaft, dem Manes Reisiger behilflich zu sein – in allem, was er von mir wünschte.

Und was wünschte er, der Manes Reisiger aus Zlotogrod?

Nichts anderes als einen Freiplatz im Konservatorium für seinen hochbegabten Sohn Ephraim. Der sollte kein Kutscher werden und auch nicht im fernen Osten der Monarchie verkommen. Der Ansicht des Vaters nach war Ephraim ein genialer Musiker.

Ich versprach alles. Ich machte mich auf den Weg zu meinem Freund, dem Grafen Chojnicki, der unter all meinen Freunden erstens der einzige Galizianer war und zweitens allein imstande, die uralte, die traditionelle, die wirksame Widerstandskraft der alten österreichischen Beamten zu brechen: durch Drohung, Gewaltanwendung, Tücke und Hinterlist, die Waffen einer alten, längst versunkenen Kulturwelt: eben unserer Welt.

Am Abend traf ich den Grafen Chojnicki in unserem Café Wimmerl. Ich wußte wohl, daß man ihm kaum einen größeren Gefallen bereiten konnte, als wenn man ihn bat, für einen seiner Landsleute Vergünstigungen zu verschaffen. Er hatte nicht nur keinen Beruf, er hatte auch keine Beschäftigung. Er, der in der Armee, in der Verwaltung, in der Diplomatie eine sogenannte »brillante Karriere« hätte einschlagen können und der sie geradezu ausgeschlagen hatte, aus Verachtung gegen die Trottel, die Tölpel, die Pallawatsche, alle jene, die den Staat verwalteten und die er »Knödelhirne« zu nennen liebte, machte sich ein delikates Vergnügen daraus, Hofräte seine Macht fühlen zu lassen, die wirkliche Macht eben, die gerade eine nicht-offizielle Würde verlieh. Und er, der so freundlich, so nachsichtig, ja entgegenkommend Kellnern, Kutschern, Dienstmännern und Briefträgern gegenüber war, der niemals versäumte, den Hut abzunehmen, wenn er einen Wachmann oder einen Portier um irgendeine gleichgültige Auskunft bat, bekam ein kaum wiedererkennbares Gesicht, wenn er eine seiner Protektionsdemarchen am Ballhausplatz, in der Statthalterei, im Kultus- und Unterrichtsministerium unternahm: Ein eisiger Hochmut lag, ein durchsichtiges Visier, über seinen Zügen. War er noch unten vor dem livrierten Portier am Portal einigermaßen herablassend, manchmal sogar gütig, so steigerte sich sein Widerstand gegen die Beamten sichtbarlich bei jeder Stufe, die er emporstieg, und war er einmal im letzten Stock angekommen, machte er den Eindruck eines Mannes, der hierhergekommen war, um ein fürchterliches Strafgericht zu halten. Man kannte ihn schon in einigen Ämtern. Und wenn er im Korridor dem Amtsdiener mit einer gefährlich leisen Stimme sagte: »Melden Sie mich beim Hofrat!«, so fragte man nur selten nach seinem Namen, und geschah es dennoch, wiederholte er, womöglich noch leiser: »Melden Sie mich sofort bitte!« Das Wort »bitte!« klang allerdings schon lauter.

Er liebte überdies die Musik, und auch deswegen erschien es mir angebracht, seine Unterstützung für den jungen Reisiger in Anspruch zu nehmen. Er versprach sofort, am nächsten Tag schon alles zu versuchen. So prompt war seine Hilfsbereitschaft, daß ich bereits anfing, mein Gewissen belastet zu fühlen, und ihn also fragte, ob er nicht vielleicht lieber erst eine Probe für das Talent des jungen Reisiger haben wollte, bevor er sich für ihn einsetzte. Er aber geriet darüber in Aufregung. »Sie kennen vielleicht Ihre Slowenen«, sagte er, »aber ich kenne meine galizischen Juden. Der Vater heißt Manes und ist ein Fiaker, wie

Sie mir eben erzählen. Der Sohn heißt Ephraim, und all dies genügt mir vollkommen. Ich bin von dem Talent des Jungen ganz überzeugt. Ich weiß so was, dank meinem sechsten Sinn. Meine galizischen Juden können alles. Vor zehn Jahren noch habe ich sie nicht gemocht. Jetzt sind sie mir lieb, weil diese Knödelhirne angefangen haben, Antisemiten zu sein. Ich muß mich nur erkundigen, welche Herren eigentlich an den zuständigen Stellen sitzen, und besonders, welche unter ihnen Antisemiten sind. Denn ich will sie mit dem kleinen Ephraim ärgern, und ich werde auch mit dem Alten zusammen hingehen. Hoffentlich sieht er recht jüdisch aus.«
»Er trägt einen halblangen Kaftan«, sagte ich. »Gut, gut«, rief Graf Chojnicki, »das ist mein Mann. Wissen Sie, ich bin kein Patriot, aber meine Landsleute liebe ich. Ein ganzes Land, ein Vaterland gar, ist etwas Abstraktes. Aber ein Landsmann ist etwas Konkretes. Ich kann nicht alle Weizen- und Kornfelder, alle Tannenwälder, alle Sümpfe lieben, alle polnischen Herren und Damen. Aber ein bestimmtes Feld, ein Wäldchen, einen Sumpf, einen Mensschen: à la bonheur! Das sehe ich, das greife ich, das spricht in der Sprache, die mir vertraut ist, das ist just, weil es einzeln ist, der Inbegriff des Vertrauten. Und im übrigen gibt es auch Menschen, die ich Landsleute nenne, auch wenn sie in China, Persien, Afrika geboren sind. Manche sind mir auf den ersten Blick vertraut. Was ein richtiger ›Landsmann‹ ist, das fällt einem als Zeichen der Gnade vom Himmel in den Schoß. Ist er außerdem noch auf meiner Erde geboren: à la bonheur. Aber das zweite ist ein Zufall, und das erste ist ein Schicksal.«
Er hob das Glas und rief: »Es leben die Landsleute, meine Landsleute aus allen Weltgegenden!«
Zwei Tage später schon brachte ich ihm den Fiaker Manes Reisiger ins Hotel Kremser. Manes saß knapp auf dem Sesselrand, unbeweglich, ein kolossales schwarzes Wesen. Er sah aus, als hätte er sich nicht selbst, als hätte ihn irgendein anderer hingesetzt, zufällig, an den Rand, und als wäre er selbst außerstande, den ganzen Platz einzunehmen. Außer den zwei Sätzen, die er von Zeit zu Zeit und ohne Zusammenhang wiederholte – nämlich: »Ich bitte sehr, die Herren!« und: »Ich danke sehr, die Herren!« –, sagte er nichts, und er schien auch ziemlich wenig zu verstehen. Es war Chojnicki, der dem Fiaker Manes aus Zlotogrod erzählte, wie es in Zlotogrod aussehe; denn Chojnicki kannte alle Gegenden in Galizien.

»Also morgen elf Uhr gehn wir, die Geschichte ordnen«, sagte er.
»Ich danke sehr, die Herren!« sagte Manes. Er schwenkte mit der einen Hand die Ripsmütze und lüftete mit der anderen das Käppchen. Er verneigte sich noch einmal an der Tür, die ihm der Portier offenhielt und dem er dankbar und beglückt zulächelte.

In der Tat war ein paar Wochen später der junge Ephraim Reisiger im Konservatorium untergebracht. Der Junge kam zu Chojnicki, um sich zu bedanken. Auch ich war damals in Chojnickis Hotel. Der junge Ephraim Reisiger sah beinahe finster drein, und während er sich bedankte, machte er den Eindruck eines Jünglings, der einen Vorwurf vorzubringen hat. Er sprach polnisch, ich verstand, dank meinem Slowenisch, nur jedes dritte Wort. Aber ich begriff, nach den Mienen und den Blicken des Grafen Chojnicki, daß ihm die vorwurfsvolle und eigentlich arrogante Haltung des Jungen gefiel.
»Das ist was!« sagte er, nachdem der Junge gegangen war. »Bei uns zu Lande sagen die Leute einem nicht: Danke schön! – sondern eher das Gegenteil. Es sind stolze Menschen, die galizischen Juden, meine galizischen Juden! Sie leben in der Vorstellung, daß ihnen alle Vorzugsstellungen einfach gebühren. Mit dem großartigen Gleichmut, mit dem sie auf Steinwürfe und Beschimpfungen reagieren, nehmen sie die Vergünstigungen und Bevorzugungen entgegen. Alle anderen empören sich, wenn man sie beschimpft, und ducken sich, wenn man ihnen Gutes tut. Meine polnischen Juden allein berührt weder ein Schimpf noch eine Gunst. In ihrer Art sind sie Aristokraten. Denn das Kennzeichen des Aristokraten ist vor allem anderen der Gleichmut; und nirgends habe ich einen größeren Gleichmut gesehen als bei meinen polnischen Juden!«
Er sagte meine polnischen Juden in dem gleichen Ton, in dem er mir gegenüber so oft gesagt hatte: meine Güter, meine van Goghs, meine Instrumentensammlung. Ich hatte die deutliche Empfindung, daß er die Juden zum Teil deshalb so schätzte, weil er sie als sein Eigentum betrachtete. Es war, als wären sie nicht nach Gottes Willen in Galizien zur Welt gekommen, sondern als hätte er sie sich beim Allmächtigen persönlich bestellt, wie er sich persische Teppiche bei dem bekannten Händler Pollitzer zu bestellen pflegte, Papageien bei dem italienischen Vogelhändler Scapini und alte, seltene Instrumente bei dem Geigenmacher Grossauer. Und mit der gleichen Sorgfalt, mit der gleichen um-

sichtigen Noblesse, mit der er Teppiche, Vögel, Instrumente behandelte, kam er auch seinen Juden entgegen; dermaßen, daß er es für seine selbstverständliche Pflicht hielt, dem Vater des ziemlich arroganten Jungen, dem braven Fiaker Manes, einen Brief zu schreiben, einen Glückwunsch zur Aufnahme des Ephraim im Konservatorium. Denn Chojnicki hatte Angst, der Fiaker Manes könnte ihm mit einem Dankbrief zuvorkommen.

Der Fiaker Manes Reisiger aber, weit davon entfernt, Dankesbriefe zu schreiben, und vollkommen unfähig, die Gunst des Schicksals zu ermessen, die ihn und seinen Sohn in des Grafen Chojnicki und in meine Nähe gebracht hatte, vielmehr zu der Annahme geneigt, daß seines Sohnes Ephraim Talent so übermäßig groß war, daß ein Wiener Konservatorium beglückt sein müßte, einen solchen Sohn zu beherbergen, besuchte mich zwei Tage später und begann folgendermaßen: »Wenn einer etwas kann in dieser Welt, wird er etwas. Ich habe das meinem Sohn Ephraim immer gesagt. Es ist auch so gekommen. Es ist mein einziger Sohn. Er spielt großartig Geige. Sie müssen ihn einmal bitten, daß er Ihnen etwas vorspielt. Und er ist stolz. Wer weiß, ob er es wirklich tut!« – Es war so, als hätte ich dem Fiaker Manes dafür zu danken, daß es mir vergönnt gewesen war, seinem Sohn einen Platz im Konservatorium zu verschaffen. »Ich habe gar nichts mehr hier in Wien zu suchen«, fuhr er fort, »ich werde morgen nach Hause fahren.«

»Sie müssen«, sagte ich ihm, »noch dem Grafen Chojnicki einen Besuch machen, um sich bei ihm zu bedanken.«

»Ein feiner Herr Graf!« sagte Manes, mit Anerkennung. »Ich werde ihm adieu sagen. Hat er meinen Ephraim schon spielen gehört?«

»Nein!« sagte ich, »Sie sollten ihn darum bitten!«

Der Zug des Fiakers Manes Reisiger ging um elf Uhr abends, gegen acht Uhr kam er zu mir und bat mich, das heißt: er befahl mir beinahe, ihn in das Hotel des Grafen Chojnicki zu führen.

Gut, ich führte ihn hin. Chojnicki war dankbar und fast entzückt. Ja, er war sogar gerührt. »Wie großartig«, rief er, »daß er zu mir kommt, um mir zu danken. Ich habe Ihnen gleich gesagt: So sind unsere Juden!«

Schließlich dankte er dem Fiaker Manes dafür, daß dieser ihm Gelegenheit gegeben hatte, ein Genie der Welt erhalten zu haben. Es hörte sich an, als ob Chojnicki seit zehn oder seit zwanzig Jahren auf nichts anderes gewartet hätte als auf den Sohn des Manes Reisiger und als sei

ihm nunmehr ein längst gehegter und sorgsam gepflegter Wunsch endlich in Erfüllung gegangen. Er bot sogar Manes Reisiger aus lauter Dankbarkeit Geld für die Rückreise an. Der Fiaker Manes lehnte ab, aber er lud uns beide ein, zu ihm zu kommen. Er hätte ein Haus, sagte er, drei Zimmer, eine Küche, einen Stall für sein Pferd und einen Garten, wo sein Wagen und sein Schlitten stünden. Oh, er sei gar kein armer Fiaker. Er verdiente sogar fünfzig Kronen im Monat. Und wenn wir zu ihm kommen wollten, würde es uns großartig ergehen. Er würde schon dafür sorgen, daß wir nichts zu entbehren hätten.
Er vergaß auch nicht, Chojnicki und mich daran zu erinnern, daß wir geradezu die Pflicht hätten, uns um seinen Sohn Ephraim zu kümmern. »So ein Genie muß man pflegen!« sagte er beim Abschied.
Chojnicki versprach es; und auch, daß wir im nächsten Sommer bestimmt nach Zlotogrod kommen würden.

VII

Hier an dieser Stelle muß ich von einer wichtigen Angelegenheit sprechen, von der ich, als ich dieses Buch zu schreiben anfing, gehofft hatte, ich könnte sie umgehen. Es handelt sich nämlich um nichts anderes als die Religion.
Ich war ungläubig, wie meine Freunde, wie alle meine Freunde. Ich ging niemals zur Messe. Wohl aber pflegte ich meine Mutter bis vor den Eingang zur Kirche zu begleiten, meine Mutter, die zwar vielleicht nicht gläubig war, wohl aber »praktizierend«, wie man sagt. Damals haßte ich die Kirche geradezu. Ich weiß heute, da ich gläubig bin, zwar nicht mehr, warum ich sie haßte. Es war »Mode« sozusagen.
Ich hätte mich geschämt, wenn ich meinen Freunden hätte sagen müssen, daß ich zur Kirche gegangen sei. Es war keine wirkliche Feindseligkeit gegen die Religion in ihnen, sondern eine Art Hochmut, die Tradition anzuerkennen, in der sie aufgewachsen waren. Zwar wollten sie das Wesentliche ihrer Tradition nicht aufgeben; aber sie – und ich gehörte zu ihnen –, wir rebellierten gegen die Formen der Tradition, denn wir wußten nicht, daß wahre Form mit dem Wesen identisch sei und daß es kindisch war, eines von dem andern zu trennen. Es war kindisch, wie gesagt: aber wir waren damals eben kindisch. Der Tod kreuzte schon seine knochigen Hände über den Kelchen, aus denen

wir tranken, fröhlich und kindisch. Wir fühlten ihn nicht, den Tod. Wir fühlten ihn nicht, weil wir Gott nicht fühlten. Unter uns war Graf Chojnicki der einzige, der noch an den religiösen Formen festhielt, aber auch nicht etwa aus Gläubigkeit, sondern dank dem Gefühl, daß die Noblesse ihn dazu verpflichtete, die Vorschriften der Religion zu befolgen. Er hielt uns andere, die wir sie vernachlässigten, für halbe Anarchisten. »Die römische Kirche«, so pflegte er zu sagen, »ist in dieser morschen Welt noch die einzige Formgeberin, Formerhalterin. Ja, man kann sagen, Formspenderin. Indem sie das Traditionelle des sogenannten ›Althergebrachten‹ in der Dogmatik einsperrt wie in einem eisigen Palast, gewinnt und verleiht sie ihren Kindern die Freiheit, ringsum, außerhalb dieses Eispalastes, der einen weiten, geräumigen Vorhof hat, das Lässige zu treiben, noch das Verbotene zu verzeihen beziehungsweise zu führen. Indem sie Sünden statuiert, vergibt sie bereits diese Sünden. Sie gestattet geradezu keine fehlerlosen Menschen: Dies ist das eminent Menschliche an ihr. Ihre tadellosen Kinder erhebt sie zu Heiligen. Dadurch allein gestattet sie implicite die Fehlerhaftigkeit der Menschen. Ja, sie gestattet die Sündhaftigkeit in dem Maße, daß sie jene Wesen nicht mehr für menschlich hält, die nicht sündhaft sind: Die werden selig oder heilig. Dadurch bezeugt die römische Kirche ihre vornehmste Tendenz, zu verzeihen, zu vergeben. Es gibt keine noblere Tendenz als die Verzeihung. Bedenken Sie, daß es keine vulgärere gibt als die der Rache. Es gibt keine Noblesse ohne Großzügigkeit, wie es keine Rachsucht gibt ohne Vulgarität.«

Er war der Älteste und Klügste unter uns, der Graf Chojnicki; aber wir waren zu jung und zu töricht, um seiner Überlegenheit jene Verehrung zu zollen, die sie gewiß verdiente. Wir hörten ihm eher gefällig zu, und obendrein bildeten wir uns noch ein, daß wir ihm eine Liebenswürdigkeit erwiesen, indem wir ihm zuhörten. Er war für uns sogenannte Junge ein älterer Herr. Später erst, im Kriege, war es uns beschieden zu sehen, um wieviel jünger er in Wahrheit war als wir.

Aber spät erst, viel zu spät, sahen wir ein, daß wir zwar nicht jünger waren als er, sondern einfach ohne Alter, sozusagen unnatürlich ohne Alter. Dieweil er natürlich war, würdig seiner Jahre, echt und gottgesegnet.

VIII

Ein paar Monate später erhielt ich den folgenden Brief von dem Fiaker Manes Reisiger:

»Sehr verehrter Herr!
Nach der großen Ehre und der großen Dienstleistung, die Sie mir erwiesen haben, erlaube ich mir ergebenst, Ihnen mitzuteilen, daß ich Ihnen sehr, sehr dankbar bin. Mein Sohn schreibt mir, daß er Fortschritte im Konservatorium macht, und sein ganzes Genie habe ich Ihnen zu verdanken. Ich danke Ihnen auch von Herzen. Gleichzeitig erlaube ich mir ergebenst, Sie zu bitten, ob Sie nicht die große Güte hätten, hierher, zu uns, zu kommen. Ihr Cousin, der Maronibrater Trotta, wohnt immer, das heißt: seit zehn Jahren, bei mir, jeden Herbst. Ich habe mir vorgestellt, daß es auch Ihnen angenehm wäre, bei mir zu wohnen. Mein Häuschen ist arm, aber geräumig.
Sehr verehrter Herr! Nehmen Sie mir gefälligst diese Einladung nicht übel. Ich bin so klein, und Sie sind so groß! Verehrter Herr! Ich bitte auch um Entschuldigung, daß ich diesen Brief schreiben lasse. Ich kann nämlich selbst nicht schreiben, außer meinem Namen. Diesen Brief schreibt, auf meinen Willen, der öffentlich konzessionierte Schreiber unseres Ortes, Hirsch Kiniower, also ein zuverlässiger, ordentlicher und amtlicher Mensch. Des sehr verehrten Herrn ergebener:

Manes Reisiger, Fiaker in Zlotogrod«

Der ganze Brief war in sorgfältiger, kalligraphischer Schrift geschrieben: »Wie gedruckt« sagte man damals von dieser Art Schrift. Nur die Unterschrift, der Name eben, verriet die rührende Ungelenkigkeit der Fiakerhand. Dieser Anblick der Unterschrift allein hätte mir genügt, meinen Entschluß zu fassen und meine Reise nach Zlotogrod für den nächsten Frühherbst festzusetzen. Sorglos waren wir damals alle, und ich war sorglos wie alle die anderen. Unser Leben war vor dem großen Krieg idyllisch, und schon eine Reise nach dem fernen Zlotogrod schien uns allen ein Abenteuer. Und daß ich der Held dieses Abenteuers sein sollte, war mir selbst eine großartige Gelegenheit, großartig vor meinen Freunden dazustehen. Und obwohl diese abenteuerliche Reise noch so weit vor uns lag und obwohl ich allein sie zu machen hatte, sprachen wir doch jeden Abend von ihr, als trennte mich lediglich eine Woche von Zlotogrod und als hätte ich sie nicht allein, sondern wir alle gemeinsam zu unternehmen. Allmählich wurde diese Reise für uns alle eine Leidenschaft, sogar eine Besessenheit. Und wir begannen, uns das ferne, kleine Zlotogrod sehr willkürlich auszumalen, dermaßen, daß wir selbst schon, während wir noch Zlotogrod schilderten, überzeugt waren, wir entwürfen davon ein ganz falsches Bild; und daß wir dennoch nicht aufhören konnten, diesen Ort, den keiner von uns kannte, zu entstellen. Das heißt: mit allerhand Eigenschaften auszustatten, von denen wir von vornherein wußten, sie seien die willkürlichen Ergebnisse unserer Phantasie und keineswegs die realen Qualitäten dieses Städtchens.

So heiter war damals die Zeit! Der Tod kreuzte schon seine knochigen Hände über den Kelchen, aus denen wir tranken. Wir sahen ihn nicht, wir sahen nicht seine Hände. Wir sprachen von Zlotogrod dringlich so lange und so intensiv, daß ich von der Furcht erfaßt wurde, es könnte eines Tages plötzlich verschwinden oder meine Freunde könnten zu glauben anfangen, jenes Zlotogrod sei unwirklich geworden und es existierte gar nicht und ich hätte ihnen nur davon erzählt. Plötzlich erfaßten mich die Ungeduld und sogar die Sehnsucht nach diesem Zlotogrod und nach dem Fiaker namens Reisiger.

Mitten im Sommer des Jahres 1914 fuhr ich hin, nachdem ich Vetter Trotta nach Sipolje geschrieben hatte, daß ich ihn dort erwarte.

IX

Mitten im Sommer des Jahres 1914 fuhr ich also nach Zlotogrod. Ich kehrte im Hotel »Zum goldenen Bären« ein, dem einzigen Hotel dieses Städtchens, von dem man mir gesagt hatte, es sei einem Europäer angemessen.

Der Bahnhof war winzig, wie jener in Sipolje, den ich in gewissenhafter Erinnerung behalten hatte. Alle Bahnhöfe der alten österreichisch-ungarischen Monarchie gleichen einander, die kleinen Bahnhöfe in den kleinen Provinzorten. Gelb und winzig, waren sie trägen Katzen ähnlich, die winters im Schnee, sommers in der Sonne lagern, gleichsam beschützt von dem überlieferten kristallenen Glasdach des Perrons und überwacht von dem schwarzen Doppeladler auf gelbem Hintergrund. Überall, in Sipolje wie in Zlotogrod, war der Portier der gleiche, der gleiche Portier mit dem erhabenen Bauch, der dunkelblauen, friedfertigen Uniform, dem schwarzen Riemen quer über der Brust, dem Riemen, in dem die Glocke steckte, die Mutter jenes seligen, dreimaligen, vorschriftsmäßigen Klingelns, das die Abfahrt ankündigte; auch in Zlotogrod, wie in Sipolje, hing am Perron, über dem Eingang zum Büro des Stationsvorstehers, jenes schwarze, eiserne Instrument, aus dem wunderbarerweise das ferne silberne Klingeln des fernen Telephons kam, Signale, zart und lieblich, aus anderen Welten, so daß man sich wunderte, daß sie Zuflucht gefunden hatten in einem so schweren, wenn auch kleinen Gehäuse; auf der Station in Zlotogrod, wie auf der in Sipolje, salutierte der Portier den Ankommenden wie den Abreisenden, und sein Salutieren war wie eine Art militärischen Segens; auf dem Bahnhof in Zlotogrod, wie auf dem in Sipolje, gab es den gleichen »Wartesaal zweiter und erster Klasse«, das gleiche Büfett mit den Schnapsflaschen und der gleichen blonden, vollbusigen Kassiererin und den zwei riesengroßen Palmen rechts und links vom Büfett, die ebenso an Vorweltgewächse erinnerten wie an Pappendeckel. Und vor dem Bahnhof warteten die drei Fiaker, genauso wie in Sipolje. Und ich erkannte sofort den unverkennbaren Fiaker Manes Reisiger.

Selbstverständlich war er es, der mich zum Hotel »Zum goldenen Bären« fuhr. Er hatte einen schönen, mit zwei silbergrauen Schimmeln bespannten Fiaker, die Speichen der Räder waren gelb lackiert und die Räder mit Gummi versorgt, so wie sie Manes in Wien bei den sogenannten »Gummiradlern« gesehen hatte.

Er gestand mir unterwegs, daß er eigentlich nicht so sehr meinetwegen, in Erwartung meiner Ankunft, seinen Fiaker renoviert hatte wie aus einer Art jener instinktiven Leidenschaft, die ihn zwang, seine Kollegen, die Wiener Fiaker, genauer zu beobachten und seine Ersparnisse dem Gott des Fortschritts zu opfern, zwei Schimmel zu kaufen und Gummireifen um die Räder zu tun.

Der Weg vom Bahnhof zur Stadt war sehr weit, und Manes Reisiger hatte lang Zeit, mir die Geschichten zu erzählen, die ihn so nahe angingen. Er hielt dabei mit der linken Hand die Zügel. Zu seiner Rechten stak die Peitsche in ihrem Futteral. Die Schimmel kannten wohl den Weg. Es war keineswegs nötig, sie zu lenken. Manes brauchte sich gar nicht um sie zu kümmern. Er saß also nachlässig auf dem Kutschbock, hielt die Zügel sorglos und schlaff in der Linken und neigte sich mir

mit dem halben Oberkörper zu, während er mir seine Geschichte erzählte. Beide Schimmel zusammen hatten nur hundertfünfundzwanzig Kronen gekostet. Es waren ärarische Schimmel, jeder auf dem linken Auge blind geworden, für militärische Zwecke also unbrauchbar und von den in Zlotogrod stationierten Neuner-Dragonern billig abgegeben. Allerdings hätte er, der Fiaker Manes Reisiger, sie niemals so leicht kaufen können, wenn er nicht ein Liebling des Obersten von dem Neuner-Dragoner-Regiment gewesen wäre. Es gab im ganzen fünf Fiaker im Städtchen Zlotogrod. Die andern vier, die Kollegen Reisigers, hatten schmutzige Wagen, faule und lahme alte Stuten, krumme Räder und ausgefranste Ledersitze. Die Holzwolle kroch nur so wild durch das abgeschabte und löchrige Leder, und es war wahrhaftig keinem Herrn, geschweige denn einem Obersten von den Neuner-Dragonern zuzumuten, daß er sich in solch einen Fiaker setzte.
Ich hatte eine Empfehlung von Chojnicki an den Garnisonskommandanten, den Obersten Földes von den Neunern, ebenso wie an den Bezirkshauptmann, den Baron Grappik. Gleich morgen, am nächsten Tag nach meiner Ankunft also, gedachte ich, beide Besuche zu machen. Der Fiaker Manes Reisiger verfiel in Schweigen, er hatte nichts mehr Wichtiges zu erzählen, alles, was wichtig in seinem Leben war, hatte er bereits gesagt. Dennoch aber ließ er immer noch die Peitsche im Futteral, dennoch hielt er immer noch die Zügel schlaff und lose, dennoch wandte er mir immer noch vom Kutschbock her seinen Oberkörper zu. Das ständige Lächeln seines breiten Mundes mit den starken weißen Zähnen zwischen der nächtlichen, fast schon blauen Schwärze seines Schnurrbarts und seines Bartes erinnerte leicht an einen milchigen Mond zwischen Wäldern, zwischen angenehmen Wäldern eben. So viel Heiterkeit, so viel Güte war in diesem Lächeln, daß es sogar die Kraft der fremden, flachen, wehmütigen Landschaft beherrschte, durch die ich fuhr. Denn weite Felder zu meiner Rechten, weite Sümpfe zu meiner Linken dehnten sich auf dem Weg zwischen der Bahnstation Zlotogrod und dem Städtchen Zlotogrod, es war, als wäre es gleichsam in freiwilliger Keuschheit bewußt ferne dem Bahnhof geblieben, der es mit der Welt verband. Es war ein regnerischer Nachmittag und, wie gesagt, am Anfang des Herbstes. Die Gummiräder des Fiakers Manes rollten gespenstisch lautlos durch die aufgeweichte, ungepflasterte Landstraße, aber die schweren Hufe der starken, dereinst ärarischen Schimmel klatschten in wuchtigem Rhythmus

durch den dunkelgrauen Schlamm, und die dicken Kotklumpen spritzten vor uns her. Es war bereits Halbdunkel, als wir die ersten Häuser erreichten. Mitten auf dem Ringplatz, der kleinen Kirche gegenüber, stand, durch eine einsame, traurige Laterne von weitem schon kundgetan, das einzige zweistöckige Haus von Zlotogrod: nämlich das Hotel »Zum goldenen Bären«. Die einsame Laterne davor erinnerte an ein Waisenkind, das durch Tränen vergeblich zu lächeln versucht.

Dennoch, auf so viel Fremdes, mehr als dies: nämlich Weites und Entferntes, ich mich auch vorbereitet hatte, erschien mir auch das meiste heimisch und vertraut. Viel später erst, lange nach dem großen Krieg, den man den »Weltkrieg« nennt, mit Recht, meiner Meinung nach, und zwar nicht etwa, weil ihn die ganze Welt geführt hatte, sondern weil wir alle infolge seiner eine Welt, unsere Welt, verloren haben, viel später also erst sollte ich einsehen, daß sogar Landschaften, Äcker, Nationen, Rassen, Hütten und Kaffeehäuser verschiedenster Art und verschiedenster Abkunft dem durchaus natürlichen Gesetz eines starken Geistes unterliegen müssen, der imstande ist, das Entlegene nahezubringen, das Fremde verwandt werden zu lassen und das scheinbar Auseinanderstrebende zu einigen. Ich spreche vom mißverstandenen und auch mißbrauchten Geist der alten Monarchie, der da bewirkte, daß ich in Zlotogrod ebenso zu Hause war wie in Sipolje, wie in Wien. Das einzige Kaffeehaus in Zlotogrod, das Café Habsburg, gelegen im Parterre des Hotels »Zum goldenen Bären«, in dem ich abgestiegen war, sah nicht anders aus als das Café Wimmerl in der Josefstadt, wo ich gewohnt war, mich mit meinen Freunden am Nachmittag zu treffen. Auch hier saß hinter der Theke die wohlvertraute Kassiererin, so blond und so füllig, wie zu meiner Zeit nur die Kassiererinnen sein konnten, eine Art biedere Göttin des Lasters, eine Sünde, die sich selbst preisgab, indem sie sich nur andeutete, lüstern, verderblich und geschäftstüchtig lauernd zugleich. Desgleichen hatte ich schon in Agram, in Olmütz, in Brünn, in Kecskemet, in Szombathely, in Ödenburg, in Sternberg, in Müglitz gesehen. Die Schachbretter, die Dominosteine, die verrauchten Wände, die Gaslampen, der Küchentisch in der Ecke, in der Nähe der Toiletten, die blaugeschürzte Magd, der Landgendarm mit dem lehmgelben Helm, der auf einen Augenblick eintrat, ebenso autoritär wie verlegen, und der das Gewehr mit dem aufgepflanzten Bajonett schüchtern fast in den Regenschirmständer lehnte, und die Tarockspieler mit den Kaiserbärten und den runden

Manschetten, die sich jeden Tag pünktlich um die gleiche Stunde versammelten: all dies war Heimat, stärker als nur ein Vaterland, weit und bunt, dennoch vertraut und Heimat: die kaiser- und königliche Monarchie. Der Bezirkshauptmann Baron Grappik und der Oberst der Neuner-Dragoner Földes, sie sprachen beide das gleiche näselnde, ärarische Deutsch der besseren Stände, eine Sprache, hart und weich zugleich, als wären Slawen und Italiener die Gründer und Väter dieser Sprache, einer Sprache voller diskreter Ironie und voll graziöser Bereitschaft zur Harmlosigkeit, zum Plausch und sogar zum holden Unsinn. Es dauerte kaum eine Woche, und ich war in Zlotogrod ebenso heimisch, wie ich es in Sipolje, in Müglitz, in Brünn und in unserem Café Wimmerl in der Josefstadt gewesen war.

Selbstverständlich fuhr ich jeden Tag im Fiaker meines Freundes Manes Reisiger durch die Gegend. Das Land war in Wirklichkeit arm, aber es zeigte sich anmutig und sorglos. Die weit gebreiteten, unfruchtbaren Sümpfe selbst erschienen mir saftig und gütig und der freundliche Chor der Frösche, der aus ihnen emporstieg, als ein Lobgesang von Lebewesen, die besser als ich wußten, zu welchem Zweck Gott sie und ihre Heimat, die Sümpfe, geschaffen hatte.

In der Nacht hörte ich manchmal die heiseren, oft unterbrochenen Schreie der hoch fliegenden wilden Gänse. An Weiden und Birken hing noch reichlich das Laub, aber von den großen, Ehrfurcht heischenden Kastanien fielen bereits die sauber gezackten, harten goldgelben Blätter. Die Enten schnatterten mitten in der Straße, in denen unregelmäßige Tümpel den silbergrauen, nie trocknenden Schlamm unterbrachen.

Ich pflegte am Abend mit den Offizieren des Neuner-Dragoner-Regiments zu essen; richtiger gesagt: zu trinken. Über den Kelchen, aus denen wir tranken, kreuzte der unsichtbare Tod schon seine knochigen Hände. Wir ahnten sie noch nicht. Manchmal blieben wir spät zusammen. Aus einer unerklärlichen Angst vor der Nacht erwarteten wir den Morgen. Aus einer unerklärlichen Angst, sage ich eben, weil sie uns damals erklärlich zu sein schien; denn wir suchten die Erklärung in der Tatsache, daß wir zu jung waren, um die Nächte zu vernachlässigen. Indessen war es, wie ich erst später sah, die Angst vor den Tagen, genauer gesagt, vor den Vormittagen, den klarsten Zeiten des Tages. Da sieht man deutlich, und man wird auch deutlich gesehen. Und wir, wir wollten nicht deutlich sehen, und wir wollten auch nicht deutlich gesehen werden.

Am Morgen also, um sowohl dieser Deutlichkeit zu entgehen als auch dem dumpfen Schlaf, den ich wohl kannte und der einen Menschen nach einer durchwachten und durchzechten Nacht überfällt, wie ein falscher Freund, ein schlechter Heiler, ein griesgrämiger Gütling und ein tückischer Wohltäter, flüchtete ich mich zu Manes, dem Fiaker. Oft gegen sechs Uhr früh kam ich in dem Augenblick an, wo er eben aus dem Bett gestiegen war. Er wohnte außerhalb des Städtchens, in der Nähe des Friedhofs. Ich brauchte ungefähr eine halbe Stunde, um zu ihm zu gelangen. Manchmal kam ich just in dem Moment an, in dem er gerade aufgestanden war. Sein Häuschen lag einsam, umgeben von Feldern und Wiesen, die ihm nicht gehörten, blau getüncht und mit einem schwarzgrauen Schindeldach versehen, nicht unähnlich einem lebendigen Wesen, das nicht zu stehen, sondern sich zu bewegen schien. So kräftig war die dunkelblaue Farbe der Wände innerhalb des welk werdenden Grüngelbs der Umgebung. Wenn ich das dunkelrote Tor aufstieß, das den Eingang zu der Wohnung des Fiakers Manes freigab, sah ich ihn zuweilen gerade aus seiner Hausür steigen. Vor dieser braunen Haustür stand er da, im groben Hemd, in groben Unterhosen, barhäuptig und barfüßig, eine große, braune, irdene Kanne in der Hand. Er trank immer wieder einen Schluck, dann spuckte er das Wasser aus dem Munde in großem Bogen aus. Mit seinem gewaltigen schwarzen Vollbart, gerade gegenüber der eben aufgehenden Sonne, in seinem groben Leinen, mit seinen struppigen und wolligen Haaren erinnerte er an Urwald, Urmensch, Vorzeit, verwirrt und verspätet, man wußte nicht, warum.
Er zog sein Hemd aus und wusch sich am Brunnen. Er pustete gewaltig dabei, spie, kreischte, jauchzte fast, es war wahrhaftig wie ein Einbruch der Vorwelt in die Nachwelt. Dann zog er sein grobes Hemd wieder an, und wir gingen beide einander entgegen, um uns zu begrüßen. Diese Begrüßung war ebenso feierlich wie herzlich. Es war eine Art von Zeremoniell und, obwohl wir uns fast jeden Morgen sahen, immer wieder eine stillschweigende Versicherung der Tatsache, daß weder ich ihn lediglich für einen jüdischen Fiaker hielt noch er mich lediglich für einen einflußreichen jungen Herrn aus Wien. Manchmal bat er mich, die spärlichen Briefe zu lesen, die sein Sohn aus dem Konservatorium schrieb. Es waren ganz kurze Briefe, aber da er erstens nicht schnell die deutsche Sprache begriff, in der ihm der Sohn zu schreiben sich verpflichtet fühlte – weiß Gott aus welchem Grund –,

und zweitens, weil sein zärtliches Vaterherz wünschen mochte, daß diese Briefe nicht zu kurz seien, achtete er darauf, daß ich sie sehr langsam lese. Oft verlangte er auch, daß ich die Sätze zwei- oder dreimal wiederhole.

Das Geflügel in seinem kleinen Stall begann zu gackern, sobald er in den Hof trat. Die Pferde wieherten, lüstern fast, dem Morgen entgegen und dem Fiaker Manes. Er schloß zuerst den Pferdestall auf, und beide Schimmel steckten gleichzeitig die Köpfe zur Tür heraus. Er küßte sie beide, so, wie man Frauen küßt. Dann ging er in den Schuppen, um den Wagen herauszubringen. Hierauf spannte er die Pferde ein. Dann schloß er den Hühnerstall auf, und das Geflügel zerstreute sich kreischend und flügelschlagend. Es sah aus, als ob sie eine unsichtbare Hand über den Hof ausgesät hätte.

Ich kannte auch die Frau des Fiakers Manes Reisiger. Etwa eine halbe Stunde später als er pflegte sie aufzustehen und mich zum Tee einzuladen. Ich trank ihn in der blau getünchten Küche, vor dem großen, weißblechernen Samowar, während Manes geschabten Rettich, Zwiebelbrot und Gurken aß. Es roch stark, aber heimlich, heimisch fast, obwohl ich niemals diese Art Frühstück gegessen hatte; ich liebte damals eben alles, ich war jung, einfach jung.

Ich hatte sogar die Frau meines Freundes Manes Reisiger gern, obwohl sie zu den – im allgemeinen Sprachgebrauch sogenannten – häßlichen Frauen gehörte, denn sie war rothaarig, sommersprossig und sah einer aufgequollenen Semmel ähnlich. Dennoch, und trotz ihrer fetten Finger, hatte sie eine appetitliche Art, den Tee einzuschenken, ihrem Mann das Frühstück zu bereiten. Sie hatte ihm drei Kinder geboren. Zwei von ihnen waren an den Pocken gestorben. Manchmal sprach sie von den toten Kindern, als wären sie noch lebendig. Es war, als gäbe es für sie keinen Unterschied zwischen den begrabenen Kindern und jenem nach dem Wiener Konservatorium abgewanderten Sohn, der ihr so gut wie gestorben erscheinen mochte. Ausgeschieden war er eben aus ihrem Leben.

Durchaus lebendig und allzeit gegenwärtig aber war ihr mein Vetter, der Maronibrater. Hier vermutete ich allerhand.

Eine Woche später mußte er kommen, mein Vetter Joseph Branco Trotta.

X

Eine Woche später kam er auch.
Er kam mit seinem Maulesel, mit seinem Ledersack, mit seinen Kastanien. Braun und schwarz und heiter war er; genau so, wie ich ihn das letztemal in Wien gesehen hatte. Es schien ihm offenbar natürlich, mich hier wiederzutreffen. Es war noch lange nicht die richtige Saison der Maroni angebrochen. Mein Vetter war einfach meinetwegen ein paar Wochen früher gekommen. Auf dem Wege von der Bahn zur Stadt saß er auf dem Kutschbock an der Seite unseres Freundes Manes Reisiger. Den Maulesel hatten sie hinten mit einem Halfterband an den Fiaker gebunden. Der Ledersack, der Bratofen, die Kastanien waren zu beiden Seiten des Wagens aufgeschnallt. Also fuhren wir in das Städtchen Zlotogrod ein, aber wir erregten keinerlei Aufsehen. Man war in Zlotogrod gewohnt, meinen Vetter Joseph Branco jedes zweite Jahr auftauchen zu sehen. Und auch an mich, den dorthin verirrten Fremden, schien man sich bereits gewöhnt zu haben. Wir machten also keinerlei Aufsehen bei unserm Einzug in das Städtchen.
Mein Vetter Joseph Branco stieg, wie gewöhnlich, bei Manes Reisiger ab. Er brachte mir, eingedenk seiner guten Geschäfte, die er im Sommer des vergangenen Jahres mit der Uhr und mit der Kette gemacht hatte, noch ein paar folkloristische Kleinigkeiten mit, zum Beispiel einen Aschenbecher aus getriebenem Silber, auf dem zwei übereinander gekreuzte Dolche zu sehen waren und der heilige alte Nikodemus, der mit ihnen gar nichts zu tun hatte, einen Becher aus Messing, der mir nach Sauerteig zu riechen schien, einen Kuckuck aus bemaltem Holz. Dies alles, so sagte Joseph Branco, hätte er mitgebracht, um es mir zu schenken, für den Fall, daß ich imstande wäre, ihm die »Transportkosten« zu ersetzen. Und ich begriff, was er unter »Transportkosten« verstand. Ich kaufte ihm den Aschenbecher, den Trinkbecher und den hölzernen Kuckuck ab, noch am Abend seiner Ankunft. Er war glücklich.
Um sich die Zeit zu vertreiben, wie er vorgab, in Wirklichkeit aber, um jede Gelegenheit auszunützen, die ihm etwas Geld eintragen konnte, versuchte er von Zeit zu Zeit, dem Fiaker Manes einzureden, daß er, Joseph Branco, ein geschickter Kutscher sei, besser als Manes, auch fähiger als dieser, Kunden zu finden. Aber Reisiger ging auf derlei Reden gar nicht ein. Er selbst spannte seine Schimmel am frühen Morgen

vor den Wagen und fuhr, ohne sich um Joseph Branco zu kümmern, zum Bahnhof und zum Marktplatz, wo seine Kollegen, die anderen Fiaker, hielten.

Es war ein schöner, sonniger Sommer. Obwohl Zlotogrod sozusagen kein »richtiges Städtchen« war, weil es nämlich eher einem verkleideten Dorf ähnlich sah als einem Städtchen, und obwohl es den ganzen frischen Atem der Natur ausströmte, dermaßen, daß die Wälder, die Sümpfe und die Hügel, von denen es umgeben war, den Marktplatz beinahe zu bedrängen schienen und daß man glauben konnte, Wald und Sumpf und Hügel könnten jeden Tag in das Städtchen ebenso selbstverständlich einkehren wie etwa ein Durchreisender, der vom Bahnhof kam, um im Hotel »Zum goldenen Bären« abzusteigen, schien es meinen Freunden, den Beamten der Bezirkshauptmannschaft wie den Herren von den Neuner-Dragonern, daß Zlotogrod eine wirkliche Stadt sei; denn sie hatten das Bewußtsein nötig, daß sie nicht in weltverlorene Ortschaften verbannt seien, und die Tatsache allein, daß es eine Bahnstation Zlotogrod gab, vermittelte ihnen das sichere Gefühl, daß sie nicht abseits jener Zivilisation lebten, in der sie aufgewachsen und von der sie verwöhnt waren. Infolgedessen taten sie so, als müßten sie ein paarmal in der Woche die sogenannte unzuträgliche Stadtluft verlassen und in Fiakern jenen Wäldern, Sümpfen, Hügeln entgegenfahren, die eigentlich ihnen entgegenkamen. Denn Zlotogrod war nicht nur von der Natur erfüllt, sondern sogar auch von seiner Umgebung bedrängt. Also geschah es, daß ich ein paarmal in der Woche mit meinen Freunden im Fiaker des Manes Reisiger in die sogenannte »Umgebung« von Zlotogrod hinausfuhr. »Ausflüge« nannte man so was in der Tat. Wir hielten oft vor der Grenzschenke Jadlowkers. Der alte Jadlowker, ein uralter, silberbärtiger Jude, saß vor dem breiten, mächtig gewölbten, rostbraunen, zweiflügeligen Haustor, starr und halbgelähmt. Er glich einem Winter, der noch die letzten schönen Tage des Herbstes genießen und mitnehmen möchte in jene so nahe Ewigkeit, in der es gar keine Jahreszeiten mehr gibt. Er hörte nichts, er verstand kein Wort, er war stocktaub. Aber an seinen großen schwarzen und traurigen Augen glaubte ich zu erkennen, daß er gewissermaßen all jenes sah, was die Jüngeren nur mit ihren Ohren vernehmen konnten, und daß er also sozusagen freiwillig und mit Wonne taub war. Die Marienfäden flogen sacht und zärtlich über ihn dahin. Die silberne, aber immer noch wärmende Herbstsonne überglänzte

ihn, den Alten, der dem Westen gegenübersaß, der dem Abend und dem Sonnenuntergang entgegensah, den irdischen Zeichen des Todes also, so, als erwartete er, daß die Ewigkeit, der er bald geweiht war, zu ihm käme, statt ihr entgegenzugehen. Unermüdlich zirpten die Grillen. Unermüdlich quakten die Frösche. Ein großer Friede herrschte in dieser Welt, der herbe Friede des Herbstes.
Um diese Zeit pflegte mein Vetter Joseph Branco, einer alten Überlieferung der Maronibrater der österreichisch-ungarischen Monarchie getreu, seinen Stand auf dem Ringplatz von Zlotogrod zu eröffnen.
Zwei Tage lang zog durch das ganze kleine Städtchen noch der hartsüße, warme Geruch der gebratenen Äpfel.
Es begann zu regnen. Es war ein Donnerstag. Am nächsten Tag, Freitag also, klebte die Botschaft schon an allen Straßenecken.
Es war das Manifest unseres alten Kaisers Franz Joseph, und es hieß: »An Meine Völker!«

XI

Ich war Fähnrich in der Reserve. Knapp zwei Jahre vorher hatte ich mein Bataillon, die Einundzwanziger-Jäger, verlassen. Es schien mir damals, daß mir der Krieg durchaus gelegen käme. In dem Augenblick, in dem er nun da war und unausbleiblich, erkannte ich sofort – und ich glaube, auch alle meine Freunde dürften es genauso schnell und so plötzlich erkannt haben –, daß sogar noch ein sinnloser Tod besser sei als ein sinnloses Leben. Ich hatte Angst vor dem Tod. Das ist gewiß. Ich wollte nicht fallen. Ich wollte mir lediglich selbst die Sicherheit verschaffen, daß ich sterben könne.
Mein Vetter Joseph Branco und sein Freund, der Fiaker Manes, waren beide Soldaten in der Reserve. Auch sie mußten also einrücken. Am Abend jenes Freitags, an dem das Manifest des Kaisers an den Wänden plakatiert worden war, ging ich, wie gewohnt, ins Kasino, um mit meinen Freunden von den Neuner-Dragonern zu essen. Ich konnte ihren Appetit nicht begreifen, ihre gewohnte Heiterkeit nicht, nicht ihre törichte Gleichgültigkeit gegen die Marschorder nach dem nordöstlich gelegenen russischen Grenzorte Radziwillow. Ich war der einzige unter ihnen, der schon die Anzeichen des Todes in ihren harmlosen, sogar fröhlichen, jedenfalls unbewegten Gesichtern erkannte. Es war, als

befänden sie sich in einer Art euphorischem Zustand, der die Sterbenden so häufig begnadet, ein Vorbote des Todes. Und obwohl sie noch gesund und munter an den Tischen saßen und Schnaps und Bier tranken und obwohl ich so tat, als nähme ich teil an ihren törichten Scherzen, kam ich mir doch vor wie ein Arzt oder ein Krankenpfleger, der seinen Patienten sterben sieht und der sich freut, daß der Sterbende noch gar nichts von dem nahen Tode weiß. Und dennoch fühlte ich auf die Dauer ein Unbehagen, wie es vielleicht auch mancher Arzt oder mancher Krankenwärter haben mag, im Angesicht des Todes und der Euphorie des Sterbenden, in jenem Augenblick also, da sie nicht genau wissen mögen, ob es nicht besser wäre, dem Todgeweihten zu sagen, daß er bald sterben müsse, statt die günstige Tatsache zu begrüßen, daß er dahingehen würde, ohne etwas zu ahnen.
Infolgedessen verließ ich die Herren von den Neuner-Dragonern schnell und begab mich auf den Weg zu Manes, dem Fiaker, bei dem, wie schon gesagt, mein Vetter Joseph Branco wohnte.
Wie anders waren sie beide und wie wohl taten sie mir nach diesem Abend im Kasino der Neuner-Dragoner! Vielleicht waren es die rituellen Kerzen, die im blau getünchten Zimmer des jüdischen Fiakers Manes brannten, ihrem eigenen Tod, fröhlich fast, auf jeden Fall aber gefaßt und sicher, entgegenbrannten: drei Kerzen, goldgelb, in grüne Bierflaschen gesteckt; denn der Fiaker Manes war zu arm, um sich auch nur Messingleuchter zu kaufen. Es waren beinahe nur noch Stümpfe von Kerzen, und sie schienen mir das Ende der Welt, von dem ich wußte, daß es sich jetzt zu vollziehen begann, zu symbolisieren. Das Tischtuch war weiß, die Flaschen von jenem billigen Dunkelgrün, das bereits von vornherein die Gewöhnlichkeit ihres süffigen Inhalts plebejisch und übermütig anzukündigen scheint, und die sterbenden Kerzenreste goldgelb. Sie flackerten. Sie warfen unruhiges Licht über den Tisch und verursachten ebenso unruhige, gleichsam flackernde Schatten an den dunkelblau getünchten Wänden. Am Kopfende des Tisches saß Manes, der Fiaker, nicht mehr in seiner gewöhnlichen Fiakeruniform, nicht mehr in seinem Schafspelz mit Leibriemen und Ripsmütze, sondern in einem länglichen Lüsterrock und mit einem schwarzen Plüschkäppchen auf dem Kopf. Mein Vetter Joseph Branco trug seine gewohnte fette Lederjoppe und, aus Respekt vor seinem jüdischen Gastgeber, das grüne Tiroler Hütchen auf dem Kopf. Irgendwo zirpte schrill ein Heimchen.

»Jetzt müssen wir alle Abschied nehmen«, begann Manes, der Fiaker. Und weit hellsichtiger als meine Freunde von den Neuner-Dragonern und dennoch von einem Gleichmut erfüllt, beinahe möchte ich sagen: geadelt, genauso wie von dem Tod, von dem jeder Mensch geadelt wird, der bereit und würdig ist, ihn zu empfangen, fuhr er also fort: »Es wird ein großer Krieg sein, ein langer, und wer von uns dreien zurückkommt, kann man nicht wissen. Zum letztenmal sitze ich hier neben meiner Frau vor dem Freitagsabendtisch, vor den Sabbatkerzen. Nehmen wir einen würdigen Abschied, meine Freunde: du, Branco, und Sie, Herr!« Und um einen wirklich würdigen Abschied zu feiern, beschlossen wir, in die Grenzschenke Jadlowkers zu gehen, alle drei.

XII

Die Grenzschenke Jadlowkers war immer offen, Tag und Nacht. Es war die Schenke der russischen Deserteure, jener Soldaten des Zaren also, die von den zahlreichen Agenten der amerikanischen Schiffahrtslinien durch Überredung, List und Drohung gezwungen wurden, die Armee zu verlassen und sich nach Kanada einzuschiffen. Freilich gab es viele, die freiwillig desertierten. Sie zahlten den Agenten sogar vom letzten Geld, das sie übrig hatten; sie oder ihre Verwandten. Die Grenzschenke Jadlowkers galt als ein sogenanntes verrufenes Lokal. Aber es war, wie in jener Gegend alle verrufenen Lokale, der ganz besonderen Gunst der österreichischen Grenzpolizei empfohlen, und gewissermaßen stand sie also gleichermaßen ebenso unter dem Schutz wie unter dem Verdacht der Behörden.
Als wir ankamen – wir waren stumm und bedrückt eine halbe Stunde gewandert –, war das große, rostbraune, doppelflügelige Tor schon geschlossen und sogar die Laterne, die davor hing, ausgelöscht. Wir mußten klopfen, und der Knecht Onufrij kam, uns zu öffnen. Ich kannte die Schenke Jadlowkers, ich war schon ein paarmal dort gewesen, ich kannte den üblichen Trubel, der dort zu herrschen pflegte, jene besondere Art von Lärm, den die plötzlich heimatlos Gewordenen verursachen, die Verzweifelten, alle jene, die eigentlich keine Gegenwart haben, sondern die gerade noch auf dem Weg aus der Vergangenheit in die Zukunft begriffen sind, aus einer vertrauten Vergangenheit in eine höchst ungewisse Zukunft, Schiffspassagieren in jenem

Augenblick ähnlich, in dem sie vom festen Land aus in ein fremdes Schiff über einen schwankenden Steg schreiten.

Heute aber war es still. Ja, es war unheimlich still. Sogar der kleine Kapturak, einer der eifrigsten und lautesten Agenten, der all das viele, das er zu verbergen beruflich und von Natur gezwungen war, unter einer unheimlichen, geschäftigen Geschwätzigkeit zu verbergen pflegte, saßger, als er schon war, und also doppelt unscheinbar, ein schweigsamer Schatten seiner selbst. Vorgestern erst hatte er eine sogenannte »Schicht« oder, wie man sich in seinem Beruf anders auszudrücken pflegte, eine »Ladung« von Deserteuren über die Grenze gebracht, und jetzt klebte das Manifest des Kaisers an den Wänden, der Krieg war da, die mächtige Schiffsagentur selbst war ohnmächtig, der mächtige Donner der Weltgeschichte ließ den kleinen, geschwätzigen Kapturak verstummen, und ihr gewaltiger Blitz reduzierte ihn zu einem Schatten. Stumpf und stier saßen die Deserteure, die Opfer Kapturaks, vor ihren Gläsern, die nur halb geleert waren. Früher, sooft ich in die Schenke Jadlowkers gekommen war, hatte ich mit dem ganz besonderen Vergnügen eines jungen, leichtfertigen Menschen, der in den leichtsinnigen Ausdrucksformen der anderen, auch der Fremdesten, die legitime Bestätigung seiner eigenen Gewissenlosigkeit sieht, die Sorglosigkeit der soeben heimatlos Gewordenen beobachtet, die ein Glas nach dem anderen leerten und ein Glas nach dem anderen frisch bestellten. Der Wirt Jadlowker selbst saß hinter dem Schanktisch wie ein Unheilverkünder, zwar nicht ein Bote des Unheils, aber sein Träger; und er sah so aus, als hätte er gar nicht die geringste Lust gehabt, noch neue Gläser einzuschenken, selbst wenn seine Gäste es verlangt hätten. Was hatte dies alles noch für einen Sinn? Morgen, übermorgen konnten die Russen dasein. Der arme Jadlowker, der noch eine Woche früher so majestätisch dagesessen war, mit seinem silbernen Spitzbärtchen, eine Art Bürgermeister unter den Schankwirten, von der verschwiegenen Protektion der Behörden ebenso beschattet und gesichert wie von ihrem ehrenden Mißtrauen, sah heute aus wie ein Mensch, der seine ganze Vergangenheit liquidieren muß; ein Opfer der Weltgeschichte eben. Und die schwere, blonde Kassiererin neben ihm hinter der Theke war ebenfalls gleichsam von der Weltgeschichte gekündigt worden, zu einem kurzen Termin. Alles Private war auf einmal in den Bereich des Öffentlichen getreten. Es repräsentierte das Öffentliche, es vertrat und symbolisierte es. Deshalb war unser Abschied so verfehlt und so kurz. Wir tranken lediglich drei Glas Met, und wir aßen schweigsam gesalzene Erbsen dazu. Plötzlich sagte mein Vetter Joseph Branco: »Ich fahre gar nicht erst nach Sarajevo. Ich melde mich in Zloczow zusammen mit Manes!« – »Bravo!« rief ich. Und ich wußte dabei, daß auch ich gern getan hätte wie mein Vetter. Aber ich dachte an Elisabeth.

XIII

Ich dachte an Elisabeth. Ich hatte nur zwei Gedanken, seitdem ich das Manifest des Kaisers gelesen hatte: den an den Tod und den an Elisabeth. Ich weiß heute noch nicht, welcher von beiden der stärkere war.

Verschwunden und vergessen waren im Angesicht des Todes alle meine törichten Befürchtungen vor dem törichten Spott meiner Freunde. Ich empfand auf einmal Mut, zum erstenmal in meinem Leben hatte ich Mut, meine sogenannte »Schwäche« zu bekennen. Ich ahnte freilich schon, daß der leichtfertige Übermut meiner Wiener Freunde dem schwarzen Glanz des Todes gewichen sein würde und daß es in der Stunde des Abschieds, eines solchen Abschieds, keinen Platz für irgendeinen Hohn mehr geben könnte.

Ich hätte mich auch beim Ergänzungsbezirkskommando Zloczow melden können, wohin der Fiaker Manes zuständig war und zu dem sich auch mein Vetter Joseph Branco begeben wollte. In Wirklichkeit lag es in meiner Absicht, Elisabeth und meine Wiener Freunde und meine Mutter zu vergessen und mich so schnell wie möglich der nächsten Station des Todes auszuliefern, nämlich dem Ergänzungsbezirkskommando Zloczow. Denn ein starkes Gefühl band mich an meinen Vetter Joseph Branco wie an seinen Freund, den Fiaker Manes Reisiger. In der Nähe des Todes wurden meine Gefühle redlicher, gleichsam reinlicher, ähnlich, wie sich manchmal vor einer schweren Krankheit plötzlich die klaren Einsichten und Erkenntnisse einstellen, dermaßen, daß man trotz der Angst, der Bedrängtheit und der würgenden Vorahnung des Leidens eine Art stolzer Genugtuung darüber empfindet, daß man endlich einmal erkannt hat; das Glück, das man durch Leiden erkannt hat, und eine Seligkeit, weil man den Preis der Erkenntnis im voraus erfährt. Man ist sehr glücklich in der Krankheit. Ich war damals ebenso glücklich, in Anbetracht der großen Krankheit,

die sich in der Welt ankündigte: nämlich der des Weltkriegs. Ich durfte gleichsam allen meinen Fieberträumen, die ich sonst unterdrückt hatte, freien Lauf lassen. Ich war ebenso befreit wie gefährdet.
Ich wußte bereits, daß mir mein Vetter Joseph Branco und sein Freund Manes Reisiger lieber waren als alle meine früheren Freunde, mit Ausnahme des Grafen Chojnicki. Man stellte sich damals den Krieg sehr einfach und ziemlich leichtfertig vor. Wenigstens gehörte ich zu jenen nicht seltenen Leuten, die glaubten, wir würden nach Garnisonen aufmarschieren, womöglich geschlossen, und wenn nicht nebeneinander, so doch in einer einigermaßen erreichbaren Nähe bleiben. Ich stellte mir vor, ich wünschte es mir, daß ich in der Nähe meines Vetters Joseph Branco und in der seines Freundes, des Fiakers Manes, bleibe. Aber es war keine Zeit zu verlieren. Überhaupt bestand in jenen Tagen die Bedrängnis, ja die Bedrängung, in der Tatsache, daß wir keine Zeit mehr hatten: keine Zeit mehr, den geringen Raum zu genießen, den uns noch das Leben ließ, und auch nicht einmal die Zeit mehr, den Tod zu erwarten. Wir wußten ja damals eigentlich nicht mehr, ob wir uns den Tod ersehnten oder das Leben erhofften. Für mich und meinesgleichen waren es damals jedenfalls die Stunden der höchsten Lebensspannung: jene Stunden, in denen der Tod einem nicht erschien wie ein Abgrund, in den man eines Tages stürzt, sondern wie ein jenseitiges Ufer, das man durch einen Sprung zu erreichen trachtet; und man weiß, wie lange die Sekunden dauern, die dem Sprung an ein jenseitiges Ufer vorangehn.
Ich ging zuerst, wie selbstverständlich, nach Hause zu meiner Mutter. Sie hatte offenbar kaum noch erwartet, mich wiederzusehn, aber sie tat so, als hätte sie mich erwartet. Es ist eines der Geheimnisse der Mütter: Sie verzichten niemals, ihre Kinder wiederzusehn, ihre totgeglaubten nicht und auch nicht ihre wirklich toten; und wenn es möglich wäre, daß ein totes Kind wiederauferstünde vor seiner Mutter, würde sie es in ihre Arme nehmen, so selbstverständlich, als wäre es nicht aus dem Jenseits, sondern aus einer der fernen Gegenden des Diesseits heimgekehrt. Eine Mutter erwartet die Wiederkehr ihres Kindes immer: ganz gleichgültig, ob es in ein fernes Land gewandert ist, in ein nahes oder in den Tod.
Also empfing mich auch meine Mutter, als ich ankam, gegen die zehnte Stunde vormittags. Wie gewöhnlich saß sie da, im Lehnstuhl, vor dem eben beendeten Frühstück, die Zeitung vor dem Angesicht und die

altmodische Brille mit den oval geformten, stahlgeränderten Gläsern vor den Augen. Sie nahm die Brille ab, als ich ankam, aber sie ließ die Zeitung kaum sinken. »Küß die Hand, Mama!« sagte ich, ging auf sie zu und nahm ihr die Zeitung aus der Hand. Ich fiel geradezu in ihren Schoß. Sie küßte mich auf den Mund, die Wangen, die Stirn. »Jetzt ist Krieg«, sagte sie, als hätte sie mir damit eine Neuigkeit mitgeteilt; oder als wäre für sie der Krieg erst in dem Augenblick ausgebrochen, in dem ich nach Hause gekommen war, um von ihr, meiner Mutter, Abschied zu nehmen.

»Jetzt ist Krieg, Mama«, antwortete ich, »und ich bin gekommen, um Abschied von dir zu nehmen.« – »Und auch«, fügte ich nach einer Weile hinzu, »um Elisabeth zu heiraten, bevor ich in den Krieg gehe.« Krieg gehst?« Auch hier noch sprach sie, wie eine Mutter spricht. Wenn sie ihr Kind – ihr einziges übrigens – in den Tod ziehen lassen mußte, so wollte sie es allein dem Tod überliefern. Weder den Besitz noch den Verlust wollte sie mit einer anderen Frau teilen.

Seit langem schon mochte sie geahnt haben, daß ich Elisabeth liebte. (Sie kannte sie wohl.) Seit langem schon mochte meine Mutter bereits gefürchtet haben, daß sie eines Tages ihren einzigen Sohn verlieren würde – an eine andere Frau –, was ihr vielleicht beinahe noch schlimmer erschien, als ihn an den Tod zu verlieren. »Mein Kind«, sagte sie, »du bist selbst imstande und allein berechtigt, über dein Schicksal zu entscheiden. Du willst heiraten, bevor du in den Krieg gehst; ich versteh's. Ich bin kein Mann, ich habe nie einen Krieg gesehn, ich kenne kaum das Militär. Aber ich weiß, daß der Krieg etwas Schreckliches ist und daß er dich vielleicht umbringen wird. Dies ist die Stunde, in der ich dir die Wahrheit sagen kann. Ich mag Elisabeth nicht leiden. Ich hätte dich auch unter andern Umständen nicht gehindert, sie zu heiraten. Aber ich hätte dir niemals die Wahrheit gesagt. Heirate und werde glücklich, wenn es dir die Umstände erlauben. Und Schluß damit! Reden wir von anderen Dingen: Wann rückst du ein? Und wo?«

Zum erstenmal in meinem Leben war ich vor meiner Mutter verlegen, ja winzig. Ich konnte ihr nichts anderes antworten als dieses kümmerliche: »Ich komme bald wieder, Mama!«, das mir heute noch wie eine Lästerung nachklingt.

»Komm zu Mittag, Bub«, sagte sie, als ob gar nichts sonst in der Welt los wäre und wie sie es immer schon ähnlich gesagt hatte, »wir haben heut Schnitzel und Zwetschkenknödel zu Mittag.«

Es war für mich eine großartige Manifestation der Mütterlichkeit: dieser plötzliche Einbruch der friedlichen Zwetschkenknödel in die Bereitschaft des Todes sozusagen. Ich hätte vor Rührung in die Knie fallen mögen. Aber ich war zu jung noch damals, um Rührung ohne Scham zeigen zu können. Und seit jener Stunde weiß ich es auch, daß man ganz reif und zumindest sehr erfahren sein muß, um Gefühl zeigen zu können, ohne eine Hemmung der Scham.
Ich küßte meiner Mutter die Hand wie gewohnt. Ihre Hand – ich werde sie niemals vergessen – war zart, schlank, blau geädert. Durch die dunkelroten, seidenen Vorhänge, zärtlich gedämpft, strömte das Licht des Vormittags in das Zimmer, wie ein stiller, gleichsam zeremoniell verkleideter Gast. Auch die ganz blasse Hand meiner Mutter schimmerte rötlich, in einer Art schamhaften Scharlachs, eine geweihte Hand in einem durchsichtigen Handschuh aus gefilterter Vormittagssonne. Und das zaghaft herbstliche Zirpen der Vögel in unserem Garten war mir beinahe so heimisch und gleichzeitig beinahe so fremd wie die vertraute, vom Rot verschleierte Hand meiner Mutter.
»Ich habe keine Zeit zu verlieren«, sagte ich nur.
Ich ging zum Vater meiner geliebten Elisabeth.

XIV

Der Vater meiner geliebten Elisabeth war in jener Zeit ein wohlbekannter, man kann wohl sagen, berühmter Hutmacher. Er war aus einem gewöhnlichen »Kaiserlichen Rat« ein nicht ungewöhnlicher ungarischer Baron geworden. Die geradezu skurrilen Sitten der alten Monarchie erforderten manchmal, daß Kommerzialräte österreichischer Provenienz ungarische Barone werden.
Der Krieg kam meinem zukünftigen Schwiegervater durchaus gelegen. Er war bereits zu alt, um noch einrücken zu müssen, und jung genug, um aus einem seriösen Hutfabrikanten ein hurtiger Hersteller jener Soldatenkappen zu werden, die so viel mehr einbringen und so viel weniger kosten als die Zylinder.
Es war mittags, vom Rathaus schlug es eben zwölf Uhr, als ich bei ihm eintrat, und er war gerade von einem für ihn heiter verlaufenen Besuch im Kriegsministerium zurückgekehrt. Er hatte den Auftrag auf eine halbe Million Soldatenkappen bekommen. Auf diese Weise, so sagte er

mir, könne er, der alternde, hilflose Mann, immerhin noch dem Vaterlande dienen. Dabei strählte er mit beiden Händen immerzu seinen graublonden Backenbart, es war, als wollte er gleichsam die beiden Hälften der Monarchie liebkosen, die zis- wie die transleithanische. Er war groß, kräftig und schwerfällig. Er erinnerte mich an eine Art sonnigen Lastträger, der die Bürde auf sich genommen hatte, eine halbe Million Kappen herzustellen, und den diese Bürde weit eher zu erleichtern als zu belasten schien. »Sie rücken also natürlich ein!« sagte er mit einer geradezu belustigten Stimme. »Ich glaube annehmen zu können, daß meine Tochter Sie vermissen wird.«

In diesem Augenblick fühlte ich, daß es mir unmöglich sein würde, bei ihm um die Hand seiner Tochter anzuhalten. Und mit jener Überstürzung, mit der man versucht, das Unmögliche dennoch möglich zu machen, und mit jener Hast, zu der mich der immer näher heranrückende Tod zwang, die ganze Intensität meines elenden Lebensrestes auszukosten, sagte ich dem Hutmacher, unartig und ungedulig: »Ich muß sofort Ihr Fräulein Tochter sehen.«

»Junger Freund«, erwiderte er, »ich weiß, Sie wollen um ihre Hand anhalten. Ich weiß, daß Elisabeth nicht nein sagen wird. Also nehmen Sie vorläufig die meine, und betrachten Sie sich als meinen Sohn!«

Damit streckte er mir seine große, weiche und viel zu weiße Hand entgegen. Ich nahm sie und hatte die Empfindung, eine Art von trostlosem Teig anzurühren. Es war eine Hand ohne Druck und ohne Wärme. Sie strafte sein Wort vom »Sohn« Lügen, sie widerrief es sogar.

Elisabeth kam, und der Hutmacher ersparte mir alle Worte: »Herr Trotta geht in den Krieg«, sagte mein Schwiegervater – so, als hatte er sagen wollen: Er fährt zur Erholung an die Riviera –, »und er möchte dich vorher heiraten.« Er sprach in dem gleichen Tonfall, in dem er eine Stunde vorher im Kriegsministerium mit dem Uniformreferenten über die Kappen gesprochen haben mochte. Aber Elisabeth war da. Ihr Lächeln war da, es schimmerte gleichsam vor ihr daher, mir entgegen, ein Licht, aus ihr geboren und anscheinend ein ewiges, sich selbst immer wieder erneuerndes, ein silbernes Glück, das zu klingeln schien, obwohl es lautlos war.

Wir umarmten uns. Wir küßten uns zum erstenmal, heiß, schamlos fast, trotz der Aufmerksamkeit des Vaters, ja vielleicht sogar noch mit dem wonnig-frevlerischen Bewußtsein, einen Zeugen unserer Verschwiegenheit daneben zu wissen. Ich gab mich preis. Ich hatte keine Zeit. Der Tod stand schon hinter meinem Rücken. Ich war schon sein Kind, mehr noch als der Sohn des Hutmachers. Ich mußte zu meinen Einundzwanzigern in die Landstraßer Hauptstraße. Ich eilte hinaus, unmittelbar aus der Umarmung zum Militär; aus der Liebe zum Untergang. Beides genoß ich mit der gleichen Stärke des Herzens. Ich rief einen Fiaker und rollte in die Kaserne.

Ich traf ein paar Freunde und Kameraden dort. Einige von ihnen kamen, wie ich, direkt aus der Umarmung.

XV

Direkt aus den Umarmungen kamen sie, und es war ihnen so, als hätten sie die wichtigsten Kriegspflichten bereits erfüllt. Die Trauungen waren festgesetzt. Jeder von ihnen hatte irgendein Mädchen zu heiraten, selbst wenn es nicht eine standesgemäße Braut war, sondern eine zufällige, wie sie unsereinem in jenen Zeiten aus unbekannten Gegenden, aus unerforschlichen Gründen häufig zugeflogen kamen, Nachtfaltern ähnlich, durch offene Fenster in sommerlichen Nächten auf Tisch und Bett und Kaminsims flatternd, flüchtig, leichtfertig, hingebungsvoll, samtene Geschenke einer großzügigen, kurzen Nacht. Jeder von uns hätte sich gewiß, wenn nur der Friede weiterbestanden hätte, gegen eine gesetzliche Bindung an eine Frau gesträubt. Nur Thronfolger mußten damals rechtmäßig heiraten. Unsere Väter waren mit dreißig Jahren bereits recht würdevolle, oft kinderreiche Familien- und Hausbeherrscher gewesen. In uns aber, dem seit Geburt kriegegeweihten Geschlecht, war der Fortpflanzungstrieb sichtbar erloschen. Wir hatten keinerlei Lust, uns fortzusetzen. Der Tod kreuzte seine knöchernen Hände nicht nur über den Bechern, aus denen wir tranken, sondern auch über den nächtlichen Betten, in denen wir mit Frauen schliefen. Und deshalb eben waren unsere Frauen damals auch so zufällig. Uns lag nicht einmal viel an der Lust, die uns Lust bescherte.

Nun aber, da der Krieg uns plötzlich zu den Ergänzungsbezirkskommandos berief, war es nicht der Gedanke an den Tod, den er zuerst in uns erzeugte, sondern der an die Ehre und seine Schwester, die Gefahr. Auch das Ehrgefühl ist ein Betäubungsmittel – und in uns betäubte es die Furcht und alle bösen Ahnungen. Wenn Sterbenskranke ihre Testamente machen und ihre irdischen Angelegenheiten ordnen, so mag sie wohl ein Schauder heimsuchen. Aber wir waren ja jung und gesund an allen Gliedern! Wir empfanden keinen Schauder, keinen wirklichen, es gefiel uns nur, es schmeichelte uns, ihn in den Zurückbleibenden hervorzurufen. Ja, aus Eitelkeit machten wir Testamente; aus Eitelkeit ließen wir uns hurtig trauen, in einer Eile, die eine Überlegung oder gar eine Reue von vornherein ausschaltete. Die Trauung ließ uns noch edler erscheinen, als wir allein schon durch unser Blutopfer waren. Sie machte uns den Tod, den wir zwar fürchteten, aber jedenfalls einer lebenslänglichen Bindung vorzogen, weniger gefährlich und häßlich. Wir schnitten uns gewissermaßen den Rückzug ab. Und jener erste unvergeßliche und stürmische Elan, mit dem wir in die ersten unseligen Schlachten zogen, war sicherlich von der Angst vor einer Rückkehr in ein »häusliches Leben« genährt, vor Möbeln, die gichtig werden, vor Frauen, die den Reiz verlieren, vor Kindern, die lieblich wie Engel zur Welt kommen und sich zu fremden, gehässigen Wesen auswachsen. Nein, dies alles wollten wir nicht. Die Gefahr war sowieso unvermeidlich. Aber um sie uns zu versüßen, ließen wir uns trauen. Und also waren wir gewappnet, ihr entgegenzugehen, wie einer noch unbekannten, aber bereits freundlich winkenden Heimat...

Dennoch, und obwohl ich wußte, daß ich genauso fühlte wie meine Kameraden, der Fähnrich in der Reserve Bärenfels, der Leutnant Hartmann, der Oberstleutnant Linck, der Baron Lerch und der Kadettaspirant Dr. Brociner, erschienen sie mir alle, wie ich sie hier aufzähle, verglichen mit meinem Vetter Joseph Branco und mit seinem Freund, dem jüdischen Fiaker Manes Reisiger, oberflächlich, leichtsinnig, unkameradschaftlich, stupide und weder des Todes würdig, dem sie eben entgegengingen, noch der Testamente und Trauungen, die sie zu arrangieren im Begriffe waren. Ich liebte meine Einundzwanziger-Jäger, gewiß! Die alte kaiser- und königliche Armee kannte einen eigenen Patriotismus, einen Regionalpatriotismus, einen Regiments- und Bataillonspatriotismus. Mit dem Zugsführer Marek, mit dem Korporal Türling, mit dem Gefreiten Alois Huber war ich während meiner Dienstzeit und später in den alljährlichen Manövern militärisch aufgewachsen. Und man wächst beim Militär gleichsam noch einmal: Wie man etwa als Kind gehen lernt, so lernt man als Soldat marschieren. Niemals vergißt man die Rekruten, die zu gleicher Stunde mit einem das Marschieren erlernt haben, das Gewehrputzen und die Gewehrgriffe, das Packen des Tornisters und das vorschriftsmäßige Zusammenfalten der Decke, das Mantelrollen und das Stiefelputzen und den Nachtdienst, Dienstreglement Teil zwei, und die Definitionen: Subordination und Disziplin, Dienstreglement erster Teil. Niemals vergißt man dies und die Wasserwiese, auf der man laufen gelernt hat, mit angezogenen Ellbogen, und im Spätherbst die Gelenksübungen, im grauen Nebel, der um die Bäume ging und jede Tanne in eine blaugraue Witwe verwandelte und die Lichtung vor unseren Blicken, auf der bald, nach der Zehn-Uhr-Rast, die Feldübungen beginnen sollten, die idyllischen Vorboten des roten Krieges. Nein, das vergißt man nicht. Die Wasserwiese der Einundzwanziger war meine Heimat.

Aber meine Kameraden waren so heiter! Wir saßen in dem kleinen Gasthaus, das eigentlich keines gewesen war, von Anfang an, von Geburt sozusagen. Es hatte sich vielmehr im Laufe der langen, undenklich langen Jahre, in denen unsere Kaserne, die Kaserne der Einundzwanziger-Jäger, heimisch und vertraut in dieser Gegend geworden war, aus einem gewöhnlichen Laden, in dem man Passepoils, Sterne, Einjährigenstreifen, Rosetten und Schuhbänder kaufen konnte, zu einem Gasthaus entwickelt. Die sogenannten »Posamentierstücke« lagen noch in den Fächern hinter der Theke. Es roch immer noch in dem Halbdunkel des Ladens weit eher nach den Pappschachteln, in denen die Sterne lagerten, die aus weißem Kautschuk, die aus goldener Seide, und die Rosetten für Militärbeamte und die Portepees, die wie gebündelte goldene Rieselregen aussahen, als nach Apfelmost, Schnaps und älterem Gumpoldskirchner. Vor dem Ladentisch waren drei, vier kleine Tischchen aufgestellt. Sie stammten noch aus unserer Jugendzeit, aus unserer Einjährigenzeit. Damals hatten wir die Tischchen angekauft, und die Konzession, Alkohol auszuschenken, hatte der Inhaber des Ladens, der Posamentierer Zinker, lediglich dank der Fürsprache unseres Bataillonskommandanten, des Majors Pauli, bekommen. Zivilisten durften allerdings beim Posamentierer nicht trinken! Die Konzession bezog sich lediglich auf Militärpersonen.

Wir saßen nun wieder zusammen im Posamentiererladen wie einst in Einjährigenzeiten. Und gerade die Unbekümmertheit meiner Kameraden, mit der sie heute dem bevorstehenden Sieg ebenso zujubelten, wie sie vor Jahren der nahenden Offiziersprüfung entgegengetrunken hatten, beleidigte mich tief. Damals mochte in mir die prophetische

Ahnung sehr stark gewesen sein, die Ahnung, daß diese meine Kameraden wohl imstande seien, eine Offiziersprüfung zu bestehen, keineswegs aber einen Krieg. Zu sehr verwöhnt aufgewachsen waren sie in dem von den Kronländern der Monarchie unaufhörlich gespeisten Wien, harmlose, beinahe lächerlich harmlose Kinder der verzärtelten, viel zu oft besungenen Haupt- und Residenzstadt, die, einer glänzenden, verführerischen Spinne ähnlich, in der Mitte des gewaltigen schwarz-gelben Netzes saß und unaufhörlich Kraft und Saft und Glanz von den umliegenden Kronländern bezog. Von den Steuern, die mein armer Vetter, der Maronibrater Joseph Branco Trotta aus Sipolje, von den Steuern, die mein elendiglich lebender jüdischer Fiaker Manes Reisiger aus Zlotogrod bezahlte, lebten die stolzen Häuser am Ring, die der baronisierten jüdischen Familie Todesco gehörten, und die öffentlichen Gebäude, das Parlament, der Justizpalast, die Universität, die Bodenkreditanstalt, das Burgtheater, die Hofoper und sogar noch die Polizeidirektion. Die bunte Heiterkeit der Reichs-, Haupt- und Residenzstadt nährte sich ganz deutlich – mein Vater hatte es so oft gesagt – von der tragischen Liebe der Kronländer zu Österreich: der tragischen, weil ewig unerwiderten. Die Zigeuner der Pußta, die subkarpatischen Huzulen, die jüdischen Fiaker von Galizien, meine eigenen Verwandten, die slowenischen Maronibrater von Sipolje, die schwäbischen Tabakpflanzer aus der Bacska, die Pferdezüchter der Steppe, die osmanischen Sibersna, jene von Bosnien und Herzegowina, die Pferdehändler aus der Hanakei in Mähren, die Weber aus dem Erzgebirge, die Müller und Korallenhändler aus Podolien: sie alle waren die großmütigen Nährer Österreichs; je ärmer, desto großmütiger. So viel Weh, so viel Schmerz, freiwillig dargeboten, als wäre es selbstverständlich, hatten dazu gehört, damit das Zentrum der Monarchie in der Welt gelte als die Heimat der Grazie, des Frohsinns und der Genialität. Unsere Gnade wuchs und blühte, aber ihr Feld war gedüngt von Leid und von der Trauer.

Ich dachte, während wir so beim Posamentierer saßen, an Manes Reisiger und an Joseph Branco. Diese beiden: sie wollten gewiß nicht so graziös in den Tod, in einen graziösen Tod gehen wie meine Bataillonskameraden. Und ich auch nicht; ich auch nicht! Wahrscheinlich war ich in jener Stunde der einzige, der die finstere Wucht des Kommenden fühlte, zum Unterschied und also im Gegensatz zu meinen Kameraden. Deshalb also stand ich plötzlich auf und sagte zu meiner eigenen Überraschung folgendes:

»Meine Kameraden! Ich habe euch alle sehr lieb, so, wie es sein soll, immer unter Kameraden, insbesondere aber eine Stunde vor dem Tode.« – Hier konnte ich nicht mehr weiter. Das Herz stockte, die Zunge versagte. Ich erinnerte mich an meinen Vater – und Gott verzeih' mir die Sünde! –: ich log. Ich log meinem toten Vater etwas an, was er niemals wirklich gesagt hatte, was er aber wirklich gesagt haben konnte. Ich fuhr also fort: »Es war einer der letzten Wünsche meines Vaters, daß ich im Falle eines Krieges, den er wohl in allernächster Zeit vorausgesehen hatte, nicht mit euch zu unseren teueren Einundzwanzigern einrücke, sondern in ein Regiment, wo mein Vetter Joseph Branco dient.«

Sie schwiegen alle. Niemals in meinem Leben hatte ich solch ein Schweigen vernommen. Es war, als hätte ich ihnen ihre leichtfertige Freude am Kriege geraubt; ein Spielverderber: ein Kriegsspielverderber.

Deutlich empfand ich, daß ich hier nichts mehr zu suchen hatte. Ich erhob mich und reichte allen die Hand. Ich fühle heute noch die kalten, enttäuschten Hände meiner Einundzwanziger. Sehr weh tat es mir. Aber ich wollte mit Joseph Branco zusammen sterben, mit Joseph Branco, meinem Vetter, dem Kastanienbrater, und mit Manes Reisiger, dem Fiaker von Zlotogrod, und nicht mit Walzertänzern.

So verlor ich zum erstenmal meine erste Heimat, nämlich die Einundzwanziger, mitsamt unserer geliebten Wasserwiese im Prater.

XVI

Ich mußte nun Chojnickis Freund, den Oberstleutnant Stellmacher vom Kriegsministerium, besuchen. Meine Transferierung zur Landwehr 35 sollte nicht länger dauern als etwa die Vorbereitungen für meine Trauung. Es war mir lieb, daß ich zwei verschiedene und auch verwirrende Demarchen fast gleichzeitig unternehmen durfte. Eine beschleunigte gleichsam die andere. Beide betäubten mich geradezu, verhinderten mich jedenfalls zugleich, meine Hast mit entscheidenden Gründen zu rechtfertigen. Ich wußte in jenen Stunden nichts anderes, als daß eben »alles schnell gehen müsse«. Ich wollte auch nicht ganz genau wissen, warum und zu welchen Zwecken. Aber tief in mir rieselte schon, feinem Regen ähnlich, den man durch den Schlaf vernimmt, die Ahnung, daß meine Freunde, Joseph Branco und Reisiger, irgendwo durch die schlammigen Landstraßen Ostgaliziens westwärts dahinzogen, von den Kosaken verfolgt. Wer weiß, vielleicht waren sie schon verwundet oder tot? Gut, dann wollte ich wenigstens ihr Andenken auf diese Weise ehren, daß ich in ihrem Regiment diente. Jung war ich, und auch vom Krieg hatten wir ja noch keine Ahnung! Wie leicht verfiel ich damals der Vorstellung, daß mir die Aufgabe zufalle, den braven Fünfunddreißigern von ihrem toten Kameraden Trotta und Reisiger wahre und auch ein wenig erfundene Anekdoten zu erzählen, damit man der beiden nie und nimmer vergesse. Gute, arme Bauerndienten bei den Fünfunddreißigern, Feldwebel mit ärarischem Deutsch, das ihren slawischen Muttersprachen angesetzt war wie die Distinktionen den Aufschlägen, goldgelbe Borten auf dunkelgrünen, winzigen Feldern, und die Offiziere waren nicht die verwöhnten Kinder unserer frohlebigen Wiener Gesellschaft, sondern Söhne von Handwerkern, Briefträgern, Gendarmen und Landwirten und Pächtern und Tabaktrafikanten. Unter ihnen aufgenommen zu werden war damals für mich ungefähr soviel, wie für den oder jenen unter ihnen etwa eine Transferierung zu den Neuner-Dragonern Chojnickis bedeuten mochte. Es war eine jener Vorstellungen gewiß, die man geringschätzig »romantisch« nennt. Nun, weit davon entfernt, mich etwa ihrer zu schämen, bestehe ich heute noch darauf, daß mir diese Zeit meines Lebens der romantischen Vorstellungen die Wirklichkeit nähergebracht hat als die seltenen unromantischen, die ich mir gewaltsam aufzwingen mußte: Wie töricht sind doch diese überkommenen Bezeichnungen! Will man sie schon gelten lassen – nun wohl: ich glaube, immer beobachtet zu haben, daß der sogenannte realistische Mensch in der Welt unzugänglich dasteht, wie eine Ringmauer aus Zement und Beton, und der sogenannte romantische wie ein offener Garten, in dem die Wahrheit nach Belieben ein und aus geht...

Ich mußte also zum Oberstleutnant Stellmacher. In unserer alten Monarchie war eine Transferierung vom Heer zur Landwehr, auch nur von den Jägern zur Infanterie, eine Art militärischer Staatsakt, nicht schwieriger, aber verwickelter als die Besetzung eines Divisionskommandos. Dennoch bestanden in meiner verschollenen Welt, in der alten Monarchie eben, die kostbaren, die köstlichen, die ungeschriebenen, die unbekannten, unzugänglichen, den Eingeweihten wohlvertrauten Gesetze eherner und ewiger als die geschriebenen, die da besagten, daß von hundert Petenten lediglich bestimmte sieben günstig, schnell und geräuschlos ihre Wünsche erfüllt sehen sollten. Die Barbaren der absoluten Gerechtigkeit, ich weiß es, sind darüber heute noch empört. Sie schelten uns Aristokraten und Ästheten, jetzt noch; und ich sehe ja jede Stunde, wie sie, die Nicht-Aristokraten und Anti-Ästheten, den Barbaren der stupiden, plebejischen Ungerechtigkeit, ihren Brüdern, den Weg geebnet haben. Es gibt auch eine Drachensaat der absoluten Gerechtigkeit.

Aber ich hatte ja damals auch gar keine Lust und keine Muße nachzudenken, wie gesagt. Ich ging zum Stellmacher, geradewegs durch den Korridor, in dem Hauptleute, Majore, Oberste warteten, geradewegs durch jene Tür, auf der »Eintritt verboten« stand – ich, ein kümmerlicher, schmächtiger Fähnrich der Jäger. »Servus!« sagte Stellmacher, über Papieren gebeugt sitzend, bevor er mich noch erblickt hatte. Er wußte wohl, wie vertraulich man die Leute zu begrüßen hatte, die durch verbotene Eingänge hereingekommen waren. Ich sah seine harten grauen Borstenhaare, die gelbliche, tausendfach zerknitterte Stirn, die winzigen, tiefliegenden Augen, die keine Lider zu haben schienen, die hageren, knochigen Wangen und den großen, herabhängenden, schwarzgefärbten, fast sarazenischen Schnurrbart, in dem Stellmacher seine ganze Eitelkeit angesiedelt zu haben schien, damit sie ihn gleichsam nicht mehr sonst (weder im Leben noch im Beruf) noch störe. Das letztemal hatte ich ihn in der Konditorei Dehmel gesehen, am Nachmittag um fünf Uhr, mit dem Hofrat Sorgsam vom Ballhausplatz. Wir hatten noch nicht die geringste Ahnung vom Krieg, der Mai, der städtische Wiener Mai, schwamm in den kleinen, silbergeränderten »Schalen Gold«, schwebte über dem Gedeck, den schmalen, schwellend gefüllten Schokoladestangen, den rosa und grünen Cremeschnittchen, die an seltsame, eßbare Kleinodien erinnerten, und der Hofrat Sorgsam sagte, mitten in den Mai hinein: »Es gibt kan Krieg, meine Herren!« – Zerstreut sah jetzt der Oberstleutnant Stellmacher von seinen Papieren auf; er sah nicht einmal mein Gesicht, bemerkte nur Uniform, Portepee, Säbel, genug, um noch einmal »Servus!« zu sagen und gleich darauf: »Setz dich, ein Moment!« Schließlich sah er mich genau an: »Fesch bist du!« und »Hätt' dich nicht erkannt! In Zivil schaust halt etwas knieweich aus!« – Aber es war nicht die sonore, tiefe Stimme Stellmachers, die ich seit Jahren kannte – und auch sein Witz war gezwungen. Noch niemals vorher war ein leichtfertiges Wort aus Stell-

machers Mund gekommen. Im glänzenden Gestrüpp des schwarzgefärbten Schnurrbarts hätte es sich sonst verfangen, um dort lautlos unterzugehen.
Ich trug schnell meine Angelegenheit vor. Ich versuchte auch zu erklären, weshalb ich zu den Fünfunddreißigern wollte. »Wenn du sie nur noch findest!« sagte Stellmacher. »Schlimme Nachrichten! Zwei Regimenter fast aufgerieben, Rückzug katastrophal. Unsere Herren Oberidioten haben uns schon präpariert. Aber gut! Geh hin, schau, daß du sie findest, deine Fünfunddreißiger! Kauf dir zwei Sterndl. Du wirst als Leutnant transferiert. Servus! Abtreten!« Er reichte mir die Hand über den Schreibtisch. Seine hellen, fast liderlosen Augen, von denen man nicht glaubte, daß sie jemals Schlaf, Schlummer, Müdigkeit unterjochen, sahen mich an, fern, fremd, aus einer gläsernen Weite, keineswegs traurig, nein, trauriger als traurig, nämlich hoffnungslos. Er versuchte zu lächeln. Sein großes falsches Gebiß schimmerte doppelt weiß unter seinem sarazenischen Schnurrbart. »Schreib mal eine Ansichtskarte!« sagte er und beugte sich wieder über die Papiere.

XVII

Die Pfarrer arbeiteten in jenen Tagen ebenso schnell wie die Bäcker, Waffenschmiede, die Eisenbahndirektionen, die Kappenmacher und die Uniformschneider. Wir sollten in der Döblinger Kirche heiraten, der Mann lebte noch, der meine Braut dort getauft hatte, und mein Schwiegervater war sentimental, wie die meisten Heereslieferanten. Mein Geschenk war eigentlich das Geschenk meiner Mutter. Ich hatte gar nicht daran gedacht, daß Brautgeschenke unumgänglich notwendig seien. Als ich zum Essen kam, die Knödel hatte ich auch bereits vergessen, saß meine Mutter schon am Tisch. Wie gewohnt, küßte ich ihre Hand, küßte sie meine Stirn. Dem Diener trug ich auf, mir dunkelgrüne Aufschläge und Leutnantssterne bei Urban in den Tuchlauben zu verschaffen. »Du wirst versetzt?« fragte meine Mutter. »Ja, Mama, zu den Fünfunddreißigern!« – »Wo stehen die?« – »In Ostgalizien.« – »Fährst du morgen?« – »Übermorgen!« – »Morgen ist die Trauung?« – »Ja, Mama!«
Es war Sitte in unserem Hause, während des Essens die Speisen zu loben, auch wenn sie mißraten waren, und von nichts anderem zu sprechen. Auch durfte das Lob keineswegs etwa banal sein, eher schon

kühn und weit hergeholt. So sagte ich zum Beispiel, das Fleisch erinnere mich an ein ganz bestimmtes, das ich vor sechs oder acht Jahren, ebenfalls an einem Dienstag, gegessen hätte, und das Dillenkraut sei geradezu, heute wie damals, mit dem Beinfleisch vermählt. Völlige Sprachlosigkeit spielte ich vor den Zwetschkenknödeln: »Bitte genau die gleichen, sobald ich zurück bin«, sagte ich zu Jacques. »Wie befohlen, junger Herr!« sagte der Alte. Meine Mutter erhob sich, noch vor dem Kaffee, eine ungewöhnliche Handlung. Sie brachte aus ihrem Kabinett zwei dunkelrote, saffianlederne Etuis, die ich oft gesehen, bewundert und nach deren Gehalt zu fragen ich mich niemals getraut hatte. Neugierig war ich zwar immer gewesen, aber zugleich auch selig darüber, zwei unzugängliche Geheimnisse in meiner Nähe zu wissen. Jetzt endlich sollten sie mir enthüllt werden. Das eine, kleinere Etui enthielt das Bild meines Vaters in Email, von einem schmalen Goldstreifen umrahmt. Sein großer Schnurrbart, seine schwarzen, glühenden, fast fanatischen Augen, die schwere, vielfach und sorgsam gefältelte Krawatte um den überaus hohen Stehkragen machten ihn mir fremd. Vor meiner Geburt mochte er so ausgesehen haben. So war er meiner Mutter lebendig, lieb und vertraut. Ich bin blond, blauäugig, meine Augen waren immer eher skeptische, traurige, wissende Augen, niemals gläubige und fanatische. Aber meine Mutter sagte: »Du bist genau wie er, nimm das Bild mit dir!« Ich dankte und bewahrte es. Meine Mutter war eine kluge, klarsichtige Frau. Nun wurde mir's klar, daß sie mich niemals ganz genau gesehen hatte. Sie konnte mich gewiß inständig lieben. Sie liebte den Sohn ihres Mannes, nicht ihr Kind. Sie war eine Frau. Ich war der Erbe ihres Geliebten; seinen Lenden schicksalshaft entsprossen; ihrem Schoß nur zufällig.
Sie öffnete das zweite Etui. Auf schneeweißem Samt lag ein violetter, großer, sechskantig geschliffener Amethyst, gehalten von einer zart geflochtenen goldenen Kette, mit der verglichen der Stein allzu wichtig erschien, gewalttätig fast. Es war, als hinge nicht er an der Kette, sondern als hätte er sich die Kette angeeignet und zöge sie in seiner Gesellschaft mit, eine schwache, ergebene Sklavin. »Für deine Braut!« sagte meine Mutter. »Bring es ihr heute!« – Ich küßte die Hand meiner Mutter und barg auch dieses Etui in der Tasche.
In diesem Augenblick meldete unser Diener Besuch, meinen Schwiegervater und Elisabeth. »Im Salon!« befahl meine Mutter. »Den Spiegel!« Jacques brachte ihr den ovalen Handspiegel. Sie sah eine lange

Weile ihr Gesicht an, regungslos. Ja, die Frauen ihrer Zeit hatten es noch nicht nötig, mit Schminke, Puder, Kämmen oder auch nur nackten Fingern Kleid, Antlitz, Haar zu richten. Es war, als befehle meine Mutter mit dem Blick allein, mit dem sie ihr Spiegelbild jetzt prüfte, dem Haar, dem Gesicht, dem Kleid distinguierte Disziplin. Ohne daß sie eine Hand gerührt hätte, verschwand plötzlich jede Vertraulichkeit, Vertrautheit, und ich selbst fühlte mich beinahe wie zu Gast bei einer fremden, älteren Dame. »Komm!« sagte sie. »Gib mir den Stock!« – Der Stock, dünnes Ebenholz mit silbernem Knauf, lehnte neben dem Stuhl. Sie brauchte ihn nicht als Stütze, sondern als Abzeichen ihrer Würde.
Mein Schwiegervater im Schlußrock, mit Handschuhen eher bewaffnet als ausgestattet, Elisabeth im hochgeschlossenen silbergrauen Kleid, ein diamantenes Kreuz an der Brust, größer als sonst und so blaß wie die mattsilberne Agraffe an ihrer linken Hüfte, standen beide aufrecht, starr beinahe, als wir eintraten. Der Schwiegervater verbeugte sich, Elisabeth versuchte einen halben Knicks. Ich küßte sie unbekümmert. Der Krieg enthob mich aller überflüssigen zeremoniellen Verpflichtungen. »Verzeihen Sie den Überfall!« sagte mein Schwiegervater. »Es ist ein angenehmer Besuch!« verbesserte meine Mutter. Sie sah dabei Elisabeth an. In ein paar Wochen wäre ich wieder daheim, scherzte mein Schwiegervater. Meine Mutter saß auf einem schmalen, harten Rokokostuhl, aufrecht, wie gepanzert. »Die Menschen«, sagte sie, »wissen manchmal wohl, wann sie wegfahren. Sie wissen niemals, wann sie zurückkommen.« Dabei sah sie Elisabeth an. Sie ließ Kaffee in den Salon reichen, Likör und Cognac. Sie lächelte nicht einen Augenblick. Sie heftete in einem bestimmten Moment ihren Blick auf meine Blusentasche, in der ich das Etui mit dem Amethyst aufbewahrt hatte. Ich verstand. Ich hängte, ohne ein Wort, die Kette um den Hals Elisabeths. Der Stein hing über dem Kreuz. Elisabeth lächelte, trat zum Spiegel, und meine Mutter nickte ihr zu; Elisabeth legte das Kreuz ab. Der Amethyst schimmerte in einem gewaltsamen Violett auf dem silbergrauen Kleid. Er erinnerte an gefrorenes Blut auf einem gefrorenen Grund. Ich wandte mich ab.
Wir erhoben uns. Die Mutter umarmte Elisabeth, ohne sie zu küssen. »Du fährst mit den Herrschaften!« befahl sie mir. »Komm heute abend!« fügte sie hinzu. »Ich will die Stunde der Trauung wissen. Es gibt Schleie blau!« Sie winkte mit der Hand, wie Königinnen mit Fächern winken. Sie entschwand.

Im Wagen unten, mein Schwiegervater fuhr im Auto (er nannte mir die Marke, und ich behielt sie nicht), erfuhr ich, daß in der Döblinger Kirche alles parat sei. Die Stunde, wahrscheinlich zehn Uhr vormittags, sei noch nicht bestimmt. Unsere Trauzeugen waren Zelinsky und Heidegger. Einfache Zeremonie. »Schlicht militärisch«, sagte mein Schwiegervater.

Am Abend, während wir die Schleie blau langsam und vorsichtig verzehrten, begann meine Mutter, wohl zum erstenmal, seitdem sie Herrin in ihrem Haus war, während des Essens von den sogenannten ernsten Gegenständen zu sprechen. Ich begann eben, die Schleie zu loben. Sie unterbrach mich. »Vielleicht sitzen wir zum letztenmal beisammen!« sagte sie. Mehr nicht. »Du gehst heute aus, Abschied nehmen, wie?« – »Ja, Mama!« – »Morgen, auf Wiedersehen!« Sie ging, sie sah sich nicht mehr um.

Freilich ging ich Abschied nehmen. Das heißt: ich irrte eigentlich herum, um Abschied zu nehmen. Hier und dort nur traf ich einen Bekannten. Die Leute auf den Straßen stießen von Zeit zu Zeit unverständliche Rufe aus. Es bedurfte einiger Minuten, bevor ich ihren Sinn begriff, und die Rufe waren schon verklungen. Manchmal spielte die Musik den Radetzkymarsch, den Deutschmeistermarsch und »Heil du, mein Österreich!« Es waren Zigeunerkapellen, Heurigenkapellen in kleinbürgerlichen Lokalen. Man trank Bier. Wenn ich eintrat, erhoben sich ein paar Unteroffiziere, und auch die Zivilisten winkten mir mit den Bierkrügeln zu. Es kam mir vor, daß ich der einzige Nüchterne in dieser großen Stadt war und deshalb auch fremd in ihr. Ja, die vertraute Stadt entzog sich mir, rückte von mir fort, jeden Augenblick weiter, und die Straßen und Gassen und Gärten, so erfüllt und laut sie auch waren, schienen mir bereits ausgestorben, so, wie ich sie später sehen sollte, nach dem Krieg und nach unserer Heimkehr. Ich irrte herum bis zum Morgengrauen, nahm im alten Bristol ein Zimmer, schlief, angestrengt, erhitzt und gegen Gedanken, Pläne, Erinnerungen unaufhörlich fechtend, ein paar Stunden, ging ins Kriegsministerium, bekam günstigen Bescheid, fuhr in unsere Kaserne, Landstraßer Hauptstraße, und verabschiedete mich von Major Pauli, unserm Bataillonskommandanten, bekam einen »offenen Befehl«, der mich – schon hieß ich: Leutnant Trotta – zu den Fünfunddreißigern instradierte, eilte nach Döbling, erfuhr, daß ich um zehn Uhr dreißig getraut werden sollte, fuhr zu meiner Mutter und teilte es ihr mit, und dann zu Elisabeth.

Wir gaben vor, daß Elisabeth mich eine Strecke begleiten sollte. Meine Mutter küßte mich, wie gewöhnlich, auf die Stirn, stieg in den Fiaker, hart, kalt und schnell, trotz ihrer langsamen Art. Es war ein geschlossener Wagen. Bevor er sich noch in Bewegung setzte, konnte ich bemerken, daß sie hastig das Rouleau hinter der kleinen Wagenscheibe zuzog. Und ich wußte, daß sie drinnen, im Dämmer des Coupés, eben zu weinen begann. Mein Schwiegervater küßte uns beide, munter und sorglos. Er hatte hundert überflüssige Redensarten in der Kehle, locker fielen sie heraus, verwehten schnell wie Gerüche. Wir verließen ihn, ein wenig brüsk. »Ich lasse euch allein!« rief er uns nach.
Elisabeth begleitete mich nicht nach dem Osten. Wir fuhren vielmehr nach Baden. Sechzehn Stunden lagen vor uns, sechzehn lange, volle, satte, kurze, flüchtige Stunden.

XVIII

Sechzehn Stunden! Seit mehr als drei Jahren liebte ich Elisabeth, aber die vergangenen drei Jahre erschienen mir kurz im Verhältnis zu den sechzehn Stunden, obwohl es doch umgekehrt hätte sein sollen. Das Verbotene ist raschlebig, das Erlaubte hat von vornherein in sich schon die Dauerhaftigkeit. Außerdem schien mir auf einmal Elisabeth zwar noch nicht verändert, aber bereits auf dem Weg zu irgendeiner Veränderung. Und ich dachte an meinen Schwiegervater und fand auch ein paar Ähnlichkeiten zwischen ihr und ihm. Ein paar ihrer ganz bestimmten Handbewegungen waren sichtbarlich vom Vater ererbt, ferne und verfeinerte Echos der väterlichen Bewegungen. Einige ihrer Handlungen auf der Fahrt in der elektrischen Bahn nach Baden beleidigten mich beinahe. So zog sie zum Beispiel kaum zehn Minuten, nachdem sich die Bahn in Bewegung gesetzt hatte, ein Buch aus dem Köfferchen. Es lag neben dem Toilettenetui über der Wäsche – ich dachte an Brauthemd –, und die Tatsache allein, daß ein gleichgültiges Buch auf einem nahezu sakramentalen Gewand liegen durfte, erschien mir würdelos. Es waren übrigens gesammelte Skizzen eines jener norddeutschen Humoristen, die damals zugleich mit unserer Nibelungentreue, mit dem Deutschen Schulverein, mit den Hochschuldozenten aus Pommern, Danzig, Mecklenburg und Königsberg in Wien ihre verregnete Heiterkeit spazierenführten und ihr strapaziöses Behagen zu verbreiten begannen. Elisabeth sah von Zeit zu Zeit aus dem Buch auf, blickte mich an, schaute eine Weile zum Fenster hinaus, unterdrückte ein Gähnen und las weiter. Auch hatte sie eine Art, die Knie übereinanderzuschlagen, die mir geradezu indezent vorkam. Ob das Buch ihr gefalle, fragte ich sie. »Humorvoll!« entschied sie schlankweg. Sie reichte mir das Buch, damit ich selbst prüfe. Ich begann, eine der törichten Geschichten in der Mitte zu lesen, es war die Rede von dem goldigen Humor Augusts des Starken und von einer Beziehung zu einer seiner fürwitzigen Hofdamen. Die zwei Eigenschaftswörter, für mein Gefühl durchaus bezeichnend für preußische und sächsische Seelen, sobald sie sich in Sonntagsrast befinden, genügten mir. Ich sagte: »Ja, goldig und fürwitzig!« Elisabeth lächelte und las weiter. Wir gingen ins Hotel »Zum goldenen Löwen«. Unser alter Diener wartete, der einzige, der von unserm Badener Plan wußte. Er gestand mir sofort, daß er ihn meiner Mutter verraten hatte. Er stand da, an der Endstation der Elektrischen, den steifen Halbzylinder in der Hand, den er von meinem Vater geerbt haben mochte, und überreichte meiner Frau einen Strauß dunkelroter Rosen. Er hielt den Kopf gesenkt, in seinem blanken Scheitel spiegelte sich die Sonne wie ein Sternchen, ein silbernes Körnchen. Elisabeth war still. Wenn sie doch nur ein Wort fände! dachte ich. Nichts erfolgte. Die stumme Zeremonie dauerte unendlich lange. Unsere beiden Köfferchen standen auf dem Trottoir. Elisabeth drückte die Rosen mitsamt ihrer Handtasche an die Brust. Der Alte fragte, womit er uns noch dienen könne. Er hatte auch herzliche Grüße von meiner Mutter auszurichten. Mein Koffer, meine zweite Uniform, meine Wäsche seien schon im Hotel. »Ich danke dir!« sagte ich. Ich merkte, wie Elisabeth ein wenig zur Seite wich. Dieses Ausweichen, ja Abrücken reizte mich. Ich sagte: »Begleite uns zum Hotel! Ich möchte noch mit dir sprechen!« – »Zu Befehl!« sagte er, hob die Köfferchen und folgte uns.

»Ich möchte noch mit dem Alten sprechen!« sagte ich zu Elisabeth. »In einer halben Stunde!«

Ich ging mit Jacques ins Kaffeehaus. Er hielt den Halbzylinder auf den Knien, ich nahm ihn sachte weg und legte ihn auf den Stuhl nebenan. Aus den fernen, blaßblauen, etwas feuchten Greisenaugen strömte mir die ganze Zärtlichkeit Jacques' entgegen, und mir war, als hätte meine Mutter in seine Augen eine letzte mütterliche Botschaft für mich gelegt. Seine gichtigen Hände (ich hatte sie lange nicht nackt, sondern nur in weißen Handschuhen gesehen) zitterten, als sie die Kaffeetasse hoben. Es waren alte, gute Dienerhände. Warum hatte ich sie niemals beachtet? Die blauen Knötchen saßen auf den gekrümmten Fingergelenken, die Nägel waren flach, stumpf und vielfach gespalten, der Knochen am Gelenk seitwärts verschoben und schien widerwillig den steifen Rand der altmodischen Manschettenrollen zu ertragen, und unzählige Äderchen, blaßblau, bahnten sich, winzigen Flüssen gleich, mühsame Wege unter der rissigen Haut des Handrückens.

Wir saßen im Garten des Cafés Astoria. Ein welkes goldenes Kastanienblatt wirbelte langsam auf den kahlen Schädel Jacques', er fühlte es nicht, seine Haut war eben alt und unempfindlich geworden, ich ließ das Blatt dort liegen. »Wie alt bist du?« fragte ich. »Achtundsiebzig, junger Herr!« antwortete er, und ich sah einen einzigen, großen gelben Zahn unter seinem dichten schneeigen Schnurrbart. »Ich sollte eigentlich in den Krieg ziehen, nicht die Jungen!« fuhr er fort. »Im Jahre 66 war ich dabei, gegen die Preußen, bei den Fünfzehnern.« – »Wo bist du geboren?« fragte ich. »In Sipolje!« sagte Jacques. »Kennst du die Trottas?« – »Freilich, alle, alle!« – »Sprichst du noch Slowenisch?« – »Hab' ich vergessen, junger Herr!«

»In einer halben Stunde!« hatte ich Elisabeth gesagt. Ich zögerte, nach der Uhr zu sehen. Es mochte wohl schon mehr als eine Stunde verflossen sein, aber die blassen, alten Augen Jacques', in denen sein Herzweh wohnte und das meiner Mutter, wollte ich nicht entbehren. Es war mir, als hätte ich jetzt die dreiundzwanzig leichtfertig und lieblos verbrachten Jahre meines Lebens wettzumachen, innerhalb einer Stunde, und statt wie sonst ein Jungvermählter die sogenannte neue Existenz anzufangen, bestrebte ich mich, vielmehr die verflossene zu korrigieren. Am liebsten hätte ich wieder bei der Geburt angefangen. Es war mir klar, daß ich das Wichtigste versäumt hatte. Zu spät. Ich stand vor dem Tod und vor der Liebe. Einen Augenblick – ich gestehe es – dachte ich sogar an ein schändliches, schmähliches Manöver. Ich konnte Elisabeth eine Nachricht schicken, daß ich sofort wegmüsse, ins Feld, glattweg. Ich konnte es ihr auch sagen, sie umarmen, Trostlosigkeit, Verzweiflung spielen. Es war nur die Wirrnis einer kurzen Sekunde. Ich hatte sie sofort überwunden. Ich verließ das Astoria. Treulich, einen halben Schritt hinter mir, ging Jacques.

Knapp vor dem Eingang zum Hotel, gerade als ich mich umwenden wollte, um mich von Jacques endgültig zu verabschieden, hörte ich ihn

röcheln. Ich wandte mich halb um und breitete die Arme aus. Der Alte sank an meine Schulter. Sein Halbzylinder kollerte hart über die Steine. Der Portier trat heraus. Jacques war ohnmächtig. Wir trugen ihn in die Halle. Ich bestellte den Arzt und lief hinauf, Elisabeth zu verständigen.
Sie saß immer noch über ihrem Humoristen, trank Tee und schob kleine Scheibchen Toast mit Marmelade in ihren lieben roten Mund. Sie legte das Buch auf den Tisch und breitete die Arme aus. »Jacques«, begann ich, »Jacques...« und stockte. Ich wollte das fürchterlich entscheidende Wort nicht aussprechen. Um den Mund Elisabeths aber züngelte ein lüsternes und gleichgültiges und frohgemutes Lächeln, das ich in diesem Augenblick mit einem makabren Wort allein verscheuchen zu können glaubte – und also sagte ich: »Er stirbt!« Sie ließ die ausgebreiteten Arme fallen und antwortete nur: »Er ist alt!«
Man holte mich, der Arzt war gekommen. Der Alte lag schon in seinem Zimmer im Bett. Sein steifes Hemd hatte man ihm ausgezogen. Über seinem schwarzen Gehrock hing es, ein glänzender Panzer aus Leinen. Die gewichsten Stiefel standen wie Wachtposten am Fußende des Bettes. Die Socken aus Wolle, vielfach gestopft, lagen schlaff neben den Stiefeln. Soviel bleibt übrig von einem einfachen Menschen. Ein paar Knöpfe aus Messing auf dem Nachttisch, ein Kragen, eine Krawatte, Stiefel, Socken, Gehrock, Hose, Hemd. Die alten Füße mit den verkrümmten Zehen lugten unter dem unteren Deckenrand hervor. »Schlaganfall!« sagte der Doktor. Er war eben einberufen worden, Oberarzt, schon in Uniform. Morgen sollte er zu den Deutschmeistern. Unsere vorschriftsmäßige gegenseitige militärische Vorstellung nahm sich neben diesem Sterbenden aus wie die Inszenierung eines Theaterstücks in Wiener Neustadt etwa. Wir schämten uns beide.
»Stirbt er?« fragte ich. »Ist es dein Vater?« fragte der Oberarzt. »Unser Diener!« sagte ich. Ich hätte lieber mein Vater gesagt. Der Doktor schien es bemerkt zu haben. »Er stirbt wahrscheinlich«, sagte er. »In dieser Nacht?« Er hob fragend die Arme.
Der Abend war hurtig hereingebrochen. Man mußte Licht machen. Der Doktor gab Jacques eine Kardiazolspritze, er schrieb Rezepte, klingelte, schickte nach der Apotheke. Ich schlich mich aus dem Zimmer. So schleicht ein Verräter, dachte ich. Ich schlich auch noch die Treppe zu Elisabeth empor, als fürchtete ich, jemanden zu wecken. Elisabeths Zimmer war geschlossen. Das meine lag daneben. Ich

klopfte. Ich versuchte zu öffnen. Auch die Verbindungstür hatte sie abgeschlossen. Ich überlegte, ob ich Gewalt anwenden sollte. Aber im gleichen Augenblick wußte ich ja auch schon, daß wir uns nicht liebten. Ich hatte zwei Tote: Die erste war meine Liebe. Sie begrub ich an der Schwelle der Verbindungstür zwischen unseren zwei Zimmern. Dann stieg ich ein Stockwerk tiefer, um Jacques sterben zu sehen.
Der gute Doktor war immer noch da. Er hatte den Säbel abgeschnallt und die Bluse aufgeknöpft. Es roch nach Essig, Äther, Kampfer im Zimmer, und durch die offenen Fenster strömte der feuchte, welke Duft des abendlichen Herbstes. Der Oberarzt sagte: »Ich bleibe hier« – und drückte mir die Hand. Ich schickte meiner Mutter ein Telegramm, daß ich unseren Diener bis zu meiner Abreise noch zurückhalten müsse. Wir aßen Schinken, Käse, Äpfel. Wir tranken zwei Flaschen Nußdorfer.
Der Alte lag da, blau, sein Atem ging wie eine rostige Säge durchs Zimmer. Von Zeit zu Zeit bäumte sich sein Oberkörper, seine verkrümmten Hände zerrten an der dunkelroten, gesteppten Decke. Der Doktor feuchtete ein Handtuch an, spritzte Essig darauf und legte es dem Sterbenden auf den Kopf. Zweimal stieg ich die Treppe zu Elisabeth empor. Das erstemal blieb alles still. Das zweitemal hörte ich sie laut schluchzen. Ich klopfte stärker. »Laß mich!« rief sie. Ihre Stimme drang wie ein Messer durch die geschlossene Tür.
Es mochte gegen drei Uhr morgens gewesen sein, ich hockte am Bettrand Jacques', der Doktor schlief, ohne Rock, den Kopf in die Hemdärmel gebettet, über dem Schreibtisch. Da erhob sich Jacques mit ausgestreckten Händen, öffnete die Augen und lallte etwas. Der Doktor erwachte sofort und trat ans Bett. Jetzt hörte ich Jacques' alte, klare Stimme: »Bitte, junger Herr, der gnädigen Frau sagen lassen, ich komme morgen früh zurück.« Er fiel wieder in die Kissen. Sein Atem besänftigte sich. Seine Augen blieben starr und offen, es war, als brauchten sie keine Lider mehr. »Jetzt stirbt er«, sagte der Doktor, gerade in dem Augenblick, in dem ich entschlossen war, wiederum zu Elisabeth hinaufzugehen.
Ich wartete. Der Tod schien sich dem Alten nur äußerst sorgsam zu nähern, väterlich, ein wahrer Engel. Gegen vier Uhr morgens wehte der Wind ein welkes, gelbes Kastanienblatt durch das offene Fenster. Ich hob es auf und legte es Jacques auf die Bettdecke. Der Doktor legte mir den Arm um die Schulter, beugte sich dann über den Alten,

horchte, nahm die Hand und sagte: »Ex!« Ich kniete nieder und bekreuzigte mich, zum erstenmal nach vielen, vielen Jahren.
Kaum zwei Minuten später klopfte es. Der Nachtportier brachte mir einen Brief. »Von der Gnädigen!« sagte er. Das Kuvert war nur halb zugeklebt, es öffnete sich gleichsam von selbst. Ich las nur eine Zeile: »Adieu! Ich geh' nach Haus. Elisabeth.« Ich gab dem fremden Doktor den Zettel. Er las ihn, sah mich an und sagte: »Ich verstehe!« Und nach einer Weile: »Ich ordne schon alles, mit Hotel und Bestattung und Frau Mama. Ich bleibe ja vorläufig in Wien. Wohin gehst du heut?« – »Nach dem Osten!« – »Servus!«
Ich habe den Doktor nie wiedergesehen. Ich habe ihn auch nie vergessen. Er hieß Grünhut.

XIX

Ich ging als »Einzelreisender« ins Feld. Den Brief meiner Frau hatte ich im ersten Anfall von Unmut, verletzter Eitelkeit, Rachsucht, Gehässigkeit vielleicht – was weiß ich – zerknüllt und in die Hosentasche gesteckt. Jetzt zog ich ihn hervor, glättete den Knäuel und überlas die eine Zeile noch einmal. Es war mir klar, daß ich mich gegen Elisabeth versündigt hatte. Eine Weile später kam es mir vor, daß ich mich sogar schwer gegen sie versündigt hatte. Ich beschloß, ihr einen Brief zu schreiben, ich machte mich auch daran, das Papier aus dem Koffer zu holen, aber als ich ausgepackt hatte – man zog damals noch mit ledernen Schreibmappen ins Feld –, strömte mir aus dem leeren blauen Blatt gleichsam mein eigener Unmut entgegen. Es war, als müßte das leere Blatt eigentlich alles enthalten, was ich noch Elisabeth zu sagen hatte, und als müßte ich es abschicken, so glatt und wüst, wie es war. Ich schrieb nur meinen Namen darauf. Diese Post gab ich auf der nächsten Bahnstation ab. Noch einmal zerknüllte ich den Zettel Elisabeths. Noch einmal steckte ich den Knäuel in die Tasche.
Ich war, laut dem »Offenen Befehl«, ausgestellt vom Kriegsministerium, von Stellmacher unterzeichnet, zum Landwehrregiment Numero 35 instradiert, das heißt direkt zum Regiment, nicht etwa zum Ergänzungsbezirkskommando, das infolge der kriegerischen Ereignisse aus dem gefährlichen Gebiet in das Innere des Reiches verlegt worden war. Ich sah mich also vor der ziemlich verwickelten Aufgabe,

mein Regiment, das sich auf dem ständigen Rückzug befinden mußte, irgendwo in einem Dorf, in einem Wald, in einem Städtchen, kurz: in einer »Stellung« ausfindig zu machen, das heißt ungefähr, als ein Irrender, einzelner zu einer flüchtenden, irrenden Einheit zu stoßen. Dergleichen hatten wir freilich in den Manövern niemals gelernt.
Es war gut, daß ich dieser Sorge vor allem hingegeben sein mußte. Ich flüchtete mich geradezu in sie. Ich brauchte so nicht mehr an meine Mutter, an meine Frau, unseren toten Diener zu denken. Mein Zug hielt fast jede halbe Stunde an irgendwelchen winzigen, unbedeutenden Stationen. Wir fuhren, ein Oberleutnant und ich, in einem engen Abteil, einer Zündholzschachtel sozusagen, etwa achtzehn Stunden, bis wir Kamionka erreichten. Von hier ab waren die ordentlichen Bahngeleise zerstört. Nur eine provisorische, schmalspurige Bahn mit drei ungedeckten, winzigen Lastwaggönchen führte zum nächsten Feldkommandoposten, der die augenblickliche Stellung der einzelnen Regimenter, auch nur unverbindlich, den »Einzelreisenden« anzugeben vermochte. Das Bähnchen rollte langsam dahin, der Lokomotivführer läutete unaufhörlich, denn Scharen von Verwundeten, zu Fuß und auf Bauernfuhrwerken, kamen uns auf dem schmalen Weg entgegen. Ich bin – wie ich damals zum erstenmal erfuhr – ziemlich unempfindlich gegen die sogenannten großen Schrecken. So empfand ich zum Beispiel den Anblick der Verwundeten, die auf einer Tragbahre lagen, wahrscheinlich, weil ihnen Beine oder Füße abgeschossen waren, weniger fürchterlich als die allein, ungestützt dahinwankenden Soldaten, die nur einen leichten Streifschuß hatten und durch deren schneeweißen Verband unaufhörlich neues Blut sickerte. Und bei alledem, zu beiden Seiten der schmalspurigen Bahn, auf den weiten, schon herbstfahlen Wiesen, zirpten die verspäteten Grillen, weil sie ein trügerisch warmer Septemberabend verführt hatte zu glauben, es sei immer noch oder schon aufs neue Sommer.
Beim Feldkommandoposten traf ich zufällig den Herrn Feldkuraten von den Fünfunddreißigern. Er war ein feister, selbstzufriedener Mann Gottes, in einem engen, prallen, glänzenden Priesterrock. Er hatte sich auf dem Rückzug verloren, mitsamt seinem Diener, seinem Kutscher, seinem Pferd und dem zeltüberspannten Trainwagen, wo er Altar und Meßgeräte, aber auch eine Anzahl Geflügel, Schnapsflaschen, Heu für das Pferd und überhaupt requiriertes Bauerngut verbarg. Er begrüßte mich wie einen langentbehrten Freund. Er schien sich vor neuen Irr-

fahrten zu fürchten, er konnte sich auch nicht entschließen, sein Geflügel dem Feldkommandoposten zu opfern, wo man sich bereits seit zehn Tagen lediglich von Konserven nährte und von Kartoffeln. Man liebte hier den Feldkuraten nicht sonderlich. Aber er weigerte sich, aufs Geratewohl oder nur auf ein Ungefähr hin loszuziehen, dieweil ich, eingedenk meines Vetters Joseph Branco und des Fiakers Manes Reisiger, das Ungefähr dem Warten vorzog. Unsere Fünfunddreißiger, so lautete die vage Auskunft, sollten drei Kilometer nördlich von Brzezany stehen. Und also machte ich mich mit dem Feldkuraten, seinem Wagen, seinem Geflügel auf den Weg, ohne Landkarte, lediglich mit einer handgezeichneten Skizze versehen.
Wir fanden schließlich die Fünfunddreißiger, allerdings nicht nördlich von Brzezany, sondern erst in dem Flecken Strumilce. Ich meldete mich beim Obersten. Meine Ernennung zum Leutnant war bereits beim Regimentsadjutanten eingelaufen. Ich verlangte, meine Freunde zu sehen. Sie kamen. Ich bat, man möchte sie meinem Zug zuteilen. Wie kamen sie! Ich erwartete sie in der Kanzlei des Rechnungsunteroffiziers Cenower, aber es war ihnen nicht gesagt worden, daß ich es sei, der sie hatte kommen lassen. Im ersten Augenblick erkannten sie mich gar nicht. Aber im nächsten schon fiel mir Manes Reisiger um den Hals, uneingedenk aller militärischen Vorschriften, indes mein Vetter Joseph Branco noch immer dastand, in Habt-acht erstarrt, aus Verwunderung und Disziplin. Er war ein Slowene eben. Manes Reisiger aber war ein jüdischer Fiaker aus dem Osten, unbekümmert und kein Dienstreglement-Gläubiger. Sein Bart bestand aus lauter wilden, harten Knäueln, der Mann sah nicht uniformiert aus, sondern verkleidet. Ich küßte eines seiner Bartknäuel und machte mich daran, auch Joseph Branco zu umarmen. Ich selbst, auch ich, vergaß das Militär. Ich dachte nur noch an den Krieg, und ich rief vielleicht zehnmal hintereinander: »Ihr lebt, ihr lebt!...« Und Joseph Branco bemerkte sofort meinen Ehering und wies stumm auf meinen Finger. »Ja«, sagte ich, »ich habe geheiratet.« Ich fühlte, ich sah, daß sie mehr von meiner Heirat und von meiner Frau wissen wollten, ich ging mit ihnen hinaus, auf den winzigen, kreisrunden Ring um die Kirche von Strumilce. Ich sprach aber gar nicht von Elisabeth, bis es mir plötzlich einfiel – und wie konnte es mir auch entfallen sein! –, daß ich eine Photographie von ihr in der Brieftasche geborgen hatte. Am leichtesten war es wohl, es ersparte alles Reden, meinen Freunden das Bild zu zeigen. Ich zog die

Brieftasche, ich suchte, das Bild war nicht drin. Ich begann nachzudenken, wo ich es verloren oder vergessen haben könnte, und auf einmal glaubte ich mich zu erinnern, daß ich die Photographie bei meiner Mutter zu Hause gelassen hatte. Ein unbegreiflicher, ja ein sinnloser Schrecken ergriff mich, als hätte ich das Bild Elisabeths zerrissen oder verbrannt. »Ich finde die Photographie nicht«, sagte ich zu meinen beiden Freunden. Statt zu antworten, zog jetzt mein Vetter Joseph Branco aus seiner Tasche das Bild seiner Frau und reichte es mir. Es war eine schöne Frau, von stolzer Üppigkeit, in der slowenischen Dorftracht, ein Krönchen aus Münzen über dem glatten, gescheitelten Haar und eine dreimal geschlungene Kette aus den gleichen Münzen um den Hals. Ihre starken Arme waren nackt, die Hände stemmte sie an die Hüften. »Das ist die Mutter meines Kindes, es ist ein Sohn!« sagte Joseph Branco. »Bist du verheiratet?« fragte Manes, der Fiaker. »Wenn der Krieg aus ist, werde ich sie heiraten, unser Sohn heißt Branco, wie ich, er ist zehn Jahre alt. Er ist beim Großvater. Er kann herrliche Pfeile schnitzen.«

XX

Wir hatten in den nächsten Tagen, die vor uns lagen, breit und gefahrenschwanger, düster und erhaben und rätselhaft und fremd, keine Schlachten zu erwarten, aller Voraussicht nach, sondern lediglich Rückzüge. Von der Ortschaft Strumilce kamen wir, kaum zwei Tage später, in das Dorf Jeziory und wieder drei Tage hierauf in das Städtchen Pogrody. Die russische Armee verfolgte uns. Wir zogen uns bis Krasne-Busk zurück. Wahrscheinlich infolge eines nicht rechtzeitig eingetroffenen Befehls blieben wir länger dort, als es in der Absicht der Zweiten Armee gelegen war. Also überfielen uns eines frühen Morgens die Russen. Und wir hatten keine Zeit mehr, uns zu verschanzen. Dies war die historische Schlacht von Krasne-Busk, bei der ein Drittel unseres Regiments vernichtet wurde und ein zweites in Gefangenschaft geriet.

Auch wir wurden Gefangene, Joseph Branco, Manes Reisiger und ich. So ruhmlos endete unsere erste Schlacht.

Ich hätte hier ein kräftiges Bedürfnis, von den besonderen Gefühlen zu berichten, die einen Kriegsgefangenen bewegen. Aber ich weiß wohl,

welch einer großen Gleichgültigkeit solch ein Bericht heutzutage begegnet. Gerne nehme ich das Schicksal, ein Verschollener zu sein, auf mich, aber nicht jenes, der Erzähler der Verschollenen zu werden. Man könnte mich kaum noch verstehen, wenn ich es etwa unternähme, heutzutage von der Freiheit zu sprechen, von der Ehre, geschweige denn von der Gefangenschaft. In diesen Jahren schweigt man besser. Ich schreibe lediglich zu dem Zweck, mir selbst klarzuwerden; und auch pro nomine Dei sozusagen. Er verzeihe mir die Sünde!
Gut, wir waren also Kriegsgefangene, unser ganzer Zug. Mit mir blieben Joseph Branco und Manes Reisiger. Wir waren gemeinsam gefangen. »Für uns ist der Krieg zu Ende«, sagte Manes Reisiger. »Ich war noch niemals gefangen«, setzte er manchmal hinzu, »ebenso wie ihr beide. Aber ich weiß, daß uns das Leben erwartet und nicht der Tod. Ihr beide werdet euch daran erinnern, wenn wir zurückkommen. Wenn ich nur wüßte, was mein Ephraim macht. Der Krieg wird lange dauern. Auch mein Sohn wird noch einrücken. Merkt euch das! Manes Reisiger aus Zlotogrod, ein gewöhnlicher Fiaker, hat es euch gesagt!« – Hierauf schnalzte er mit der Zunge. Es knallte wie eine Peitsche. Die nächsten Wochen blieb er still und stumm.
Am Abend des zweiten Oktobers sollten wir getrennt werden. Man hatte die Absicht, wie es damals Sitte war und selbstverständlich, die gefangenen Offiziere von der Mannschaft zu trennen. Wir sollten im Innern des russischen Landes bleiben, die Personen des Mannschaftsstandes aber weithin verschickt werden. Man sprach von Sibirien. Ich meldete mich nach Sibirien. Bis heute noch weiß ich es nicht, ich will es nicht wissen, auf welche Weise es Manes Reisiger damals gelungen war, auch mich nach Sibirien mitzuschleppen. Noch niemals war, so scheint es mir, ein Mann so froh gewesen wie ich, daß es ihm gelang, durch List und Bestechung Nachteile zu erringen. Aber Manes Reisiger hatte sie eigentlich errungen. Seit der ersten Stunde unserer Kriegsgefangenschaft hatte er den Befehl über uns alle, über unseren Zug, übernommen. Was lernt man nicht alles, Gottes Gnade vorausgesetzt, von Pferden, wenn man ein Fiaker ist! und gar ein jüdischer aus Zlotogrod...
Von den Umwegen und von den geraden Wegen, auf denen wir nach Sibirien kamen, erzähle ich nicht. Wege und Umwege verstehen sich von selbst. Nach sechs Monaten waren wir in Wiatka.

XXI

Wiatka liegt weit in Sibirien, am Lenafluß. Die Reise dauerte ein halbes Jahr. Die Tage hatten wir auf diesen weiten Wegen vergessen, unzählig und endlos zugleich reihten sie sich aneinander. Wer zählt die Korallen an einer sechsfachen Schnur? Sechs Monate ungefähr dauerte unser Transport. Im September hatte unsere Gefangenschaft begonnen, als wir ankamen, war es März. Im Wiener Augarten mochten schon die Goldregensträucher blühen. Bald fing der Holunder an zu duften. Hier trieben gewaltige Eisschollen über den Fluß, man konnte ihn, auch an seinen breitesten Stellen, trockenen Fußes überschreiten. Während des Transportes waren drei Leute von unserem Zug an Typhus gestorben. Vierzehn hatten versucht zu fliehen, sechs Mann von unserer Eskorte waren mit ihnen desertiert. Der junge Kosakenleutnant, der den Transport auf der letzten Etappe kommandierte, ließ uns in Tschirein warten: Er mußte die Flüchtlinge wie die Deserteure einfangen. Er hieß Andrej Maximowitsch Krassin. Er spielte mit mir Karten, während seine Patrouillen die Gegend nach den Verschwundenen absuchten. Wir sprachen französisch. Er trank den Samogonka, den ihm die spärlichen russischen Ansiedler der Gegend brachten, aus seiner kürbisförmigen Feldflasche, war zutraulich und dankbar für jeden guten Blick, den ich ihm schenkte. Ich liebte seine Art zu lachen, die starken, blendenden Zähne unter dem kurzen kohlschwarzen Schnurrbart und die Augen, die nur Fünkchen waren, wenn er sie zusammenkniff. Er beherrschte das Lachen geradezu. Man konnte ihm zum Beispiel sagen: »Bitte, lachen Sie ein bißchen!«, und im Nu lachte er, schallend, großzügig, weitherzig. Eines Tages hatten die Patrouillen die Geflohenen aufgetrieben. Eigentlich den Rest der Geflohenen, acht Mann von zwanzig. Der Rest war sicherlich verirrt oder irgendwo verborgen oder irgendwo untergegangen. Andrej Maximowitsch Krassin spielte mit mir Tarock in der Bahnhofsbaracke. Er ließ die Eskorte mitsamt den Gefangenen nahe an uns herankommen, bestellte ihnen Tee und Schnaps und befahl mir, der ich ja seinen Befehlen ausgeliefert war, die Strafen zu diktieren, für die Leute meines Zuges sowohl als auch für die russischen zwei eingeholten Deserteure. Ich sagte ihm, daß ich das Dienstreglement seiner Armee nicht kenne. Er bat mich zuerst, dann drohte er, endlich sagte ich: »Da ich nicht weiß, welche Strafen nach Ihren Gesetzen zu verhängen wären, verfüge ich, daß alle

straflos bleiben.« Er legte seine Pistole auf den Tisch und sagte: »Sie sind am Komplott beteiligt. Ich verhafte Sie, ich lasse Sie abführen, Herr Leutnant!« – »Wollen wir nicht die Partie zu Ende spielen?« fragte ich ihn und griff nach meinen Karten. »Gewiß!« sagte er, und wir spielten weiter, während die Soldaten um uns herumstanden, Eskorten und Österreicher. Er verlor. Es wäre mir leicht gewesen, ihn gewinnen zu lassen, aber ich hatte freilich die Besorgnis, daß er es merken könnte. Kindlich, wie er war, bereitete ihm das Mißtrauen eine noch größere Wollust als das Lachen, und die Bereitschaft, Verdacht zu schöpfen, war stets in ihm lebendig. Also ließ ich ihn verlieren. Er zog die Augenbrauen zusammen, er sah den Unteroffizier, der die Eskorte kommandierte, schon böse an, so, als wollte er im nächsten Augenblick alle acht Mann füsilieren lassen. Ich sagte ihm: »Lachen Sie ein bißchen!« Er lachte los, großzügig, weitherzig, mit allen blendenden Zähnen. Ich dachte schon, ich hätte die acht gerettet.
Er lachte etwa zwei Minuten, wurde auf einmal ernst, wie es seine Art war, und befahl dem Unteroffizier: »Spangen für alle acht! Abtreten! Ich verfüge dann Weiteres.« Hierauf, nachdem die Männer die Baracke verlassen hatten, begann er, die Karten zu mischen. »Revanche!« sagte er. Wir spielten eine neue Partie. Er verlor zum zweitenmal. Er steckte jetzt erst seine Pistole ein, erhob sich, sagte: »Ich komme gleich!« und verschwand. Ich blieb sitzen, man entzündete die zwei Petroleumlampen, sogenannte Rundbrenner. Die karwasische Wirtin wankte heran, ein neues Teeglas in der Hand. Im frischen Tee schwamm noch die alte Zitronenscheibe. Die Wirtin war breit wie ein Schiff. Sie lächelte aber wie ein gutes Kind, vertraulich und mütterlich. Als ich mich anschickte, die alte, häßliche Zitronenscheibe aus dem Glas zu entfernen, griff sie mit zwei gütigen, dicken Fingern hinein und holte die Zitrone heraus. Ich dankte ihr mit einem Blick.
Ich trank den heißen Tee langsam. Der Leutnant Andrej Maximowitsch kam nicht zurück. Es wurde immer später, und ich mußte zu meinen Leuten zurück ins Lager. Ich ging hinaus vor die Balkontür und rief ein paarmal seinen Namen. Er antwortete mir endlich. Es war eine eisige Nacht, so kalt, daß ich zuerst glaubte, selbst ein Ruf müßte, kaum ausgestoßen, schon erfrieren und niemals den Gerufenen erreichen. Ich blickte zum Himmel empor. Die silbernen Sterne schienen nicht von ihm selbst geboren, sondern in seine Gewölbe eingeschlagen worden zu sein, glänzende Nägel. Ein wuchtiger Wind vom Osten, der

Tyrann unter den Winden Sibiriens, nahm meiner Kehle den Atem, meinem Herzen die Kraft zu schlagen, meinen Augen die Fähigkeit zu sehen. Die Antwort des Leutnants auf meinen Ruf, vom bösen Wind mir dennoch entgegengetragen, erschien mir wie eine tröstliche Botschaft eines Menschen, nach langer Zeit zum erstenmal vernommen, obwohl ich kaum ein paar Minuten draußen in der menschenfeindlichen Nacht gewartet hatte. Aber wie wenig tröstlich war diese menschliche Botschaft.

Ich ging in die Baracke zurück. Eine einzige Lampe brannte noch. Sie erhellte den Raum nicht, sie machte seine Finsternis nur noch dichter. Sie war gleichsam der leuchtende, winzige Kern einer schweren, kreisrunden Finsternis. Ich setzte mich neben die Lampe hin. Plötzlich schreckten mich ein paar Schüsse auf. Ich lief hinaus. Die Schüsse waren noch nicht verhallt. Sie schienen noch immer unter dem eisigen, gewaltigen Himmel dahinzurollen. Ich lauschte. Nichts regte sich mehr, außer dem ständigen Eiswind. Ich konnte es nicht mehr ertragen und kehrte in die Baracke zurück.

Eine Weile später kam der Leutnant, bleich, trotz dem Winde die Mütze in der Hand, die Pistole ragte aus dem halboffenen Etui.

Er setzte sich sofort, atmete schwer, knöpfte den Blusenkragen auf und sah mich mit starren Augen an, als kenne er mich nicht, als hätte er mich vergessen und als bemühte er sich angestrengt, mich zu agnoszieren. Die Karten wischte er vom Tisch mit dem Ärmel. Er trank einen tüchtigen Schluck aus der Flasche, senkte den Kopf und sagte auf einmal ganz schnell: »Ich habe nur einen getroffen.« – »Sie haben also schlecht gezielt«, sagte ich. Aber ich hatte es anders verstanden.

»Ich habe schlecht gezielt. Ich ließ sie in einer Reihe antreten. Ich wollte sie nur erschrecken. Ich schoß in die Luft. Beim letzten Schuß war's, als drückte jemand meinen Arm nieder. Es geschah schnell, es ging los, ich weiß nicht wie. Der Mann ist hin. Die Leute verstehen mich nicht mehr.«

Man begrub den Mann noch in der gleichen Nacht. Der Leutnant ließ eine Ehrensalve abschießen. Seit dieser Stunde lachte er nicht mehr. Er sann über etwas nach, das ihn unaufhörlich zu beschäftigen schien.

Wir legten noch etwa zehn Werst unter seinem Kommando zurück. Zwei Tage, bevor ein neuer Transportkommandant uns übernehmen sollte, ließ er mich zu sich in den Schlitten steigen und sagte: »Dieser Schlitten gehört Ihnen und Ihren zwei Freunden. Der Jude ist Kut-

scher. Er wird sich auskennen. Hier ist meine Karte. Ich habe den Punkt angekreuzt, an dem Sie aussteigen. Sie werden dort erwartet. Es ist mein Freund. Zuverlässig. Niemand wird euch suchen. Ich werde euch alle drei als Geflüchtete ausgeben. Ich werde euch hinrichten und begraben.« Er drückte mir die Hand und stieg aus.
In der Nacht fuhren wir los. Der Weg dauerte ein paar Stunden. Der Mann wartete. Wir fühlten sofort, daß wir bei ihm geborgen waren. Wir begannen ein neues Leben.

XXII

Unser Gastgeber gehörte zu den alteingesessenen sibirischen Polen. Pelzhändler war er von Beruf. Er lebte allein, mit einem Hund unbestimmter Rasse, mit zwei Jagdgewehren, einer Anzahl selbstgeschnitzter Pfeifen in zwei geräumigen, mit kümmerlichen Pelzfellen vollgelagerten Zimmern. Er hieß Baranovitsch, Jan mit Vornamen. Er sprach äußerst selten. Ein schwarzer Vollbart verpflichtete ihn zur Schweigsamkeit. Er ließ uns allerhand Arbeiten verrichten, den Zaun reparieren, Holz spalten, die Schlittenkufen einfetten, die Felle sondieren. Wir lernten dort etwas Nützliches. Aber es war uns schon nach einer Woche klar, daß er uns nur arbeiten ließ, aus Taktgefühl und auch, damit wir in dieser Einsamkeit nicht etwa Händel mit ihm oder untereinander begännen. Er hatte recht. Er schnitzte Stöcke und Pfeifen aus dem harten, starken Gestrüpp, das in der Gegend wächst und das er, ich weiß nicht mehr, warum, Nastorka nannte. Er rauchte alle Woche eine neue Pfeife ein. Niemals vernahm ich einen Scherz von ihm. Manchmal nahm er einen Moment die Pfeife aus dem Mund, um einem von uns zuzulächeln. Alle zwei Monate etwa kam ein Mann aus dem nächsten Flecken und brachte eine alte russische Zeitung. Baranovitsch selbst sah sie nicht an. Ich lernte viel aus ihr, aber über den Krieg konnte sie uns freilich nicht informieren. Einmal las ich, daß die Kosaken in Schlesien einmarschieren. Mein Vetter Joseph Branco glaubte es, Manes Reisiger nicht. Sie begannen sich zu streiten. Sie wurden zum erstenmal böse aufeinander. Endlich hatte auch sie jener Wahnsinn erfaßt, den die Einsamkeit erzeugen muß. Nun griff Joseph Branco, jünger und heftiger, wie er war, nach dem Bart Reisigers. Ich wusch gerade die Teller in der Küche. Als ich den Streit hörte, trat ich mit den Tellern in der Hand ins Zimmer. Meine Freunde hörten mich weder, noch sahen sie mich. Zum erstenmal, obwohl ich vor der Heftigkeit meiner damals geliebten Menschen erschrocken war, traf mich auch eine jähe Einsicht; ich kann wohl sagen, sie habe mich getroffen, von außen her gleichsam: die Einsicht nämlich, daß ich nicht mehr zu ihnen gehörte. Ein ohnmächtiger Schiedsrichter, stand ich vor ihnen, nicht mehr ihr Freund, und obwohl ich mir darüber im klaren war, daß der Wahn der Wüste sie ergriffen hatte, glaubte ich doch daran, daß ich gegen ihn bestimmt gefeit wäre. Eine gehässige Gleichgültigkeit erfüllte mich. Ich ging zurück in die Küche, die Teller waschen. Sie tobten. Aber als wollte ich sie in ihrem irrwitzigen Kampf nicht stören, wie man etwa nebenan schlafende Menschen nicht wecken mag, legte ich diesmal behutsam, wie bis jetzt noch nie, einen Teller auf den andern, damit sie nicht klapperten. Nachdem ich mit meiner Arbeit fertig geworden war, setzte ich mich auf den Küchenschemel und wartete ruhig.

Eine geraume Weile später kamen sie auch heraus, kamen sie gleichsam zum Vorschein, einer hinter dem anderen. Sie beachteten mich auch jetzt nicht. Es schien, als wollte mir jeder von den beiden, und jeder für sich, da sie doch Feinde untereinander waren, seine Geringschätzung dafür bezeugen, daß ich mich in ihren Kampf nicht eingemischt hatte. Jeder von beiden machte sich an irgendeine überflüssige Arbeit. Der eine schliff die Messer, aber es sah gar nicht bedrohlich aus. Der andere holte Schnee in einem Kessel, zündete das Herdfeuer an, warf kleine Späne hinein, setzte den Kessel auf den Herd und sah angestrengt in die Flamme. Es wurde gemächlich warm. Die Wärme strahlte das gegenüberliegende Fenster an, die Eisblumen wurden rötlich, blau, violett zuweilen, vom Widerschein des Feuers. Die vereisten Wassertropfen auf dem Boden, knapp unter dem Fenster, begannen zu schmelzen. Der Abend drang herein, das Wasser brodelte im Kessel. Bald kam Baranovitsch von einer seiner Wanderungen zurück, die er an manchen Tagen, man wußte nicht, aus welchen Gründen, zu unternehmen pflegte. Er trat ein, den Rock in der Hand, die Fäustlinge steckten im Gürtel. (Er hatte die Gewohnheit, sie vor der Tür auszuziehen, eine Art Höflichkeit.) Er gab jedem von uns die Hand, mit dem gewohnten Gruß: »Gebe Gott Gesundheit.« Dann nahm er die Pelzmütze ab und bekreuzigte sich. Er ging in die Stube hinein.

Später aßen wir, wie gewöhnlich, zu viert. Keiner sprach ein Wort.

Man hörte den Pendelschlag der Kuckucksuhr, die an einen zufällig aus fremden Landen verirrten Vogel denken ließ. Man wunderte sich, daß sie nicht erfroren war. Baranovitsch, der an unser allabendliches Geschwätz gewohnt war, forschte verstohlen in unsern Gesichtern. Er erhob sich endlich, plötzlich, nicht so langsam wie sonst und gleichsam unzufrieden darüber, daß wir ihn heute enttäuscht hatten, sagte: »Gute Nacht!« und ging ins zweite Zimmer. Ich räumte den Tisch ab, blies die Petroleumlampe aus. Die Nacht schimmerte durch die vereisten Scheiben. Wir legten uns schlafen. »Gute Nacht!« sagte ich, wie immer. Niemand antwortete.

Am Morgen, während ich Späne spaltete, um den Samowar zu heizen, kam Baranovitsch in die Küche. Unvermutet schnell begann er zu sprechen: »Sie haben sich also doch geschlagen«, sagte er. »Ich habe die Wunden gesehen und das Schweigen begriffen. Ich kann sie nicht mehr behalten. In diesem Hause muß Friede sein. Ich habe schon ein paarmal Gäste gehabt. Sie blieben alle genauso lang, wie sie Frieden hielten. Ich habe nie einen gefragt, wer er sei, woher er komme. Es konnte auch ein Mörder sein. Mir war er ein Gast. Ich handle nach dem Sprichwort: Gast im Hause, Gott im Hause. Der Leutnant, der dich hergeschickt hat, kennt mich schon lange. Auch ihn habe ich einmal hinausweisen müssen wegen einer Schlägerei. Er nimmt's mir nicht übel. Dich möchte ich behalten. Du hast dich gewiß nicht geschlagen. Aber die andern würden dich anzeigen. Du mußt also mit.« – Er schwieg. Ich warf die brennenden Späne in die Ofenröhre des Samowars und legte einiges lockere Zeitungspapier darüber, damit die Späne nicht erloschen. Als der Samowar zu singen anfing, begann Baranovitsch wieder: »Fliehen könnt ihr nicht. In dieser Gegend, bei dieser Jahreszeit, bleibt kein Mensch lebendig, der hier herumirrt. Also bleibt euch nichts anderes übrig, als nach Wiatka zu fahren. Nach Wiatka«, wiederholte er, zögerte und setzte hinzu: »ins Lager. Vielleicht wird man euch bestrafen, schwer, leicht oder gar nicht. Die Unordnung dort ist groß, der Zar ist weit, seine Gesetze sind verworren. Meldet euch beim Wachtmeister Kumin. Er ist mächtiger als der Lagerkommandant. Ich gebe euch Tee und Machorka mit, die gibst du ihm. Merk's dir: Kumin.« – Das Wasser siedete, ich schüttete Tee in den Tschajnik, goß Wasser drauf und stellte den Tschajnik auf die Samowarröhre. – Zum letztenmal! dachte ich. Ich hatte keine Angst vor dem Lager. Es war Krieg, alle Gefangenen mußten ins Lager. Aber ich wußte nun, daß Baranovitsch ein Vater war, sein Haus meine Heimat war, sein Brot das Brot meiner Heimat. Gestern waren mir meine besten Freunde verlorengegangen. Heute verlor ich eine Heimat. Zum zweitenmal verlor ich eine Heimat. Damals wußte ich noch nicht, daß ich die Heimat nicht zum letztenmal verloren hatte. Unsereins ist gezeichnet.

Als ich mit dem Tee in die Stube kam, saßen Reisiger und Joseph Branco schon zu beiden Seiten des Tisches. Baranovitsch lehnte an der Tür, die zur Nebenstube führte. Er setzte sich nicht, auch als ich sein Glas hinstellte. Ich schnitt selbst das Brot und verteilte es. Er trat an den Tisch, trank im Stehen seinen Tee, aß im Stehen sein Brot. Dann sagte er: »Meine Freunde, ich habe eurem Leutnant gesagt, weshalb ich euch nicht mehr behalten darf. Nehmt euren Schlitten, nehmt ein paar Felle unter die Röcke, es wird euch wärmen. Ich begleite euch bis zu der Stelle, wo ich euch abgeholt habe.«

Manes Reisiger ging hinaus, ich hörte, wie er den Schlitten sofort über den knirschenden Schnee des Vorhofs führte. Joseph Branco hatte nicht sofort begriffen. »Aufstehen, einpacken!« sagte ich. Zum erstenmal tat es mir weh, daß ich kommandieren mußte.

Als wir fertig waren und eng aneinandergepreßt in dem kleinen Schlitten saßen, sagte Baranovitsch zu mir: »Steig ab, ich habe noch etwas vergessen.« – Wir gingen ins Haus zurück. Zum letztenmal umfaßte ich Küche, Stube, Fenster, Messer, Geschirr, den angebundenen Hund, zwei Gewehre, die aufgestapelten Felle mit verstohlenen Blikken, vergeblich geheimen, denn Baranovitsch bemerkte sie wohl. »Hier«, sagte er und gab mir einen Revolver. »Deine Freunde werden«, er vollendete den Satz nicht. Ich steckte die Pistole ein. »Kumin wird dich nicht untersuchen. Gib ihm nur den Tee und die Machorka.« Ich wollte danken. Aber wie kümmerlich hätte da ein Dank geklungen! Ein Dank aus meinem Munde! Es fiel mir ein, wie oft im Leben ich das Wort »Danke!« leichtfertig ausgesprochen hatte. Ich hatte es geradezu entweiht. Wie hohl hätte es in Baranovitschs Ohren geklungen, mein gewichtsloses Dankeswort. Und sogar mein Händedruck wäre etwas Leichtgewichtiges gewesen – und überdies zog er die Fäustlinge an. Erst als wir an der Stelle angekommen waren, an der er uns einmal abgeholt hatte, streifte er den rechten Fäustling ab, drückte uns die Hand, sagte sein gewohntes »Gebe Gott Gesundheit!« und rief dem Grauen ein kräftiges »Wjo!« zu, so, als fürchtete er, wir könnten

stehenbleiben. Er kehrte uns den Rücken zu. Es schneite. Er verschwand mit der Schnelligkeit eines Gespenstes im dichten Weiß.
Wir fuhren ins Lager. Kumin fragte nichts. Er nahm Tee und Machorka und fragte nichts. Er trennte uns. Ich kam in die Offiziersbaracke. Manes und Joseph Branco sah ich zweimal in der Woche, wenn wir Exerzierübungen machten. Sie sahen einander nicht an. Wenn ich manchmal an einen herantrat, um ihm etwas von meinem spärlichen Tabak zu geben, sagte mir jeder von ihnen, dienstlich und auf deutsch: »Danke gehorsamst, Herr Leutnant.« – »Geht's?« – »Jawohl!« – Eines Tages fehlten sie beide, als man im Hof die Namen verlas. In der Baracke, auf meiner Pritsche, fand ich abends einen Zettel, mit einer Stecknadel auf mein Kissen geheftet. Drauf stand, in der Schrift Joseph Brancos: »Wir sind fort. Wir fahren nach Wien.«

XXIII

Ich traf sie wirklich in Wien, erst vier Jahre später.
Am Weihnachtsabend des Jahres 1918 kehrte ich heim. Elf zeigte die Uhr am Westbahnhof. Durch die Mariahilfer Straße ging ich. Ein körniger Regen, mißratener Schnee und kümmerlicher Bruder des Hagels, fiel in schrägen Strichen vom mißgünstigen Himmel. Meine Kappe war nackt, man hatte ihr die Rosette abgerissen. Mein Kragen war nackt, man hatte ihm die Sterne abgerissen. Ich selbst war nackt. Die Steine waren nackt, die Mauern und die Dächer. Nackt waren die spärlichen Laternen. Der körnige Regen prasselte gegen ihr mattes Glas, als würfe der Himmel sandige Kiesel gegen arme, große Glasmurmeln. Die Mäntel der Wachtposten vor den öffentlichen Gebäuden wehten, und die Schöße blähten sich trotz der Nässe. Die aufgepflanzten Bajonette erschienen gar nicht echt, die Gewehre hingen halb schief an den Schultern der Leute. Es war, als wollten sich die Gewehre schlafen legen, müde wie wir, von vier Jahren Schießen. Ich war keineswegs erstaunt, daß mich die Leute nicht grüßten, meine nackte Kappe, mein nackter Blusenkragen verpflichteten niemanden. Ich rebellierte nicht. Es war nur jämmerlich. Es war das Ende. Ich dachte an den alten Traum meines Vaters, den von einer dreifältigen Monarchie, und daß er mich dazu bestimmt hatte, einmal seinen Traum wirklich zu machen. Mein Vater lag begraben auf dem Hietzinger Friedhof, und der

Kaiser Franz Joseph, dessen treuer Deserteur er gewesen war, in der Kapuzinergruft. Ich war der Erbe, und der körnige Regen fiel über mich, und ich wanderte dem Hause meines Vaters und meiner Mutter zu. Ich machte einen Umweg. Ich ging an der Kapuzinergruft vorbei. Auch vor ihr ging ein Wachtposten auf und ab. Was hatte er noch zu bewachen? die Sarkophage? das Andenken? die Geschichte? Ich, ein Erbe, ich blieb eine Weile vor der Kirche stehen. Der Posten kümmerte sich nicht um mich. Ich zog die Kappe. Dann ging ich weiter dem väterlichen Hause zu, von einem Haus zum andern. Lebte meine Mutter noch? Ich hatte ihr zweimal von unterwegs meine Ankunft angezeigt.

Ich ging schneller. Lebte meine Mutter noch? Ich stand vor unserm Haus. Ich läutete. Es dauerte lange. Unsere alte Portiersfrau öffnete das Tor. »Frau Fanny!« rief ich. Sie erkannte mich sofort an der Stimme. Die Kerze flackerte, die Hand zitterte. »Man erwartet Sie, wir erwarten Sie, junger Herr. Nächtelang schlafen wir beide nicht, die gnädige Frau oben auch nicht.« – Sie war in der Tat so angezogen, wie ich sie früher nur an Sonntagvormittagen gesehen hatte, niemals abends nach der Sperrstunde. Ich nahm zwei Stufen auf einmal.

Meine Mutter stand neben ihrem alten Lehnstuhl, in ihrem hochgeschlossenen schwarzen Kleid, die silbernen Haare hoch aus der Stirne gekämmt. Rückwärts über den rund gelegten zwei Zöpfen ragte der breite Bogenrand des Kammes, grau wie das Haar. Den Kragen und die engen Ärmel umrandeten die wohlvertrauten, weißen, schmalen Säume. Den alten Stock mit der Silberkrücke hob sie empor, eine Beschwörung, gegen den Himmel hob sie ihn hoch, gleichsam, als wäre ihr Arm nicht lang genug für einen so gewaltigen Dank. Sie rührte sich nicht, sie erwartete mich, und ihr Stillstehen schien mir wie ein Schreiten. Sie beugte sich über mich. Sie küßte mich nicht einmal auf die Stirn. Sie stützte mit zwei Fingern mein Kinn hoch, so daß ich das Gesicht hob, ich sah zum erstenmal, daß sie so viel größer war als ich. Sie blickte mich lange an. Dann geschah etwas Unwahrscheinliches, ja etwas Erschreckendes, mir Unfaßbares, fast Überirdisches: Meine Mutter hob meine Hand, bückte sich ein wenig und küßte sie zweimal. Ich zog schnell und verlegen den Mantel aus. »Den Rock auch«, sagte sie, »er ist ja naß!« Ich legte auch die Bluse ab. Meine Mutter bemerkte, daß mein rechter Hemdärmel einen langen Riß hatte. »Zieh das Heimd aus, ich will es flicken«, sagte sie. »Nicht«, bat ich, »es ist nicht sauber.« Niemals hätte ich in unserem Hause sagen dürfen, etwas sei dreckig oder schmutzig. Wie rasch diese zeremonielle Ausdrucksweise wieder lebendig wurde! Jetzt erst war ich zu Hause.

Ich sprach nichts, ich sah nur meine Mutter an und aß und trank, was sie für mich vorbereitet, auf hundert listigen Wegen wahrscheinlich erschlichen hatte. Alles, was es sonst damals für keinen in Wien gegeben hatte: gesalzene Mandeln, echtes Weizenbrot, zwei Rippen Schokolade, ein Probefläschchen Cognac und echten Kaffee. Sie setzte sich ans Klavier. Es war offen. Sie mochte es so stehengelassen haben, seit einigen Tagen, seit dem Tag, an dem ich ihr meine Ankunft mitgeteilt hatte. Wahrscheinlich wollte sie mir Chopin vorspielen. Sie wußte, daß ich die Liebe für ihn als eine der wenigen Neigungen von meinem Vater geerbt hatte. An den dicken, gelben, bis zur Hälfte abgebrannten Kerzen in den bronzenen Leuchtern am Klavier merkte ich, daß meine Mutter jahrelang die Tasten nicht mehr angerührt hatte. Sie pflegte sonst jeden Abend zu spielen, und nur an Abenden und nur bei Kerzenlicht. Es waren noch die guten dicken und nahezu saftigen Kerzen einer alten Zeit, während des Krieges hatte es derlei bestimmt nicht mehr gegeben. Meine Mutter bat mich um Streichhölzer. Es war eine plumpe Schachtel, sie lag auf dem Kaminsims. Braun und vulgär, wie sie dalag, neben der kleinen Standuhr mit dem zarten Mädchengesicht, war sie fremd in diesem Raum, ein Eindringling. Es waren Schwefelhölzer, man mußte warten, bis sich ihr blaues Flämmchen in ein gesundes, normales verwandelte. Auch ihr Geruch war ein Eindringling. In unserem Salon hatte immer ein ganz bestimmter Duft geherrscht, gemischt aus dem Atem ferner, schon im Verblühen begriffener Veilchen und der herben Würze eines starken, frisch gekochten Kaffees. Was hatte hier der Schwefel zu suchen.

Meine Mutter legte die lieben alten weißen Hände auf die Tasten. Ich lehnte neben ihr. Ihre Finger glitten über die Tasten hin, aber aus dem Instrument kam kein Ton. Es war verstummt, einfach gestorben. Ich begriff nichts. Es mußte ein seltsames Phänomen sein; von Physik verstand ich nichts. Ich schlug selbst auf einige Tasten. Sie antworteten nicht. Es war gespenstisch. Neugierig hob ich den Klavierdeckel hoch. Das Instrument war hohl: die Saiten fehlten. »Es ist ja leer, Mutter!« sagte ich. Sie senkte den Kopf. »Ich hatte es ganz vergessen«, begann sie ganz leise. »Ein paar Tage nach deiner Abreise hatte ich einen seltsamen Einfall. Ich wollte mich zwingen, nicht zu spielen. Ich hab' die

Saiten entfernen lassen. Ich weiß nicht, was mir damals durch den Kopf gegangen ist. Ich weiß wirklich nicht mehr. Es war eine Sinnenverwirrung. Vielleicht sogar eine Geistesstörung. Ich habe mich jetzt erst erinnert.«

Die Mutter sah mich an. In ihren Augen standen die Tränen, jene Art Tränen, die nicht fließen können und die wie stehende Gewässer sind. Ich fiel der alten Frau um den Hals. Sie streichelte meinen Kopf. »Du hast ja so viel Kohlenruß in den Haaren«, sagte sie. Sie wiederholte es hintereinander ein paarmal. »Du hast ja so viel Kohlenruß in den Haaren! Geh und wasche dich!«

»Vor dem Schlafengehen«, bat ich. »Ich will noch nicht schlafen gehen«, sagte ich, wie einst als Kind. Und: »Laß mich noch etwas hier, Mama!«

Wir setzten uns an das kleine Tischchen vor dem Kamin. »Ich habe beim Aufräumen deine Zigaretten gefunden, zwei Schachteln Ägyptische, die du immer geraucht hast. Ich habe sie in feuchte Löschblätter gepackt. Sie sind noch ganz frisch. Willst du rauchen? Sie liegen am Fenster.«

Ja, das waren die alten Hundert-Packungen! Ich besah die Schachteln nach allen Seiten. Auf dem Deckel der einen stand, von meiner Schrift, gerade noch zu entziffern, der Name: Friedl Reichner, Hohenstaufengasse. Ich entsann mich sofort: Es war der Name einer hübschen Trafikantin, bei der ich offenbar diese Zigaretten gekauft hatte. Die alte Frau lächelte. »Wer ist es?« fragte sie. »Ein nettes Mädchen, Mama! Ich habe sie nie wieder aufgesucht.« – »Jetzt bist du zu alt geworden«, antwortete sie, »um Trafikantinnen zu verführen. Und außerdem gibt's diese Zigaretten gar nicht mehr...« Zum erstenmal hörte ich, wie meine Mutter eine Art von Scherz versuchte.

Es war wieder still eine Weile. Dann fragte meine Mutter: »Hast du viel gelitten, Bub?« – »Nicht viel, Mutter.« – »Hast dich nach deiner Elisabeth gesehnt?« (Sie sagte nicht: »deiner Frau«, sondern: »deiner Elisabeth« – und sie betonte das »deiner«.) – »Nein, Mama!« – »Liebst sie noch?« – »Es ist zu weit, Mama!« – »Du fragst gar nicht nach ihr?« – »Ich hab's eben tun wollen!« – »Ich hab' sie selten gesehn«, sagte meine Mutter. »Deinen Schwiegerpapa häufiger. Vor zwei Monaten war er zuletzt hier. Sehr betrübt und dennoch voller Hoffnung. Der Krieg hat ihm Geld gebracht. Daß du gefangen bist, haben sie gewußt. Ich glaub', sie hätten es vorgezogen, dich in der Gefallenenliste zu sehen oder unter den Vermißten. Elisabeth...«

»Ich kann mir's denken«, unterbrach ich.
»Nein, du kannst dir's nicht denken«, beharrte meine Mutter. »Rate, was aus ihr geworden ist?«
Ich vermutete das Schlimmste oder das, was in den Augen meiner Mutter als das Schlimmste gelten mochte.
»Eine Tänzerin?« fragte ich.
Meine Mutter schüttelte ernst den Kopf. Dann sagte sie traurig, beinahe düster: »Nein – eine Kunstgewerblerin. Weiß du, was das ist? Sie zeichnet – oder vielleicht schnitzt sie gar – verrückte Halsketten und Ringe, so moderne Dinger, weißt du, mit Ecken, und Agraffen aus Fichtenholz. Ich glaube auch, daß sie Teppiche aus Stroh flechten kann. Wie sie hier zuletzt war, hat sie mir einen Vortrag gehalten, wie ein Professor, über afrikanische Kunst, glaube ich. Einmal gar hat sie mir, ohne um Erlaubnis zu fragen, eine Freundin mitgebracht. Es war –«, meine Mutter zögerte ein Weile, dann entschloß sie sich endlich zu sagen: »Es war ein Weibsbild mit kurzen Haaren.«
»Ist das alles so schlimm?« sagte ich.
»Schlimmer noch, Bub! Wenn man anfängt, aus wertlosem Zeug etwas zu machen, was wie wertvoll aussieht! Wo soll das hinführen? Die Afrikaner tragen Muscheln, das ist immer noch was anderes. Wenn man schwindelt – gut. Aber diese Leute machen noch aus dem Schwindel einen Verdienst, Bub! Verstehst du das? Man wird mir nicht einreden, daß Baumwolle Leinen ist und daß man Lorbeerkränze aus Tannenzapfen macht.«
Meine Mutter sagte all dies ganz langsam, mit ihrer gewöhnlichen stillen Stimme. Ihr Gesicht rötete sich.
»Hätte dir eine Tänzerin besser gefallen?«
Meine Mutter überlegte eine Weile, dann sagte sie zu meiner heftigen Verwunderung:
»Gewiß, Bub! Ich möcht' keine Tänzerin zur Tochter haben, aber eine Tänzerin ist ehrlich. Auch noch lockere Sitten sind deutlich. Es ist kein Betrug, es ist kein Schwindel. Mit einer Tänzerin hat deinesgleichen ein Verhältnis meinetwegen. Aber das Kunstgewerbe will ja verheiratet sein. Verstehst du nicht, Bub? Wenn du dich vom Krieg erholt hast, wirst du's selber sehen. Jedenfalls mußt du deine Elisabeth morgen früh aufsuchen. Und wo überhaupt werdet ihr wohnen? Und was wird aus eurem Leben überhaupt? Sie wohnt bei ihrem Vater. Um wieviel Uhr willst du morgen geweckt werden?«

»Ich weiß nicht, Mama!«
»Ich frühstücke um acht!« sagte sie.
»Dann sieben bitte, Mama!«
»Geh schlafen, Bub! Gute Nacht!«
Ich küßte ihr die Hand, sie küßte mich auf die Stirn. Ja, das war meine Mutter! Es war, als ob nichts geschehen wäre, als wäre ich nicht aus dem Krieg eben erst heimgekehrt, als wäre die Welt nicht zertrümmert, als wäre die Monarchie nicht zerstört, unser altes Vaterland mit seinen vielfältigen unverständlichen, aber unverrückbaren Gesetzen, Sitten, Gebräuchen, Neigungen, Gewohnheiten, Tugenden, Lastern noch vorhanden. Im Hause meiner Mutter stand man um sieben Uhr auf, obwohl man vier Nächte nicht geschlafen hatte. Gegen Mitternacht war ich angekommen. Jetzt schlug die alte Kaminuhr mit dem müden, zarten Mädchengesicht drei. Drei Stunden Zärtlichkeit genügten meiner Mutter. Genügten sie ihr? – Sie erlaubte sich jedenfalls keine Viertelstunde mehr, meine Mutter hatte recht; ich schlief bald mit dem trostreichen Bewußtsein ein, daß ich zu Hause war, mitten in einem zerstörten Vaterland, in einer Festung schlief ich ein. Meine alte Mutter wehrte mit ihrem alten schwarzen Krückstock die Verwirrungen ab.

XXIV

Noch hatte ich keinerlei Angst vor dem neuen Leben, das mich erwartete, wie man heutzutage sagt: Ich »realisierte« es noch nicht. Ich hielt mich vielmehr an die kleinen, stündlichen Aufgaben, die mir auferlegt waren: und ich glich etwa einem Menschen, der, vor einer beträchtlichen Treppe stehend, die er emporzusteigen gezwungen ist, deren erste Stufe für die gefährlichste hält.
Wir hatten keinen Diener mehr, nur ein Dienstmädchen. Der alte Hausmeister vertrat bei uns den Diener. Ich schickte ihn gegen neun Uhr früh mit Blumen und einem Brief zu meiner Frau. Ich kündigte meinen Besuch für elf Uhr vormittags an, wie ich es für gehörig hielt. Ich »machte Toilette«, wie man zu meiner Zeit noch zu sagen pflegte. Meine Zivilkleider waren intakt. Ich machte mich zu Fuß auf den Weg. Ich kam eine Viertelstunde vor elf an und wartete im Kaffeehaus gegenüber. Um elf Uhr pünktlich läutete ich. »Die Herrschaften sind

nicht zu Hause!« sagte man mir. Blumen und Brief waren abgegeben worden. Elisabeth hatte mir sagen lassen, ich möchte sie sofort in ihrem Büro in der Wollzeile aufsuchen. Ich begab mich also in die Wollzeile.

Ja, Elisabeth war da. An der Tür verkündete eine kleine Tafel: Atelier Elisabeth Trotta. Ich schreckte vor meinem Namen zurück.

»Servus!« sagte meine Frau. Und: »Laß dich anschaun!« Ich wollte ihr die Hand küssen, aber sie drückte meinen Arm herunter und brachte mich dadurch allein schon aus der Fassung. Es war die erste Frau, die meinen Arm hinunterdrückte, und es war meine Frau! Ich verspürte etwas von jenem Unbehagen, das mich immer bei dem Anblick von Anomalien und von menschliche Bewegungen vollführenden Mechanismen befallen hatte: zum Beispiel von irren Kranken oder von Frauen ohne Unterleib. Es war aber dennoch Elisabeth. Sie trug eine hochgeschlossene grüne Bluse mit Umlegekragen und langer, männlicher Krawatte. Ihr Gesicht war noch von dem zarten Flaum bedeckt, die Biegung des Nackens, wenn sie den Kopf senkte, erkannte ich noch, das nervöse Spiel der kräftigen, schlanken Finger auf dem Tisch. Sie lehnte in einem Bürostuhl aus zitronengelbem Holz. Alles hier war zitronengelb, der Tisch und ein Bilderrahmen und die Verschalung der breiten Fenster und der nackte Fußboden. »Setz dich nur auf den Tisch!« sagte sie. »Nimm von den Zigaretten. Ich bin noch nicht vollkommen eingerichtet.« Und sie erzählte mir, daß sie alles selbst aufgebaut habe. »Mit diesen beiden Händen«, sagte sie und zeigte dabei auch ihre beiden schönen Hände. Und in dieser Woche noch kamen der Rest des Mobiliars und ein orangefarbener Fenstervorhang, und Orange und Zitrone gingen wohl zusammen. Schließlich, als sie mit ihrem Bericht fertig war – und sie sprach immer noch mit ihrer alten, etwas heiseren Stimme, die ich so geliebt hatte! –, sagte sie: »Was hast du die ganze Zeit getrieben?« – »Ich habe mich treiben lassen!« erwiderte ich. »Ich danke dir für die Blumen«, sagte sie. »Du schickst Blumen. Warum hast du nicht telephoniert?« – »Bei uns gibt's kein Telephon!« – »Also, erzähl!« befahl sie – und zündete sich eine Zigarette an. Sie rauchte so, wie ich es seither bei vielen Frauen gesehen habe, die Zigarette in einem verzogenen Mundwinkel ansteckend, wodurch das Angesicht den Ausdruck jener Krankheit bekommt, die von den Medizinern facies partialis genannt wird, und mit einer schwer erworbenen Unbekümmertheit. »Ich erzähle später, Elisabeth«, sagte ich. – »Wie du willst!« erwiderte sie. »Schau dir meine Mappe an.« Sie zeigte mir ihre Entwürfe. »Sehr originell!« sagte ich. Sie entwarf allerhand: Teppiche, Schals, Krawatten, Ringe, Armbänder, Leuchter, Lampenschirme. Alles war kantig. »Verstehst du?« fragte sie. »Nein!« – »Wie solltest du auch!« – sagte sie. Und sie sah mich an. Es war Schmerz in ihrem Blick, und also fühlte ich wohl, daß sie unsere Brautnacht meinte. Auf einmal glaubte ich auch, eine Art Schuld zu fühlen. Aber wie sollte ich sie ausdrücken?

Die Tür wurde aufgerissen, und etwas Dunkles wehte herein, ein Stück Wind, eine junge Frau mit schwarzen, kurzen Haaren, schwarzen, großen Augen, dunkelgelbem Gesicht und starkem Schnurrbartflaum über roten Lippen und kräftigen, blanken Zähnen. Die Frau schmetterte etwas in den Raum, mir Unverständliches, ich stand auf, sie setzte sich auf den Tisch. »Das ist mein Mann!« sagte Elisabeth. Ich begriff erst ein paar Minuten später, daß es »Jolanth« war. »Du kennst Jolanth Szatmary nicht?« fragte meine Frau. Ich erfuhr also, daß es eine berühmte Frau war. Noch besser als meine Frau verstand sie alles zu entwerfen, was das Kunstgewerbe unbedingt zu erfordern schien. Ich entschuldigte mich. Ich hatte in der Tat weder in Wiatka noch unterwegs auf dem Transport den Namen Jolanth Szatmary vernommen.

»Wo ist der Alte?« fragte Jolanth.

»Er muß bald kommen!« sagte Elisabeth.

Der Alte war mein Schwiegervater. Bald darauf kam er auch. Er stieß das übliche »Ah!« aus, als er mich sah, und umarmte mich. Er war gesund und munter. »Heil zurück!« rief er so triumphierend, als hätte er selbst mich heimgebracht. – »Ende gut, alles gut!« sagte er gleich darauf. Beide Frauen lachten. Ich fühlte mich erröten. »Gehn wir essen!« befahl er. »Sieh her«, sagte er zu mir, »dies habe ich alles mit meinen beiden Händen aufgebaut!« – Und er zeigte dabei seine Hände her. Elisabeth tat so, als suchte sie nach ihrem Mantel.

Also gingen wir essen, das heißt: wir fuhren eigentlich, denn mein Schwiegervater hatte freilich seinen Wagen und einen Chauffeur. »Ins Stammlokal!« befahl er. Ich wagte nicht zu fragen, welches Restaurant sein Stammlokal war. Nun, es war mein altes, wohlvertrautes, in dem ich mit meinen Freunden so oft gesessen hatte, eines jener alten Gasthäuser von Wien, in denen die Wirte ihre Gäste besser kannten als ihre Kellner und in denen ein Gast kein zahlender Kunde war, sondern ein geheiligter Gast.

Nun aber war alles verändert: Fremde Kellner bedienten uns, die mich nicht kannten und denen mein leutseliger Schwiegervater die Hand gab. Auch hatte er hier seinen »Extratisch«. Ich war sehr fremd hier, fremder noch als fremd. Denn der Raum war mir vertraut, die Tapeten waren mir Freunde, die Fenster, der rauchgeschwärzte Plafond, der breite grüne Kachelofen und die blaugeränderte Vase aus Steingut mit den verwelkten Blumen auf dem Fenstersims. Fremde aber bedienten mich, und mit Fremden saß ich und aß ich an einem Tisch. Ihre Gespräche verstand ich nicht. Mein Schwiegervater, meine Frau Elisabeth, Jolanth Szatmary sprachen von Ausstellungen; Zeitschriften wollten sie gründen, Plakate drucken lassen, internationale Wirkungen erzielen – was weiß ich! »Wir nehmen dich mit hinein!« sagte mein Schwiegervater von Zeit zu Zeit zu mir; und ich hatte keine Ahnung, wohin er mich mit »hineinnehmen« wollte. Ja, die Vorstellung allein schon, ich könnte »hineingenommen werden«, bereitete mir Pein.

»Anschreiben!« rief mein Schwiegervater, als wir fertig waren. In diesem Augenblick tauchte hinter der Theke Leopold auf, der Großvater Leopold. Vor sechs Jahren schon hatten wir ihn Großvater Leopold genannt. »Großpapa!« rief ich, und er kam hervor. Er mochte schon mehr als siebzig zählen. Er ging auf den zittrigen Beinen und den auswärts gekehrten Füßen, die ein Kennzeichen langgedienter Kellner sind. Seine hellen, erblaßten, rotgeränderten Augen hinter dem wakkelnden Pincenez erkannten mich sofort. Schon lächelte sein zahnloser Mund, schon spreizten sich seine weißen Backenbartflügel. Er glitschte mir entgegen und nahm meine Hand zärtlich, wie man einen Vogel anfaßt. »Oh, gut, daß Sie wenigstens da sind!« krähte er. »Kommen Sie bald wieder! Werde mir die Ehre nehmen, den Herrn selbst zu bedienen!« Und ohne sich um die Gäste zu kümmern, rief er zu der Wirtin hinter der Kasse hinüber: »Endlich ein Gast!« – Mein Schwiegervater lachte.

Ich mußte mit meinem Schwiegervater sprechen. Jetzt überblickte ich, so schien es mir, die ganze Treppe, vor der ich stand. Unzählige Stufen hatte sie, und immer steiler wurde sie. Freilich, man konnte Elisabeth verlassen und sich nicht mehr um sie kümmern. An diese Möglichkeit dachte ich aber damals gar nicht. Sie war meine Frau. (Auch heute noch lebe ich in dem Bewußtsein, daß sie meine Frau ist.) Vielleicht hatte ich mich gegen sie vergangen; sicherlich sogar. Vielleicht auch war es die alte, nur halb erstickte Liebe, die mich glauben ließ, es triebe mich lediglich mein Gewissen. Vielleicht war's mein Verlangen, das törichte Verlangen aller jungen und jugendlichen Männer, die Frau, die sie einmal geliebt, später vergessen haben und die sich verändert hat, um jeden Preis noch einmal zurückzuverwandeln; aus Eigensucht. Genug, ich mußte mit meinem Schwiegervater sprechen, hierauf mit Elisabeth.

Ich traf den Schwiegervater in der Bar des alten Hotels, in der man mich sehr wohl kennen mußte. Um sicher zu sein, machte ich dort eine halbe Stunde vorher eine Art Rekognoszierung. Ja, sie lebten noch alle, zwei Kellner waren heimgekehrt und der Barmann auch. Ja, man erinnerte sich sogar noch, daß ich ein paar Schulden hatte – und wie wohl tat auch dieses mir! Alles war still und sanft. Das Tageslicht fiel milde durch das Glasdach. Es gab kein Fenster. Es gab noch alte, gute Getränke aus der Zeit vor dem Krieg. Als mein Schwiegervater kam, bestellte ich Cognac. Man brachte mir den alten Napoleon, wie einst. »Ein Teufelsbub!« sagte mein Schwiegervater. Nun, das war ich keineswegs.

Ich sagte ihm, daß ich nunmehr mein Leben regeln müsse, unser Leben vielmehr. Ich sei, so sagte ich, keineswegs gesonnen, das Entscheidende hinauszuschieben. Ich müßte alles sofort wissen. Ich sei ein systematischer Mensch.

Er hörte alles ruhig an. Dann begann er: »Ich will dir alles offen sagen. Erstens weiß ich nicht, ob Elisabeth noch geneigt wäre, mit dir zu leben, das heißt, ob sie dich liebt; das ist deine, das ist eure Sache. Zweitens: Wovon willst du leben? Was kannst du überhaupt? Vor dem Krieg warst du ein reicher junger Mann aus guter Gesellschaft, das heißt aus jener Gesellschaft, der mein Bubi angehört hat.«

»Bubi!« – Es war mein Schwager. Es war Bubi, den ich nie hatte leiden mögen. Ich hatte ihn ganz vergessen. »Wo ist er?« fragte ich. »Gefallen!« antwortete mein Schwiegervater. Er blieb still und trank mit einem Zug das Glas leer. »1916 ist er gefallen«, fügte er hinzu. Zum erstenmal erschien er mir nahe und vertraut.

»Also«, fuhr er fort, »du hast nichts, du hast keinen Beruf. Ich selbst bin Kommerzialrat und sogar geadelt. Aber das bedeutet jetzt nichts. Die Heeresverwaltungsstelle ist mir noch Hunderttausende schuldig. Man wird sie mir nicht zahlen. Ich habe nur Kredit und ein wenig Geld auf der Bank. Ich bin noch jung. Ich kann was Neues, was Großes unternehmen. Ich versuche es jetzt, wie du siehst, mit dem Kunstgewerbe. Elisabeth hat bei dieser berühmten Jolanth Szatmary gelernt. ›Werkstatt Jolanth‹; unter dieser Marke könnte der Kram in die ganze Welt hinaus. Und außerdem«, setzte er träumerisch hinzu, »habe ich noch ein paar Eisen im Feuer.«

Diese Wendung genügte mir, um mir ihn aufs neue unsympathisch zu machen. Er hatte es wohl gefühlt, denn er sagte gleich darauf: »Ihr habt kein Geld mehr, ich weiß es, deine Frau Mutter ahnt es noch nicht. Ich kann dich irgendwo mit hineinnehmen, wenn du magst. Aber sprich zuerst mit Elisabeth. Servus!«

XXV

Ich sprach also zuerst mit Elisabeth. Es war, als grübe ich etwas aus, was ich selbst der Erde übergeben hatte. Trieb mich ein Gefühl, zog mich Leidenschaft zu Elisabeth hin? Von Geburt und Erziehung dazu geneigt, Verantwortungen zu tragen, und auch aus einem starken Widerstand gegen die Ordnung, die rings um mich herrschte und in der ich mich nicht auskannte, fühlte ich mich gezwungen, vor allem Ordnung in meinen eigenen Angelegenheiten zu schaffen.

Elisabeth kam zwar zur verabredeten Stunde in jene Konditorei im Innern der Stadt, wo wir uns früher, in der Zeit meiner ersten Verliebtheit, getroffen hatten. Ich erwartete sie an unserm alten Tisch. Erinnerung, sogar Sentimentalität ergriff mich. Die marmorne Tischplatte mußte, so schien es mir, noch einige Spuren unserer, ihrer Hände aufweisen. Gewiß eine kindische, eine lächerliche Idee. Ich wußte es, aber ich zwang mich zu ihr, zwängte mich geradezu in sie ein, gewissermaßen, um zu dem Bedürfnis, »Ordnung zu schaffen in meinem Leben«, noch irgendein Gefühl fügen zu können und also meine Aussprache mit Elisabeth nach beiden Seiten hin zu rechtfertigen. Damals machte ich zum erstenmal die Erfahrung, daß wir nur flüchtig erleben, hurtig vergessen und flüchtig sind wie kein anderes Geschöpf auf Erden. Ich hatte Angst vor Elisabeth; den Krieg, die Gefangenschaft, Wiatka, die Rückkehr hatte ich fast schon ausgelöscht. Alle meine Erlebnisse brachte ich nur mehr noch in Beziehung zu Elisabeth. Und was bedeutete sie eigentlich, verglichen mit dem Verlust meiner Freunde Joseph Branco, Manes Reisiger, Jan Baranovitsch und meiner Heimat, meiner Welt? Nicht einmal meine Frau war Elisabeth, nach dem Wort und dem Sinn der bürgerlichen wie der kirchlichen Gesetze. (In der alten Monarchie hätten wir uns leicht scheiden lassen können, geschweige denn jetzt.) Hatte ich noch Verlangen nach ihr? Ich sah auf die Uhr. In fünf Minuten mußte sie dasein, und ich wünschte, sie möchte zumindest noch eine halbe Stunde zögern. Vor Angst aß ich die kleinen Schokoladetörtchen aus Zichorie und Zimt, die unsere Augen allein bestechen, aber unseren Gaumen nicht täuschen konnten. (Es gab keinen Schnaps in der Konditorei.)

Elisabeth kam. Sie kam nicht allein. Ihre Freundin Jolanth Szatmary begleitete sie. Ich hatte natürlich erwartet, daß sie allein kommen würde. Als aber auch Jolanth Szatmary erschien, wunderte ich mich gar nicht darüber. Es war mir klar, daß Elisabeth ohne diese Frau nicht gekommen wäre, nicht hätte kommen können. Und ich verstand.

Ich hatte keinerlei Vorurteile, o nein! In der Welt, in der ich groß geworden war, galt ein Vorurteil beinahe als ein Zeichen der Vulgarität. Allein, das als verboten Geltende öffentlich zu demonstrieren erschien mir billig. Wahrscheinlich hätte Elisabeth eine Frau, in die sie nicht verliebt war, zu unserer Zusammenkunft nicht mitgehen lassen. Hier mußte sie gehorchen.

Erstaunlich war die Ähnlichkeit der beiden, obwohl sie so verschieden geartet waren und so verschieden von Gesicht. Dies kam von der Ähnlichkeit ihrer Kleidung und ihrer Gebärden. Man hätte sagen können, sie seien einander ähnlich wie Schwestern oder vielmehr wie Brüder. Wie Männer zu tun pflegten, zögerten sie vor der Tür, welche von beiden der andern den Vortritt lassen solle. Wie Männer zu tun pflegen, zögerten sie noch am Tisch, welche von beiden sich zuerst setzen sollte. Ich machte auch nicht einmal einen schüchternen Versuch mehr, der einen und der andern die Hand zu küssen. Ich war ein lächerliches Ding in ihren Augen, Sohn eines kümmerlichen Geschlechts, einer fremden, geringgeschätzten Rasse, zeit meines Lebens unfähig, die Weihen der Kaste zu empfangen, der sie angehörten, und der Geheimnisse teilhaft zu werden, die sie hüteten. Ich war noch in den infamen Vorstellungen begriffen, daß sie einem schwachen, gar einem inferioren Geschlecht angehörten, und frech genug, diese meine Vorstellungen durch Galanterie deutlich zu machen. Entschlossen und geschlossen saßen sie neben mir, als hätte ich sie herausgefordert. Zwischen den beiden war ein stummer, aber sehr deutlicher Bund gegen mich gültig. Er war sichtbar. Auch wenn ich das Gleichgültigste sagte, tauchten sie

ihre Blicke ineinander, wie zwei Menschen, die schon längst gewußt haben, welcher Art ich sei und welcher Äußerungen fähig. Manchmal lächelte die eine, und den Bruchteil einer Sekunde später wiederholte sich das gleiche Lächeln um die Lippen der anderen. Von Zeit zu Zeit glaubte ich zu bemerken, daß Elisabeth sich mir zuneigte, mir einen verstohlenen Blick zu schenken versuchte, als hätte sie mir beweisen wollen, daß sie eigentlich zu mir gehöre und daß sie nur der Freundin gehorchen müsse, gegen Willen und Neigung. Wovon hatten wir zu sprechen? Ich erkundigte mich nach ihrer Arbeit. Ich vernahm einen Vortrag über die Unfähigkeit Europas, Materialien, Intentionen, Genialität des Primitiven zu erkennen. Notwendig war es, den ganzen verirrten Kunstgeschmack des Europäers auf den rechten, natürlichen Weg zu bringen. Der Schmuck war, soviel ich verstand, ein Nutzgegenstand. Ich zweifelte nicht daran. Ich sagte es auch. Auch gab ich bereitwillig zu, daß der Kunstgeschmack der Europäer verirrt sei. Ich konnte nur nicht einsehen, weshalb lediglich dieser verirrte Kunstgeschmack allein schuld sein sollte an dem ganzen Weltuntergang; vielmehr sei er doch eine Folge, sicherlich nur ein Symptom.
»Symptom!« rief die Frau Jolanth. »Ich hab' dir gleich gesagt, Elisabeth, daß er ein unheilbarer Optimist ist! Hab' ich ihn nicht auf den ersten Blick erkannt?« – Dabei legte Frau Jolanth ihre beiden kleinen, breiten Hände auf die Hand Elisabeths. Bei dieser Bewegung glitten die Handschuhe der Frau Jolanth von ihrem Schoß auf den Boden, ich bückte mich, aber sie stieß mich heftig zurück. »Verzeihen Sie«, sagte ich, »ich bin ein Optimist.«
»Sie mit Ihren Symptomen!« rief sie aus. Es war mir klar, daß sie das Wort nicht verstand.
»Um acht Uhr spricht Harufax über freiwillige Sterilisierung«, sagte Frau Jolanth. »Vergiß nicht, Elisabeth! Jetzt ist sieben.«
»Ich vergess' nicht«, sagte Elisabeth.
Frau Jolanth erhob sich, mit einem schnellen Blick befahl sie Elisabeth, ihr zu folgen. »Entschuldige!« sagte Elisabeth. Gehorsam folgte sie der Frau Jolanth in die Toilette.
Sie blieben ein paar Minuten weg, Zeit genug für mich, um mir darüber klarzuwerden, daß ich die Verwirrung nur noch steigerte, wenn ich darauf beharrte, »Ordnung in mein Leben zu bringen«. Ich geriet nicht nur allein in die Verworrenheit, ich vergrößerte sogar auch noch die allgemeine. So weit war ich mit meinem Überlegen, als die Frauen zu-

rückkamen. Sie zahlten. Ich kam gar nicht dazu, die Kellnerin zu rufen. Aus Angst, ich könnte ihnen zuvorkommen und ihre Selbständigkeit beeinträchtigen, hatten sie die Kellnerin unterwegs auf dem kurzen Wege zwischen Toilette und Kassa sozusagen arretiert. Elisabeth drückte mir ein zusammengerolltes Stückchen Papier beim Abschied in die Hand. Fort waren sie zu Harufax, zur Sterilisierung. Ich rollte den kleinen Zettel auf. »Zehn Uhr abends Café Museum, allein«, hatte Elisabeth darauf geschrieben. Die Verwirrung sollte kein Ende nehmen.
Das Kaffeehaus stank nach Karbid, das heißt nach faulenden Zwiebeln und Kadavern. Es gab kein elektrisches Licht. Es fällt mir äußerst schwer, mich bei penetranten Gerüchen zu sammeln. Geruch ist stärker als Geräusch. Ich wartete stumpf und ohne die geringste Lust, Elisabeth wiederzusehen. Ich hatte auch gar keine Lust mehr, »Ordnung zu schaffen«. Es war, als ob das Karbid mich endgültig von der wirklichen Rückständigkeit meines Bemühens, Ordnung zu schaffen, überzeugt hätte. Ich wartete nur noch aus Galanterie. Aber sie konnte nicht länger dauern als die sogenannte Polizeistunde. Und eigentlich fand ich nun diese Einrichtung, gegen die ich mich sonst empört hatte, als ein außergewöhnliches Entgegenkommen der Behörden. Gewiß wußten sie, was sie taten, diese Behörden. Sie zwangen unsereinen, unsere unpassenden Eigenschaften abzulegen und unsere heillosen Mißverständnisse zu berichtigen.
Dennoch kam Elisabeth, eine halbe Stunde vor Schluß. Sie war hübsch, wie sie so hereinstürmte, etwas gejagtes Wild, in ihrem halbkurzen Biberpelz, Schnee in den Haaren und in den langen Wimpern und schmelzende Schneetropfen auf den Wangen. Es sah aus, als käme sie aus dem Wald zu mir geflüchtet.
»Ich hab' der Jolanth gesagt, daß Papa krank ist«, begann sie. Und schon standen Tränen in ihren Augen. Sie begann zu schluchzen. Ja, obwohl sie einen männlichen Kragen mit Krawatte unter dem offenen Pelz zeigte, schluchzte sie. Behutsam nahm ich ihre Hand und küßte sie. Elisabeth war keineswegs mehr in der Stimmung, meinen Arm hinunterzudrücken. Der Kellner kam, schon übernächtig. Nur zwei Karbidlampen brannten noch. Ich dachte, sie würde einen Likör bestellen. Aber sie wünschte sich freilich Würstel mit Kren. Weinende Frauen haben Appetit, dachte ich. Außerdem rechtfertigte der Kren die Tränen. Der Appetit rührte mich. Die Zärtlichkeit überfiel mich, die verräterische, verhängnisvolle, männliche Zärtlichkeit. Ich legte den Arm

um ihre Schultern. Sie lehnte sich zurück, mit einer Hand die Würstel in den Kren tauchend. Ihre Tränen rannen noch, aber sie hatten ebensowenig Bedeutung wie die schmelzenden Schneetropfen auf dem Biberpelz.

»Ich bin ja deine Frau«, seufzte sie. Aber es klang eher wie ein Jauchzen.

»Gewiß«, erwiderte ich. Brüsk setzte sie sich wieder aufrecht hin. Sie bestellte noch ein Paar Würstel mit Kren und Bier.

Da man nun auch die vorletzte Karbidlampe auslöschte, mußten wir trachten, das Kaffeehaus zu verlassen. »Jolanth erwartet mich«, sagte Elisabeth vor der Tür des Cafés. »Ich werde dich begleiten«, sagte ich. Wir gingen still nebeneinander her. Ein lässiger, gleichsam verfaulender Schnee fiel hernieder. Die Laternen versagten, auch sie faul. Ein Körnchen Licht bargen sie in ihren gläsernen Gehäusen, geizig und gehässig. Sie erhellten die Straßen nicht, sie verfinsterten sie.

Als wir das Haus der Frau Jolanth Szatmary erreichten, sagte Elisabeth: »Hier ist es, auf Wiedersehen!« Ich verabschiedete mich. Ich fragte, wann ich kommen dürfe. Ich machte Anstalten umzukehren. Plötzlich streckte mir Elisabeth beide Hände entgegen. »Laß mich nicht«, sagte sie. »Ich gehe mit dir.« –

Nun, ich nahm sie mit. Ich konnte mit Elisabeth in keines jener Häuser eintreten, in denen man mich aus vergangenen Zeiten vielleicht noch kennen mochte. In dieser großen, verwaisten, finsteren Stadt irrten wir wie zwei Waisenkinder umher. Elisabeth hielt sich fest an meinem Arm. Durch ihren Pelz spürte ich ihr flatterndes Herz. Manchmal blieben wir unter einer der spärlichen Laternen stehen, dann sah ich in ihr nasses Gesicht. Ich wußte nicht, ob es Tränen waren oder Schnee.

Wir waren, kaum daß wir es wußten, am Franz-Josephs-Kai angelangt. Ohne daß wir es wußten, gingen wir über die Augartenbrücke. Es schneite immer noch, faul und häßlich, und wir sprachen kein Wort. Ein winziges Sternlicht leuchtete uns von einem Haus in der Unteren Augartenstraße entgegen. Wir wußten beide, was der Stern ankündigen wollte. Wir gingen ihm entgegen.

Die Tapeten waren giftgrün, wie gewöhnlich. Es gab keine Beleuchtung. Der Portier zündete eine Kerze an, ließ ein paar Tropfen abschmelzen und klebte sie auf den Nachttisch. Über dem Waschbecken hing ein Handtuch. Eingestickt darin waren mitten in einem grünen, kreisrunden Kranz die Worte »Grüß Gott!« mit blutrotem Faden.

In diesem Zimmer, in dieser Nacht liebte ich Elisabeth. »Ich bin gefangen«, sagte sie mir. »Die Jolanth hat mich gefangengenommen. Ich hätte damals nicht weggehen sollen, in Baden, als Jacques gestorben ist.«
»Du bist nicht gefangen«, sagte ich. »Du bist bei mir, du bist meine Frau.«
Alle Geheimnisse ihres Körpers suchte ich zu erforschen, und ihr Körper hatte deren viele. Ein jugendlicher Ehrgeiz – ich hielt ihn damals für einen männlichen – gebot mir, alle Spuren auszulöschen, die Jolanth zurückgelassen haben könnte. War es Ehrgeiz? War es Eifersucht?
Langsam kroch der winterliche Morgen über die giftgrüne Tapete. Elisabeth weckte mich. Sie sah sehr fremd aus, wie sie mich so anblickte. Schrecken in den Augen und Vorwurf; ja, auch Vorwurf war in ihren Augen. Ihre strenge Krawatte, silbergrau, hing, einem kleinen Schwert ähnlich, über der Sessellehne. Sie küßte mich sachte auf die Augen, fuhr plötzlich auf und schrie: »Jolanth!«
Wir kleideten uns hastig an, in einer unnennbaren Scham. Der frühe Tag war schaurig. Es regnete winzige Hagelkörner. Wir hatten einen weiten Weg. Die Tramways verkehrten noch nicht. Wir gingen eine Stunde gegen den körnigen Regen bis zum Haus Elisabeths. Sie streifte die Handschuhe ab. Ihre Hand war kalt. »Auf Wiedersehen!« rief ich ihr nach. Sie wandte sich nicht um.

XXVI

Es war acht Uhr. Meine Mutter saß schon beim Frühstück, wie an allen Tagen. Der Ritus unserer Begegnung vollzog sich wie gewöhnlich. »Guten Morgen, Mama!« Meine Mutter überraschte mich heute mit einem »Servus, Bub!« Längst hatte ich diesen burschikosen Gruß nicht mehr aus ihrem Munde vernommen. Wann mochte sie ihn wohl zuletzt gebraucht haben? Vor zehn, vor fünfzehn Jahren vielleicht, als ich noch Gymnasiast war, in den Ferien, wenn ich am Frühstückstisch sitzen konnte. Damals pflegte sie noch manchmal den harmlosen Scherz hinzuzufügen, der ihr selbst sehr pointiert erscheinen mochte. Sie sagte nämlich, auf den Sessel deutend, auf dem ich saß: »Nun, drückt dich die Schulbank?« Einmal hatte ich »Jawohl, Mama!« geantwortet, und ich durfte dann drei Tage nicht mehr am Tisch sitzen.

Sie ging heute sogar dazu über, sich über die Marmelade zu beschweren. »Ich begreife nicht«, sagte sie, »woher die so viele Rüben hernehmen! Koste, Bub! Es ist gesund, haben sie geschrieben. Hol sie ...« Sie unterbrach sich, sie sprach Flüche niemals ganz aus. Ich aß Rüben und Margarine und trank Kaffee. Der Kaffee war gut. Ich bemerkte, daß mir unser Dienstmädchen aus einer anderen Kanne einschenkte, und ich begriff, daß die alte Frau den guten, mühselig erschlichenen Meinl-Kaffee für mich aufbewahrt hatte und sich selbst mit ihrem bitteren Zichorienzeug begnügte. Aber ich konnte mir nicht anmerken lassen, daß ich es wußte. Meine Mutter litt nicht, daß man ihre kleinen strategischen Züge durchschaute. Man mußte sich blindstellen. Ihre Eitelkeit war so groß, daß sie zuweilen sogar rachsüchtig werden konnte.
»Du hast also deine Elisabeth getroffen«, begann sie unmittelbar. »Ich weiß es, dein Schwiegervater war gestern hier. Wenn ich mir ein wenig Mühe gebe, verstehe ich ihn vollkommen. Er war zirka zwei Stunden hier. Er hat mir erzählt, daß du mit ihm gesprochen hast. Ich hab' ihm gesagt, daß ich es von dir erfahren könnte, aber er hat sich nicht aufhalten lassen. Du willst also dein Leben ordnen – hab' ich gehört. Was sagt Elisabeth dazu?«
»Ich war mit ihr zusammen.«
»Wo? Warum nicht hier?«
»Ich hab's nicht gewußt, Mama. Es war zu spät.«
»Er will dich also irgendwo mit hineinnehmen, sagte er. Du kannst nichts. Du kannst keine Frau ernähren. Ich weiß nicht, wo er dich hineinzunehmen gedenkt, immerhin müßtest du irgendeine Beteiligung aufbringen. Und wir haben nichts. Es ist alles in Kriegsanleihe angelegt. Verloren also, wie der Krieg. Uns bleibt dieses Haus. Man könnte, meinte er, eine Hypothek aufnehmen. Du könntest einmal mit unserm Doktor Kiniower sprechen. Aber wo sollst du arbeiten, und was sollst du arbeiten? Verstehst du was von diesem Kunstgewerbe? Dein Schwiegervater versteht sehr viel davon. Sein Vortrag war noch ausführlicher als der von deiner Elisabeth. Und was ist das für eine Frau Professor Jolanth Keczkemet?«
»Szatmary, Mama!« verbesserte ich.
»Meinetwegen Szekely«, gab meine Mutter zu. »Aber wer ist das?«
»Sie hat kurze Haare, Mama, und ich kann sie nicht leiden.«
»Und Elisabeth ist ihre Freundin?«
»Eine sehr gute Freundin!«

»Eine sehr gute, sagst du?«
»Jawohl, Mama!«
»Aha!« sagte sie. »Dann laß das, Bub. Ich kenne derlei Freundschaften vom Hörensagen. Es genügt mir. Ich hab' manches gelesen, Bub! Du ahnst nicht, wieviel ich weiß; ein Freund wäre besser gewesen. Frauen sind kaum abzuschaffen. Und seit wann gibt's Frauen, die Professoren sind? Und von welcher Wissenschaft ist diese Keczkemet Professor?«
»Szatmary, Mama!« verbesserte ich.
»Meinetwegen: Lakatos«, sagte meine Mutter nach einiger Überlegung.
»Also, was willst du gegen einen weiblichen Professor, Bub? Ein Ringkämpfer oder ein Schauspieler, das ist was anderes!«
Wie wenig hatte ich meine Mutter gekannt! Diese alte Frau, die nur einmal in der Woche in den Stadtpark ging, um zwei Stunden lang »Luft zu schöpfen« und zu dem gleichen Zweck nur einmal im Monat im Fiaker bis zum Praterspitz zu fahren pflegte, wußte sogar über das sogenannte Verkehrte Bescheid. Wieviel mochte sie lesen, wie klar mußte sie überlegen und denken – in den langen, einsamen Stunden, die sie zu Hause verbrachte, auf ihren schwarzen Stock gestützt, wandelnd von einem unserer dunkel-gedämpften Zimmer ins andere, so einsam und so reich, so ahnungslos und so wissend, so weltfremd und so weltklug! Aber ich mußte Elisabeth verteidigen, was könnte meine Mutter denken, wenn ich es nicht täte! Es war meine Frau, ich kam soeben aus unserer Umarmung, noch fühlte ich in der Höhlung meiner Hände die glatte Kühle ihrer jungen Brüste, noch atmete ich den Duft ihres Körpers, noch lebte das Spiegelbild ihres Angesichts mit den beseligten, halbgeschlossenen Augen in meinen eigenen, und auf meinem Munde ruhte das Siegel ihrer Lippen. Ich mußte sie verteidigen – und während ich sie verteidigte, begann ich, sie aufs neue zu lieben.
»Diese Frau Professor Szatmary«, sagte ich, »kann nichts gegen mich. Elisabeth liebt mich, ich bin dessen sicher. Gestern zum Beispiel ...«
Meine Mutter ließ mich nicht ausreden: »Und heute?« fiel sie ein. »Heute ist sie wieder bei der Professor Halaszy!«
»Szatmary, Mama!«
»Ich geb' nichts auf derlei Namen, Bub, das weißt du, korrigiere mich nicht immerzu! Gedenkst du, mit Elisabeth zu leben, so mußt du sie erhalten. Du mußt also, wie dein Schwiegervater sagt, eine Hypothek auf unser Haus aufnehmen. Dann mußt du dich irgendwo mit hinein-

nehmen lassen, wie dein Schwiegervater sagt. Was sag' ich: unser Haus? Es ist dein Haus! Dann muß diese Professorin mit dem verflixten Namen sich damit begnügen, neue Korallen aus Tannenzapfen herzustellen – in Gottes Namen! Im Parterre haben wir noch eine Wohnung frei, vier Zimmer, glaub' ich, der Hausmeister weiß es. Ich hab' noch etwas auf der Bank, ich teile mit dir, frag den Doktor Kiniower wieviel! Kochen können wir gemeinsam. Kann Elisabeth kochen?«
»Ich glaube nicht, Mama!«
»Ich hab's einmal gekonnt«, sagte meine Mutter, »ich werd' mich wohl schon erinnern! Hauptsache ist, daß du mit Elisabeth leben kannst. Und sie mit dir!«
Sie sagte nicht mehr: deine Elisabeth, ich hielt es für ein Zeichen besonderer mütterlicher Gnade.
»Geh in die Stadt, Bub. Such deine Freunde auf! Vielleicht leben sie noch. Was glaubst du? Wenn du in die Stadt gingst?«
»Jawohl, Mama!« sagte ich, und ich ging zu Stellmacher ins Kriegsministerium, um mich nach meinen Freunden zu erkundigen. Stellmacher mußte immer vorhanden sein. Mochte das Kriegsministerium jetzt auch nur noch ein Staatssekretariat sein! Stellmacher war gewiß vorhanden.
Er war vorhanden, alt, eisgrau und gebeugt. Er saß da, hinter dem alten Schreibtisch, in seinem alten Zimmer. Aber er war in Zivil, in einem seltsamen, allzu weiten Anzug, der um seinen Körper schlotterte und außerdem noch gewendet war. Von Zeit zu Zeit griff er mit zwei Fingern zwischen Hals und Kragen. Das steife Leinen störte ihn. Seine Manschetten störten ihn. Er stieß sie immer wieder am Tischrand in die Ärmel zurück. Er wußte einigermaßen Bescheid: Chojnicki lebte noch, er wohnte auf der Wieden; Dworak, Szechenyi, Hallersberg, Lichtenthal, Strohhofer spielten jeden Tag Schach im Café Josefinum in der Währinger Straße. Stejskal, Halasz und Grünberger waren verschollen. Ich ging zuerst zu Chojnicki auf der Wieden.
Er saß in seinem alten Salon, in seiner alten Wohnung. Er war kaum zu erkennen, denn er hatte sich den Schnurrbart rasieren lassen. »Warum, wozu?« fragte ich ihn. »Damit ich wie mein Diener aussehe. Ich bin mein eigener Lakai. Ich öffne mir selber die Tür. Ich putze mir selbst die Stiefel. Ich klingle, wenn ich was brauche, und komme selbst herein. Herr Graf befehlen? – Zigaretten! – Hierauf schicke ich mich in die Tabak-Trafik. Essen kann ich noch umsonst bei der Alten.« – Dar-

unter verstand man in unserm Kreis die Frau Sacher. »Wein bekomme ich noch beim Dicken.« – Darunter verstand man in unserm Kreis den Lautgartner in Hietzing. »Und der Xandl ist verrückt im Steinhof«, so schloß Chojnicki seinen tristen Bericht.
»Verrückt?«
»Total verrückt. Jede Woche besuch' ich ihn. Das Krokodil«, es war der Onkel der Brüder Chojnicki, Sapieha, »hat die Güter mit Beschlag belegt. Er ist der Kurator Xandls. Ich habe gar kein Einspruchsrecht. Diese Wohnung ist verpfändet. Noch drei Wochen kann ich hier bleiben. Und du, Trotta?«
»Ich will eine Hypothek auf unser Haus nehmen. Ich hab' geheiratet, du weißt. Ich muß eine Frau erhalten.« – »Oh, oh, geheiratet!« rief Chojnicki. »Das hab' ich auch. Aber meine Frau ist in Polen. Möge Gott sie dort erhalten, lange und gesund. Ich habe mich entschlossen«, fuhr er fort, »dem Allmächtigen alles zu überlassen. Er hat mir die Suppe eingebrockt, die Untergangssuppe, und ich weigere mich, sie auszulöffeln.« Er schwieg eine Weile, dann hieb er mit der Faust auf den Tisch und schrie: »An allem seid ihr schuld, ihr, ihr«, er suchte nach einem Ausdruck, »ihr Gelichter«, fiel ihm endlich ein, »ihr habt mit euren leichtfertigen Kaffeehauswitzen den Staat zerstört. Mein Xandl hat's immer prophezeit. Ihr habt nicht sehen wollen, daß diese Alpentrottel und die Sudetenböhmen, diese kretinischen Nibelungen, unsere Nationalitäten so lange beleidigt und geschändet haben, bis sie anfingen, die Monarchie zu hassen und zu verraten. Nicht unsere Tschechen, nicht unsere Serben, nicht unsere Polen, nicht unsere Ruthenen haben verraten, sondern nur unsere Deutschen, das Staatsvolk.«
»Aber meine Familie ist slowenisch«, sagte ich.
»Verzeih«, sagte er leise. »Ich hab' nur keine Deutschen in der Nähe. Einen Sudetendeutschen her!« schrie er plötzlich wieder, »und ich erwürge ihn! – Gehn wir, suchen wir ihn auf! Komm! – Wir ziehen ins Josefinum.«
Dworak, Szechenyi, Hallersberg, Lichtenthal und Strohhofer saßen dort, die meisten noch in Uniform. Sie alle gehörten der alten Gesellschaft an. Die Adelstitel waren verboten, was machte es? »Wer mich nicht beim Vornamen kennt«, sagte Szechenyi, »hat überhaupt keine gute Erziehung genossen!« – Sie spielten unermüdlich Schach. – »Wo ist der Sudet?« rief Chojnicki. »Hier bin ich!« sagte der Sudet. Er war

ein Kiebitz. Papa Kunz, alter Sozialdemokrat, Redakteur des Parteiblatts und jeden Augenblick bereit, historisch zu beweisen, daß die Österreicher eigentlich Deutsche seien. »Beweisen Sie!« rief Szechenyi. Papa Kunz bestellte einen doppelten Sliwowitz und machte sich an seinen Beweis. – Niemand hörte ihm zu. – »Gott strafe die Sudeten!« schrie Chojnicki, der eben eine Partie verloren hatte. Er sprang auf und lief mit erhobenen und geballten Fäusten auf den alten Papa Kunz los. Wir hielten ihn zurück. Schaum stand vor seinem Munde, Blut rötete seine Augen. »Markomannische Quadratschädel!« rief er endlich. Es war der Gipfel seiner Rage. Jetzt wurde er zusehends sanfter.

Ich fühlte mich wohl, ich war wieder zu Hause. Wir hatten alle Stand und Rang und Namen, Haus und Geld und Wert verloren, Vergangenheit, Gegenwart, Zukunft. Jeden Morgen, wenn wir erwachten, jede Nacht, wenn wir uns schlafen legten, fluchten wir dem Tod, der uns zu seinem gewaltigen Fest vergeblich gelockt hatte. Und jeder von uns beneidete die Gefallenen. Sie ruhten unter der Erde, und im nächsten Frühling würden Veilchen aus ihren Gebeinen wachsen. Wir aber waren heillos unfruchtbar heimgekehrt, mit lahmen Lenden, ein todgeweihtes Geschlecht, das der Tod verschmäht hatte. Der Befund der Assent-Kommission war unwiderruflich. Er lautete: »Für den Tod untauglich befunden.«

XXVII

Wir gewöhnten uns alle an das Ungewöhnliche. Es war ein hastiges Sich-Gewöhnen. Gleichsam ohne es zu wissen, beeilten wir uns mit unserer Anpassung, wir liefen geradezu Erscheinungen nach, die wir haßten und verabscheuten. Wir begannen, unsern Jammer sogar zu lieben, wie man treue Freunde liebt. Wir vergruben uns geradezu in ihn. Wir waren ihm dankbar, weil er unsere kleinen, besonderen, persönlichen Kümmernisse verschlang, er, ihr großer Bruder, der große Jammer, dem gegenüber zwar kein Trost standhalten konnte, aber auch keine unserer täglichen Sorgen. Man würde meiner Meinung nach auch die erschreckende Nachgiebigkeit der heutigen Geschlechter gegenüber ihren noch schrecklicheren Unterjochern verstehen und gewiß auch verzeihen, wenn man bedächte, daß es in der menschlichen

Natur gelegen ist, das gewaltige, alles verzehrende Unheil dem besonderen Kummer vorzuziehen. Das ungeheuerliche Unheil verschlingt rapide das kleine Unglück, das Pech sozusagen. Und also liebten wir in jenen Jahren den ungeheueren Jammer.

Oh, nicht, daß wir nicht imstande gewesen wären, noch ein paar kleine Freuden vor ihm zu retten, sie ihm abzukaufen, abzuschmeicheln, abzuringen. Wir scherzten oft und lachten oft. Wir gaben Geld aus, das uns zwar kaum noch gehörte, das aber auch kaum noch einen Wert hatte. Wir borgten und verborgten, ließen uns schenken und verschenkten, blieben schuldig und bezahlten anderer Schulden. So ähnlich werden einmal die Menschen einen Tag vor dem Jüngsten Gericht leben, Honig saugend aus den giftigen Blumen, die verlöschende Sonne als Lebensspenderin preisend, die verdorrende Erde küssend als die Mutter der Fruchtbarkeit.

Der Frühling nahte, der Wiener Frühling, dem keines der weinerlichen Chansons jemals etwas anhaben konnte. Keine einzige von den populär gewordenen Melodien enthält die Innigkeit eines Amselrufs im Votivpark oder im Volksgarten. Kein gereimter Liedertext ist so kräftig wie der liebenswürdig grobe, heisere Schrei eines Ausrufers vor einer Praterbude im April. Wer kann das behutsame Gold des Goldregens besingen, das sich vergeblich zu bergen sucht zwischen dem jungen Grün der nachbarlichen Sträucher? Der holde Duft des Holunders nahte schon, ein festliches Versprechen. Im Wienerwald blauten die Veilchen. Die Menschen paarten sich. In unserem Stammkaffee machten wir Witze, spielten wir Schach und Dardel und Tarock. Wir verloren und gewannen wertloses Geld.

Für meine Mutter bedeutete der Frühling so viel, daß sie, vom fünfzehnten April angefangen, zweimal monatlich in den Prater fuhr, nicht nur einmal wie im Winter. Es gab nur noch wenige Fiaker. Die Pferde starben vor Altersschwäche. Viele schlachtete man und aß sie als Würste. In den Remisen der alten Armee konnte man die Bestandteile der zertrümmerten Fiaker sehen. Gummiradler, in denen die Tschirschkys, die Pallavicinis, die Sternbergs, die Esterházys, die Dietrichsteins, die Trautmannsdorffs einst gefahren sein mochten. Meine Mutter, vorsichtig, wie sie von Natur aus war, und noch vorsichtiger durch das Alter geworden, hatte mit einem der wenigen Fiaker »akkordiert«. Er kam pünktlich zweimal im Monat um neun Uhr morgens. Manchmal begleitete ich meine Mutter, besonders an den Tagen, an denen es regnete. In der Unbill – und ein Regen war für sie schon eine – wollte sie nicht allein sein. Wir sprachen nicht viel in dem stillen, gütigen Dämmer unter der aufgeschlagenen Regenplache. »Herr Xaver«, sagte meine Mutter zum Fiaker, »erzählen S' mir was.« Er wandte sich uns zu, er ließ ein paar Minnuten lang die Pferde dahintraben und erzählte allerhand. Sein Sohn war ein Studierter, aus dem Krieg heimgekehrt, aktiver Kommunist. »Mein Sohn sagt«, erzählte der Herr Xaver, »daß der Kapitalismus erledigt ist. Er sagt nicht mehr Vater zu mir. Er nennt mich: Fahr'n ma, Euer Gnaden! Er ist ein guter Kopf. Er weiß, was er will. Von meinen Pferden versteht er nix.« Ob sie auch Kapitalist sei, fragte meine Mutter. »Freilich«, sagte der Herr Xaver, »alle, die nicht arbeiten und dennoch leben, sind Kapitalisten.« – »Und die Bettler?« fragte meine Mutter. »Die arbeiten nicht, fahren aber auch nicht im Fiaker zum Praterspitz, ›wia Sö‹, gnädige Frau!« antwortete der Herr Xaver. Meine Mutter sagte zu mir: »Jakobiner!« Sie hatte gedacht, in dem Dialekt der »Besitzenden« gesprochen zu haben. Aber der Herr Xaver verstand. Er wandte sich um und sagte: »Ein Jakobiner ist mein Sohn.« Hierauf knallte er mit der Peitsche. Es war, als hätte er sich selbst Bravo geklatscht, wegen seiner geschichtlichen Bildung.

Meine Mutter wurde überhaupt von Tag zu Tag ungerechter, besonders seit dem Tage, an dem ich die Hypothek aufgenommen hatte. Kunstgewerbe, Elisabeth, die Frau Professor, kurze Haare, Tschechen, Sozialdemokraten, Jakobiner, Juden, Büchsenfleisch, Papiergeld, Börsenpapiere, mein Schwiegervater: dies alles waren die Gegenstände ihrer Verachtung und ihrer Gehässigkeit. Unser Advokat, der Doktor Kiniower, der ein Freund meines Vaters gewesen war, hieß, der Einfachheit halber der Jude. Unser Dienstmädchen war die Jakobinerin. Der Hausmeister war ein Sansculotte, und Frau Jolanth Szatmary hieß Keczkemet schlechthin. Eine neue Persönlichkeit tauchte in unserem Leben auf, ein gewisser Kurt von Stettenheim, geradewegs aus der Mark Brandenburg gekommen und um jeden Preis entschlossen, das Kunstgewerbe in der Welt zu verbreiten. Er sah aus wie einer jener Männer, die man heutzutage gutrassig nennt. Man versteht darunter eine Mischung von internationalem Tennismeister und landschaftlich zu fixierendem Rittergutsbesitzer, mit einem leichten Einschlag von Ozean oder Reederei. Derlei Menschen kommen aus dem Baltikum, aus Pommern, aus der Lüneburger Heide gar. Wir hatten verhältnismäßig noch Glück. Unser Herr von Stettenheim kam nur aus der Mark Brandenburg.

Er war groß und sehnig, blond und sommersprossig, er trug den unvermeidlichen Schmiß an der Stirn, das Kennzeichen der Borussen, und das Monokel so wenig selbstverständlich, daß man es nur noch selbstverständlich nennen konnte. Ich selbst gebrauche zuweilen ein Monokel, der Bequemlichkeit halber, ich bin zu eitel, um eine Brille zu tragen. Allein es gibt Gesichter aus Pommern, aus dem Baltikum, aus der Mark Brandenburg, in denen das Monokel den Anschein erweckt, ein drittes überflüssiges Auge zu sein, keine Hilfe dem natürlichen Aug', sondern dessen gläserne Maske. Wenn der Herr von Stettenheim das Monokel einklemmte, sah er so aus wie die Frau Professor Jolanth Szatmary, sobald sie eine Zigarette anzündete. Wenn Herr von Stettenheim sprach oder gar wenn er sich ereiferte, lief sein Kainsschmiß auf der Stirn blutrot an; und der Mann ereiferte sich überflüssig. Denn in einem verwunderlichen Gegensatz zu seinem Eifer standen die Worte, mit denen er ihn ausdrückte, wie zum Beispiel: »Also, ich kann Ihnen sagen, ich war einfach starr«; oder: »Ich sage immer: nur nicht verzweifeln«; oder: »Ich wette zehn zu eins und gebe Ihnen meine Hand darauf!« Und dergleichen mehr. Offenbar hatte unsere Hypothek meinem Schwiegervater nicht genügt. Herr von Stettenheim versprach, sich am Atelier Elisabeth Trotta reichlich zu beteiligen. Ein paarmal brachte uns mein Schwiegervater zusammen. Hatte er doch, eben wegen der Hypothek, mich in das Kunstgewerbe endlich »hineingenommen!« Mußte er mich doch zumindest unserm dritten Kompagnon vorstellen. – »Ich kenne einen Grafen Trotta!« rief Herr von Stettenheim, nachdem wir kaum die ersten zwei Sätze gewechselt hatten. – »Sie irren«, sagte ich, »es gibt nur baronisierte Trottas; wenn sie noch leben!« – »Gewiß, entsinne mich, war Baron, der alte Oberst.« – »Sie irren sich noch«, sagte ich. »Mein Onkel ist Bezirkshauptmann.« – »Bedaure!« erwiderte Herr von Stettenheim. Und sein Schmiß lief blutrot an.
Herr von Stettenheim hatte die Idee, unsere Firma »Jolan-Werkstätte« zu nennen. So wurde sie auch im Register eingetragen. Elisabeth zeichnete fleißig, sooft ich ins Büro kam. Sie zeichnete unbegreifliche Sachen, wie zum Beispiel neunzackige Sterne auf den Wänden eines Oktaeders oder eine zehnfingerige Hand, die in Achat ausgeführt und der »Segen Krishnamurtis« heißen sollte; oder einen roten Stier auf schwarzem Grund, der »Apis« hieß, ein Schiff mit Dreiruderern, das »Salamis« genannt wurde, und eine Schlange als Armband, namens Kleopatra. Die Frau Professor Jolanth Szatmary hatte diese Einfälle,

diktierte ihr diese Pläne. Im übrigen herrschte zwischen uns beiden die düsterkeitsschwangere, haßträchtige, konventionelle Freundlichkeit, auf deren Grund unserer beider Eifersucht ruhte. Elisabeth liebte mich, ich war dessen gewiß, Angst hatte sie vor der Frau Professor Jolanth, eine jener Ängste, die sich die moderne Medizin mit Erfolg zu definieren und erfolglos zu erklären bemühte. Seitdem Herr von Stettenheim als dritter Teilhaber in unsere »Jolan-Werkstätte« eingetreten war, betrachteten mich mein Schwiegervater und die Frau Professor als eine störende Erscheinung, ein Hindernis auf dem Weg des Kunstgewerbes, zu jeder nützlichen Leistung unfähig und keinesfalls würdig, in die künstlerischen und geschäftlichen Pläne unserer Firma eingeweiht zu werden. Ich war lediglich noch der Ehemann Elisabeths. Herr von Stettenheim entwarf Prospekte in allen Weltsprachen und verschickte sie auch in alle Weltrichtungen. Und je spärlicher die Antworten einliefen, desto hitziger wurde sein Eifer. Die neuen Vorhänge kamen, nach zwei zitronengelben Stühlen, ein Sofa, zitronengelb, mit schwarzen Zebrastreifen, zwei Lampen mit sechswandigen Schirmen aus japanischem Papier und eine Landkarte aus Pergament, auf der alle Länder und Städte durch Stecknadeln kenntlich gemacht wurden – alle, auch jene, die unsere Firma nicht belieferte.

An den Abenden, an denen ich Elisabeth abholte, sprachen wir weder von Stettenheim noch von der Frau Professor Jolanth Szatmary, noch vom Kunstgewerbe. Es war zwischen uns ausgemacht. Wir verlebten süße, satte Frühlingsnächte. Kein Zweifel: Elisabeth liebte mich.

Ich hatte Geduld. Ich wartete. Ich wartete auf den Augenblick, in dem sie mir aus freien Stücken sagen würde, daß sie ganz zu mir wollte. Unsere Wohnung im Parterre wartete.

Meine Mutter fragte mich niemals nach den Absichten Elisabeths. Von Zeit zu Zeit ließ sie einen Satz fallen wie zum Beispiel: »Sobald ihr eingezogen seid«; oder: »Wenn ihr bei mir wohnt«; und derlei.

Ende des Sommers stellte es sich heraus, daß unsere »Jolan-Werkstätten« gar nichts eintrugen. Außerdem hatte mein Schwiegervater mit den »vielen Eisen im Feuer« kein Glück gehabt. Er hatte auf Mark spekuliert, durch die Vermittlung des Herrn von Stettenheim. Die Mark fiel. Ich sollte eine zweite, weit höhere Hypothek auf unser Haus aufnehmen. Ich sprach mit meiner Mutter, sie wollte nichts davon wissen. Ich erzählte es meinem Schwiegervater. – »Du bist unfähig, ich hab's immer gewußt«, sagte er. »Ich werde selbst hingehn.«

Er ging zu meiner Mutter, nicht allein, sondern mit dem Herrn von Stettenheim. Meine Mutter, die vor fremden Menschen Angst und sogar Abscheu empfand, bat mich zu warten. Ich blieb also zu Hause.
Das Verwunderliche ereignete sich, der Herr von Stettenheim gefiel meiner Mutter. Während unserer Verhandlung, in unserm Salon, glaubte ich sogar zu bemerken, wie sie leise Ansätze machte, sich vornüber zu beugen, wie um seine reichlichen und überflüssigen Redensarten deutlicher zu vernehmen. – »Charmant!« sagte meine Mutter. »Charmant!« wiederholte sie ein paarmal, und zwar bei den gleichgültigsten Phrasen des Herrn von Stettenheim. Er, auch er, hielt einen Vortrag über das Kunstgewerbe im allgemeinen, die Erzeugnisse der »Jolan-Werkstätten AG« im besonderen. Und meine gute, alte Mutter, die gewiß auch jetzt noch ebensowenig von dem Kunstgewerbe begriff wie vor langer Zeit nach dem Vortrag Elisabeths sagte immer wieder: »Jetzt versteh' ich, jetzt versteh' ich, jetzt versteh' ich!«
Herr von Stettenheim besaß den Geschmack zu sagen: »Das Ei des Kolumbus, gnädige Frau!« – Und wie ein Echo wiederholte meine Mutter gehorsam: »Das Ei des Kolumbus! – Wir nehmen noch eine zweite Hypothek auf.«
Unser Advokat Kiniower wehrte sich zuerst. »Ich warne Sie!« sagte er. »Ein aussichtsloses Geschäft. Ihr Herr Schwiegervater, ich weiß es, hat gar kein Geld mehr. Ich habe mich erkundigt. Dieser Herr von Stettenheim lebt von den Darlehen, die Sie aufnehmen. Er behauptet, am Tattersall im Berliner Tiergarten beteiligt zu sein. Mein Berliner Kollege teilt mir mit, daß es nicht wahr ist. So wahr ich ein Freund Ihres seligen Vaters war: Ich sage Ihnen die Wahrheit. Die Frau Professor Jolanth Szatmary ist ebensowenig Professor wie ich. Sie hat keine von den Wiener oder Budapester Akademien jemals besucht. Ich warne Sie, Herr Trotta, ich warne Sie.«
Der »Jude« hatte kleine, schwarze, tränende Augen hinter dem schiefen Zwicker. Die eine Hälfte seines grauen Schnurrbarts war aufwärts gezwirbelt, die andere hing trostlos hinunter. Also äußerte sich gewissermaßen sichtbar die Zwiespältigkeit seines Wesens. Er war imstande, nach einer längeren, düsteren Rede, in der er von meinem sicheren Untergang gesprochen hatte, plötzlich mit dem Ruf zu schließen: »Und doch geht alles noch gut aus! Gott ist ein Vater!« Diesen Satz wiederholte er überhaupt bei jeder verwickelten Angelegenheit. Dieser

Enkel Abrahams, der Erbe eines Segens und eines Fluches, leichtfertig als Österreicher, schwermütig als Jude, gefühlvoll, aber genau bis zu jener Grenze, an der ein Gefühl anfangen kann, Gefahr zu werden, klarsichtig trotz einem wackligen und schiefsitzenden Zwicker, war mir mit der Zeit lieb geworden wie ein Bruder. Oft kam ich in seine Kanzlei, ohne Grund, ohne Not. Auf seinem Arbeitstisch standen die Photographien seiner zwei Söhne. Der ältere war gefallen. Der jüngere lernte Medizin. »Er hat soziale Rosinen im Kopf!« sagte der alte Doktor Kiniower. »Und um wieviel wichtiger wäre ein Heilmittel gegen Krebs! Ich fürchte, ich hab' selber einen, hinten, in der Niere. Wenn mein Sohn schon Medizin studiert, sollte er an seinen alten Vater denken, nicht an die Erlösung der Welt. Genug der Erlöser! Aber Sie wollen ja das Kunstgewerbe erlösen! Ihre Frau Mama wollte das Vaterland erlösen. Sie hat das ganze beträchtliche Vermögen in Kriegsanleihen angelegt. Eine lächerliche Lebensversicherung bleibt noch. Ihre Frau Mama bildet sich wahrscheinlich ein, sie reichte für ein beschauliches Alter aus. Zwei Monate könnte sie knapp davon leben. Sie haben keinen Beruf. Sie werden wohl auch keinen finden. Aber wenn Sie nicht etwas zu verdienen anfangen, werden Sie untergehn. Ich rate Ihnen: Sie haben ein Haus, machen Sie daraus eine Pension. Versuchen Sie's Ihrer Frau Mama begreiflich zu machen. Diese Hypothek ist nicht die letzte, die Sie aufnahmen. Sie werden noch eine dritte und eine vierte brauchen. Glauben Sie mir! Gott ist ein Vater!«

Herr von Stettenheim kam oft zu meiner Mutter, selten kündigte er sich vorher an. Meine Mutter empfing ihn immer warmherzig, manchmal sogar begeistert. Mit staunendem Kummer sah ich zu, wie die alte, verwöhnte und strenge Frau heiter nachsichtig die grobschlächtigen Scherze, die billigen Wendungen, die aufreizenden Handbewegungen annahm, billigte, lobte und wertschätzte. Herr von Stettenheim hatte die Gewohnheit, seine linke Hand nach einer brüsken, erschreckenden Streckung des Ellbogens vor die Augen zu führen, um nach der Stunde auf seiner Armbanduhr zu sehn. Mir schien es immer, als hätte er einen glücklicherweise nicht vorhandenen Nachbarn zu seiner Linken gestoßen. Wie eine Gouvernante pflegte er, wenn er die Kaffeetasse hob, den kleinen Finger der rechen Hand zu spreizen, just jenen Finger, an dem er seinen wuchtigen Wappenring trug, ein Wappen, das aussah wie ein Insekt. Er sprach in jener gutturalen Stimme gewisser Preußen, die aus einem Kamin eher als

aus einer Kehle zu kommen scheint und auch das Bedeutende hohl macht, das sie manchmal äußern.
Und just dieser Mann gefiel meiner lieben alten Mutter. »Charmant!« nannte sie ihn.

XXVIII

Er bestach auch mich allmählich und ohne daß ich es zuerst merken konnte. Ich brauchte ihn, ich brauchte ihn einfach meiner Mutter wegen. Er stellte die Verbindung her zwischen unserem Haus und Elisabeth. Auf die Dauer konnte ich nicht zwischen beiden Frauen stehen und selbst zwischen dreien, wenn ich die Frau Professor mitrechnete. Seitdem Herr von Stettenheim die überraschende Zuneigung meiner Mutter gefunden hatte, kam Elisabeth zuweilen in unser Haus. Meine Mutter hatte nur angedeutet, daß sie die Frau Professor nicht zu sehen wünschte. Übrigens entfernte sie sich zusehends von Elisabeth. Auch dies war zum Teil ein Verdienst des Herrn von Stettenheim, und auch dadurch bestach er mich. Ich gewöhnte mich an seine unerwarteten Allüren (sie erschreckten mich immer seltener), an seine Rede, die immer um zwei, drei Stärken lauter war, als es der Raum erforderte, in dem er gerade sprach. Es war, als wüßte er überhaupt nicht, daß es kleine und größere Räume gibt, ein Zimmer und eine Bahnhofshalle zum Beispiel. Im Salon meiner Mutter sprach er mit jener um ein paar Grade zu hastigen Stimme, mit der manche einfachen Menschen zu telephonieren pflegen. Auf der Straße schrie er geradezu. Und da er nur inhaltslose Redensarten gebrauchte, klangen sie noch einmal so laut. Lange Zeit wunderte ich mich darüber, daß meine Mutter, der jeder stärkere Ton, jedes überflüssige Geräusch, jede Straßenmusik und sogar Konzerte im Freien körperliche Schmerzen verursachten, die Stimme des Herrn von Stettenheim ertragen und sogar charmant finden konnte. Erst ein paar Monate später konnte ich durch einen Zufall die Ursache dieser Nachsicht erfahren.
Eines Abends kam ich zu einer ungewohnten Stunde nach Hause. Ich wollte meine Mutter begrüßen, ich suchte sie. Das Mädchen sagte mir, daß sie in der Bibliothek sitze. Die Tür unseres Bibliothekzimmers, das an den Salon grenzte, stand offen, ich brauchte nicht anzuklopfen. Meinen Gruß überhörte die alte Frau offenbar. Ich dachte zuerst, sie sei über dem Buch eingeschlafen. Sie saß überdies mit dem Rücken zu mir, mit dem Gesicht zum Fenster. Ich ging näher, sie schlief nicht, sie

las und blätterte sogar eine Seite um, in dem Augenblick, in dem ich an sie herantrat. »Guten Abend, Mama!« sagte ich. Sie sah nicht auf. Ich berührte sie. Sie erschrak. »Wie kommst du jetzt daher?« fragte sie. – »Auf einen Sprung, Mama, ich wollte mir die Adresse Stiasnys heraussuchen.« – »Der hat lang nichts mehr von sich hören lassen. Ich glaub', er ist gestorben.« Der Doktor Stiasny war Polizeiarzt, jung wie ich, meine Mutter mußte mich mißverstanden haben. – »Ich mein' den Stiasny«, sagte ich. – »Gewiß, ich glaub' vor zwei Jahren ist er gestorben. Er war ja schon mindestens achtzig!« – »So, gestorben!« wiederholte ich – und ich wußte nun, daß meine Mutter schwerhörig war. Lediglich dank ihrer Disziplin, jener ungewöhnlichen Disziplin, die uns Jüngeren nicht mehr von Kindheit an auferlegt worden war, gelang ihr diese rätselhafte Stärke, ihr Gebrechen während jener Stunden zu unterdrücken, in denen sie mich zu Hause erwartete, mich und andere. In den langen Stunden, in denen sie wartete, bereitete sie sich auf das Hören vor. Sie selbst mußte ja wissen, daß sie das Alter mit einem seiner Schläge getroffen hatte. Bald – so dachte ich – wird sie ertaubt sein, wie das Klavier ohne Saiten! Ja, vielleicht war damals schon, als sie in einem Anfall von Verwirrung die Saiten hatte herausnehmen lassen, in ihr eine Ahnung ihrer nahenden Taubheit lebendig gewesen und eine vage Furcht, daß sie bald nicht mehr exakte Töne würde vernehmen können! Von allen Schlägen, die das Alter auszuteilen hatte, mußte dieser für meine Mutter, ein wahres Kind der Musik, der schwerste sein. In diesem Augenblick erschien sie mir fast überirdisch groß, entrückt war sie in ein anderes Jahrhundert, in die Zeit einer längst versunkenen heroischen Noblesse. Denn es ist nobel und heroisch, Gebrechen zu verbergen und zu verleugnen.
Deshalb also schätzte sie Herrn von Stettenheim. Sie verstand offenbar ihn am deutlichsten, und sie war ihm dankbar. Seine Banalitäten ermüdeten sie nicht. Ich verabschiedete mich, ich wollte in mein Zimmer, die Adresse Stiasnys holen. »Darf ich um acht Uhr kommen, Mama?« rief ich jetzt schon mit erhobener Stimme. Es war etwas zu laut gewesen. – »Seit wann schreist du so?« fragte sie. »Komm nur, wir haben Kirschknödel, allerdings Kornmehl.«
Ich suchte krampfhaft den Gedanken an die Pension zu verdrängen. Meine Mutter als Inhaberin einer Pension! Welch eine abstruse, ja absurde Idee! Ihre Schwerhörigkeit erhöhte noch ihre Würde. Jetzt hörte sie vielleicht gar nicht mehr das Aufklopfen ihres eigenen Stocks, nicht

einmal mehr ihre eigenen Schritte. Ich begriff, warum sie so nachsichtig unser Mädchen behandelte, das, blond, beleibt und schwerfällig, zu polternden Handlungen neigte, ein braves, stumpfes Kind aus der Vorstadt. Meine Mutter mit Pensionären! Unser Haus mit zahllosen Klingeln, die mir heute schon um so lauter in den Ohren schrillten, als meine Mutter ja nicht imstande sein würde, ihre ganze Frechheit zu vernehmen. Ich hatte sozusagen für uns beide zu hören und für uns beide beleidigt zu sein. – Aber welch einen andern Ausweg konnte es geben? – Der Doktor Kiniower hatte recht. Das Kunstgewerbe verschlang eine Hypothek nach der anderen.
Meine Mutter kümmerte sich nicht darum. Ich allein hatte also, wie man zu sagen pflegt, die Verantwortung. Ich – und eine Verantwortung! Nicht, daß ich feige gewesen wäre! Nein, ich war einfach unfähig. Ich hatte keine Angst vor dem Tod, aber Angst vor einem Büro, einem Notar, einem Posthalter. Ich konnte nicht rechnen, zur Not noch addieren. Meine Multiplikation schon schaffte mir Pein. Ja! Ich und eine Verantwortung!
Der Herr von Stettenheim indessen lebte unbekümmert, ein schwerfälliger Vogel. Er hatte immer Geld, er borgte nie, er lud im Gegenteil alle meine Freunde ein. Wir mochten ihn nicht, freilich. Wir verstummten alle, wenn er plötzlich im Kaffeehaus erschien. Außerdem hatte er die Gewohnheit, jede Woche mit einer anderen Frau zu kommen. Er griff sie überall auf, alle Sorten: Tänzerinnen, Kassiererinnen, Näherinnen, Modistinnen, Köchinnen. Er machte Ausflüge, kaufte Anzüge, spielte Tennis, ritt im Prater. Eines Abends trat er mir aus unserem Haustor entgegen, gerade als ich heimkehren wollte. Er schien es eilig zu haben, der Wagen wartete auf ihn. »Ich muß fort!« sagte er und warf sich in den Wagen.
Elisabeth saß bei meiner Mutter. Offenbar war sie mit dem Herrn von Stettenheim zusammen hierhergekommen. In unserer Wohnung spürte ich etwas Fremdes, es war wie ein außergewöhnlicher, ungewöhnlicher Geruch. Hier mußte etwas Unerwartetes passiert sein, während meiner Abwesenheit. Die Frauen sprachen miteinander, als ich ins Zimmer trat, aber es war jene Art erzwungener Unterhaltung, der ich sofort anmerkte, daß sie nur zu meiner Irreführung bestimmt war.
»Ich bin Herrn von Stettenheim vor dem Haustor begegnet«, begann ich. – »Ja«, sagte Elisabeth, »er hat mich hierher begleitet. Er war eine

Viertelstunde mit uns.« – »Er hat Sorgen, der Arme!« sagte meine Mutter. – »Er braucht Geld?« fragte ich. – »Das ist es!« antwortete Elisabeth. »Es hat heute Krach bei uns gegeben! Um dir's gleich zu sagen: Die Jolanth hat Geld verlangt. Man hat's ihr geben müssen. Es ist das erstemal, daß sie Geld verlangt hat. Sie läßt sich nämlich scheiden. Stettenheim braucht es dringend, dieses Geld. Mein Vater hat in diesen Tagen Zahlungen, sagt er. Ich habe Stettenheim hierher begleitet.« – »Meine Mutter hat ihm Geld gegeben?« – »Ja!« – »Bargeld?« – »Einen Scheck!« – »Wie hoch?« – »Zehntausend!« Ich wußte, daß meine Mutter nur noch wertlos werdende, immer wertloser werdende fünfzigtausend Kronen bei der Bank Efrussi liegen hatte, laut Bericht des »Juden«. Ich begann, was ich noch niemals früher gewagt hatte, auf und ab durchs Zimmer zu wandeln, vor den strengen und erschrockenen Augen meiner Mutter. Zum erstenmal in meinem Leben wagte ich, in ihrer Anwesenheit meine Stimme zu erheben. Ich schrie beinahe. Jedenfalls war ich heftig. Mein ganzer, lang aufgesparter Groll gegen Stettenheim, gegen Jolanth, gegen meinen Schwiegervater überwältigte mich; er – und auch der Groll gegen meine eigene Bestechlichkeit. Auch Groll gegen meine Mutter mischte sich darein, Eifersucht auf Stettenheim. Zum erstenmal wagte ich vor meiner Mutter einen verpönten und lediglich im Kasino beheimateten Ausdruck: »Der Saupreuß«, sagte ich. Ich erschrak selbst darüber.
Ich erlaubte mir noch mehr: Ich verbot meiner Mutter, noch einmal Schecks ohne meine Einwilligung auszustellen. Ich verbot auch in einem Atem Elisabeth, noch einmal meiner armen Mutter irgendwelche Leute, die Geld brauchten, zuzuführen; »Irgendwelche dahergelaufenen Leute«, sagte ich wörtlich. Und da ich mich selbst kannte und sehr wohl wußte, daß ich nur ein paarmal in drei Jahren imstande wäre, meinen Willen, meine Abscheu, ja meine aufrichtige Meinung über Menschen und Zustände zu zeigen, versetzte ich mich bewußt in eine noch größere Rage. Ich schrie: »Auch die Professorin will ich nicht mehr sehn!« Und: »Vom Kunstgewerbe will ich nichts mehr wissen. Um alles zu ordnen, Elisabeth! Du ziehst hierher, mit mir.«
Meine Mutter sah mich aus ihren großen, traurigen Augen an. Offenbar war sie über meinen plötzlichen Ausbruch ebenso erschrocken wie erfreut. »Sein Vater war auch so!« sagte sie zu Elisabeth. Heute glaube ich es auch, es ist möglich, daß damals mein Vater aus mir sprach. Ich hatte das Bedürfnis, das Haus zu verlassen.

»Sein Vater«, sprach meine Mutter weiter, »war manchmal wie ein Gewitter. Er hat so viel Teller zerbrochen! So viel Teller, wenn er böse war!« – Sie breitete beide Arme aus, um Elisabeth eine Vorstellung von der Anzahl der Teller zu geben, die mein Vater zerbrochen hatte. »Jedes halbe Jahr!« sagte meine Mutter. »Es war eine Krankheit, besonders im Sommer; wenn wir nach Ischl gingen und man die Koffer packte. Das konnte er nicht leiden. Der Bub auch nicht«, fügte sie hinzu, obwohl sie mich noch niemals in einer Zeit beobachtet hatte, in der Koffer gepackt zu werden pflegen.
Ich hätte sie in die Arme nehmen mögen, die arme, alte, langsam ertaubende Frau. Es war gut so. Sie vernahm nicht mehr die Geräusche der Gegenwart. Sie hörte jene der Vergangenheit, die zerschmetterten Teller meines erbosten Vaters zum Beispiel. Sie begann auch, wie es oft bei schwerhörig werdenden, älteren Menschen vorzukommen pflegt, das Gedächtnis zu verlieren. Und es war gut so! Wie wohltätig ist die Natur! Die Gebrechen, die sie dem Alter schenkt, sind eine Gnade. Vergessen schenkt sie uns, Taubheit und schwache Augen, wenn wir alt werden; ein bißchen Verwirrung auch, kurz vor dem Tode. Die Schatten, die er vorausschickt, sind kühl und wohltätig.

XXIX

Mein Schwiegervater hatte, wie viele Menschen seiner Art, auf den Sturz des französischen Franken spekuliert. Es war eine falsche Spekulation. Von den »vielen Eisen im Feuer« blieb ihm kein einziges mehr. Auch die »Jolan-Werkstätte« brachte gar nichts ein. Vergeblich war das ganze zitronengelbe Mobiliar. Umsonst die Entwürfe der Frau Professor Jolanth Szatmary. Nichts galten mehr die unverständlichen Zeichnungen meiner Frau Elisabeth.
Mein stets behender Schwiegervater verlor sein Interesse am Kunstgewerbe. Er wandte sich plötzlich dem Zeitungsbetrieb zu; »Zeitungswesen« fing man damals nach deutschem Muster in Österreich zu sagen an. Er beteiligte sich an der sogenannten Montags-Zeitung. Auch dort wollte er mich »mit hineinnehmen«. Er gab Börsentips, wie man sagt. Er verdiente dabei. Von unserem Haus blieb uns, nach Abzug der Hypotheken, kaum noch ein Drittel. Und als man das neue Geld einführte, erwies es sich, daß von dem Guthaben meiner Mutter in der Bank Efrussi kaum ein paar tausend Schilling verblieben waren.

Als erster verschwand der Herr von Stettenheim aus unserer Welt. Er »machte sich aus dem Staube«, eine Wendung, die er selbst so oft und gerne angewendet hatte. Er schrieb nicht einmal einen Abschiedsbrief. Er telegraphierte nur: »Dringendes Rendezvous. Kehre wieder! Stettenheim.« Die Frau Professor Jolanth Szatmary hielt am längsten aus. Seit Wochen schon war das famose Atelier mit den zitronengelben Möbeln vermietet an die Irak GmbH, die mit persischen Teppichen handelte. Seit Wochen schon war mein Schwiegervater im Begriff, sein Haus an die Gemeinde Wien zu verkaufen. Die halbe Welt hatte sich verändert, aber die Frau Jolanth Szatmary blieb, wo sie gewesen war: im Hotel Regina. Sie war entschlossen, keine einzige ihrer Gewohnheiten, Sitten und Gebräuche aufzugeben. Immer noch machte sie Entwürfe. Ihre Scheidung war gelungen: Ihr Mann zahlte ihr monatlich. Oft sprach sie davon, nach San Franzisko zu gehen. Fremde Erdteile lockten sie an. Europa war ihrer Meinung nach »verpatzt«. Aber sie ging nicht. Aber sie wich nicht. Zuweilen erschien sie mir in Schreckträumen. Ja, in Schreckträumen erschien sie mir als eine Art Höllenweib, dazu bestimmt, das Leben Elisabeths und mein eigenes zu vernichten. Warum blieb sie noch immer? Wozu machte sie noch ihre Entwürfe? Weshalb ging Elisabeth regelmäßig jeden Tag zu ihr? Ins Hotel, um sich überflüssige, nicht mehr, niemals mehr zu verwendende Entwürfe abzuholen?
»Ich bin wie in ein Loch gefallen!« gestand mir Elisabeth eines Tages. »Ich liebe dich!« sagte sie. »Die Frau läßt mich nicht los; ich weiß nicht, was sie treibt.« – »Wir wollen mit meiner Mutter sprechen!« sagte ich. Wir gingen zu mir nach Hause, in unser Haus gingen wir.
Es war schon spät, aber meine Mutter wachte noch. »Mama«, sagte ich, »ich habe Elisabeth hergebracht.« – »Gut!« sagte meine Mutter, »sie soll nur bleiben!«
Zum erstenmal schlief ich mit Elisabeth in meinem Zimmer, unter unserm Dach. Es war, als steigerte mein väterliches Haus selbst unsere Liebe, als segnete es sie. Immer werde ich die Erinnerung an diese Nacht behalten, eine wahre Brautnacht, die einzige Brautnacht meines Lebens. »Ich will ein Kind von dir«, sagte Elisabeth, halb schon im Schlaf. Ich hielt es für eine gewöhnliche Zärtlichkeit. Des Morgens aber, als sie erwachte – und sie erwachte zuerst –, umfing sie meinen Hals, und es war ein sachlicher, fast verletzend sachlicher Ton, in dem sie mir sagte: »Ich bin deine Frau, ich will schwanger von dir sein, ich will von der Jolanth weg, sie ekelt mich, ich will ein Kind.«

Seit jenem Morgen blieb Elisabeth in unserm Hause. Von der Frau Professor Jolanth Szatmary kam noch ein kurzer Abschiedsbrief. Sie fuhr nicht nach San Franzisko, wie sie gedroht hatte, sondern nach Budapest, wo sie hingehören mochte. – »Wo bleibt denn die Frau Professor Keczkemet?« fragte hie und da meine Mutter. – »In Budapest, Mama!« – »Sie wird noch kommen!« prophezeite meine Mutter. Meine Mutter sollte recht behalten.

Wir wohnten nun alle in einem Haus, und es ging ziemlich gut. Meine Mutter tat mir sogar den Gefallen, ihre Gehässigkeiten zu unterlassen. Sie sprach nicht mehr vom »Juden«, sondern vom Doktor Kiniower, wie alle Jahre vorher. Er beharrte obstinat auf seiner Idee: Wir sollten eine Pension gründen. Er gehörte zu jenen sogenannten praktischen Menschen, die außerstande sind, eine sogenannte produktive Idee aufzugeben, auch wenn die Menschen unfähig sind, sie auszuführen. Er war ein Realist, das heißt: genauso hartnäckig, wie man es nur Phantasten nachzusagen pflegte. Er sah nichts mehr als die Nützlichkeit eines Projektes; und er lebte in der Überzeugung, daß alle Menschen, ganz gleichgültig, welcher Art, gleichermaßen imstande wären, nützliche Projekte auszuführen. Es war, wie wenn ein Schneider zum Beispiel praktische Möbelstücke angefertigt hätte – ohne die Dimensionen der Häuser, der Türen, der Zimmer in Betracht zu ziehen. So gründeten wir eine Pension. Mit dem Eifer, mit dem etwa ein Versessener die patentierte Anerkennung einer seiner Erfindungen betreibt, bemühte sich der Doktor Kiniower um unsere Konzession, die wir dazu benötigten. »Sie haben ja so viele Freunde!« sagte er zu mir. »Sie haben zwölf Zimmer im ganzen zu vermieten. Ihrer Frau Mutter bleiben zwei. Ihnen und Ihrer Frau vier. Sie brauchen nur noch ein Dienstmädchen, ein Telephon, acht Betten und Klingeln.« – Und ehe wir es uns noch versehen hatten, brachte er Dienstmädchen, Telephon, Installateure, gemietete Betten. Es galt auch, Mieter zu finden. Chojnicki, Steskal, Halasz, Grünberger, Dworak, Szechenyi, Hallersberg, Lichtenthal, Strohhofer: Sie waren alle sozusagen obdachlos geworden. Ich brachte sie in unsere Pension.

Der einzige, der die Miete von vornherein bezahlte, war der Baron Hallersberg. Sohn eines bedeutenden Zuckerfabrikanten in Mähren, huldigte er dem in unserem Kreis durchaus fremden Luxus der Penibilität. Er borgte nicht, und er verlieh nichts. Tadellos gebürstet, gebügelt, akkurat lebte er zwischen uns, intim mit uns, geduldet von uns

wegen seiner Sanftmut, seiner diskreten Manieren und seiner vollendeten Humorlosigkeit. »Unsere Fabrik hatte jetzt schwere Zeiten«, konnte er zum Beispiel sagen. Und gleich darauf begann er, mit Bleistift und Papier die Sorgen seines Vaters zu berechnen. Er erwartete auch von uns, daß wir besorgte Gesichter machten, und wir erwiesen ihm den Gefallen. »Ich muß mich einschränken«, pflegte er dann zu sagen.
Nun, in unserer Pension schränkte er sich auch ein. Er bezahlte prompt und alles im voraus. Er hatte Angst vor Schulden, Rechnungen – »es häuft sich an«, liebte er zu sagen –, und uns alle schätzte er gering, weil wir es zuließen, daß es sich »anhäufe«. Dennoch beneidete er uns gleichzeitig um diese Fähigkeit, sich es »anhäufen« zu lassen. Am besten von uns allen konnte es Chojnicki. Ihn beneidete Hallersberg auch am meisten.
Zu meiner Überraschung war meine Mutter über diese unsere »Pension« entzückt. Offenbar erheiterte es sie, daß Installateure in blauen Anzügen durch unsere Zimmer wimmelten, daß sie Glocken schrillen hörte und laute fröhliche Stimmen. Offenbar schien es ihr, daß sie ein neues Leben beginnen würde, von Anfang an, sozusagen ein Leben aufs neue. Mit munteren Schritten, mit einem heiteren Stock, ging sie durch die Zimmer, die drei Stockwerke unseres Hauses hinauf und hinunter. Ihre Stimme war laut und heiter. Ich hatte sie noch niemals so gesehen.
An den Abenden schlief sie manchmal in ihrem Lehnstuhl ein. Der Stock lag zu ihren Füßen wie ein treuer Hund.
Aber die »Pension marschierte« – wie Kiniower sagte.

XXX

In unserm Hause schlief ich nun, an der Seite meiner Frau. Es erwies sich bald, daß sie einen ausgeprägten Sinn für die sogenannte Häuslichkeit besaß. Sie war geradezu von Ordner- und Sauberkeitswahn besessen, wie viele Frauen. Mit dieser verhängnisvollen Neigung verwandt war auch ihre Eifersucht. Damals erfuhr ich zum erstenmal, warum die Frauen Häuser und Wohnungen mehr lieben als ihre Männer. Sie bereiten also, die Frauen, die Nester für die Nachkommenschaft zuerst. Sie spinnen mit unbewußter Tücke den Mann in ein nicht zu entwir-

rendes Netz von kleinen, täglichen Pflichten ein, denen er nicht mehr entrinnen wird. In unserm Hause schlief ich nun, an der Seite meiner Frau. Mein Haus war's. Meine Frau war sie.
Ja! Das Bett wird ein verschwiegenes Haus mitten im sichtbaren, offenen Hause, und die Frau, die uns darin erwartet, wird geliebt, einfach, weil sie da ist und vorhanden. Da ist sie und vorhanden, zu jeder Nachtzeit, wann immer man auch nach Hause kommt. Infolgedessen liebt man sie. Man liebt das Sichere. Man liebt insbesondere das Wartende, das Geduldige.
Wir hatten jetzt zehn Telephonapparate in unserm Haus und etwa ein Dutzend Klingeln. Ein halbes Dutzend Männer in blauen Blusen arbeitete an unseren Wasserleitungen. Für alle Installationen und für den Umbau unseres Hauses streckte der Doktor Kiniower das Geld vor. Für meine Mutter war er längst nicht mehr der Jude schlechthin. Er war zum »braven Menschen« avanciert.
Im Herbst bekamen wir einen unerwarteten Besuch: Es war mein Vetter Joseph Branco. Er kam des Morgens, genauso, wie er zum erstenmal eingetroffen war, und so, als ob gar nichts in der Zwischenzeit geschehen wäre; als hätten wir keinen Weltkrieg überstanden; als wäre er nicht mit Manes Reisiger und mir in der Gefangenschaft, bei Baranovitsch und später im Lager gewesen; als wäre unser Land nicht zerfallen: so kam er an, mein Vetter, der Maronibrater, mit seinen Kastanien, mit seinem Maulesel, schwarz von Haaren und Schnurrbart, braun von Angesicht und dennoch goldig leuchtend wie eine Sonne, wie jedes Jahr und als ob nichts geschehen wäre, war Joseph Branco hierhergekommen, um seine gebratenen Kastanien zu verkaufen. Sein Sohn war gesund und munter. Er ging in Dubrovnik zur Schule. Die Schwester war glücklich verheiratet. Der Schwager war seltsamerweise nicht gefallen.

Sie hatten zwei Kinder, zwei Buben: Zwillinge; und beide hießen sie, der Einfachheit halber: Branco.
Und was mit Manes Reisiger geschehen sei, fragte ich. – »Ja, das ist eine schwere Sache«, antwortete mein Vetter Joseph Branco. »Er wartet unten, er wollte nicht mit heraufkommen.«
Ich lief hinunter, um ihn zu holen. Ich erkannte ihn nicht sofort: Er hatte einen eisgrauen, wilden Bart. Er sah so aus wie der Winter, dargestellt in primitiven Märchenbüchern. Warum er nicht sofort herauf-

gekommen sei, fragte ich ihn. »Seit einem Jahr schon, Herr Leutnant«, antwortete er, »wollte ich Sie besuchen. Ich war in Polen, in Zlotogrod. Ich wollte wieder der Fiaker Manes Reisiger werden. Aber, was ist die Welt, was ein Städtchen, was ein Mensch, was gar ein Fiaker gegen Gott? Gott hat die Welt verwirrt, das Städtchen Zlotogrod hat er vernichtet. Krokus und Gänseblümchen wachsen dort, wo unsere Häuser gestanden haben, und meine Frau ist auch schon tot. Eine Granate hat sie zerrissen; wie andere Zlotogroder auch. Also bin ich nach Wien zurückgekommen. Hier ist wenigstens mein Sohn Ephraim.«
Jawohl! Sein Sohn Ephraim! Ich erinnerte mich wohl an den Wunderknaben und wie ihn Chojnicki in die Musikakademie gebracht hatte.
»Was macht er jetzt?« fragte ich Manes, den Fiaker.
»Mein Ephraim ist ein Genie«, antwortete der alte Fiaker. »Er spielt nicht mehr! Er hat es nicht nötig, sagt er. Er ist Kommunist. Redakteur der ›Roten Fahne‹. Er schreibt prächtige Artikel. Hier sind sie.«
Wir gingen in mein Zimmer. Der Fiaker Manes Reisiger hatte alle Artikel seines genialen Sohnes Ephraim in der Tasche, einen ansehnlichen Packen. Er verlangte von mir, daß ich sie ihm vorlese. Ich las einen nach dem andern mit lauter Stimme vor. Elisabeth kam aus dem Zimmer, später versammelten sich bei mir, wie gewöhnlich an jedem Nachmittag, auch unsere Pensionäre, meine Freunde. – »Ich darf eigentlich nicht in Wien bleiben«, sagte Manes Reisiger. »Ich habe eine Ausweisung.« – Sein Bart spreizte sich, sein Angesicht leuchtete. – »Mein Sohn Ephraim hat mir einen falschen Paß verschafft. Hier ist er.« – Er zeigte dabei seinen falschen österreichischen Paß, strich sich mit den Fingern durch den Bart und sagte: »Illegal!« und blickte stolz in die Runde.
»Mein Sohn Ephraim«, begann er wieder, »braucht nicht mehr zu spielen. Er wird Minister, wenn die Revolution kommt.«
Er war so überzeugt, daß die Weltrevolution kommen würde, wie von der Tatsache, daß jede Woche im Kalender ein rotgedruckter Sonntag verzeichnet stand.
»In diesem Jahr sind die Kastanien schlecht geraten«, sagte mein Vetter Joseph Branco. »Auch sind viele wurmig. Ich verkaufe jetzt gebratene Äpfel als Maroni.«
»Wie seid ihr überhaupt herausgekommen?« fragte ich.
»Gott hat geholfen!« erwiderte der Fiaker Manes Reisiger. »Man hat das Glück gehabt, einen russischen Korporal zu töten. Joseph Branco

hat ihm ein Bein gestellt und einen Stein auf den Kopf geschlagen. Dann zog ich mir seine Uniform an, nahm sein Gewehr und führte Joseph Branco bis nach Shmerinka. Und da war die Okkupationsarmee, Branco meldete sich sofort. Er hat auch noch kämpfen müssen. Ich bin bei einem guten Juden geblieben, in Zivil. Branco hat die Adresse gehabt. Und wie der Krieg aus war, ist er zu mir gekommen.«
»Prächtige Armee!« rief Chojnicki, der eben ins Zimmer getreten war, um, wie jeden Tag, Kaffee mit mir zu trinken. – »Und was macht Ihr Sohn Ephraim, der Musiker?«
»Er braucht keine Musik mehr«, antwortete Manes Reisiger, der Fiaker, »er macht die Revolution.«
»Wir haben schon ein paar«, sagte Chojnicki. »Nicht, daß Sie glauben, ich hätte etwas dagegen! Aber die Revolutionen von heute haben einen Fehler: Sie gelingen nicht. Ihr Sohn Ephraim wäre vielleicht besser bei der Musik geblieben!«
»Man braucht jetzt ein Visum für jedes Land extra!« sagte mein Vetter Joseph Branco. »Zeit meines Lebens hab' ich so was nicht gesehn. Jedes Jahr hab ich überall verkaufen können: in Böhmen, Mähren, Schlesien, Galizien« – und er zählte alle alten, verlorenen Kronländer auf. »Und jetzt ist alles verboten. Und dabei hab' ich einen Paß. Mit Photographie.« Er zog seinen Paß aus der Rocktasche und hielt ihn hoch und zeigte ihn der ganzen Runde.
»Dies ist nur ein Maronibrater«, sagte Chojnicki, »aber sehn Sie her: es ist ein geradezu symbolischer Beruf. Symbolisch für die alte Monarchie. Dieser Herr hat seine Kastanien überall verkauft, in der halben europäischen Welt, kann man sagen. Überall, wo immer man seine gebratenen Maroni gegessen hat, war Österreich, regierte Franz Joseph. Jetzt gibt's keine Maroni mehr ohne Visum. Welch eine Welt! Ich pfeif' auf eure Pension. Ich gehe nach Steinhof, zu meinem Bruder!«
Meine Mutter kam, man hörte ihren harten Stock schon auf der Treppe. Sie hielt es für schicklich, jeden Nachmittag pünktlich um fünf Uhr in unserem Zimmer zu erscheinen. Bis jetzt hatte kein einziger unserer Pensionäre etwas gezahlt. Einmal hatte Chojnicki, ein zweitesmal hatte Szechenyi einen schüchternen Versuch gemacht, ihre Rechnungen zu verlangen. Meine Mutter hatte ihnen darauf gesagt, daß der Hausmeister die Rechnungen mache. Aber es stimmte nicht. Es war eigentlich die Aufgabe Elisabeths. Sie nahm Geld von dem und jenem

entgegen, wie es sich traf, und sie bestritt unsere Auslagen, wie es sich traf. Die Klingeln schrillten den ganzen Tag. Wir hatten nunmehr zwei Mädchen. Sie liefen wie die Wiesel drei Stockwerke auf und ab. Ringsum im ganzen Viertel hatten wir Kredit.

Meine Mutter freute sich über die Klingeln, die sie noch vernehmen konnte, den Lärm, den unsere Gäste veranstalteten, und den Kredit, den ihr Haus genoß. Sie wußte nicht, die arme, alte Frau, daß es gar nicht mehr ihr Haus war. Sie glaubte immer noch, es sei das ihrige, weil es in unserem Zimmer still wurde, wenn sie herunterkam, mit ihren weißen Haaren und ihrem schwarzen Stock. Heute erkannte sie Joseph Branco, und sie begrüßte auch Manes Reisiger. Sie war überhaupt, seitdem wir die Pension eröffnet hatten, leutselig geworden. Sie hätte auch Wildfremde willkommen geheißen. Sie wurde nur immer schwerhöriger, und es schien, als vernichtete langsam das Gebrechen ihren Verstand, und zwar nicht etwa deshalb, weil das Gebrechen sie quälte, sondern deshalb, weil sie so tat, als störe es sie nicht, und weil sie es verleugnete.

XXXI

Im April des folgenden Jahres bekam Elisabeth ein Kind. Sie brachte es nicht in der Klinik zur Welt. Meine Mutter verlangte, forderte, befahl, daß sie zu Hause gebäre.

Ich hatte das Kind gezeugt, verlangt, gefordert, befohlen. Elisabeth hatte es gewünscht. Ich liebte damals Elisabeth, und also war ich eifersüchtig. Ich konnte – so bildete ich mir damals ein – die Frau Professor Jolanth Szatmary aus der Erinnerung Elisabeths nicht anders verdrängen oder auslöschen als dadurch, daß ich ein Kind zeugte: das sichtliche Zeugnis meiner Übermacht. Vergessen und ausgelöscht war die Frau Professor Jolanth Szatmary. Aber auch ich, der alte Trotta, war halb vergessen und halb ausgelöscht.

Ich war nicht der Trotta mehr, ich war der Vater meines Sohnes. In der Taufe nannte ich ihn Franz Joseph Eugen.

Ich darf sagen, daß ich mich vollends verändert habe seit der Stunde, in der mein Sohn geboren wurde. Chojnicki und alle Freunde, die in unserer Pension wohnten, erwarteten mich in meinem Zimmer im Parterre so aufgeregt, als wären sie selbst im Begriffe gewesen, Väter zu

werden. Um vier Uhr morgens kam das Kind zur Welt. Meine Mutter kündigte es mir an.
Es war mein Sohn, ein blutrotes, häßliches Lebewesen, mit viel zu großem Kopf und Gliedmaßen, die an Flossen erinnerten. Dieses Lebewesen schrie ohne Unterlaß. Im Nu gewann ich es lieb, dieses Lebewesen, meinen Lenden entsprossen, und sogar des billigen Stolzes konnte ich mich nicht erwehren, daß ich einen Sohn und keine Tochter gezeugt hatte. Ja, ich beugte mich, um besser zu sehen, über sein winziges Geschlecht, das aussah wie ein geringer roter Beistrich. Kein Zweifel: es war mein Sohn. Kein Zweifel: ich war sein Vater.
Viele Millionen und Milliarden von Vätern hat es gegeben, seitdem die Welt besteht. Ich war einer unter den Milliarden. Aber in dem Augenblick, in dem ich meinen Sohn in die Arme nehmen durfte, erlebte ich einen fernen Abglanz jener unbegreiflich erhabenen Seligkeit, die den Schöpfer der Welt am sechsten Tag erfüllt haben mochte, als Er sein unvollkommenes Werk dennoch vollendet sah. Während ich das winzige, schreiende, häßliche und blutrote Ding in meinen Armen hielt, fühlte ich deutlich, welch eine Veränderung in mir vorging. So klein, so häßlich, so rötlich das Ding in meinen Armen auch war: von ihm strömte eine unsagbare Kraft aus. Es war mehr: es war, als hätte sich in diesem weichen, warmen Körperchen all meine Kraft aufgespeichert und als hielte ich mich selbst in den Händen und das Beste meiner selbst.
Die Mütterlichkeit der Frauen ist ohne Grenzen. Meine Mutter nahm ihren eben angekommenen Enkel so auf, als hätte sie ihn selbst ausgetragen, und auf Elisabeth übertrug sie den Rest ihrer Liebesfähigkeit, der ihr noch verblieben war. Erst da sie einen Sohn von mir, von meinen Lenden bekommen hatte, war sie ihre Tochter geworden. In Wirklichkeit war Elisabeth niemals mehr als die Mutter ihres Enkels.
Es war, als ob sie nur diesen Enkel abgewartet hätte, um sich zum Sterben bereitzumachen. Sie begann zu sterben, darf ich wohl sagen, langsam, wie die Zeit ihres Lebens gewesen war. Eines Nachmittags erschien sie nicht mehr in unserm Zimmer im Parterre. Eines unserer beiden Dienstmädchen berichtete, meine Mutter hätte Kopfweh. Es war kein Kopfweh: Meine Mutter hatte der Schlag getroffen. Sie war rechtsseitig gelähmt.
Also blieb sie, jahrelang, uns allen eine geliebte, treu behütete Last. Dennoch freute ich mich noch jeden Tag, wenn ich sie des Morgens am Leben traf. Es war eine alte Frau, wie leicht konnte sie sterben!

Meinen Sohn, ihren Enkel, brachte man ihr jeden Tag. Sie lallte nur: »Kleiner«. Sie war rechtsseitig gelähmt.

XXXII

Eine treu behütete, geliebte Last war mir meine Mutter. Ich hatte mein Lebtag niemals eine Neigung für irgendeinen Beruf gefühlt, jetzt hatte ich endlich zwei Berufe: Ich war ein Sohn, und ich war ein Vater. Stundenlang saß ich neben meiner Mutter. Wir mußten einen Krankenwärter aufnehmen, die alte Frau war schwer von Gewicht. Man mußte sie jeden Tag ins Zimmer tragen, zum Tisch. Sie hinzusetzen bedeutete schon Arbeit. Manchmal verlangte sie auch von mir, durch die Zimmer gerollt zu werden. Sie wollte sehen und hören. Seitdem sie krank war, schien es ihr, daß sie vieles, daß sie alles versäumte. Ihr rechtes Auge war halb geschlossen. Wenn sie den Mund auftat, war es, als trüge sie eine eiserne Klammer um die rechte Lippenhälfte. Sie konnte übrigens nur einzelne Worte hervorbringen, zumeist Hauptwörter. Manchmal sah es fast so aus, als hütete sie eifersüchtig ihren Wortschatz.

Sobald ich meine Mutter verlassen hatte, ging ich in das Zimmer meines Sohnes. Elisabeth, in den ersten Monaten eine hingebungsvolle Mutter, entfernte sich allmählich von unserem Sohn. Franz Joseph Eugen hatte ich ihn getauft, für mich und Elisabeth nannte ich ihn Geni. Elisabeth begann mit der Zeit, oft und ohne Grund das Haus zu verlassen. Ich wußte nicht, wohin sie ging – und ich fragte sie auch nicht danach. Sie ging, mochte sie gehen! Ich fühlte mich sogar wohl, wenn ich allein, ohne sie, mit meinem Buben blieb. – »Geni!« rief ich – und sein rundes braunes Gesicht leuchtete. Ich wurde immer eifersüchtiger. Es genügte mir keineswegs, daß ich ihn gezeugt hatte, am liebsten hätte ich gewünscht, ich hätte ihn auch ausgetragen und geboren. Er kroch durch das Zimmer, flink wie ein Wiesel. Schon war er ein Mensch – und noch ein Tier und noch ein Engel. Ich sah jeden Tag, ja jede Stunde, wie er sich veränderte. Seine braunen Löckchen wurden dichter, der Glanz seiner großen hellgrauen Augen stärker, die Wimpern reicher und schwärzer, die Händchen selbst bekamen ihre eigenen Gesichter, die Fingerchen wurden schlank und kräftig. Die Lippen bewegten sich immer eifriger, und immer eiliger lallte das Zünglein

und immer verständlicher. Ich sah die ersten Zähnchen sprießen, ich vernahm Genis erstes wissendes Lachen, ich war dabei, wie er zum erstenmal zu laufen anfing, dem Fenster, dem Licht, der Sonne entgegen, mit einem plötzlichen Elan, wie in einer jähen Erleuchtung; es war eher eine zwingende Idee als ein physiologischer Akt. Gott selbst hatte ihm die Idee geschenkt, daß der Mensch aufrecht gehen könne. Und siehe da: mein Bub ging aufrecht.
Ich wußte lange Zeit nicht, wo Elisabeth Stunden und manchmal Tage verbrachte. Sie sprach oft von einer Freundin, einer Schneiderin, einem Bridgeklub. Unsere Pensionäre zahlten spärlich und selten, mit Ausnahme Hallersbergs. Wenn Chojnicki durch irgendeinen Zufall Geld aus Polen bekam, bezahlte er die Miete sofort für drei, vier Pensionäre. Unser Kredit im Viertel war unbeschränkt. Ich verstand nichts von den Rechnungen, Elisabeth behauptete, daß sie die Bücher führte. Aber eines Tages, während ihrer Abwesenheit, kamen der Fleischer, der Bäcker, der Kaffeehändler, Gläubiger, die Geld von mir verlangten. Ich hatte nur mein Taschengeld, Elisabeth pflegte mir jeden Tag, bevor sie das Haus verließ, ein paar harte Münzen zurückzulassen. Manchmal sahen wir uns tagelang nicht. Ich ging mit unseren Freunden ins Café Wimmerl. Zu Chojnickis Pflichten gehörte es, die Zeitungen zu lesen, Referate über die Politik zu halten. Jeden Sonntag fuhr er nach Steinhof, seinen verrückten Bruder zu besuchen. Er sprach mit ihm über Politik. Er berichtete uns: »Privat ist mein armer Bruder komplett verrückt«, sagte Chojnicki. – »Was die Politik betrifft, gibt es keinen zweiten, der so gescheit wäre wie er. Heute zum Beispiel hat er mir gesagt: ›Österreich ist kein Staat, keine Heimat, keine Nation. Es ist eine Religion. Die Klerikalen und klerikalen Trottel, die jetzt regieren, machen eine sogenannte Nation aus uns; aus uns, die wir eine Übernation sind, die einzige Übernation, die in der Welt existiert hat. Mein Bruder‹, sagte mein Bruder zu mir, und er legte mir die Hand auf die Schulter, ›wir sind Polen, höre ich. Wir waren es immer. Warum sollten wir nicht? Und wir sind Österreicher: Warum wollten wir keine sein? Aber es gibt eine spezielle Trottelei der Ideologen. Die Sozialdemokraten haben verkündet, daß Österreich ein Bestandteil der deutschen Republik sei; wie sie überhaupt die widerwärtigen Entdekker der sogenannten Nationalitäten sind. Die christlichen Alpentrottel folgen den Sozialdemokraten. Auf den Bergen wohnt die Dummheit, sage ich, Josef Chojnicki.‹

Und zu glauben«, berichtete Chojnickis Bruder weiter, »daß dieser Mann verrückt ist! Ich bin überzeugt: er ist es gar nicht. Ohne den Untergang der Monarchie wäre er gar nicht verrückt geworden!« So schloß er seinen Bericht.

Wir schwiegen nach derlei Reden. Über unserem Tisch lagerte eine schwüle Stille, sie kam gar nicht aus unserm Innern, sie kam von oben her. Wir beweinten nicht, wir verschwiegen sozusagen unser verlorenes Vaterland. Manchmal begannen wir plötzlich, ohne Verabredung, alte Militärlieder zu singen. Lebendig waren wir und leibhaft vorhanden. Aber Tote waren wir in Wirklichkeit.

Eines Tages begleitete ich Chojnicki nach Steinhof zu dem allwöchentlichen Besuch bei seinem Bruder. Der verrückte Chojnicki ging im Hof spazieren, er lebte in der geschlossenen Abteilung, obwohl er keinerlei Neigung zu irgendeiner Gewaltsamkeit zeigte. Er kannte seinen Bruder nicht. Als ich aber meinen Namen Trotta nannte, war er sofort klar. – »Trotta«, sagte er. »Sein Vater war vor einer Woche hier. Der alte Bezirkshauptmann Trotta. Mein Freund, der Leutnant Trotta, ist bei Krasne-Busk gefallen. Ich liebe euch alle! Alle, alle Trottas.« Und er umarmte mich.

»Meine Residenz ist Steinhof«, fuhr er fort. »Von nun ab, seitdem ich hier wohne, ist es die Haupt- und Residenzstadt von Österreich. Ich bewahre hier die Krone. Ich bin dazu ermächtigt. Mein Onkel Ledochowski pflegte zu sagen: ›Dieser kleine Josef wird ein großer Mann.‹ Jetzt bin ich es. Er hat recht behalten.«

Chojnicki begann jetzt, unverständliches Zeug zu reden. Er verlangte seinen Strumpf. Er strickte, seitdem er im Irrenhaus war, mit unermüdlichem Eifer. »Ich stricke die Monarchie«, sagte er von Zeit zu Zeit. Als ich den Versuch machte, mich von ihm zu verabschieden, sagte er: »Ich habe nicht die Ehre, Sie zu kennen.« – »Ich heiße Trotta«, sagte ich. – »Trotta«, erwiderte er, »war der Held von Solferino. Er hat dem Kaiser Franz Joseph das Leben gerettet. Der Trotta ist schon lange tot. Mir scheint, Sie sind ein Schwindler.«

An dem gleichen Tage erfuhr ich auch, weshalb meine Frau so lange und so oft vom Hause wegblieb, warum sie unser Kind allein ließ und meine arme gelähmte Mutter. Als ich nämlich nach Hause kam, traf ich dort die beiden einzigen Menschen, die ich wirklich haßte: die Frau Professor Jolanth Szatmary und den Herrn Kurt von Stettenheim.

Es stellte sich heraus, daß sie schon seit Wochen wieder in Wien

waren. Es stellte sich heraus, daß sie das Kunstgewerbe aufgegeben hatten. Sie waren nunmehr ganz dem Film hingegeben; Alexander Rabinowitsch – »der bekannte Rabinowitsch, Sie kennen ihn nicht?« –, erzählte der Herr von Stettenheim, hatte eine »Firma« in Wien gegründet; wieder einmal eine Firma! Es stellte sich heraus, daß Elisabeth absolut keine Mutter bleiben wollte: sie wollte unbedingt eine Schauspielerin werden. Der Film rief sie, und sie fühlte sich zum Film berufen. Eines Tages verschwand sie auch, und sie hinterließ mir den folgenden Brief:
»Mein lieber Mann, Deine Mutter haßt mich, und Du liebst mich nicht. Ich fühle mich berufen. Ich folge Jolanth und Stettenheim. Verzeih mir. Der Ruf der Kunst ist mächtig. – Elisabeth«
Diesen Brief zeigte ich meiner gelähmten Mutter. Sie las ihn zweimal. Dann nahm sie meinen Kopf mit ihrer noch gesunden linken Hand und sagte: »Bub! – B-b-bub!« sagte sie. Es war, als gratulierte sie mir und als bedauerte sie mich gleichzeitig.
Wer weiß, wieviel Kluges sie gesagt hätte, wenn sie nicht gelähmt gewesen wäre.
Mein Kind hatte keine Mutter mehr. Die Mutter meines Kindes war in Hollywood, eine Schauspielerin. Die Großmutter meines Sohnes war eine gelähmte Frau.
Sie starb im Februar.

XXXIII

In den ersten Tagen des Monats Februar starb meine Mutter. Sie starb so, wie sie gelebt hatte: nobel und still. Dem Priester, der gekommen war, um ihr die letzte Ölung zu geben, sagte sie: »Machen Sie schnell, Hochwürden! Der liebe Gott hat nicht so viel Zeit, wie die Kirche sich zuweilen einbildet.« Der Priester machte es in der Tat sehr schnell. Dann ließ meine Mutter mich kommen. Sie lallte nicht mehr. Sie sprach geläufig wie in alten Zeiten, als wäre ihre Zunge niemals gelähmt gewesen. – »Wenn du jemals Elisabeth wiedersiehst«, so sagte sie zu mir, »aber ich glaube, es wird nicht passieren, so sage ihr, daß ich sie niemals habe leiden mögen. Ich sterbe, aber ich halte nichts von jenen frommen Menschen, die im Sterben lügen und edelmütig werden. Jetzt bring mir deinen Sohn, damit ich ihn noch einmal sehe.«

Ich ging hinunter, ich brachte meinen Sohn, groß und ziemlich schwer war er schon, ich freute mich über sein Gewicht, wie ich ihn so die Stufen hinauftrug. Meine Mutter umarmte, küßte ihn und gab ihn mir zurück.

»Schick ihn weg«, sagte sie, »weit fort! Hier soll er nicht aufwachsen. Geh weg!« fügte sie hinzu, »ich will allein sterben.« Sie starb noch in der gleichen Nacht, es war die Nacht der Revolution. Die Schüsse knallten durch die nächtliche Stadt, und Chojnicki erzählte uns beim Abendessen, daß die Regierung auf die Arbeiter schieße. – »Dieser Dollfuß«, so sagte Chojnicki, »will das Proletariat umbringen. Gott strafe mich nicht: ich kann ihn nicht leiden. Es liegt in seiner Natur, sich selbst zu begraben. Das hat die Welt noch nicht gesehen! . . .«

Als meine Mutter begraben wurde, am Zentralfriedhof, zweites Tor, schoß man immer noch in der Stadt. Alle meine Freunde, das heißt alle unsere Pensionäre, begleiteten meine Mutter und mich. Es hagelte, genauso wie in jener Nacht, in der ich heimgekehrt war. Es war der gleiche böse, körnige Regen.

Wir begruben meine Mutter um zehn Uhr vormittags.

Als wir aus dem zweiten Tor des Zentralfriedhofs hinaustraten, erblickte ich Manes Reisiger. Hinter einem Sarg schritt er einher, und ohne ihn zu fragen, gesellte ich mich zu ihm. Zum dritten Tor führte man den Sarg, in die israelitische Abteilung.

Ich stand vor dem offenen Grabe. Nachdem der Rabbiner sein Gebet gesprochen hatte, trat Manes Reisiger vor und sagte: »Gott hat ihn gegeben, Gott hat ihn genommen, gelobt sei Sein Name in Ewigkeit. Der Minister hat Blut vergossen, und auch sein Blut wird vergossen werden. Fließen wird es wie ein reißender Strom.« – Man versuchte, Manes Reisiger zurückzuhalten, aber er fuhr fort, mit starker Stimme: »Wer tötet«, so sagte er »wird getötet. Gott ist groß und gerecht.« – Hierauf brach er zusammen. Wir führten ihn abseits, indes sein begabter Sohn Ephraim begraben wurde. Er war ein Rebell, er hatte geschossen und war getötet worden.

Joseph Branco kam noch von Zeit zu Zeit in unser Haus. Er hatte kein anderes Interesse mehr als seine Maroni. Sie waren faul in diesem Jahr, wurmig, und er, Joseph Branco, konnte nur noch gebratene Äpfel verkaufen.

Ich verkaufte das Haus. Ich behielt nur noch die Pension.

Es war, als hätte der Tod meiner Mutter alle meine Freunde aus unse-

rem Haus vertrieben. Sie zogen fort, einer nach dem anderen. Wir trafen uns nur noch im Café Wimmerl.
Mein Sohn allein lebte noch für mich. »Wer tötet«, sagte Manes Reisiger, »wird getötet.«
Ich kümmerte mich nicht mehr um die Welt. Meinen Sohn schickte ich zu meinem Freund Laveraville nach Paris.
Allein blieb ich, allein, allein, allein.
Ich ging in die Kapuzinergruft.

XXXIV

Auch am Freitag erwartete ich sehnsüchtig meinen geliebten Abend, in dem allein ich mich zu Hause fühlte, seitdem ich kein Haus und kein Heim mehr hatte. Ich wartete wohl, wie gewohnt, in seine Obhut einzugehen, die gütiger war bei uns in Wien als die Stille der Nächte, nach dem Schluß der Kaffeehäuser, sobald die Laternen trist wurden, matt von dem unnützen Leuchten. Sie sehnten sich nach dem säumigen Morgen und ihrem eigenen Erlöschen. Ja, müde waren sie immer, übernächtige Lampen, sie wollten den Morgen haben, um einschlafen zu können.
Ach, ich erinnerte mich oft daran, wie sie die Nächte meiner Jugend durchsilbert hatten, die freundlichen Töchter und Söhne des Himmels, Sonnen und Sterne, freiwillig herabgeschwebt, um die Stadt Wien zu beleuchten. Die Röcke der Mädchen vom Strich in der Kärntner Straße reichten noch bis zu den Knöcheln. Wenn es regnete, rafften diese süßen Geschöpfe die Kleider hoch, und ich sah ihre aufregenden Knöpfelschuhe. Dann trat ich bei Sacher ein, meinen Freund Sternberg zu sehen. In der Loge saß er, immer in der gleichen, und der letzte Gast war er. Ich holte ihn ab. Wir hätten eigentlich zusammen nach Hause gehen sollen, aber jung waren wir, und auch die Nacht war jung (wenn auch schon fortgeschritten), und die Straßenmädchen waren jung, insbesondere die ältlichen, und jung waren die Laternen...
Wir gingen also gleichsam durch unsere eigene Jugend und die jugendliche Nacht. Die Häuser, in denen wir wohnten, erschienen uns wie Grüfte oder bestenfalls Asyle. Die nächtlichen Polizisten salutierten uns, Graf Sternberg gab ihnen Zigaretten. Oft patrouillierten wir mit den Wachleuten durch die leere und bleiche Straßenmitte, und manch-

mal ging eines jener süßen Geschöpfe mit uns und hatte einen ganz anderen Schritt als sonst auf dem gewohnten Trottoir. Damals waren die Laternen seltener und auch bescheidener, aber weil sie jung waren, leuchteten sie stärker, und manche wiegten sich heiter im Winde...
Später, seitdem ich aus dem Kriege heimgekehrt war, nicht nur gealtert, sondern auch vergreist, waren die Wiener Nächte verrunzelt und verwelkt, ältlichen, dunklen Frauen gleich, und der Abend ging nicht in sie ein wie früher, sondern er wich ihnen aus, erblaßte und entschwand, ehe sie noch angerückt kamen. Man mußte diese Abende, die hurtigen und beinahe furchtsamen, sozusagen fassen, bevor sie zu verschwinden im Begriffe waren, und ich erreichte sie am liebsten in den Parks, im Volksgarten oder im Prater und ihren letzten, süßesten Rest noch in einem Café, in das sie einzusickern pflegten, zart und gelinde, wie ein Geruch.
Auch an diesem Abend also ging ich ins Café Lindhammer, und ich tat so, als wäre ich keineswegs aufgeregt wie die anderen. Sah ich mich doch seit langem schon, seit der Heimkehr aus dem Krieg, als einen zu Unrecht Lebenden an! Hatte ich mich doch längst schon daran gewöhnt, alle Ereignisse, die von den Zeitungen »historische« genannt werden, mit dem gerechten Blick eines nicht mehr zu dieser Welt Gehörenden zu betrachten! Ich war lange schon ein vom Tode auf unbeschränkte Zeit Beurlaubter! Und er, der Tod, konnte jede Sekunde meinen Urlaub unterbrechen. Was gingen mich noch die Dinge dieser Welt an?...
Dennoch bekümmerten sie mich, und besonders an jenem Freitag. Es war, als ginge es darum, ob ich, ein vom Leben Pensionierter, meine Pension in Ruhe weiterverzehren sollte, wie bis jetzt, in einer verbitterten Ruhe; oder ob mir auch noch die genommen würde, diese arme, verbitterte Ruhe, man könnte sagen: der Verzicht, den ich mir angewöhnt hatte, eine Ruhe zu nennen. Dermaßen, daß oft in den letzten Jahren, wenn dieser oder jener meiner Freunde zu mir kam, um mir zu sagen, jetzt sei endlich die Stunde da, in der ich mich um die Geschichte des Landes zu kümmern hätte, ich zwar den üblichen Satz sagte: »Ich will meine Ruh' haben!« – aber genau wußte, daß ich eigentlich hätte sagen sollen: »Ich will meinen Verzicht haben!« Meinen lieben Verzicht! Auch der ist nun dahin! Nachgefolgt ist er meinen unerfüllt gebliebenen Wünschen...
Ich setzte mich also ins Café, und während meine Freunde an meinem

Tisch immer noch von ihren privaten Angelegenheiten sprachen, empfand ich, der ich durch ein ebenso unerbittliches wie gnädiges Schicksal jede Möglichkeit eines privaten Interesses ausgeschaltet sah, nur noch das allgemeine, das mich zeit meines Lebens so wenig anging und dem ich zeit meines Lebens auszuweichen pflegte...

Ich hatte schon wochenlang keine Zeitungen mehr gelesen, und die Reden meiner Freunde, die von den Zeitungen zu leben, ja geradezu von Nachrichten und Gerüchten am Leben erhalten zu sein schienen, rauschten ohne jede Wirkung an meinem Ohr vorbei, wie die Wellen der Donau, wenn ich manchmal am Franz-Josephs-Kai saß oder auf der Elisabeth-Promenade. Ich war ausgeschaltet; ausgeschaltet war ich. Ausgeschaltet unter den Lebendigen bedeutet so etwas Ähnliches wie exterritorial. Ein Exterritorialer war ich eben unter den Lebenden. Und auch die Aufregung meiner Freunde, selbst an diesem Freitag abend, schien mir überflüssig; bis zu jener Sekunde, da die Tür des Cafés aufgerissen wurde und ein seltsam bekleideter junger Mann an der Schwelle erschien. Er trug nämlich schwarze Ledergamaschen, ein weißes Hemd und eine Art von Militärmütze, die mich gleichzeitig an eine Bettschüssel und an eine Karikatur unserer alten österreichischen Kappen erinnerte; kurz und gut: nicht einmal an eine preußische Kopfbedeckung. (Denn die Preußen tragen auf ihren Köpfen keine Hüte und keine Kappen, sondern Bedeckungen.) Ich war, ferne der Welt und der Hölle, die sie für mich darstellte, keineswegs geeignet, die neuen Mützen und Uniformen zu unterscheiden, geschweige denn, sie zu erkennen. Es mochte weiße, blaue, grüne und rote Hemden geben; Hosen, schwarz, braun, grün, blau lackiert; Stiefel und Sporen, Leder und Riemen und Gürtel und Dolche in Scheiden jeder Art: Ich jedenfalls, ich hatte für mich beschlossen, seit langem schon, seit der Heimkehr aus dem Kriege schon, sie nicht zu unterscheiden und sie nicht zu erkennen. Daher also war ich zuerst mehr als meine Freunde über die Erscheinung dieser Gestalt überrascht, die, wie aus der im Souterrain gelegenen Toilette emporgestiegen, dennoch aber durch die Straßentür hereingekommen war. Ein paar Augenblicke lang hatte ich tatsächlich geglaubt, die mir wohlbekannte, im Souterrain gelegene Toilette läge plötzlich draußen, und einer der Männer, die sie bedienten, wäre eingetreten, um uns zu verkünden, daß alle Plätze bereits besetzt seien. Aber der Mann sagte: »Volksgenossen! Die Regierung ist gestürzt. Eine neue deutsche Volksregierung ist vorhanden!«

Seitdem ich aus dem Weltkrieg heimgekehrt war, in ein verrunzeltes Vaterland heimgekehrt war, hatte ich niemals den Glauben an eine Regierung aufgebracht; geschweige denn: an eine Volksregierung. Ich gehöre heute noch – kurz vor meiner wahrscheinlich letzten Stunde darf ich, ein Mensch, die Wahrheit sagen – einer offenbar versunkenen Welt an, in der es selbstverständlich schien, daß ein Volk regiert werde und daß es also, wollte es nicht aufhören, Volk zu sein, sich nicht selber regieren könne. In meinen tauben Ohren – ich hatte oft gehört, daß sie »reaktionär« geheißen werden – klang es so, als hätte mir eine geliebte Frau gesagt, sie brauchte mich keineswegs, sie könnte mit sich selbst schlafen und müßte es sogar, und zwar einzig zu dem Zweck, um ein Kind zu bekommen.
Insbesondere deshalb überraschte mich der Schrecken, der bei der Ankunft des seltsam gestiefelten Mannes und seiner seltsamen Verkündung alle meine Freunde ergriff. Wir hatten, alle zusammen, kaum drei Tische eingenommen. Einen Augenblick später blieb ich, nein, fand ich mich allein. Ich fand mich tatsächlich allein, und es war mir einen Augenblick so, als ob ich mich tatsächlich lange selbst gesucht und mich selbst überraschend allein gefunden hätte. Alle meine Freunde standen nämlich von ihren Sitzen auf, und statt, wie es zwischen uns seit Jahren üblich gewesen war, mir vorher »Gute Nacht!« zu sagen, riefen sie: »Ober, zahlen!« Aber da unser Ober Franz nicht kam, riefen sie dem jüdischen Cafetier Adolf Feldmann zu: »Wir zahlen morgen!« – und sie gingen, ohne mich noch einmal anzusehen.
Immer noch glaubte ich, sie kämen wirklich morgen, um zu zahlen, und der Ober Franz sei im Augenblick in der Küche oder sonst irgendwo aufgehalten und einfach deshalb nicht so prompt wie gewöhnlich erschienen. Nach zehn Minuten aber kam der Cafetier Adolf Feldmann hinter seiner Theke hervor, im Überrock und einen steifen Hut auf dem Kopf, und sagte mir: »Herr Baron, wir nehmen Abschied für immer. Wenn wir uns einmal irgendwo in der Welt wiedersehen sollten, werden wir einander erkennen. Morgen kommen Sie bestimmt nicht mehr her. Wegen der neuen deutschen Volksregierung nämlich. Gehen Sie heim, oder gedenken Sie hier sitzen zu bleiben?«
»Ich bleibe hier, wie alle Nächte«, antwortete ich.
»Dann leben Sie wohl, Herr Baron! Ich lösche die Lampen aus! Hier sind zwei Kerzen!«
Und damit zündete er zwei bleiche Kerzen an, und ehe ich mir noch

von meinem Eindruck, er hätte mir Totenkerzen angezündet, eine Rechenschaft geben konnte, waren alle Lichter im Café erloschen, und blaß, mit einem schwarzen, steifen Hut auf dem Kopf, ein Totengräber eher als der joviale, silberbärtige Jude Adolf Feldmann, übergab er mir ein wuchtiges Hakenkreuz aus Blei und sagte:

»Für alle Fälle, Herr Baron! Bleiben Sie ruhig bei Ihrem Schnaps! Ich lasse den Rollbalken zu. Und wenn Sie gehen wollen, können Sie ihn von innen aufmachen. Die Stange steht rechts neben der Tür.«

»Ich möchte zahlen«, sagte ich.

»Dafür ist heute keine Zeit!« erwiderte er.

Und schon war er verschwunden, und schon hörte ich vor der Tür den Rollbalken niederrollen.

Ich fand mich also allein am Tisch, vor den zwei Kerzen. Sie klebten am falschen Marmor, und sie erinnerten mich an eine Art weißer, aufrechter, angezündeter Würmer. Ich erwartete jeden Augenblick, daß sie sich bögen, wie es Würmern eigentlich geziemt.

Da es mir unheimlich zu werden begann, rief ich: »Franz, zahlen!« – wie sonst an jedem Abend.

Aber nicht der Ober Franz kam, sondern der Wachhund, der ebenfalls Franz hieß und den ich eigentlich nie hatte leiden mögen. Er war von sandgelber Farbe und hatte triefende Augen und einen schleimigen Mund. Ich liebe Tiere nicht und noch weniger jene Menschen, die Tiere lieben. Es schien mir mein Lebtag, daß die Menschen, die Tiere lieben, einen Teil der Liebe den Menschen entziehen, und besonders gerechtfertigt erschien mir meine Anschauung, als ich zufällig erfuhr, daß die Deutschen aus dem Dritten Reich Wolfshunde lieben, die deutschen Schäferhunde. »Arme Schafe!« sagte ich mir da.

Nun aber kam der Hund Franz zu mir. Obwohl ich sein Feind war, rieb er sein Gesicht an meinem Knie und bat mich gleichsam um Pardon. Und die Kerzen brannten, die Totenkerzen, meine Totenkerzen! Und von der Peterskirche kamen keine Glocken. Und ich habe nie eine Uhr bei mir, und ich wußte nicht, wie spät es war.

»Franz, zahlen!« sagte ich zum Hund, und er stieg auf meinen Schoß.

Ich nahm ein Stückchen Zucker und reichte es ihm.

Er nahm es nicht. Er winselte nur. Und hierauf leckte er mir die Hand, der er das Geschenk nicht abgenommen hatte.

Jetzt blies ich eine Kerze aus. Die andere löste ich vom falschen Marmor los und ging zur Tür und stieß mit der Stange den Rollbalken von innen auf.

Eigentlich wollte ich dem Hund entgehen und seiner Liebe.
Als ich auf die Straße trat, die Stange in der Hand, um den Rollbalken wieder hinunterzuziehen, sah ich, daß mich der Hund Franz nicht verlassen hatte. Er folgte mir. Er konnte nicht bleiben. Es war ein alter Hund. Mindestens zehn Jahre hatte er dem Café Lindhammer gedient, wie ich dem Kaiser Franz Joseph; und jetzt konnte er nicht mehr. Jetzt konnten wir beide nicht mehr. »Zahlen, Franz!« sagte ich zu dem Hund. Er erwiderte mir mit einem Winseln.
Der Morgen graute über den wildfremden Kreuzen. Ein leiser Wind ging und schaukelte die greisen Laternen, die noch nicht, in dieser Nacht nicht, erloschen waren. Ich ging durch leere Straßen, mit einem fremden Hund. Er war entschlossen, mir zu folgen. Wohin? –
Ich wußte es ebensowenig wie er.
Die Kapuzinergruft, wo meine Kaiser liegen, begraben in steinernen Särgen, war geschlossen. Der Bruder Kapuziner kam mir entgegen und fragte: »Was wünschen Sie?«
»Ich will den Sarg meines Kaisers Franz Joseph besuchen«, erwiderte ich.
»Gott segne Sie!« sagte der Bruder, und er schlug das Kreuz über mich.
»Gott erhalte . . .!« rief ich.
»Pst!« sagte der Bruder.
Wohin soll ich, ich jetzt, ein Trotta? . . .

Die Geschichte von der 1002. Nacht

Roman

1939

I

Im Frühling des Jahres 18.. begann der Schah-in-Schah, der heilige, erhabene und große Monarch, der unumschränkte Herrscher und Kaiser aller Staaten von Persien, ein Unbehagen zu fühlen, wie er es noch niemals gekannt hatte.

Die berühmtesten Ärzte seines Reichs konnten seine Krankheit nicht erklären. Der Schah-in-Schah war aufs höchste beunruhigt.

In einer schlaflosen Nacht ließ er den Obereunuchen Patominos kommen, der ein Weiser war und der die Welt kannte, obwohl er den Hof nie verlassen hatte. Zu diesem sprach er so:

»Ich bin krank, Freund Patominos. Ich fürchte, ich bin sehr krank. Der Arzt sagt, ich sei gesund, aber ich glaube ihm nicht. Glaubst *du* ihm, Patominos?«

»Nein, ich glaube ihm auch nicht!« sagte Patominos.

»Glaubst du also auch, daß ich schwer krank bin?« fragte der Schah.

»Schwer krank – nein – das glaube ich nicht!« erwiderte Patominos.

»Aber krank! Krank jedenfalls, Herr! Es gibt, Herr, viele Krankheiten. Die Doktoren sehen sie nicht, weil sie darauf abgerichtet sind, nur die Krankheiten der körperlichen Organe zu beachten. Was aber nutzt dem Menschen ein gesunder Leib mit gesunden Organen, wenn seine Seele Sehnsucht hat?«

»Woher weißt du, daß ich Sehnsucht habe?«

»Ich erlaube mir, es zu ahnen.«

»Und wonach sehne ich mich?«

»Das ist eine Sache«, erwiderte Patominos, »über die ich eine Weile nachdenken müßte.«

Der Eunuch Patominos tat so, als dächte er nach, dann sagte er:

»Herr, Eure Sehnsucht zielt nach exotischen Ländern, nach den Ländern Europas zum Beispiel.«

»Eine lange Reise?«

»Eine kurze Reise, Herr! Kurze Reisen bringen mehr Freude als lange. Lange Reisen machen krank.«

»Und wohin?«

»Herr«, sagte der Eunuch, »es gibt vielerlei Länder in Europa. Es hängt alles davon ab, was man eigentlich in diesen Ländern sucht.«
»Und was glaubst du, daß ich suchen müßte, Patominos?«
»Herr«, sagte der Eunuch, »ein so elender Mensch wie ich weiß nicht, was ein großer Herrscher suchen könnte.«
»Patominos«, sagte der Schah, »du weißt, daß ich schon wochenlang keine Frau mehr angerührt habe.«
»Ich weiß es, Herr«, erwiderte Patominos.
»Und du glaubst, Patominos, das sei gesund?«
»Herr«, sagte der Eunuch und erhob sich dabei ein wenig aus seiner gebückten Stellung, »man muß sagen, daß Menschen meiner besonderen Art nicht viel von derlei Dingen verstehen.«
»Ihr seid zu beneiden.«
»Ja«, erwiderte der Eunuch und richtete sich zu seiner ganzen fülligen Größe auf. »Die anderen Männer bedaure ich von ganzem Herzen.«
»Warum bedauerst du uns, Patominos?« fragte der Fürst.
»Aus vielen Gründen«, antwortete der Eunuch, »besonders aber deshalb, weil die Männer dem Gesetz der Abwechslung unterworfen sind. Es ist ein trügerisches Gesetz: denn es gibt gar keine Abwechslung.«
»Wolltest du damit gesagt haben, daß ich dieser bestimmten Abwechslung halber irgendwohin fahren sollte?«
»Ja, Herr«, sagte Patominos, »um sich zu überzeugen, daß es keine gibt.«
»Und dies allein würde mich gesund machen?«
»Nicht die Überzeugung, Herr«, sagte der Eunuch, »aber die Erlebnisse, die man braucht, um zu dieser Überzeugung zu gelangen!«
»Wie kommst du zu diesen Erkenntnissen, Patominos?«
»Dadurch, daß ich verschnitten bin, Herr!« erwiderte der Eunuch und verneigte sich wieder.
Er riet dem Schah-in-Schah zu einer weiten Reise. Er schlug Wien vor. Der Herrscher erinnerte sich: »Mohammedaner waren dort schon vor vielen Jahren gewesen.«
»Herr, es gelang ihnen damals leider nicht, in die Stadt zu kommen. Auf dem Stephansturm stünde sonst heute nicht das Kreuz, sondern unser Halbmond!«
»Alte Zeiten, alte Geschichten. Wir leben in Frieden mit dem Kaiser von Österreich.«
»Jawohl, Herr!«

»Wir fahren!« befahl der Schah. »Die Minister verständigen!«
Und es geschah, wie er befohlen hatte.
Im Waggon erster Klasse zuerst, später im rückwärtigen Teil des Schiffes, herrschend über den Frauen, saß der Obereunuch Kalo Patominos. Er blickte auf die rotglühende untergehende Sonne. Er breitete den Teppich aus, warf sich auf den Boden und begann, das Abendgebet zu murmeln. Man erreichte unerkannt Konstantinopel.
Das Meer war sanft wie ein Kind. Das Schiff schwamm sacht und lieblich, es selbst ein Kind, in die blaue Nacht hinein.

II

Ein paar Tage kreuzte das bräutliche Schiff des Schahs im blauen Meer. Denn man getraute sich nicht, dem großen Herrn zu sagen, daß man auf eine Antwort des persischen Botschafters in Wien warten müsse. Nach anderthalb Tagen schon wurde der Schah ungeduldig. Obwohl er sich um den Kurs des Schiffes nicht kümmerte, konnte er doch nicht umhin, zu bemerken, daß immer wieder das gleiche Stück der Küste auftauchte, die er eben verlassen hatte. Auch ihm schien es allmählich sonderbar, daß ein so starkes Schiff so viel Zeit brauchte, um ein so kleines Meer zu durchqueren. Er ließ den Großwesir kommen und deutete ihm an, daß er unzufrieden sei mit der Langsamkeit der Überfahrt. Er deutete es nur an, er sagte es nicht genau. Denn, traute er schon keinem seiner Diener, solange er sich auf fester Erde befand, so traute er ihnen noch weniger, wenn er auf dem Wasser umherschwamm. Gewiß war man auch zur See in Gottes Hand, aber auch ein wenig in der des Kapitäns. Überhaupt, sooft er an den Kapitän dachte, wurde der Schah unruhig. Ihm gefiel der Kapitän gar nicht, besonders, weil er sich nicht erinnern konnte, ihn schon jemals gesehen zu haben. Er war nämlich äußerst mißtrauisch. Selbst die Männer, die ihm heimisch und wohlvertraut waren, verdächtigte er leicht und gerne; wie erst diejenigen, die er nicht kannte oder an die er sich nicht erinnerte? Ja, er war dermaßen mißtrauisch, daß er nicht einmal sein Mißtrauen zu erkennen zu geben wagte – in der kindischen und mächtigen Herrn oft eigenen Überzeugung, sie seien noch schlauer als ihre Diener. Deshalb deutete er jetzt dem Großwesir auch nur vorsichtig an, daß ihm dies lange Herumreisen nicht ganz geheuer vorkomme. Der Großwe-

sir aber, der wohl erkannte, daß der Schah sein Mißtrauen nicht ausdrücken wolle, gab keineswegs zu erkennen, daß er Mißtrauen spüre.
»Herr«, sagte der Großwesir, »auch mir erscheint es unverständlich, daß wir so lange Zeit brauchen, um das Meer zu überqueren.«
»Ja«, bestätigte der Schah, als ob er selbst erst durch diese Bemerkung des Großwesirs auf die allzu langsame Fahrt aufmerksam gemacht worden wäre, »ja, du hast recht: warum fahren wir so langsam?«
»Man müßte, Herr, den Kapitän befragen!« sagte der Großwesir.
Der Kapitän kam, und der Schah fragte: »Wann erreichen wir endlich die Küste?«
»Großmächtiger Herr«, erwiderte der Kapitän, »das Leben Eurer Majestät ist uns allen heilig! Heiliger ist es uns als unsere Kinder, heiliger als unsere Mütter, heiliger als die Pupillen unserer Augen. Unsere Instrumente kündigen einen Sturm an, so friedselig das Meer auch im Augenblick erscheinen mag. Wenn Eure Majestät an Bord sind, müssen wir tausendfach achtgeben. Was gibt es Wichtigeres für unser Leben, für unser Land, für die Welt als das geheiligte Leben Eurer Majestät? – Und unsere Instrumente kündigen leider Sturm an, Majestät!«
Der Schah sah nach dem Himmel. Er war blau, straff gewölbt, strahlend. Der Schah dachte, daß ihn der Kapitän belüge. Er sagte es aber nicht. Er sagte nur: »Mir scheint, Kapitän, daß deine Instrumente gar nichts taugen!«
»Gewiß, Majestät«, antwortete der Kapitän, »auch Instrumente sind nicht immer zuverlässig!«
»Ebenso wie du, Kapitän«, sagte der Schah.
Auf einmal bemerkte er ein winziges, weißes Wölkchen am Rande des Horizonts. Die Wahrheit zu sagen: es war kaum ein Wölkchen, es war ein Schleierchen, eigentlich nur der Hauch von einem Wölkchen. Auch der Kapitän hatte es im gleichen Augenblick erspäht – und schon hoffte er, ein Wunder sei ihm zu Hilfe gekommen und er und seine Lüge und seine verlogenen, umgelogenen Instrumente würden in den Augen des Herrn aller Gläubigen plötzlich gerechtfertigt sein.
Aber gerade das Gegenteil war der Fall. Denn: so winzig und hauchdünn das Wölkchen auch war, so verstärkte es doch den Zorn des Schahs. Er hatte sich schon so daran gefreut, daß er Großwesir und Kapitän auf einer niederträchtigen Lüge ertappt hatte –– und jetzt kam die Natur selbst –– gebar ein Wölkchen (und wie leicht konnten rich-

tige Wolken daraus werden!) und gab am Ende noch den lügenden Instrumenten recht! Mit grimmer Aufmerksamkeit beobachtete der Schah die unaufhörlich wechselnden Formen des Wölkleins. Bald lokkerte es sich. Der Wind zerfranste es ein bißchen. Dann aber ballte es sich noch fester als vorher zusammen. Nun sah es aus wie ein Schleier, in einen Knäuel verdichtet. Dann dehnte es sich in die Länge. Dann schließlich wurde es dunkler und fester. Der Kapitän stand immer noch hinter dem Rücken des Schahs. Auch er betrachtete die wechselnden Formen der kleinen Wolke, aber keineswegs grimmig, sondern mit tröstlichem Herzen. Ach, aber: wie trog ihn sein Sinn! Jäh und wütend wandte sich der Schah um, und sein Angesicht erschien dem Kapitän wie eine Art gefährlicher violetter Hagelwolke. »Ihr täuscht euch alle«, begann der mächtige Herr ganz leise, mit einer Stimme, die, beinahe tonlos, aus unbekannten Gründen der Seele kam. »Ihr täuscht euch alle, wenn ihr glaubt, daß ich eure Manöver nicht durchschaue. Die Wahrheit sagst du mir nicht! Was erzählst du mir von deinen Instrumenten? Was für einen Sturm verkünden sie? Mein Auge ist noch lange so sicher wie deine Instrumente. Ringsum ist der Himmel klar und blau, selten noch habe ich einen so klaren und blauen Himmel gesehen. Mach deine Augen auf, Kapitän! Sag selbst, siehst du auch ein einziges, noch so geringes Wölkchen am Horizont?«

Der Schrecken des Kapitäns war groß, aber gewaltiger noch war sein Erstaunen. Und noch größer als sein Schrecken und sein Staunen war seine Ratlosigkeit. War der Zorn des Herrn echt oder gespielt? Stellte ihn der Herr auf die Probe? Wer konnte es wissen? Er hatte niemals in der Nähe des Schahs gelebt, er kannte nicht seine Gewohnheiten. Der und jener hatte dem Kapitän gelegentlich erzählt, daß der Schah manchmal den Erzürnten spielte, um den Grad der Aufrichtigkeit zu erkennen, dessen seine Diener fähig sein konnten. Unglücklicherweise dachte der arme Kapitän gerade jetzt an diesen einen, im allgemeinen durchaus nicht kennzeichnenden Charakterzug des Herrn, und er entschloß sich, aufrichtig zu sein. »Herr«, sagte er, »die Augen Eurer Majestät haben soeben die Wolke dort am Horizont gesehen.« Und er trieb, der unselige Kapitän, seine Kühnheit so weit, daß er sogar den Finger ausstreckte und nach dem Wölkchen wies, das inzwischen eine richtige schwarzblaue Wolke geworden war, die mit unheimlicher Eile dem Schiffe näher trieb.

»Kapitän!« donnerte der Schah, »willst du mich lehren, den Himmel anzusehn? Nennst du jenes lichte Nebelchen dort eine Wolke? Spürst du nicht die Strahlen der Sonne?«

In diesem Augenblick aber ereignete sich etwas Unerwartetes. Die Wolke, sie war in einigen Sekunden eine tiefe, regenträchtige blauschwarze Gewitterwolke geworden, hatte soeben die Sonne erreicht, und sie verfinsterte die Welt.

Der Kapitän streckte beide Arme aus, und über seine zitternden Lippen kam kein Wort mehr. Es sah aus, als wollte er sagen: Herr, zu meinem Bedauern bin ich gezwungen, den Himmel sprechen zu lassen. Er schickt sich eben an, statt meiner Eurer Majestät zu antworten.

Zwar hatte auch der Schah selbstverständlich gesehn, wie sich die Sonne verfinsterte. Noch wußte er nicht genau, ob er sich freuen sollte über die Ehrlichkeit seiner Diener, die ihm in der Tat genauen und wahrheitlichen Bericht über den nahenden Sturm gegeben hatten, oder ob er sich ärgern sollte darüber, daß er seinem eigenen Mißtrauen erlegen war. Er fühlte, daß er in Gefahr war, seine Verwirrung zu verraten. Dies durfte auf keinen Fall geschehen – und deshalb befahl er: »Zeig mir deine Instrumente, Kapitän!«

Während sie das Deck entlanggingen, der Schah voran, der Kapitän hinterdrein, verfinsterte sich der Himmel noch mehr, soweit man sehen konnte, mit Ausnahme eines schmalen blauen Streifens im Nordosten. Im Westen waren die Wolken ganz böse und violett, im Zenit des Himmels wurden sie etwas milder und heller, im Osten lichteten sie sich zu einer geradezu als gütig zu empfindenden Blässe. Der Kapitän, drei Schritte hinter dem Schah, geriet in eine wahrhaftige, ehrliche Furcht. Diesmal war es nicht wie vorher Angst vor dem Herrscher und vor der eigenen Lüge, sondern Furcht vor Allah, dem Herrn der Welt, und vor dem Sturm, den er so leichtsinnig vorausgesagt hatte. Zum erstenmal hatte der Kapitän die Ehre, den Schah-in-Schah auf seinem Schiff zu beherbergen. Was wußte er von den Gesetzen der Diplomatie, der brave Kapitän? Seit zwanzig Jahren kreuzte er die Meere, immer auf diesem kaiserlichen Dampfer Achmed Akbar. Viele Stürme hatte er erlebt, in seiner Jugend war er noch auf Segelschiffen gefahren, und auf Segelschiffen hatte er die Seefahrt zuerst kennengelernt. Niemals seit seinem Regierungsantritt hatte dieser Schah das Bedürfnis empfunden, ein Meer zu überqueren. Ihn, den armen Kapitän, traf die gefährliche Auszeichnung, den mächtigen Herrn zum erstenmal über Wasser zu führen. »Wir dürfen nicht in der vorgeschriebenen Zeit

Europas Küste erreichen«, hatte ihm der Großwesir gesagt. – »Seine Majestät haben einen höchst ungeduldigen Charakter und wollen ihre Wünsche erfüllt haben, kaum sind sie ausgesprochen. Aber es gibt, verstehn Sie, Kapitän, diplomatische Hindernisse. Wir müssen erst die Antwort Seiner Exzellenz unseres Botschafters abwarten. So lange müssen wir trachten, nahe der Küste herumzukreuzen. Wenn es Seiner Majestät einfallen sollte, Sie zu fragen, so sagen Sie, daß Sie Sturm befürchten.«

So hatte der Großwesir gesprochen. Und siehe da: der Sturm war wirklich im Anzug. Und die Instrumente hatten ihn doch gar nicht angekündigt. Einfach die Lüge hatte ihn angekündigt, einfach die Lüge! Gläubig war der Kapitän, und Allah fürchtete er.

Sie kamen in die Kabine des Kapitäns. Es gab da wenig Instrumente, insbesondere aber keine, die etwas vom nahenden Sturm aussagen konnten. Es gab nur eine große Bussole, englisches Fabrikat, festgeschraubt auf einer runden Tischplatte. Der Schah beugte sich darüber. »Was ist das, Kapitän?« fragte er. »Majestät, eine Bussole!« sagte der Kapitän. »Aha«, sagte der Schah. »Andere Instrumente hast du nicht?« – »Hier nicht, Majestät, sie sind daneben, im Zimmer des Ingenieurs!« – »Also Sturm?« fragte der Schah. Er hatte keine Lust mehr, andere Instrumente zu sehn, und außerdem wünschte er sich ehrlich einen Sturm herbei. »Wann wird endlich dieser Sturm kommen?« fragte er gütig. »Ich schätze, nach Sonnenuntergang!« sagte der Kapitän.

Der Schah ging, hinter ihm der Kapitän. Als sie auf das Verdeck traten, war der Tag bereits fast so finster wie eine richtige Nacht. Der Offizier vom Dienst kam eilig heran, er lief, er galoppierte. Er meldete dem Kapitän irgend etwas, in Ausdrücken, die der Schah noch niemals gehört hatte. Er ging auch weiter, ohne sich um die beiden zu kümmern. Er trat an die Reling und betrachtete mit aufrichtigem Vergnügen den wütenden Gischt der anstürmenden, zurückweichenden und immer wieder anstürmenden Wogen. Das Schiff begann zu schwanken. Die Welt begann zu schwanken. Die Wogen waren grüne, schwarze, blaue und graue Zungen mit schneeweißen Rändern. Ein gewaltiges Unbehagen ergriff plötzlich den Schah. Ein unbekanntes Ungeheuer wühlte und wand sich in seinen Eingeweiden. Einmal, er erinnerte sich, er war noch ein Knabe gewesen und krank, sehr krank, hatte er ein ähnliches Übel verspürt.

Den Kapitän ergriff eine doppelte Aufregung: Erstens war sein Herr unpäßlich; und zweitens näherte sich eben jener Sturm, den er so leichtfertig vorausgelogen hatte. Der Kapitän wußte nicht mehr, um was er sich eifriger kümmern müsse: um den Sturm oder das Unbehagen des Herrn.

Er entschloß sich, seine Aufmerksamkeit dem Schah zuzuwenden. Dies war um so eher angebracht, als er ohnehin befohlen hatte, sofort möglichst dicht an die Küste zurückzukehren. Ausgestreckt, in mehrere Decken gehüllt, lag der Schah auf dem Verdeck. Der Leibarzt, den er so haßte und der, seiner Meinung nach, der einzige Mensch war, dem er nie mehr in diesem Leben entrinnen konnte, stand gebeugt über dem kranken Herrn. Er tat, was selbstverständlich war: er flößte dem Schah Baldrian ein. Die ersten, schweren Regentropfen fielen auf den weichen Samt des Zelts, das man dem Schah gebaut hatte. Der Wind ließ leise die Ringe erklirren, die des Zeltes Wände mit den drei metallenen Stäben verbanden. Der Schah fühlte sich wohler. Er wußte, daß es draußen blitzte, und den Donner hörte er mit wonnigem Behagen. Seine Übelkeiten verschwanden, kein Wunder! Das Schiff stand still, kaum zwei Seemeilen von der Küste. Nur das Meer klatschte in regelmäßiger Wut gegen die Flanken.

Dieser Sturm war dem Großwesir als eine besondere Gnade des Himmels geschickt worden. In hurtigen Booten erreichten Sekretäre Konstantinopel, mitten in der Nacht. In den gleichen hurtigen Booten kehrten sie am nächsten Tage, gegen neun Uhr morgens, zurück. Der Schah schlief noch. Sie brachten das Telegramm des Wiener Botschafters: in Wien erwarte man die Majestät. Alles wäre zum Empfang bereit...

Auch der Sturm erstarb. Eine neue, gewaschene Sonne leuchtete stark und froh, wie einst, vormals, am ersten Tag ihrer Erschaffung.

Auch der Kapitän leuchtete. Auch der Großwesir leuchtete. Mit Volldampf glitt das Schiff dahin, Europa entgegen.

III

Seine Kaiser- und Königliche Apostolische Majestät empfing die Kunde von dem Besuch des Schahs gegen acht Uhr morgens. Es waren gerade knapp zweihundert Jahre vergangen, seitdem der grausamste aller Mohammedaner gegen Wien herangerückt war. Damals hatte ein wahres Wunder Österreich gerettet. Weit schrecklicher noch als einst die Türken bedrohten jetzt die Preußen das alte Österreich – und obwohl sie fast ungläubiger waren als die Mohammedaner – denn sie waren ja Protestanten –, tat Gott gegen sie keine Wunder. Es gab keinen Grund mehr, die Söhne Mohammeds mehr zu fürchten als die Protestanten. Jetzt brach eine andere, schrecklichere Epoche an, die Zeit der Preußen, die Zeit der Janitscharen Luthers und Bismarcks. Auf ihren schwarzweißen Fahnen – beides Farben der strengen Trauer – war zwar kein Halbmond zu sehn, sondern ein Kreuz; aber es war eben ein eisernes Kreuz. Auch ihre christlichen Symbole noch waren tödliche Waffen.

All dies dachte der Kaiser von Österreich, als man ihm von dem bevorstehenden Besuch des Schahs berichtete. Ähnliches dachten auch die Minister des Kaisers. Man raunte in Wien, man munkelte in den Kanzleien, vor den Türen, hinter den Türen, in den Kabinetten, in den Korridoren, in den Redaktionsstuben, in den Caféhäusern und sogar in den Chambres séparées. Allenthalben bereitete man sich auf den Besuch des Schahs vor.

Am Tage, an dem der Zug des Schah-in-Schah im Wiener Franz-Josephs-Bahnhof einlief, sperrten vier Ehrenkompanien und zweihundert Wachleute zu Fuß und zu Pferde die Straßen ab. Die fürsorgliche Gastfreundschaft Seiner Kaiser- und Königlichen Apostolischen Majestät hatte dafür gesorgt, daß alle Wagen des Zuges, der den persischen Herrscher nach Wien brachte, weiß gestrichen waren, in einem bräutlichen Weiß, wie das Schiff, das der Schah in Konstantinopel bestiegen hatte. Auf dem Perron stand eine Kompanie des Regiments der Hoch- und Deutschmeister. Der Kapellmeister Josef Nechwal befahl die persische Nationalhymne. Tschinellen und Kesselpauke und die sogenannten Tschandressen machten mehr Lärm, als die persische Nationalhymne unbedingt erfordert hätte. Die Kesselpauke, aufgebürdet auf dem sonst so geduldigen und musikalischen Maulesel, wollte auch nicht zurückbleiben; und der Maulesel bebte von Zeit zu Zeit, er revoltierte gleichsam; aber weder der Pauker merkte es noch der Kapellmeister Josef Nechwal. Der dachte an die Orden im Schaufenster Tillers.

Der Kaiser fühlte sich unbehaglich in der fremden Uniform. Es war überdies heiß: einer jener frühreifen Maitage, die den Hochsommer vorwegzunehmen scheinen. Das Glasdach über dem Perron glühte.

Die Hymne gefiel dem Kaiser durchaus nicht. Mit deutlichem Respekt hörte er sie an – mit ostentativem Respekt...
Als der Schah ausstieg, umarmte ihn der Kaiser flüchtig. Der Schah schritt die Ehrenkompanie ab. Der Kapellmeister kommandierte das »Gott erhalte«. Die Perser erstarrten.
Man stieg in die Kutschen, man fuhr ab. Hinter den blauen Mauern der Soldaten schrien die Leute: »Hoch, hoch, hoch!« Die Rosse der berittenen Polizisten wurden böse, und gegen den Willen der Reiter schlugen sie aus und verletzten zweiundzwanzig Neugierige. Der Polizeibericht im »Fremdenblatt« sprach von »drei Ohnmachtsfällen«.

IV

Diese drei Ohnmachtsfälle störten die Freude der Wiener Bevölkerung an dem großen Schah der Perser keineswegs. Alle Menschen, die seiner Ankunft zugesehen hatten und gesund geblieben waren, auch die der Ohnmacht, kehrten beglückt nach Hause zurück; genauso beglückt, als wenn ihnen persönlich eine Freude beschert worden wäre. Auch die Bahnarbeiter und die Gepäckträger waren glücklich und schwitzten sehr. Denn der große Schah von Persien war mit zahlreichen und schweren Koffern angekommen. Sie füllten nicht weniger als vier normale Lastwaggons, die man aber in Triest vergessen hatte an den bräutlich weißen Hofzug seiner Majestät anzuhängen. Der Adjutant des Hofzeremonienmeisters, Kirilida Pajidzani, lief den Perron auf und ab. Hinter ihm rannte der Stationsvorstand Gustl Burger einher. Im Amtszimmer des Stationsvorstands steppte unermüdlich der Morseapparat. Der arme Stationsvorstand Burger verstand keinen Ton von dem Französisch, das der Adjutant des persischen Hofzeremonienmeisters daherredete. Der einzige Mensch, der in dieser verzweifelten Situation hätte helfen können, stand beneidenswert gelangweilt vor dem Büfett im Restaurationssaal erster Klasse. Es war der Rittmeister Baron Taittinger, von den Neuner-Dragonern, auf unbestimmte Frist von seinem Regiment detachiert und zugeteilt der Hof- und Kabinettskanzlei zur sogenannten »speziellen Verwendung«. Der Baron lehnte am Büfett, mit dem Rücken zum Fenster, wandte sich aber von Zeit zu Zeit um und betrachtete mit grausigem Behagen den lächerlichen Stationschef und seinen persischen Kameraden, den Kirilida Pajidzani. Taittinger nannte ihn schon im stillen für sich den »Janitscharen«. Die Uhr über dem Büfett zeigte schon die dritte Nachmittagsstunde. Um halb fünf war Taittinger mit der Frau Kronbach verabredet, bei Hornbichl. Ihr Mann war Seidenfabrikant, Kommerzialrat, sie wohnte in Döbling. Frau Kronbach war seine Leidenschaft, so bildete er sich ein. Er hatte sich einmal gesagt, sie wäre seine Leidenschaft, er hatte sie zu seiner Leidenschaft ernannt, und er bewies es sich selbst, indem er ihr treu blieb. Sie war – um es gleich zu sagen – nicht seine erste, sondern seine zweite Leidenschaft.

Er lehnte also, der Rittmeister Taittinger, am Büfett. Er sah von Zeit zu Zeit durch das Fenster, dann wieder auf die Uhr über dem blonden Fräulein, das ihn bediente und das er für einen der Apparate hielt, die zur Erledigung des Eisenbahndienstes unentbehrlich sind. Er freute sich, daß draußen die beiden so aufgeregt umherliefen, der »Janitschare« und der Stationsvorstand. Er mußte leider warten, bis die Koffer des Schahs von Persien kommen würden, und Frau Kronbach mußte auch warten; dies war schlimm. Aber man konnte nichts machen.

Endlich, es war schon halb vier, der Rittmeister begann gerade, am vierten Hennessy zu nippen, fuhr mit gewaltigem Brausen, als wäre er ein echter Expreß, ein Extrazug ein, der lediglich aus vier Waggons bestand. Sie enthielten das Gepäck des Schahs von Persien.

Erst in diesem Augenblick stürzte Taittinger auf den Perron. Er hielt den Stationsvorstand an und sagte: »Sie müssen schnell machen! Schon ein Skandal, daß die Herrschaften so lang warten müssen! Seine Majestät sind vor anderthalb Stunden gekommen! Seine Majestät warten aufgeregt. Blamage! Was für eine Blamage, Herr Stationsvorstand!«

Und ohne eine Antwort abzuwarten, wandte sich der Baron an seinen persischen Kameraden Kirilida Pajidzani und sagte in jenem fließenden Französisch, das eigentlich wie ein kaiser-königliches Französisch klang und lediglich aus Vokabeln zu bestehen schien: »Wie pünktlich! Wie pünktlich! Unsere Eisenbahn ist doch die pünktlichste der Welt!« – Bahnarbeiter und Gepäckträger eilten herbei. Der Stationsvorstand selbst kommandierte sie; dieweil der Rittmeister seinem persischen Kameraden erstaunliche, echt orientalische Wunder in Wiener Nachtlokalen anpries.

Der Perser hörte zu, lächelnd, mit dem gütigen Lächeln, das gleichgültige Männer von Welt immer anlegen, wenn es sich darum handelt, Nachsicht zu verbergen. An diesem gütigen Lächeln erkannte der

Baron auf einmal, mit wem er es zu tun hatte. Dieser »Janitschare« war ja gar keiner. Er verströmte die alte liebe, gutvertraute Luft der weltmännischen Lüge; und der Baron fühlte sich sofort bei ihm heimisch. Der Baron nannte den Perser schon im stillen »charmant« – das höchste Lob, das er zu vergeben hatte. Es gab für ihn nämlich nur drei Klassen von Menschen: an der Spitze standen die »Charmanten«; dann kamen die »Gleichgültigen«; die dritte und letzte Klasse bestand aus »Langweiligen«. Kirilida Pajidzani – das stand fest – gehörte zu den »Charmanten«. Und plötzlich konnte der Baron auch den schwierigen Namen so fließend aussprechen, als hätte er seit seiner Kindheit persische Spielgenossen gehabt. »Herr Kirilida Pajidzani«, sagte der Rittmeister, »es tut mir leid, daß Sie so lange aufgehalten worden sind. Diese Eisenbahnen! Diese Eisenbahnen! Glauben Sie mir! Wir werden schon den Verantwortlichen finden!«
Um dem Perser zu zeigen, daß er keine leeren Worte mache, ging er auf den Stationsvorstand zu und sagte mit erhobener Stimme: »Sauerei das, Herr Stationsvorstand entschuldigen schon das harte Wort!« – »Herr Rittmeister«, erwiderte der Vorstand, »das ist richtig eine Sauerei, eine Triester Sauerei nämlich.« – »Triest oder nicht, is' ganz wurscht«, sagte der Rittmeister noch etwas lauter. »Hauptsach' is', daß Seine Majestät vor zwei Stunden angekommen sind, und die Koffer sind immer noch nicht an Ort und Stelle!« Der Stationsvorstand Burger, der allmählich anfing, seine Versetzung zu befürchten, zwang sich zu einer anmutigen und unbesorgten Freundlichkeit. Schnell fiel ihm das einzig passende Wort ein, und er sagte: »Die allerhöchsten Koffer sind ja endlich da, Herr Baron!« – »Da, da«, höhnte der Rittmeister, »aber eben nicht an Ort und Stelle!«
Noch eine halbe Stunde dauerte es, bevor die zweiundzwanzig wuchtigen Koffer seiner persischen Majestät verladen waren. Dann erst konnte der Baron den Bahnhof verlassen. Glücklicherweise wartete noch der Wagen, den man dem Adjutanten des Großwesirs zur Verfügung gestellt hatte. Mit einer vortrefflich gespielten Schüchternheit sprach Taittinger zu Kirilida Pajidzani: »Wenn ich bitten darf, ich möchte mich gerne anschließen, ich muß bis zu einem bestimmten Punkt – –«
Der Perser ließ ihn gar nicht weiterlügen, sondern sagte sofort: »Ich wollte Sie selbst um die Ehre bitten, Sie genau an den Punkt begleiten zu dürfen, an den Sie Ihr Dienst befiehlt!«
Sie stiegen ein. Und die Koffer rollten voran, auf drei Lastwagen, mit

schweren Pingauer Schimmeln bespannt. Unterwegs erhob sich der Rittmeister, tippte dem livrierten Kutscher auf die Schulter und sagte: »Halten S' erst bei Hornbichl!«
Der Kutscher hob zum Zeichen des Einverständnisses die Peitsche. Sie nickte Ja! in der Luft und gab noch einen leisen Knall. Erleichtert und heiter ließ sich Taittinger wieder in die Pölster fallen, neben den »charmanten« persischen Kameraden.
Bei Hornbichl blieb der Wagen stehn. Der Baron ging in den Garten, hinter die Hecke rechts in den »Liebeswinkel«, wie er seit zehn Jahren schon diesen Tisch zu nennen gewohnt war. Die Frau des Kommerzialrats Kronbach wartete seit einer Viertelstunde. Zum erstenmal sah sie ihren Geliebten in der Parade-Uniform – ihre Beziehungen waren noch nicht älter als vier Monate. Der Helm mit der goldenen Rippe blendete sie, und sie vergaß alle Vorwürfe, die sie sich in den fünfzehn Minuten sorgsam zurechtgelegt hatte. »Endlich, endlich!« hauchte sie.

V

In den nächsten Tagen verließ der Rittmeister Taittinger den charmanten Kirilida überhaupt nicht mehr. Es erwies sich in diesen Stunden, daß der charmante Kirilida alles wußte, mehr als der Großwesir. Alles konnte man mit ihm besprechen. Man erfuhr zum Beispiel, daß der Großwesir dem Trunk gar nicht in dem Maße abgeneigt war, wie man es hätte glauben müssen. Im Gegenteil: der Großwesir neigte dazu, unaufhörlich gegen die Gesetze des Korans zu verstoßen.
Innerhalb von zwei Nachmittagen wußte der Rittmeister Taittinger bei weitem mehr und Wichtigeres, als der Professor Friedländer, der bekannte Orientalist, den man als Fachberater dem Festkomitee beigegeben hatte, in seinem langen Leben erfahren konnte. Der Professor Friedländer trank nämlich nicht. Und das kam davon, wenn man nicht trinkt, dachte der Baron Taittinger.
Ach, der Professor Friedländer selbst wußte kaum noch, wo er seine Wissenschaft hintun sollte. Es fehlte nur noch wenig, und er hätte angefangen, an der Richtigkeit seines Memorandums zu zweifeln, dem doch ganz exakte, über jeden Zweifel erhabene Forschungen zugrunde gelegt waren. So erfuhr der Professor von Baron Taittinger jetzt erst, nach zwanzig Jahren Orientalistik, daß manche Mohammedaner trin-

ken, sogar der Großwesir selbst. Sein Adjutant, der Herr Kirilida, mit dem Friedländer einmal zusammenkam, in der Gesellschaft Taittingers, hatte keine Ahnung von der persischen Literatur. Sogar vom Obereunuchen behauptete der Baron Taittinger, daß er sich heimlich von den Lakaien des Schlosses normale Bierkrügl vom Wiesenthaler vis-à-vis kommen lasse und daß er sie trinke wie etwa ein normaler christlicher Schneider. Verwirrender noch als die Erzählungen Taittingers aber waren die Artikel unbefugter Journalisten. Sie enthielten haarsträubende Unwahrheiten über das Leben in Persien und die persische Geschichte. Vergeblich bemühte sich der Professor Friedländer, den diversen Chefredakteuren durch briefliche Dementis die Wahrheit mitzuteilen. Die Folge seiner Interventionen war nur die, daß die Journalisten in sein Seminar sowie auch in seine Wohnung kamen, um Interviews über Persien zu bekommen. Die Journalisten kamen sogar in seine Vorlesungen.

Die Militärparade in Kagran störte leider ein heftiger Regen. Unter einem zugigen Zelt, dessen drei scharlachrote Leinwände denervierend klapperten, sich blähten und die Regentropfen durchsickern ließen, hielt es der Schah nicht länger als eine Viertelstunde aus. Er war kein begeisterter Anhänger militärischer Spektakel. Während er mit zerstreuten Blicken dem großartigen Galopp der Ulanen zusah, der wie eine Art gezähmten Sturms über das feuchte Grün der Wiesen dahinraste, fühlte er die unerbittlichen Wassertropfen in aufregend regelmäßigen Abständen auf seine hohe braune Pelzmütze fallen und auf den scharlachroten Kragen seiner nachtschwarzen Pelerine. Er fürchtete außerdem für seine Gesundheit. Den europäischen Ärzten traute er noch weniger als seinem jüdischen Ibrahim. Eingesperrt und umzingelt war er von fremden Generälen, die den Regen nicht scheuten, Wind und Wetter gewohnt sein mochten. Die Kavalleristen schwenkten die Säbel. Die Militärmusik schmetterte aus nassen Trompeten, donnerte auf durchnäßten Kalbfellen. Jetzt sollte noch die Infanterie kommen, hierauf die Artillerie. Nein! Er hatte genug. Er erhob sich, gleichzeitig mit ihm der Großwesir, dessen Adjutant, die ganze Suite. Der Schah verließ das Zelt, der Regen strömte, er allein bückte sich unter den nassen Schlägen, alle anderen, die er im stillen verfluchte, folgten ihm aufrecht, als gingen sie unter klarem Sonnenschein daher. Er wandte sich in die Richtung, wo er den rettenden Wagen vermutete. Mit dem sicheren Instinkt eines Gefährdeten fand er auch alsbald die

Stelle, wo die Wagen warteten. Ohne sich umzusehn, stieg er ein. Alle anderen Herren ebenfalls. Auf der Tribüne übrig blieben zwei Generäle, die, vertieft in das militärische Spektakel, die Soldaten dem Schah vorzogen. Es war eine verregnete Parade. Dennoch bekamen an diesem Tage die Soldaten der Wiener Garnison Schweinebraten, Salzkartoffeln, Erbsen und Pilsner und pro Mann je ein Päckchen ungarischer Zigaretten, genannt »Schmalspurige«.

Auch am nächsten Tag regnete es, aber das hatte keine Bedeutung mehr. Denn das Schauspiel fand in der Spanischen Reitschule statt. Da man einen Tag vorher bemerkt zu haben glaubte, daß der exotische Souverän die kalte Luft nicht leiden konnte, hatte man die Loge in der Reitschule mit dicken, wirklichen persischen Teppichen gepolstert, Schirasgeweben, uralten Stoffen aus den Gemächern der Burg, dicken Kissen aus rotem Samt, und auch die Fugen an den Türen hatte man mit dünnen Lederleisten vernagelt, damit es nicht ziehe. Es herrschte nahezu eine unerträgliche Schwüle im Raum, obwohl er so weit war. Der Schah warf seine Pelerine ab. Die schwere Pelzmütze lastete fürchterlich auf seinem Kopf. Mit dem rosa seidenen Taschentuch wischte er sich von Zeit zu Zeit den Schweiß von der Stirn. Die Herren in seiner Begleitung taten das gleiche, teils, um zu zeigen, daß es auch ihnen heiß war, teils, weil ihnen wirklich heiß war. Diesmal aber verließ der Schah von Persien nicht seine Loge. Zweitausendachthundert Pferde zählte sein eigener Stall in Teheran. Ausgewählter noch und weitaus kostbarer waren sie als die Frauen seines Harems. Dort, in den Stallungen des Schahs, gab es arabische Hengste, deren Rücken leuchteten wie braunes Gold; Schimmel aus der berühmten Zucht von Jephtahan, deren Haare weich und sanft waren wie Daunen und Flaum; ägyptische Stuten, Geschenke aus dem Gehöft des mächtigen Imam Arasbi Sur; kaukasische Steppenpferde, Geschenke des Zaren aller Russen; schwere pommersche Braune, für schweres Geld gekauft beim geizigen König von Preußen; halbwilde Tiere noch, frisch geliefert aus der ungarischen Pußta, unzugänglich jeder menschlichen Hand, jedem menschlichen Zuspruch, und widerspenstig abschüttelnd die besten persischen Reiter.

Aber was waren alle diese Tiere, verglichen mit den Lipizzanern der kaiser- und königlichen Spanischen Reitschule. Die Militärkapelle, aufgebaut auf der Estrade gegenüber der kaiserlichen Loge, spielte nach der persischen Hymne das »Gott erhalte«. Ein Reiter in persischer Tracht, wie sie der Schah nur auf den Porträts seiner Ahnen gesehen hatte und niemals in Persien, eine hohe Lammfellmütze auf dem Kopf, durch die sich goldene, geflochtene, dicke Schnüre zogen, einen blauen, golddurchstickten kurzen Mantel quer über eine Schulter gehängt, in hohen, rohledernen roten Stiefeln mit goldenen Sporen, ein krummes Türkenschwert an der Seite, ritt zuerst in die Arena. Den Schimmel, auf dem er saß, zierte ein blutrotes Gehänge. Ein Herold, in weißer Seide, in weißen Eskarpins, in roten Sandalen, ging ihm voran. Alsbald begann der Schimmel, zu einer persischen Melodie, die aber dem Schah unbekannt-bekannt vorkam, sie stammte vom Kapellmeister Nechwal, wahrhaft geistreiche Bewegungen zu vollführen. In den Schenkeln, in den Hufen, im Kopf, im Hinterteil: überall wohnte die Grazie. Kein Wort, kein Laut! Keine Rede von einem Kommando! Befahl der Reiter dem Schimmel, befahl der Schimmel dem Reiter? Lautlos war es ringsum. Alle Menschen hielten den Atem an. Obwohl sie so nahe der Arena saßen, daß sie beinahe Tier und Reiter hätten greifen können, blickten sie auf das Schauspiel durch Lorgnons und Operngucker. Nicht nahe genug konnte es sein. Der Schimmel spitzte die Ohren: Es war, als delektierte er sich an der Stille. Sein großes, dunkles, feuchtes, kluges Auge musterte von Zeit zu Zeit die Herren und Damen im Ring, vertraut und stolz und prüfend -- und keineswegs Beifall erwartend wie ein Schimmel im Zirkus. Einmal nur hob er den Blick zu der Loge Seiner Majestät, des Herrn von Persien, als wollte er flüchtig zur Kenntnis nehmen, für wen er hierher beordert sei. In stolzem Gleichmut hob er den rechten Vorderfuß, leicht nur, als grüßte er einen Gleichgestellten. Hierauf drehte er sich einmal um sich selbst, weil es die Musik so zu erfordern schien. Hierauf trat er sacht mit den Hufen den roten Teppich, setzte plötzlich beim Klang der Tschinellen zu einem verblüffenden, aber edlen und noch im gespielten Übermut maßvollen Sprung an, blieb plötzlich stehen, wartete eine Sekunde lang auf den süßen Ton der Flöte, um dann, da sie endlich kam, ihr zu gehorchen und in einem zarten, geradezu samtenen Trab in lediglich angedeutetem Zickzack den Launen des Orients gleichsam nachzugeben. Eine kurze Weile schwieg die Musik. Und in dieser Zeit der Stille hörte man nichts mehr als den sachten, zärtlichen Aufschlag der Hufe auf den Teppich. Im großen Harem des persischen Schahs hatte – soweit er sich erinnern konnte – noch keine einzige seiner Frauen so viel Anmut, Würde, Grazie, Schönheit bewiesen wie dieser

Lipizzaner Schimmel aus dem Gestüt seiner Kaiser- und Königlichen Apostolischen Majestät.
Ungeduldig nur wartete der Schah den Rest des Programms ab: die stille Eleganz der anderen Tiere, die ihm hierauf vorgeführt wurden; ihre graziöse Klugheit; ihre schlanken, wunderbaren, zur Hingabe, Brüderlichkeit, Liebe lockenden Leiber; ihre kräftige Milde und ihre süße Kraft: Der Schah dachte nur an den Schimmel.
Er sagte dem Großwesir: »Kauf den Schimmel!«
Der Großwesir eilte nach den Stallungen. Der Stallmeister Türling aber sagte mit der Würde eines kaiser- und königlichen Ministers: »Exzellenz, wir verkaufen nichts. Wir schenken nur – wenn Seine Majestät unser Kaiser es erlaubt.«
Seine Majestät zu fragen, getraute sich keiner.

VI

Man erhob sich. In einer Viertelstunde begann der Ball.
Im Redoutensaal warteten, in zwei Reihen aufgestellt, die Damen und Herren auf die Ankunft der Monarchen. Hie und da drang ein verschämtes Hüsteln aus der Brust eines älteren Herrn. Es war ein Hüsteln, das sich seiner selbst schämte, mehr noch als die Hustenden, die seidene Taschentücher vor die Münder hielten. Hie und da flüsterte eine Dame der andern etwas zu. Es war eigentlich kein Flüstern, es war gerade noch ein Hauchen, und dennoch klang es in dieser Stille beinahe wie ein Zischen.
In dieser Stille vernahm man das sachte Aufstoßen des schweren, schwarzen Stabes auf den roten Teppich wie ein ordentliches Klopfen. Alles blickte auf. Durch die von unsichtbaren Händen aufgerissenen Flügel der weißen, goldumrahmten Doppeltür kamen die Majestäten. Am entgegengesetzten Ende intonierte die Hofkapelle die persische Hymne. Der Schah grüßte nach orientalischer Art, die Hand an Stirn und Brust führend. Die Damen vollführten den Hofknicks, und die Herren verbeugten sich tief. Wie durch ein Feld geknickter Ähren schritten die Majestäten, der Gast und der Gastgeber. Beide lächelten, wie es die Überlieferung befiehlt. Sie lächelten nach rechts und links, obwohl kein Mensch ihre Freundlichkeit sehen konnte. Sie lächelten blonden und schwarzen Damenfrisuren zu, blanken Männerglatzen und straff gestriegelten Scheiteln.

Dreihundertzweiundvierzig Wachskerzen in silbernen Kandelabern erleuchteten und erhitzten den Saal. Der große kristallene Kronleuchter, der in der Mitte hing, trug nicht weniger als achtundvierzig. Die Kerzenflämmchen spiegelten sich tausendfältig in dem blanken Tanz-Oval des Parketts, so daß es aussah, als wäre der Boden gleichsam von unten her beleuchtet. Der Kaiser und der Schah saßen auf einer scharlachrot überkleideten Etage, in zwei breiten Stühlen aus spiegelndem Ebenholz, die aussahen wie geschnitzt aus schwarzer Nacht. Neben dem Kaiser von Österreich stand der Hofzeremonienmeister. Sein schwerer, goldbestickter Kragen sog, trank, schlang ungesättigt das goldene Licht der Kerzen, strahlte es wider, glänzte, glitzerte, raffte gierig das Licht und verstreute es wieder großmütig, wetteiferte geradezu mit den Kandelabern und übertraf sie noch. Neben dem Schah stand der Großwesir, in schwarzer Uniform. Sein schwarzer Schnurrbart hing fürchterlich-majestätisch, wuchtig und schwer über seinem Mund. Er lächelte von Zeit zu Zeit in regelmäßigen Abständen und so, als dirigierte irgendeine fremde Macht seine Gesichtsmuskeln. Dem Rang und der Würde nach wurden die Damen und Herren der persischen Majestät vorgestellt. Er sah die Frauen genau an, mit seinen kindischen, glühenden Augen, in denen alles enthalten war, was seine einfache Seele zu vergeben hatte: die Gier und die Neugier, die Eitelkeit und die Lüsternheit, die Lieblichkeit und die Grausamkeit, die Kleinlichkeit und die Majestät trotz allem auch. Die Damen spürten den gierigen, den neugierigen, den lüsternen, den eitlen, den grausamen und majestätischen Blick des Schahs von Persien. Sie erschauerten leicht. Sie liebten den Schah, ohne es zu wissen. Sie liebten seine schwarze Pelerine, seine rote, silberbestickte Mütze, seinen krummen Säbel, seinen Großwesir, seinen Harem, alle seine dreihundertfünfundsechzig Frauen, seinen Obereunuchen sogar und ganz Persien: den ganzen Orient liebten sie.

Der Herr von Persien aber liebte in dieser Stunde ganz Wien, ganz Österreich, ganz Europa, die ganze christliche Welt. Niemals in seinem so liebes- und frauenreichen Leben hatte er diese Erregtheit gefühlt, – auch vor vielen Jahren nicht, als er, ein Knabe noch und kaum mannbar geworden, zum erstenmal die Frau erkannt hatte. Weshalb waren ihm in seinem heimischen Harem die Weiber gleichgültig und sogar lästig gewesen, und weshalb schien es ihm hier, in Wien, daß die Frauen ein wunderbares, ihm noch völlig unbekanntes Volk bildeten, ein seltsames Geschlecht, das es erst galt zu entdecken? Sein dunkelbraunes Angesicht rötete sich sachte, seine Pulse schlugen heftiger, winzige Schweißperlen standen auf seiner glatten, faltenlosen, jugendlichen, unschuldigen bronzenen Stirn. Er führte sein seidenes grünes Tuch flink an die Augen. Er steckte es wieder in die tiefe Tasche, die im Innern seines Ärmels angebracht war, und seine schlanken, biegsamen Finger begannen, immer schneller mit der kleinen Schnur aus großen bläulichen Gurdi-Perlen zu spielen, die sein linkes Handgelenk umschmeichelten. Auch diese sonst so kühlen Steine, die den Fingern immer kühle Beruhigung bereitet hatten, schienen ihm heute heiß und Unrast ausströmend. Ihm waren bis jetzt nur nackte und verhüllte Frauen bekannt gewesen: Körper und Gewänder. Zum erstenmal sah er Verhüllung und Nacktheit auf einmal. Ein Kleid, das gleichsam von selbst fallen zu wollen schien und das dennoch am Körper haftenblieb: Es glich einer unverschlossenen Tür, die dennoch nicht aufgeht. Wenn die Frauen den Hofknicks vollführten, erhaschte der Schah im Bruchteil einer Sekunde den Ansatz der Brust, hierauf den hellen Schimmer des Flaums über dem weißen Nacken. Und der Augenblick, in dem die Damen mit beiden Händen die Schöße hoben, bevor sie ein Knie zurückstreckten, hatte für ihn etwas unnennbar Keusches und zugleich unsagbar Sündhaftes, es war ein Versprechen, das man nicht zu halten gedachte. Lauter unverschlossene Türen, die man nicht öffnen kann, dachte der Herr von Persien, der mächtige Besitzer des Harems. Jede also halboffene und gleichzeitig abgesperrte Frau, jede einzelne war lockender als ein ganzer Harem, angefüllt mit dreihundertfünfundsechzig rätsellosen, geheimnislosen, gleichgültigen Leibern. Wie unergründlich mußte die Liebeskunst der Abendländer sein! Welch vertrackte Raffiniertheit, die Gesichter der Frauen nicht zu verhüllen! Was gab es in der Welt, das geheimer und entblößter zugleich sein konnte als das Antlitz einer Frau! Ihre halbgesenkten Augenlider verrieten und verbargen, versprachen und verwehrten, enthüllten und verweigerten. Was war der Glanz der Diademe, die sie im Haar trugen, gegen den schwarzen, braunen, blonden Glanz dieser ihrer Haare selbst, und wieviel Farbentönungen gab es innerhalb dieser Farben! Dieses Schwarz war blau wie eine Hochsommernacht und jenes hart und matt wie Ebenholz; dieses Braun war golden wie der letzte Gruß des versinkenden Abends und jenes rötlich wie das edle Ahornblatt im späten Herbst; dieses Blond war heiter und leichtfertig wie der Goldregen im Frühlingsgarten und jenes matt und silbrig wie der erste Reif einer frühen Morgenstunde im Herbst. Und zu denken, daß jede einzelne dieser Frauen einem einzigen Mann gehörte oder bald angehören würde! Jede einzelne ein behüteter Edelstein!

Nein! Daran wollte der Schah in diesem Augenblick nicht denken. Peinliche, schädliche Einfälle! Er war nach Europa gekommen, um das Einzige zu genießen, um das Vielfältige zu vergessen, das Gehütete zu rauben, das hier herrschende Recht zu brechen, einmal nur, ein einzigesmal der Wollust des unrechtmäßigen Besitzes teilhaft zu werden und die ganz besondere, raffinierte Art der Europäer, der Christen, der Abendländischen auszukosten. Als der Tanz begann – es war zuerst eine Polka –, verwirrten sich seine Sinne vollends. Er schloß sekundenlang seine großen, schönen, goldbraunen, unschuldsvollen Rehaugen, er schämte sich selbst der Gier und der Neugier, die er in ihnen leuchten wußte. Alle gefielen ihm. Aber nicht das Geschlecht begehrte er. Er hatte Heimweh nach der Liebe, das ewige männliche Heimweh nach der Vergötterten, der Göttlichen, der Göttin, der Einzigen. Alle Freuden, die ihm das Geschlecht der Frauen gewähren konnte, hatte er ja bereits genossen. Ihm fehlte nur noch eins: der Schmerz, den nur die Einzige bereiten kann.

Er schickte sich also an zu wählen. Immer mehr von den Frauen im Saal schied er aus. Bei der und jener glaubte er, mehr oder weniger verborgene Fehler entdeckt zu haben. Es blieb schließlich eine, die Einzige: es war die Gräfin W. Alle Welt kannte sie.

Blond, hell, jung und mit jenen Augen begnadet, von denen man sagen könnte, sie seien eine merkwürdige Art von Veilchen mit Vergißmeinnichtblick, war sie seit drei Jahren, seit ihrem ersten Ball, der Gesellschaft eine Augenweide, den Männern ein ebenso begehrtes wie verehrtes Wesen. Sie gehörte zu jenen Mädchen, die in den längstvergangenen Tagen ohne jedes andere Verdienst als das der Anmut Verehrung genossen und Anbetung erwarben. Man sah ein paar ihrer Bewegungen, fühlte sich reich beschenkt und war überzeugt, daß man ihr Dank schuldig sei.

Sie war ein spät gezeugtes Kind. Ihr Vater konnte schon zu den greisen Dienern der Monarchie gezählt werden. Er lebte einsam und lediglich seiner Mineraliensammlung ergeben auf seinem Gut in Parditz in Mähren. Manchmal vergaß er Frau und Tochter. In einer jener Stunden, in denen er gerade einen recht seltenen Malachit von einem Freund aus Bozen zugeschickt erhalten und seine Familie völlig vergessen hatte, ließ sich ein ihm unbekannter Sektionschef vom Finanzministerium melden. Es war der Graf W. Es war keineswegs, wie der Alte schon gehofft hatte, etwa ein Liebhaber von Mineralien, sondern lediglich der seiner Tochter. Jeden gewöhnlichen Quarzstein hätte der alte Herr von Parditz wenigstens durch die Taschenlupe betrachtet. Den jungen Mann aber, der seine Tochter begehrte, sah er nur einen Augenblick durch das Lorgnon an. »Bitte!« sagte er ohne weiteres, »werden Sie glücklich mit Helene.«

Die junge Frau liebte ihren Mann, obwohl sie eine manchmal süße, zuweilen lästige Erinnerung an den charmanten, zu besonderer Verwendung abkommandierten Baron Taittinger behalten hatte. Damals, als sie noch ein Mädchen gewesen war und obwohl sie einen durchaus gerechten Blick für all seine Vorzüge gehabt hatte – sogar, wenn er sprach, schien es, als ob er tanzte –, war er ihr in dem Maße gefährlich erschienen, daß sie eines Tages begann, ihm mit frostiger Laune zu begegnen. Der arme Taittinger hatte zwar Phantasie genug, um sich einzubilden, daß er heftig und rettungslos verliebt sei, aber nicht so viel Ausdauer, wie in jenen Tagen dazu gehört hätte, das übliche Resultat heftiger Liebesbemühungen abzuwarten. Er war ein Kavallerist, zur besonderen Verwendung abkommandiert, hochmütig auch und, besonders nach einer Stunde mit dem Mädchen, in der es ihm gesagt hatte, er möge vorläufig gehn und sie sei nicht aufgelegt, mit ihm noch weiter zu sprechen, vollkommen überzeugt, daß es viele solcher Mädchen schließlich gäbe und daß seine Ehre auch etwas wert sei und vielleicht mehr.

Es war also, wie er sich sagte, endgültig, »ein Bruch«, und dies machte ihn dermaßen »melancholisch«, daß er sich eines Tages entschloß, zu Fuß durch Sievering zu wandern. Was kümmerte ihn Sievering? Es war noch schlimmer als langweilig: es war nämlich »fad«. Einen Tag später allerdings war es »charmant« geworden. – Das kam von der Mizzi Schinagl.

VII

Leider liegen die Tage, in denen unsere Geschichte spielt, schon so weit zurück, daß wir nicht mehr mit Sicherheit festzustellen vermögen, ob der Baron Taittinger recht hatte, als er der Meinung war, die Mizzi Schinagl sehe aus wie eine Zwillingsschwester der Gräfin W.

Er hatte, traurig und geradezu verzweifelt durch Sievering schlendernd, den lächerlichen Entschluß gefaßt, eine Tonpfeife zu kaufen. Und er trat in den Laden des Alois Schinagl ein. Er war darauf vorbereitet gewesen, einen älteren, würdigen Mann im Laden vorzufinden. Die Tür hatte eine grelle Alarmglocke. Auch sie überraschte den Baron Taittinger nicht. Wohl aber überraschte, ja erschreckte es ihn, daß statt des alten Pfeifenhändlers, den er erwartet hatte, ein Wesen hinter dem Ladentisch erschien, das er bereits sehr wohl zu kennen glaubte: wenn es nicht die Gräfin W. persönlich war, so war es gewiß ihre Schwester. Er beschloß zuerst, längere Zeit die Pfeifen zu prüfen, von denen er allerdings gar nichts verstand.
Es waren lächerliche Pfeifen und lächerliche Preise. Während er vorgab, die Pfeifen zu prüfen, jede einzelne an den Mund führte, durch jede hindurchblies – so wie er es einmal gesehn zu haben glaubte, als er seinen gottseligen Herrn Papa, den alten Hofrat Taittinger, zum Pfeifenkaufen in Olmütz begleitet hatte –, beobachtete er verstohlen, aber inbrünstig das zarte Gesicht der Doppelgängerin. Ja, kein Zeifel, sie sah aus wie die Gräfin W.: das gleiche Veilchenauge mit dem Vergißmeinnichtblick; der gleiche Haaransatz über der niederen Stirn; der gleiche aschblonde Knoten im Nacken – man sah ihn, sooft sich das Mädchen umwandte, um nach neuen Pfeifen auf den Regalen an der Wand zu suchen; der gleiche Augenaufschlag und das gleiche süße und zugleich mokante Lächeln; die gleichen scharfen Eckzähne, die sich bei jedem Lächeln enthüllten; die gleichen Handbewegungen und die gleichen lieben Grübchen an den Armen, zu beiden Seiten der Ellenbogen.
Die goldenen Knöpfe der Rittmeister-Uniform verbreiteten einen immer stärkeren Glanz im Laden, je tiefer der Abend wurde. Man hätte noch ganz deutlich die Pfeifen sehen können, aber dem Mädchen, der Doppelgängerin der Gräfin W., wurde es unbehaglich, allein, wie sie war mit dem fremden Offizier, und sie entzündete den Rundbrenner über dem Pult, rechts vom Verkaufstisch. Das Licht flackerte und blakte zuerst. Taittinger kaufte fünfzehn nutzlose Tonpfeifen. Er fragte noch: »Was ist eigentlich Ihr Herr Vater, liebes Fräulein?«
»Der Ofensetzer Alois Schinagl!« sagte das Mädchen. »Pfeifen macht er auch, aber nur nebenbei. Aber die meiste Kundschaft sind halt die Leut', die Öfen brauchen. Zu uns kommt selten einer ins Geschäft, Pfeifen haben die Leut' alle eh schon.«

»Ich komme«, sagte der Baron Taittinger, »morgen noch einmal. Ich brauche viele Pfeifen.«
Er kam am nächsten Tag mit dem Diener, und er kaufte nicht weniger als sechzig Pfeifen.
Drei Tage später kam er wieder nach Sievering, er fand es »charmant«. Es war Samstag, drei Uhr nachmittags, und Mizzi begrüßte ihn wie einen alten Bekannten, obwohl Taittinger diesmal in Zivil war. Es war warm und golden draußen. Mizzi schloß den Laden und stieg in den Fiaker und man fuhr zum Kronbauer.
Man fuhr zum Kronbauer und erzählte drei Stunden später dem fremden Herrn, daß man eigentlich schon so gut wie verlobt war. Verlobt war man mit Xandl Parrainer, Friseur und Perückenmacher. Jeden Sonntag ging man mit ihm aus.
Das waren Geschichten, die den Taittinger gar nicht kümmerten und die er auch nur halb verstand. Eigentlich glaubte er, dieses brave Mädchen wolle ihm einen guten Barbier empfehlen. »Schick ihn nur zu mir«, sagte er, »schick ihn nur! Herrengasse 2, erster Stock.«

VIII

Sehr bald fand Taittinger, daß ihn die Mizzi langweilte. Eines Tages teilte sie ihm mit, daß sie schwanger sei, und dieser Zustand war schlimmer als langweilig: nämlich fad.
Die Folge dieser Erkenntnis war, daß Taittinger zum Notar ging. Taittinger liebte weder die Gräfin W. mehr noch die Schinagl, die ihr ähnlich sah. Er liebte nur noch, wie gewöhnlich, sich selbst.
Wie es in jenen Tagen die Sitte befahl, riet der Notar zu einer Pfaidlerei. Alle Herren, deren Geschäfte er verwaltete, hätten Pfaidlereien eingerichtet. Alle Damen befänden sich noch heute wohl dabei.
Der Baron nahm also einen Urlaub von zwei Monaten und reiste in die Bacska, zu einem Onkel seiner Mutter, wo ihn keine Post erreichen konnte.
Es erreichte ihn auch kein einziger der heftigen Liebesbriefe, die Mizzi Schinagl unentwegt schrieb. Sie schrieb diese Liebesbriefe an die einzige Adresse Taittingers, die sie kannte: an die Herrengasse 2. Der Doktor Maurer, der Sekretär Taittingers, der die Schriften auseinanderzuhalten wußte, zerriß die Briefe, ohne sie gelesen zu haben.

Als der Baron Taittinger aus der Bacska zurückkehrte, war die Pfaidlerei der Mizzi Schinagl in der Porzellangasse bereits eingerichtet und im Gange. Mizzi Schinagl war im neunten Monat.
Sie gebar einen Sohn, und sie nannte ihn Alois Franz Alexander. Alois Franz hieß der natürliche Vater; Xandl hieß der Bräutigam, der Friseur.
Die Pfaidlerei ging gut, der Friseur war immer noch bereit, Mizzi zu heiraten. Auch hatte sie selbst durchaus Verlangen nach einem ruhigen und ehrlichen Dasein. Allein, es ging in ihr, dieweil sie derlei vernünftige Pläne überlegte, auch die Liebe durch das Herz und durch den Kopf, und es war die Liebe zu Taittinger. Ihr Kind schien ihr großartig geraten. Nicht einen Augenblick vermochte sie die Hoffnung aufzugeben, daß der Baron Taittinger kommen würde, um die Frucht seiner Lenden zu sehen. Aber der Taittinger kam nicht.
Als Xandl drei Jahre alt war, lernte Mizzi Schinagl auf einer Bank im Schönbornpark, durch Zufall sozusagen, eine geschwätzige und gefällige Frau kennen, die ihr sagte, es gäbe da ein Haus auf der Wieden, da wäre man gut aufgehoben – und noble Menschen verkehrten dort – und was wäre schon eine Pfaidlerei – und was wäre das überhaupt schon für ein Leben so, mit einem Kind und unverheiratet und mit einer Pfaidlerei. Was war das für ein Leben? Mizzi Schinagl hatte es schon oft selber gedacht, wörtlich das gleiche.
»Was sind das für noble Menschen, die dort verkehren?« fragte Mizzi Schinagl.
»Die nobelsten«, erwiderte die fremde Frau. »Namen kann ich Ihnen auch sagen. Ich muß nur die Liste holen.«
Sie eilte dahin und brachte die Liste.
Die Mizzi wußte selbst nicht, weshalb sie zur Frau Matzner am nächsten Tage ging. Was kümmerte sie die Frau Matzner? Was hatte sie jemals von der Frau Matzner gehört? Es war Sommer, Spätsommer. Es war auch sehr heiß. Verspätete, immer noch leichtsinnige Amseln flöteten auf dem immer noch grünen Rasen, zwischen dem Kopfsteinpflaster. Es schlug sechs Uhr, als sie vor dem Hause der Josephine Matzner stand. »Josephine Matzner, Masseurin, IIter Stock, dreimal läuten« war unten gedruckt. Sie läutete dreimal.
Ein geradezu niederschmetternder Duft von Maiglöckchen, von Flieder, von Veilchen, von Verbenen, von Reseda schlug Mizzi entgegen. Noch eh' sie wußte, was mit ihr geschah, stand sie in dem sogenannten

rosa Salon: Aus rosa Seide waren die Vorhänge vor den Fenstern; aus rosa Seide die Vorhänge vor der Tür; aus rosa Rosen bestand die Tapete; in eine Rosenknospe aus Porzellan ging selbst der Knopf der Türklinke aus.

Eines Tages, eines Abends vielmehr, kommt er, der geliebte Taittinger. Seit vielen Jahren ist er im Haus der Josephine Matzner heimisch.
Als er die Mizzi Schinagl in diesem Hause erblickte, war er durchaus nicht erstaunt, wie es wahrscheinlich viele andere Männer an seiner Stelle gewesen wären, sondern er strengte sich an, eine den Umständen angemessene Frage zu finden. Er erinnerte sich nicht mehr, auf welche Weise sein Notar die Mizzi Schinagl abgefunden hatte, ob durch eine Wäscherei, Näherei oder Pfaidlerei. Dagegen glaubte er sich genau erinnern zu können, daß Fräulein Schinagl ein Kind weiblichen Geschlechts von ihm bekommen hatte, und eine höfliche Frage nach dem Befinden dieser Kleinen hielt er wohl für angebracht. »Grüß Gott!« sagte er also. »Was macht unsere Kleine?«
»Wir haben einen Buben!« sagte die Mizzi, und sie errötete zum erstenmal wieder nach langen Jahren, als hätte sie nicht etwa die pure Wahrheit gesagt, sondern eine Lüge.
»Ach ja, es ist ein Bub!« sagte der Baron. »Entschuldige!«
Eine Weile später bestellte er Champagner, um mit Mizzi auf das Wohl dieses Buben, seines Buben, zu trinken. Er hörte nicht mehr alles, was die Mizzi vom Buben erzählte. Er hörte nicht, daß er gut untergebracht war bei Frau Schyschka, einer Frau, die zwar aus Bielitz-Biala stammte, aber dennoch durchaus zuverlässig war. Sie verwaltete auch die Pfaidlerei, die ganz gut ging. Insoweit war Mizzi Schinagl zufrieden. Sie trug ein tiefausgeschnittenes weißes Seidenkleid, und von Zeit zu Zeit nestelte sie an ihrem rechten Strumpfband, offenbar um sich zu überzeugen, daß ihr Geld, ein Zehnguldenschein, den sie heute erworben hatte, noch vorhanden war. Obwohl sie wußte, daß der Baron nur aus Gewohnheit zu der Josephine Matzner gekommen war, begann sie sich nach zwei Gläsern Champagner einzureden, er sei ihretwegen allein gekommen. Alsbald schien es auch dem Rittmeister so, daß er der Mizzi wegen heute den Weg hierher genommen hatte. Der Baron hatte ein kleines Herz, aber es war ebenso schnell gerührt wie vergeßlich. Er mochte die Mizzi noch sehr gerne, und er fragte sich, warum er sie eigentlich verlassen habe. Er begehrte sie sogar, aber es gab nur ein

gewaltiges Hindernis: Es schien ihm einfach unschicklich, eine Frau zu kaufen, die man umsonst gehabt hatte, sozusagen umsonst, abgesehen von der Pfaidlerei. Es war ebenso unschicklich, wenn nicht noch unschicklicher, eines der anderen Mädchen zu nehmen, sozusagen vor den Augen der Mizzi. In der Hoffnung, daß er dadurch allen peinlichen Überlegungen entgehen könnte, gab er der Mizzi zuerst ein Geldstück, ein goldenes Fünfguldenstück. Sie nahm es in die Hand, spuckte darauf und sagte: »Gehn wir hinauf, zu mir, ich hab' ein nettes Kabinett!«

Der Baron ging ins Kabinett und blieb dort bis Mitternacht, in Erinnerungen versunken. Er versprach, oft wiederzukommen, und er hielt auch sein Versprechen. Er wußte nicht, ob ihn ein Fluch trieb oder ein Segen; ob er eigentlich die Gräfin liebte oder die Mizzi; ja ob er überhaupt liebte; ob er überhaupt noch der alte Taittinger war. Es fehlte nur noch wenig, und er wäre imstande gewesen, sich selbst in die dritte und letzte Kategorie der Menschen einzureihen: in die Kategorie der »Langweiligen«.

IX

Der mächtige Herr von Persien, der Herr der dreihundertfünfundsechzig Frauen und der fünftausenddreihundertzehn Rosen von Schiras war nicht gewohnt, ein Begehren, geschweige denn eine Begierde zu unterdrücken. Kaum hatte sein Auge die Gräfin W. auserkoren, und schon winkte er dem Großwesir. Der Großwesir neigte sich über die Sessellehne. »Ich hab' dir was zu sagen«, flüsterte der Schah. »Ich möchte«, sagte der Schah weiter, »die kleine junge Frau heute, die silberblonde, du weißt, welche ich meine.«

»Herr«, wagte der Großwesir zu erwidern, »ich weiß, welche Eure Majestät meinen. Aber es ist, es ist – –« Er wollte »unmöglich« sagen, aber er wußte wohl, daß solch ein Wort das Leben kosten konnte. Also sagte er: »– – es ist hierzulande sehr langsam!«

»Heute!« sagte der Schah, dem nichts von dem, was er befohlen hatte, unausführbar erschien.

»Heute!« bestätigte der Minister.

Der Tanz war eine Weile unterbrochen. Der Herr und der Diener begaben sich würdig und langsam zu ihren Plätzen zurück. Der Kaiser

lächelte ihnen freundlich entgegen. Die Musik setzte wieder ein. Der Tanz begann aufs neue.
Vor Mitternacht erhoben sich die Majestäten. Sie verschwanden, die doppelflügelige Tür hinter den Thronsesseln verschlang sie.
Der Schah wartete in einem Nebenraum. Ihm gegenüber und so, daß er sie genau betrachten kann, steht eine Diana aus Silber auf einem schwarzen, runden Brett. Sie scheint ihm das getreue Abbild der begehrten Frau zu sein. Alles in diesem Raum erinnert überhaupt an die begehrte Frau: der dunkelblaue Diwan, die seidene blaßblaue Tapete, der Flieder in der schlankhalsigen Majolikavase, der kristallene Lüster sogar, der wunderbare Schwung des vierfüßigen Leuchters mit den vier schlanken Ärmchen und das silberne Ornament auf dem tiefblauen, samtenen Teppich zu Füßen des Herrn von Persien. Man wartet, man wartet! Und der Schah ist nicht gewohnt zu warten.
Er muß leider warten. Kaum zwanzig Meter von ihm entfernt findet eine Konferenz statt, deren Teilnehmer sind: der Großwesir, der Hofzeremonienmeister und der Adjutant Seiner Majestät. Man beschließt, auch den Polizeipräsidenten herbeizurufen. Und man sieht trotzdem keinen Ausweg: Der Großwesir möchte seinen Freund, den Adjutanten Kirilida Pajidzani, zur Seite haben, er wird ihn suchen lassen, er läßt ihn schon suchen. Man findet ihn nicht, den jungen, lebenslüsternen, schönen Pajidzani.
Was steht zur Debatte? Es handelt sich darum, ob man die Gesetze des Anstands oder ob man die Gesetze der Gastfreundschaft verletzen darf.
Der Hofzeremonienmeister lehnte mit würdiger Entschiedenheit ab; der Adjutant des Kaisers ebenfalls. Es war selbstverständlich. Es kam für keinen von den beiden Herren in Betracht, etwa Seine Majestät in Kenntnis zu setzen von dem sonderbaren Wunsch des hohen Gastes. Aber es kam auch nicht in Betracht, dem hohen Gast einen Wunsch zu verweigern.
Der Polizeipräsident sagte schließlich, daß man einen geeigneten Mann finden müsse, einen vom privaten Festkomitee. Und kaum war das Wort vom »privaten Festkomitee« gefallen, als der Hofzeremonienmeister den Namen Taittinger ausrief.
Man beschloß, eine Pause eintreten zu lassen. Zwei Herren begaben sich in den blauen Raum zum wartenden Schah. Er saß würdig in seinem Sessel, spielte mit seinem Perlenarmband und fragte nur:

»Wann?« – »Es handelt sich nur darum«, log der Großwesir, »die Dame zu finden. Im Gewirr des Festes ist sie verschwunden. Wir suchen sie mit allen Kräften.«
»Mit allen Kräften« suchte man indessen nicht die vom Schah ersehnte Dame, sondern den Taittinger.
Der Schah winkte mit der Hand, er sagte nur: »Ich warte!«
Es war Geduld und Nachsicht, aber auch Drohung in der Stimme der Majestät.

Einer der mondänen Spitzel, deren Aufgabe es war, das Gehn und Kommen, die Sitten und Gewohnheiten, die Unsitten und die Unarten und die Freundschaften und die Beziehungen der Herrschaften zu beobachten, meldete dem Polizeipräsidenten, daß sich der Baron Taittinger seit einer Stunde im Vestibül befinde, in der Kammer des Lakaien, beschäftigt mit der Tochter Wesselys, des Kommandierenden der Garderoben. Der Polizeipräsident ging unverzüglich an den angegebenen Ort. Der zur besonderen Verwendung abkommandierte Rittmeister erhob sich, als es klopfte. Er ging zur Tür. Er fürchtete sich keineswegs etwa vor der Schande, auf einer jener Missetaten ertappt zu werden, die nicht nur selbstverständlich waren, sondern sogar geboten erschienen: Es handelte sich ihm darum, vor der Welt zu verbergen, daß er sich mit der Wessely abgab, der Tochter des Garderobemeisters. Er wußte nicht, der arme Taittinger, daß der Geheime Vondrak ihn längst schon beobachtete.
Taittinger richtete seine Bluse und ging zur Tür. Er erkannte den Polizeipräsidenten, schloß daraus, daß man bereits von der kleinen Wessely wußte, und bemühte sich infolgedessen auch gar nicht mehr, die Tür hinter sich zuzuziehn, als er in den Korridor trat.
»Baron, ich bitte Sie, sofort!« sagte der Polizeipräsident.
»Servus!« rief Taittinger zur offenen Tür hinein der Wessely zu.
Er fragte, während er neben dem Polizeipräsidenten die flachen Stufen emporstieg, nicht, warum man ihn gerufen hatte. Er ahnte schon, daß es sich um eine äußerst schwierige Angelegenheit handeln würde, eine Angelegenheit im Zusammenhang mit seiner Verwendung.
Ja, nicht umsonst hatte man ihn seinerzeit abkommandiert. In gewöhnlichen Situationen versagte er vielleicht; in außergewöhnlichen funktionierte seine Phantasie. Dort, wo die drei Herren entgeistert und ratlos waren, im kleinen Zimmer, erschöpft vom Nachdenken, bleich

aus Furcht, beinahe krank vor Ratlosigkeit, erschien der Rittmeister Taittinger munter wie ein junger Wind. Und nachdem ihm die andern in ängstlich geflüstertem Französisch ihre Sorgen erzählt hatten, rief er, wie gewöhnlich, als säße er beim Tarock, in seinem ärarischen Deutsch, das an alle Kronländer der Monarchie gleichzeitig zu erinnern schien: »Aber meine Herren! Das ist ja sehr einfach!«
Alle drei horchten auf.
»Es ist sehr einfach!« wiederholte Taittinger. Im Nu, in der gleichen Sekunde, in der er gehörte hatte, daß es sich um die Gräfin W. handelte, war in ihm ein ihm bis dahin noch fremd gewesener Haß erwacht, eine Art erfinderischer Rachsucht, einer äußerst erfinderischen, einer phantasiereichen, einer geradezu dichterischen Rachsucht. Sie sprach aus ihm: »Meine Herren!« sagte er. »Es gibt viele, unzählige, es gibt unzählige Frauen in Wien! Seine Majestät, der Schah – ich will nicht sagen, daß er einen schlechten Geschmack hat, im Gegenteil, ganz im Gegenteil! Aber seine Majestät hat begreiflicherweise niemals Gelegenheit gehabt zu erfahren, was es für -- für -- sagen wir, Annäherungen gibt.«
Er dachte an sich und selbstverständlich an Mizzi Schinagl. Es schien ihm auf einmal – und zum erstenmal in seinem unbeschwerten, leichtfertigen Leben schien es ihm, daß er Herz und Seligkeit für immer verloren habe. Ein unerklärlicher Haß gegen die Gräfin W. ergriff ihn, und es erfüllte ihn der ihm selbst noch weniger erklärliche Wunsch, der Schah möchte sie wirklich besitzen. Eine nie gekannte Wirrnis wütete in seiner Seele: Während er noch wünschte, die Frau, die er geliebt hatte und die er in diesem Augenblick aufs neue zu lieben glaubte, möchte schändlicherweise dem Perser ausgeliefert werden, begehrte er auch schon und im gleichen Augenblick, diesen schimpflichen Vorgang um jeden Preis zu vermeiden. Er erfuhr plötzlich, daß er immer noch unglücklich liebte; daß er rachsüchtig war – aus unglücklicher Liebe; daß er aber zugleich den Gegenstand seiner Rachsucht und seiner Liebe zu bewahren hatte, als gehörte er ihm allein; daß er nicht einmal die Doppelgängerin der geliebten Frau, die Schinagl nämlich, ausliefern durfte; und daß er dennoch, auf einem Umweg zwar, aber dennoch, verraten, verkaufen, beschämen und beschimpfen müßte.
»Es ist leicht, meine Herren«, sagte er, und während er dieses aussprach, schämte und freute er sich zugleich, »es ist leicht, Doppelgänger im Leben zu finden. Fast jeder von uns – nicht wahr, meine Her-

ren? – hat einen. Die Damen haben Doppelgängerinnen, warum auch nicht? Die Damen haben Doppelgängerinnen – nun, sagen wir: auch unter den kasernierten Damen. Der Herr Polizeipräsident wird wissen, was ich meine! – Dadurch ersparen wir uns sehr viel Ärger. Ich meine, wir ersparen uns eine äußerst peinliche, um nicht zu sagen: penible Belästigung Seiner Majestät, alle Ratlosigkeit, alle Unfreundlichkeit.« Er hielt »penibel« für stärker als »peinlich«.

Die Herren verstanden im Nu, um was es sich handelte. Sie sahen nur, ein wenig besorgt, den Großwesir an, der aber sein konstantes, höfliches Lächeln nicht aufgab. Er wollte – man begriff es – nicht zugeben, daß auch er verstanden hatte. Auch er bewunderte die ingeniöse Phantasie des Rittmeisters. »Die Herren sind einig?« fragte er auf französisch, gleichsam um zu unterstreichen, daß er nicht imstande gewesen sei, das Deutsch Taittingers zu verstehen. »Darf ich meinem Herrn Nachricht geben?«

»Wir werden die Dame bald ausfindig machen, Exzellenz!« sagte Taittinger und verneigte sich.

Fünf Minuten später sahen die beharrlich Neugierigen, die trotz der späten Stunde auf der Straße warteten, in der vagen und armen Hoffnung, einen Grafen, einen Fürsten, einen Erzherzog gar in eine der Kutschen und Fiaker einsteigen zu sehen, nicht weniger als achtzehn Herren in Zylinder und Frack herauskommen. Ach, es waren keine Prinzen. Es waren die Geheimen von der Spezial-Abteilung, die »Spezis«, wie man sie nannte, die Kenner, Beobachter und Spitzel der Oberwelt, der Halbwelt und der Unterwelt. Die zwei Wachleute, die vor dem Eingang patrouillierten, erkannten sie wohl. Die Wachmänner pfiffen, die Gummiradler kamen heran. Die Herren stiegen ein.

Alle diese Männer kannten die Damen und die Herren aller drei Welten, wie gesagt: der Ober-, der Halb- und der Unterwelt. Ihr Anführer war ein gewisser Sedlacek. Er hatte vor der Abfahrt dem Polizeipräsidenten versichert: »Keine Angst, Exzellenz! In einer halben Stunde, in einer Stunde höchstens, ist die Frau Gräfin hier, ich will sagen: ihre Zwillingsschwester.« Man konnte sich auf Sedlacek verlassen. Er brauchte keine Photographien. Alle Gesichter hatte er im Kopf. Er kannte die Gräfin W. Er kannte den Baron Taittinger. Er kannte die hoffnungslose Liebe des Rittmeisters zu der Gräfin. Er kannte auch die Art, in der sich Taittinger getröstet hatte. Er kannte Mizzi Schinagl, ihren heutigen Aufenthaltsort und nicht nur das: ihre Herkunft, den

Laden in Sievering und ihren Vater. Dennoch hatte er, ganz im Gegensatz zu dem Baron, die deutliche Empfindung, daß Mizzi Schinagl der von der persischen Majestät so ersehnten Gräfin sehr wenig ähnlich sah, insbesondere, weil sie sich wahrscheinlich im Hause der Frau Matzner arg verändert hatte. Immerhin: sie blieb noch zu verwenden, für den Fall, daß seine Leute nicht ein noch ähnlicheres Modell ausfindig machen konnten.

Alles schien – vorläufig wenigstens – in Ordnung gebracht worden zu sein, und für die Dauer einer Stunde, oder einer halben Stunde zumindest, hofften die in die Affäre verwickelten beziehungsweise mit ihr vertrauten Herren, ein wenig aufatmen zu können. Da aber geschah etwas in den Annalen der kaiser- und königlichen Hofgeschichte noch nie Dagewesenes: Der Gast des Kaisers von Österreich erschien wieder im Saal. Man teilte es sofort dem Kapellmeister mit, und sofort auch intonierte die Kapelle die persische Nationalhymne. Wie Blei legte sie sich auf alle Glieder.

Er aber sah nichts, hörte nichts, grüßte nicht. Nach einigen Minuten mischte er sich einfach unter die Gäste. Er wandelte durch den Saal. Er bemerkte gar nicht, daß ihm die Leute auswichen und daß sie ganze breite Straßen vor ihm bildeten und daß sich gleichsam die Welt vor ihm spaltete. Unentwegt spielte die Musik Walzer von Strauß, aber ein Unmut lähmte alle Anwesenden.

Der Baron Taittinger hatte ihn sofort erspäht. Er wußte sofort, nach wem der Schah Ausschau hielt. Die Zeit rann unaufhaltsam, bald mußten die »Spezis« kommen. Es mußte auf jeden Fall verhindert werden, daß der Schah innerhalb der nächsten halben Stunde etwa in ein Gespräch mit der Gräfin geriet. Man konnte diesen Schah jedenfalls nicht aus dem Redoutensaal entfernen. Man mußte also die Gräfin nach Hause schicken.

Um das Allerschlimmste zu verhüten, beschloß der Baron, mit dem Grafen W. zu sprechen.

Er näherte sich dem kleinen Tisch, an dem der Graf allein saß. Er tanzte nicht gern. Er spielte nicht gern. Er trank nicht einmal gern. Eifersucht war seine einzige Leidenschaft. Er freute sich an ihr, er lebte von ihr. Es bereitete ihm ein wüstes Vergnügen, wenn er so zusah, wie seine junge Frau dahintanzte. Er haßte die Männer. Es schien ihm, daß sie alle auf seine Frau lauerten. Von allen Männern, die er kannte, war und blieb ihm der Rittmeister Taittinger der liebste, der einzig liebe. Den hatte er bereits erledigt, vernichtet, er kam nicht mehr in Betracht.

Taittinger ging unmittelbar auf die Hauptsache ein.
»Graf«, sagte er, »ich muß mit Ihnen ernstlich sprechen. Unser persischer Gast ist verliebt in Ihre Frau!«
»Nun?« sagte der kaltblütige Graf. »Es ist kein Wunder. Viele lieben sie, lieber Baron!«
»Ja aber, lieber Graf, der Schah, wissen Sie, nun Sie kennen ja den Orient!« Er schwieg eine lange Weile. Er sah inbrünstig, gewalttätig und doch zugleich auch flehentlich das kalte, stumpfe, blonde Gesicht des Grafen an, eine Art blonden Karpfens ...
»Sie kennen ja den Orient!« begann er, schon verzweifelt, von neuem.
»Der Orient interessiert mich nicht«, sagte der Stumpfe, und seine blaßblauen Augen suchten nach der schönen Frau.
Um Gottes willen! dachte Taittinger. Weiß der wirklich nicht, was der Schah will? Wie kann er so gleichgültig sein? Er ist ja sonst so eifersüchtig.
»Wissen Sie, der Schah geht mich gar nichts an!« sagte der Graf. »Auf die Orientalen bin ich nicht eifersüchtig.«
»Gewiß, gewiß! Nein, nein!« rief der Rittmeister. Nie in seinem Leben hatte er sich in solch einer peniblen Situation befunden. Übrigens begann in ihm schon der stille Vorwurf zu nagen, daß er sich ja selbst in diese penible Situation gebracht hatte! Er spürte auf einmal die zudringliche Hitze der Kerzen, einen leuchtenden Wüstensturm, und die eigene Torheit, die ihm außerdem eine innere Hitze verursachte. Schon fing er zu schwitzen an, aus Angst hauptsächlich. Es mußte heraus, er konnte es nicht länger zurückhalten. Und in einem wahren Anfall von Attackengeist sprudelte er den Satz heraus: »Ich meine, man muß die Gräfin für eine Weile aus dem Saal retten!«
Der Graf, der eben noch so stumpf und fade dagesessen war, wurde rot im Gesicht. Ein böser Zorn verdunkelte seine hellen, blassen Äuglein. »Was erlauben Sie sich?« rief er. Taittinger blieb sitzen. »Bitte, mich ruhig anzuhören«, sagte er. Er nahm seine letzten Kräfte zusammen und fuhr fort: »Es handelt sich darum, die Ehre Ihrer Frau, Ihre, die Ehre all dieser Damen hier im Saal zu behüten. Der Herr aus Teheran darf heute der Gräfin keinesfalls mehr begegnen. Sehen Sie hin, wie er beutegierig durch den Saal wandelt. Er ist der Gast Seiner Majestät. Er ist ein gekröntes Haupt. Er ist auch ein politischer Gast. Seine Schamlosigkeiten können wir nur durch eine List abwenden. In einer halben, einer Viertelstunde«, der Rittmeister sah auf die Uhr, »ist alles gere-

gelt. Ich beschwöre Sie, Graf, bleiben Sie ruhig, erlauben Sie mir, mit der Gräfin fünf Minuten zu sprechen.«
Der Graf setzte sich, kalt und wieder blaß, wie er von Natur war. »Ich werde sie holen!« sagte der Rittmeister.
Er erhob sich sofort, erleichtert und trotzdem Bangnis im Herzen.

X

Lange noch war das Schwerste nicht überwunden. Es war nicht leicht, einer Frau in passenden Worten die Tatsache mitzuteilen, daß sie der Schah sozusagen als Gastgeschenk begehrte. Der Frau konnte man die ganze Geschichte keineswegs erzählen. Der Polizeipräsident, der sich mit dem Minister des Innern unterhielt, wandte sich dem Rittmeister freundlich zu, und so, als hätte er ihn seit Tagen nicht mehr gesehn. Der Minister bat um Entschuldigung und entfernte sich sofort. Der Rittmeister fragte: »Ist der Sedlacek schon zurück?« Das Angesicht des Polizeipräsidenten verriet höchstes Erstaunen.
Eine Sekunde später begriff Taittinger schon, worum es sich handelte. Der Polizeipräsident wollte von nichts wissen, bis ans Ende seines Lebens würde er von nichts wissen wollen. Der Rittmeister sagte nur: »Ich komme sofort!« und entfernte sich, so schnell es die Umstände erlaubten. Er begriff zwar, daß der Polizeipräsident partout leugnen würde, aber er ahnte noch lange nicht, was für Folgen der ganze Plan haben sollte. Er ging geradewegs auf die Gräfin zu. »Ihr Mann schickt mich«, sagte er.
Nun, es ging vorläufig alles gut. Der Wagen fuhr vor. Die Gräfin W. und ihr Mann stiegen ein. Bevor der Graf noch dem Kutscher etwas sagen konnte, rief Taittinger mit einer verzweifelten Geistesgegenwärtigkeit zum Bock empor: »Nach dem Prater! Die Herrschaften wollen Luft!« Gleich darauf, als die lautlosen Räder schon im Rollen waren und man lediglich das elegante, sachte Trappeln der beiden Braunen hörte, schämte sich der Rittmeister seines erbärmlichen Zurufs. Ich habe wirklich zuviel getrunken, dachte er, oder ich bin von Sinnen.
Aber er war nicht von Sinnen: er hatte richtig vorausgesehen. Denn es war keineswegs notwendig, dem Geheimen Franz Sedlacek ausführliche Anweisungen zu geben und Einzelheiten zu beschreiben. Er besaß Phantasie genug.

Weder er noch seine Untergebenen hatten im Laufe einer kurzen Stunde ein Frauenzimmer – oder, wie sich Sedlacek ausdrückte: »eine Person« – ausfindig machen können, die man der Majestät statt der von ihr auserkorenen Dame hätte darreichen können. Es blieb Sedlacek nur übrig: die Mizzi Schinagl aus dem bekannten Hause der Josephine Matzner.

Eilig hatte er sie den Armen eines alten Försters entrissen und so, wie sie war, im knallroten Kleidchen, das bis zu den Strumpfbändern reichte, im Fiaker mitgenommen. Unterwegs hatte er Zeit genug, sie zu instruieren. »Du darfst den Mund nicht aufmachen«, sagte er. »Wenn er dich fragt, wie du heißt, so sag: Helene. Stell dich patschert an. Du weißt von nix, eine Dame bist du, verstanden? Kannst dich überhaupt noch erinnern, wie's mit dem ersten war? Streng deinen dummen Schädel an und denk nach! – Mach's jetzt gleich vor, aber natürlich! Nur das Benehmen, mein' ich. Ich bin im Dienst. Also?«

Sedlacek ließ die Kleine im Fiaker, unter aufgeschlagenem Dach. Vor dem einsamen Wagen, der abseitsstand, zehn Meter entfernt von den andern Fiakern, patrouillierte ein Wachmann. Mizzi Schinagl fror.

Man mußte ihr eine Ballrobe beschaffen, blaßblau, Seide, tief ausgeschnitten, ein Korsett, Perlen und ein Diadem. An alles dachte Sedlacek. Seit einer Viertelstunde schon stöberten seine Leute, vier begabte Männer, im Garderoberaum des Burgtheaters herum. Der Nachtwächter leuchtete ihnen mit der Laterne. Vier nobel gekleidete Gespenster in Fräcken, Stöcke in der Hand, Zylinder auf den Köpfen, rumorten sie mitten zwischen dem nächtlichen, verschlafenen Wirrwarr der theatralischen Requisiten. Alles, was seiden zu sein schien und blaßblauer Farbe war, rafften sie zusammen. Sie hatten die Hosentaschen voll falscher Perlen, funkelnder, feuriger Diademe, künstlicher Blumen, vergißmeinnichtblauer Strumpfbänder, glitzernder Agraffen. Es ging alles sehr schnell, wie sonst nur sehr wenige Angelegenheiten im Staat und in den Ländern zu gehn pflegten. Nur noch eine kurze Weile – und das gefällige Mädchen Schinagl sah für fremde und orientalische Augen beinahe so aus wie eine Dame. Sie wartete in der Garderobe des Hofbeamten zweiter Klasse, Anton Wessely, dessen Tochter Taittinger vor kurzem erst so brüsk hatte verlassen müssen.

Alles weitere vollzog sich unter Sedlaceks geradezu nobler Leitung und mit Hilfe des wendigen Adjutanten Kirilida Pajidzani. In einem geschlossenen Wagen, dem Sedlacek im Fiaker folgte, brachte man die persische Majestät in das Haus der Frau Matzner. Wenn einer der Stammgäste in jener Stunde zufällig vorbeigekommen wäre, hätte er denken müssen, das Haus, ja die ganze Gasse seien verzaubert. Es schlief das Haus, und es schlief die Gasse, und ausgelöscht waren die Laternen, und ausgelöscht schien die Welt. Nur der teilnahmslose, schmale Ausschnitt des Himmels über den Dächern war wach, und seine silbernen Sterne glitzerten.

Auch das Innere des Hauses Matzner war nicht wiederzuerkennen. Alle Pensionärinnen saßen eingesperrt in ihren Zimmern. Frau Matzner bewahrte die Schlüssel. In ihrem aschgrauen, hoch- und festverschlossenen Kleid, mitten in dem Zwielicht, das sie selbst so mühsam hergestellt hatte, dank allerhand Schleiern und Tüchern, damit das allzu gewöhnliche Dekor nicht deutlich zum Vorschein komme, erinnerte sie an ein nach langen Jahren, Jahrhunderten des Todes wieder aufgescheuchtes Gespenst einer verschwiegenen Kammerzofe. Mit einer tiefen Verbeugung empfing sie das ankommende Paar, die Mizzi und die Majestät. Kein Laut war hörbar, und nichts war deutlich sichtbar. Seine Majestät, der Schah, mußte glauben, daß er in eines jener verzauberten okzidentalen Schlösser geraten sei, von denen ihm seine wunschselige Phantasie seit Jahren schon in Teheran so viel versprochen hatte. Der Schah glaubte es in der Tat. Weitaus kindischer noch als etwa ein beliebiger europäischer Christ, der in jenen Jahren nach Persien kam und der die Geheimnisse des sogenannten Orients entdeckt zu haben glaubte, wenn es ihm nur gelungen war, eine der aller Welt offenstehenden Freudenstätten zu sehn, war Seine Majestät in dieser Nacht begeistert von den Geheimnissen des Abendlandes, die er endgültig entschleiert zu haben glaubte. – Es ist also nicht so – sagte er sich in seiner bezauberten Einfalt –, daß hierzulande diese großartigen Frauen lediglich ihren Männern gehören! Zwar gibt es – so sagte er sich weiter – hierzulande keine Harems; aber um wieviel schöner, zauberischer, reizvoller ist die Liebe ohne Harem! ... Man kauft die Frau nicht – – man bekommt sie sogar geschenkt! Während sie, diese Abendländer, die Tugend predigen, die Monogamie, entschleiern sie ihre Weiber nicht nur – – nein, sie verleihen sie auch!!

In dieser Nacht war Seine Majestät, der Schah von Persien, überzeugt, daß die Liebeskunst des Abendlandes weitaus raffinierter war als die seiner Heimat. In dieser Nacht genoß er alle jene Wonnen, die einem begierigen Mann die gewohnte, heimische Art der Liebe niemals gewähren kann, sondern die ungewohnte, ungewöhnliche, fremdartige. Die Methoden, die Sedlacek, der Geheime, der Mizzi Schinagl angeraten hatte, kamen dem Herrscher von Persien exotisch vor. Er war eben kein Europäer, er hatte einen Harem, gefüllt von dreihundertfünfundsechzig Frauen. So viele Nächte hat das Jahr. Hier aber, im Hause der Josephine Matzner, besaß er nur eine einzige.

Die ganze Nacht wartete der Sedlacek im Fiaker. Oh! Er war nicht einer von jenen unzuverlässigen, schwachen Charakteren, die imstande waren, etwa einzuschlafen, bevor noch ihr Dienst vollendet war. Im Gegenteil, niemals noch war ihm der Schlaf so fern, niemals noch war sein Auge so wach gewesen! Es war das Gebot seiner Natur. Er hatte keinerlei Rekompensation zu erwarten; keine Auszeichnungen; und kein Avancement. Dunkle Dinge hatte er zu vollbringen, ewig im Geheimen sollten sie bleiben! Nicht auf irgendeinen Lohn wartete er!

Als der Schah am nächsten Morgen erwachte, fand er neben sich niemanden mehr im Bett. Er sah sich erstaunt, beinahe erschrocken um. Vom dunkelgrünen Baldachin, unter dem er lag, hing an einer geflochtenen Schnur eine Quaste. Sie war sehr schäbig – abgenützt. Er zog an ihr, in der vagen Hoffnung, sie würde wohl irgendwo ein Geräusch verursachen. Er hatte sich keineswegs getäuscht; es war eine Klingel. Viele andere Männer hatten sich ihrer schon bedient.

XI

Ein gütiger blauer Morgenhimmel wölbte sich über der Stadt. Der Tau in den Gärten verströmte einen frischen, munteren Duft, der sich mit dem warmen und herben der jungen, neugeborenen Brote und Semmeln in den Körben der Bäckerjungen vermischte.

Es war ein Frühlingsmorgen von strahlender Lieblichkeit. Der arme Schah sah nichts davon. Er rollte, eher bewacht als begleitet, von zwei aufmerksamen Herren seiner Suite, in einem geschlossenen Wagen durch die lächelnden Straßen. Er war schlechter Laune. Das Abenteuer der letzten Nacht hinterließ in ihm zwar eine angenehme Erinnerung, aber er hatte in seiner gesunden Einfalt an ein feierlich-großes Erlebnis gedacht; geradezu eine Veränderung seines Herzens; seiner Art, zu sehen, zu hören und zu fühlen. Es war, die Wahrheit zu sagen: die Enttäuschung seines Lebens. Er hatte sich eine Art großartiger Feier vorgestellt, und es war nur ein kleines Fest gewesen. Was wußte er jetzt mehr von der europäischen Liebe als vorher? Er liebte die Stadt nicht mehr, wie noch gestern abend. Überhaupt erschien ihm der vergangene Abend wie ein glänzendes Blendwerk. Je länger die Fahrt dauerte, je strahlender der Tag heranreifte, desto stärker verdüsterte sich die Seele der Majestät, und desto größer wurde ihre Bitterkeit. Er erinnerte sich an die weisen Worte seines Obereunuchen, der ihm gesagt hatte, daß die Lust und die Neugier nur Täuschung seien. Er hatte sehr viel Bitterkeit im Herzen und auch eine Art Sehnsucht nach Reue. Es ist ihm ähnlich zumute wie einem Knaben, der vor einer Stunde sein neuestes Spielzeug zerbrochen hat.

Zu seinen Begleitern sprach er kein Wort. Wenn überhaupt irgend etwas, so hätte er am liebsten sagen mögen, daß zum Beispiel die Welt, die vor einigen Stunden noch so reich gewesen war, jetzt plötzlich leer geworden sei. Aber schickte sich das für ihn, den Herrn und den Schah?

Den Obereunuchen ließ er – kaum war er angekommen – zu sich rufen. Wie es ihm hier gefalle, fragte der Schah, während er gemächlich eine halbe Orange auslöffelte. Es war ein warmer, heimischer, fast konnte man sagen, persischer Geruch im Zimmer, von dem starken Kaffee, den die Majestät eine Weile vorher getrunken hatte. Man kochte ihn auf einem kleinen, lieblichen, offenen Flämmchen, in einer besonderen tönernen Schale. Das Feuerchen brannte noch; es sah aus wie ein Opferfeuer.

Der Obereunuch sagte, ihm gefalle es hier, wie überall, wenn er nur in der Nähe seines Herrn sein könne. Alter Lügner, dachte der Schah. Es tat ihm dennoch wohl, Schmeicheleien zu hören. Er sagte: »Ich hätte Lust, dir zur Strafe für deine Lügen von nun ab das Leben zu verbittern.« – »Der Herr ist immer gnädig«, sagte der Eunuch, »auch seine Strafe verbittert mir das Leben nicht!« – »Wie befinden sich meine Frauen?« fragte der Schah. »Herr«, antwortete der Eunuch, »sie essen gut, sind gesund, schlafen bequem, in geräumigen und bequemen Betten. Nur eines macht sie unglücklich: daß ihr Gebieter sie nicht besucht!« – »Ich will keine Frau mehr sehn, ein Jahr nicht mehr. Ich bin auch mit der Europäerin nicht glücklich geworden. Du allein hast es vorausgesagt. Muß man verschnitten sein, um klug zu werden?« – »Herr«, erwiderte der Verschnittene, »ich kenne auch törichte Eunuchen und weise normale Männer.« Es war eine Beleidigung, der Schah

spürte es wohl. »Was tätest du, wenn du enttäuscht wärest?« fragte die Majestät. »Ich würde mich kränken, und ich würde zahlen, Herr. Enttäuschungen sind kostspielig.«
»Gewiß, ja!« sagte die Majestät und ließ sich die Wasserpfeife geben und blieb eine lange Weile still.
Innerhalb dieser langen Weile hatte er sich schon entschlossen, wieder heimzureisen. Es paßte ihm nicht mehr. Er fühlte sich durch das Abendland gekränkt. Es hielt nicht, was er sich davon versprochen hatte. Düsterkeit breitete sich über sein weiches gelbliches Gesicht, und es erschien, eine Sekunde lang, greisenhaft, trotz der jugendlich glänzenden Schwärze des Barts.
»Wenn du nicht verschnitten wärest, hätte ich vielleicht mit dir tauschen mögen«, sagt der Schah. Der Eunuch verneigte sich tief. »Du kannst gehen!« sagte der Herrscher; rief aber gleich darauf: »Nein, bleiben.«
»Bleib!« wiederholte er noch einmal, als fürchtete er, selbst sein Verschnittener könnte ihm entgleiten. Dieser allein und kein anderer aus der Suite des Schahs war fähig, die delikateste und zugleich prächtigste aller Auszeichnungen zu verleihen. Eunuchen sind ritterlich.
»Dir obliegt es«, sagte der Schah, »der Dame dieser Nacht ein Geschenk zu überbringen. Achte darauf, daß es würdig sei unserer Majestät, aber auch deines bewährten Geschmacks. Achte darauf, daß keiner von unserer Begleitung dich sieht. Das Haus und den Namen mußt du ausfindig machen. Ich will nichts mehr von der Sache wissen. Ich verlasse mich auf dich!«
»Mein Herr darf es!« sagte der Obereunuch.
Er hatte schon delikatere und diffizilere Dinge in seinem Leben vollbracht. Seit seiner Ankunft lebte er in gutem Einvernehmen mit Dienern und Lakaien, und längst wußte er zwischen Geldsüchtigen und Bestechlichen, Klugen und Brauchbaren und Dummen zu unterscheiden. Er kannte die Sprache des Landes nicht, aber alle Welt verstand seine Sprache: Es war die Sprache des Goldes und die der Zeichen. Man verstand den Obereunuchen vortrefflich.
Es war einfach, den Weg zu Mizzi Schinagl zu finden. Alle Leute vom Gesinde wußten, wo der Schah die Nacht zugebracht hatte. Schwieriger aber war es, ein Geschenk zu finden, das, wie dem Obereunuchen befohlen war, würdig sein sollte der Macht des Herrschers und seines eigenen Geschmacks. Er überlegte lange. Er kannte die Dame nicht.

Nach seinen Vorstellungen mußte sie einen hohen Rang haben. Er entschloß sich für drei schwere Perlenketten. Ihr Wert schien ihm angemessen als Preis. In Begleitung des Hoflakaien Stephan Lackner fuhr er am nächsten Nachmittag vor das Haus der Matzner.
Man war hier auf diesen Besuch nicht vorbereitet. Frau Matzner selbst war noch im Schlafrock und der Klavierspieler Pollak in langen, flauschigen Unterhosen und Pantoffeln. Der Obereunuch, im europäischen Anzug, dunkelblau und dermaßen zurückhaltend gekleidet, daß seine Diskretion schon beinahe aussah wie ein Versuch sich zu verbergen, war keineswegs töricht genug, um nicht sofort zu erkennen, wo er sich befinde. Es bedurfte weder europäischer Erfahrungen noch auch eines ausgesprochenen Geschlechts, um das Gewerbe der Frau Matzner zu erkennen. Es tat ihm leid um die köstlichen Perlen in der silbernen Kassette.
Man holte die Mizzi. Sie kam, noch unfrisiert, mit flüchtig aufgestecktem Haar, das wie zerfranst aussah, das Gesicht stark gepudert und schon im flüchtig angezogenen roten Kleid. Ein paar Hafteln rückwärts standen offen. Das veranlaßte sie, hart an der Tür zu stehn, durch die sie eingetreten war; wie ein Verurteilter stand sie da, der die erlösenden Schüsse erwartet.
In dieser Haltung nahm sie den Orchideenstrauß entgegen, die silberne Kassette und den langen, unverständlichen Spruch des dicken dunkelblauen Herrn. Sie nickte, sie schluckte ein paarmal. Nicht einmal die Matzner war da, deren Blick sie vielleicht ermuntert hätte. Frau Josephine wollte sich schnell umziehn. Als sie endlich eintrat, gewappnet und zu allen Abenteuern bereit, war die ganze Zeremonie leider schon beendet, der dunkelblaue Herr bereits im Rückzug begriffen. Er erkannte Josephine Matzner trotz ihrer Verwandlung sofort, und er zog seine Börse und reichte sie mit einer leichten Verneigung der Hausfrau. Die Börse wog leicht. Kein Wunder: sie enthielt lediglich Goldmünzen.
Als der Obereunuch am nächsten Tage seinem Herrn den Vollzug des Befehls meldete, fragte der Schah, ob die Dame etwas gesagt habe.
»Herr«, erwiderte der Diener, »sie wird Euch nie vergessen. Dies war ersichtlich, obwohl ich ihre Sprache nicht verstanden habe.«

XII

Viele Menschen dachten noch lange an den Schah, Glückliche und Unzufriedene. Denn er hatte seine Orden und Geschenke nach eigener Willkür verteilt, ohne auf den Gesandten zu hören und ohne auf den Rang und die Würde der Beschenkten und Ausgezeichneten zu achten. Der einzige wirklich Unglückliche war der Rittmeister Taittinger. Er wurde nämlich einen Tag nach der Abreise des hohen Gastes von der »besonderen Verwendung« dispensiert und zu seinem Regiment zurückbeordert.

Die ganz fatale Geschichte versank in der Vergessenheit; das heißt: in den Geheimarchiven der Polizei. Es wird also niemals mehr zu erfahren sein, warum der arme Taittinger so schnell in seine Garnison zurückmußte.

In der kleinen schlesischen Garnison blieb dem Baron nichts anderes übrig, als über seine fatale Geschichte nachzudenken. Er hatte Einsicht genug: er kam sozusagen zu einer Art oberflächlicher Einkehr und fällte über sich ein, seiner Meinung nach, äußerst hartes Urteil: er fand, daß er durchaus nicht mehr »charmant« war.

Von nun ab begann er auch zu trinken. Er dachte ein paarmal daran, der Gräfin W. zu schreiben und sie um Verzeihung zu bitten, weil er sie dem Perser verraten hatte. Aber er zerriß den ersten, den zweiten, den dritten Brief. Hierauf trank er noch mehr.

Sehr oft träumte er von jener Stunde, in der er die Stiege hinuntergegangen und dem Spitzel mit dem gelüfteten Zylinder begegnet war. Zugleich sah er sich auch die glatte, steinerne Rampe hinuntergleiten. Die Frauen freuten ihn nicht mehr, der Dienst langweilte ihn, die Kameraden liebte er nicht, der Oberst war fad. Die Stadt war fad, das Leben war noch schlimmer als fad. Es gab im Vokabular Taittingers dafür keinen Ausdruck.

Er glitt und sank. Er fühlte sich auch gleiten und sinken. Er hätte gerne mit jemandem darüber gesprochen, mit Mizzi Schinagl zum Beispiel, von der er auch manchmal träumte. Aber es war ihm, als sei er zu stumm und zu stumpf, um das Richtige und Wahre sagen zu können. Er schwieg also. Und er trank.

Indessen dauerte der große Rausch der Mizzi Schinagl kaum drei Wochen. Berauscht war übrigens auch das ganze Haus der Frau Josephine

Matzner. Berauscht war ganz Sievering, als es vom alten Pfeifenhändler Schinagl erfuhr, daß seine Tochter zum Gefolge des Schahs von Persien nunmehr gehörte und nach Teheran zu fahren gedenke. Denn dermaßen umgeformt kam die Kunde von dem morgenländischen Abenteuer der Mizzi nach Sievering. Der Zwischenträger und Gerüchteträger gab es viele. Die erste Nachricht brachte der Friseur Xandl. Zuerst glaubte man ihm nicht; er kränkte sich darüber so sehr, daß er die Mizzi anflehte, selber zu ihrem Vater zu gehn. Sie tat es endlich. Sie fuhr im Zweispänner vor. Als sie einstieg, setzte sich der Friseur Xandl an ihre Seite, und er blieb auch längere Zeit auf seinem Platze. Aber als sie sich Sievering näherten, wechselte er den Platz: Er setzte sich Mizzi gegenüber auf den Rücksitz.

Das Wiedersehen war herzlich, ja herzerschütternd. Der alte Schinagl weinte. Es waren kaum sechs Monate seit dem Tage vergangen, an dem er ganz Sievering versichert hatte, daß er seine Tochter verstoßen habe und daß er entschlossen sei, sie nie mehr im Leben wiederzusehn. Aber was kann der Mensch gegen die Gewalt des Goldes? Man sah den alten Schinagl die verstoßene Tochter umarmen.

Als Mizzi Schinagl den Laden ihres Vaters verließ, bildeten die Leute draußen eine kleine Gasse. Die Schinagl war lieblich und rührend anzusehn, in ihrem dunkelgrauen Kostüm, mit ihrem großen Hut aus blauem Tuch und dem hellgrauen Sonnenschirm in der Hand. Keine andere Herrscherin hätten die Leute aus Sievering dem befreundeten persischen Lande wünschen können. Sie lächelte, sie grüßte, sie stieg ein, und ihr gegenüber nahm wieder der Friseur Xandl auf dem Rücksitz Platz. Die Peitsche des Kutschers knallte diskret und munter. Dahin, dahin, in die Stadt zurück rollte der Fiaker, und Mizzi winkte mit einem weißen Handschuh. Der alte Schinagl stand vor der Tür und weinte.

Das war keineswegs die einzige erhebende Stunde im neuen Leben der Mizzi Schinagl. Es gab deren viele. Die Tage bestanden aus lauter erhabenen und erhebenden Stunden.

Die Perlen lagen in der Bank Efrussi, sie machten anscheinend keine Sorgen. Wenn aber das Glück über ein armes, hilfloses Mädchen mit einer Gewalt hereinbricht, mit der sonst nur Katastrophen zu kommen pflegen, wieviel muß so ein armer Mensch nachdenken! Man muß ein neues Leben einrichten. Man muß den kleinen Xandl in ein Internat geben, damit einmal ein rechter Mensch aus ihm werde – ein nobler

Herr soll er werden! Wie kann man die Matzner entlohnen? Wie den Bräutigam Xandl? Sollte man in Wien bleiben? Soll man nicht lieber in eine andere Stadt? Ins Ausland vielleicht? Von Monte Carlo hörte man, las gelegentlich in der »Kronen-Zeitung«, von Ostende, von Nizza, von Ischl, von Zoppot, von Baden-Baden, von Franzensbad, von Capri, von Meran! Ach, wie groß war die Welt! Die Schinagl wußte zwar nicht, wo alle diese Orte lagen, wohl aber wußte sie, daß es in ihrer Macht lag, sie alle zu erreichen. Ihr plötzlicher Reichtum regte alle anderen auf; sie selbst aber erschütterte er. Wirre Vorstellungen von Kurorten, Möbeln, Häusern, Schlössern, Lakaien, Pferden, Theatern, noblen Herren, Hunden, Gartenzäunen, Wettrennen, Lottonummern, Kleidern und Schneidern erfüllten die Nächte, wenn sie wachte, und ihre Träume, wenn sie schlief. Die Kunden bediente sie längst nicht mehr. Josephine Matzner gab ihr Ratschläge, obwohl sie selbst von dem allzu gewaltsamen Glück betäubt war, das ihre Pensionärin getroffen hatte. Immerhin hatte sie noch genug Vernunft behalten, um Mizzi die besten Ratschläge zu geben.
»Heirate den Xandl«, so riet Frau Matzner, »er wird einen großen Laden, einen Salon, in der innern Stadt eröffnen. Einen Teil steckst du in die Pfaidlerei. Einen Teil in mein Unternehmen. Alles notariell. Deinen Sohn gibst du zum Stift in Graz. Und wenn dich der Xandl langweilt, nimmst dir einen Liebhaber! Geld hast du wie Heu, wenn du's richtig anstellst. Sonst gibst du's aus, weg ist es in zwei Jahren. Laß dir raten, ich will dir gut!«
Mizzi Schinagl aber war keineswegs in der Lage, vernünftigem Rat zu folgen. Sie dachte manchmal an einen Mann, es war der unerreichbare Rittmeister Taittinger. Sie stellte sich gerne vor, daß er den Dienst quittieren könnte und sie heiraten, jetzt, wo sie so reich war.
Der Juwelier Gwendl schätzte den Wert der Perlen auf ungefähr fünfzigtausend Gulden. Das Bankhaus Efrussi hatte zehntausend darauf geliehen. Auch dieses Konto erschreckte und betäubte die arme Schinagl. Tausend Gulden in Banknoten trug sie immer im Strumpf. Hundert Gulden hatte sie in zehn Goldstücken im Täschchen. Hundert weitere Gulden in Silber verwahrte die Frau Matzner.
Eines Tages schien es der Mizzi, daß sie Taittinger sehen müsse. Dieser Gedanke kam mit solcher Gewalt, daß sie einen Fiaker nahm, zu Grünberg am Graben fuhr und vier Kleider auf der Stelle kaufte. Drei ließ sie sich nach Hause schicken und jenes, das ihr am schönsten

dünkte, zog sie an. Sie fuhr in die Herrengasse, in das wohlbekannte, liebe Haus. Sie erfuhr, daß der Rittmeister zu seinem Regiment zurückversetzt worden war. Eine noch größere Verwirrung erfüllte sie. Es schien ihr, daß sie ohne den berauschenden und betäubenden Glückssturm des Goldes den Geliebten ihres Herzens, den einzigen geliebten Mann behalten hätte.
Nunmehr beschäftigte sie der Gedanke, daß sie in die Garnison Taittingers müsse. Sie sagte der Frau Matzner, daß sie fahren müsse. »Erst wirst du ihm schreiben«, sagte die Matzner. »Man fällt nicht so mit der Tür ins Haus. Man wirft sich auch nicht einem so mir nix, dir nix an den Hals, jetzt, wo du mehr bist als er.«
Mizzi Schinagl schrieb, daß sie reich geworden sei und daß sie Heimweh nach Taittinger habe; und wann sie kommen könne.
Der Baron Taittinger erhielt diesen Brief in der Regimentskanzlei. Die Schrift kam ihm bekannt vor; aber seit einigen Wochen empfand er just gegen die bekannten Schriftzüge einen Widerwillen. Er steckte den ungeöffneten Brief in die Tasche. Er beschloß, ihn am Abend zu lesen. Aber er kam erst gegen drei Uhr morgens ins Bett, geradewegs aus dem Café Bielinger. Und er fand den Brief erst zwei Tage später wieder -- und auch nur, weil ihm der Bursche die Taschen geleert hatte.
Dem Baron schien es allzu fatal, Mizzi Schinagl wiederzubegegnen. Sie erinnerte ihn an seine leichtsinnige Missetat. Am liebsten hätte er die ganze Episode einfach aus seinem Leben gelöscht. Aber kann man Geschichten aus dem Leben wegradieren?
Der Rittmeister Taittinger sagte also dem Rechnungsunteroffizier Zenower – es war einer der wenigen »Charmanten« im Regiment –, er möchte sozusagen dienstlich dem Fräulein Mizzi Schinagl per Adresse Matzner mitteilen, daß der Herr Rittmeister aus Gesundheitsgründen in Urlaub gegangen sei und erst in sechs Monaten wieder zum Regiment einrücken würde.
Mizzi Schinagl weinte lange und ausführlich, als sie diesen Brief erhielt. Es schien ihr, daß ihr Leben endgültig ausgelöscht sei -- und just in dem Augenblick, in dem es erst hätte anfangen sollen. Sie beschloß, ihren Sohn zu holen und ihn vorläufig auch zu behalten. Er war vielleicht ein Trost.
Und sie zog nach Baden. Sie mietete ein Haus in der Schenkgasse für zwei Jahre. Die Perlen kaufte der Juwelier Gwendl. Das Geld verwaltete der Notar Sachs. Fünfhundert Gulden bekam der alte Schinagl.

Fünfhundert Gulden bekam die Frau Matzner. Fünfhundert Gulden bekam der Friseur Xandl. Tausend Gulden erhielt der Schneider Grünberg am Graben. Alle Welt war zufrieden: ausgenommen die Mizzi Schinagl selbst.

XIII

Es erwies sich nämlich nach einiger Zeit, daß der Kurort Baden keine günstige Wirkung auf das Gemüt der Mizzi ausüben konnte. Es gab viele Gründe dafür. Vor allem gab es Trabrennen. Mizzi Schinagl konnte nicht zu Hause bleiben. Sie war niemals früher bei irgendwelchen Rennen gewesen. Jetzt schien es ihr, daß sie zu jedem gehen müsse. Es war, als zwänge sie irgendeine höllische Gewalt, das Schicksal immer wieder herauszufordern, das Schicksal, das einmal einen so seligen Glückssturm über sie hatte wehen lassen.
Ohne jede Kenntnis der männlichen Natur, wie sie es nach einem Aufenthalt in einem sogenannten öffentlichen Hause sein mußte, wo man ebensowenig von der wirklichen Welt erfährt wie in einem Pensionat für junge Mädchen, beurteilte Mizzi die Männer, die ihr begegneten, nach den Maßstäben, die für die Einstundengäste im Hause Matzner vielleicht gerade noch gültig gewesen wären. Es konnte also nicht fehlen, daß sie Hochstapler und Taugenichtse für solide Herrschaften aus guter Gesellschaft hielt. Sie war einsam. Sie hatte Heimweh nach dem Haus der Frau Matzner. Sie schrieb jeden Tag Ansichtskarten, an ihren Vater, an Frau Matzner, an jede von deren achtzehn Pensionärinnen und an das Regiment Taittingers, mit dem Vermerk auf dem Umschlag: »Bitte bestimmt übergeben. Danke, Schinagl.«
Sie schrieb immer das gleiche: sie lebe herrlich, sie genieße endlich die Welt. Von Taittinger kam keine Antwort. Frau Matzner antwortete hie und da mit einer vernünftigen, gewöhnlichen Postkarte, mit Ratschlägen und Mahnungen. Die Pensionärinnen des Hauses Matzner antworteten alle zusammen auf einem blauen, goldgeränderten Briefbogen, der also anfing: »Wir freuen uns, daß es Dir gutgeht, und denken oft an Dich.« – Folgten die Unterschriften: Rosa, Gretl, Vally, Vicky und alle andern, dem Alter nach und der Rolle gemäß, die sie im Hause Matzner spielten. Jede dieser Korrespondenzen erwartete Mizzi mit Sehnsucht, las sie mit einer seltsamen Spannung: Es war mehr eine Folter als eine Freude.

Was die Männer betrifft, so kümmerte sich Mizzi um sie nur deshalb, weil sie der festen Überzeugung war, das Leben sei ohne Männer ebensowenig möglich wie ohne Luft. Als sie noch arm und im Hause der Matzner und ratlos gewesen war, hatte sie sich Geld zahlen lassen müssen. Jetzt konnte sie umsonst lieben. Es tat ihr wohl, umsonst zu lieben. Manchmal gab sie den Herren Geld. Manche liehen sich sozusagen Geld für »Unternehmungen«. Kein einziger von diesen Männern gefiel ihr. Männer waren ihr tägliches, nächtliches Brot gewesen. Sie glich einem armen Wild, das sich selbst seine Jäger sucht.
Ihr Heimweh nach dem Sohn war einmal so groß gewesen – und jetzt schien es ihr vergeblich und verschwendet. Er gefiel ihr nicht, ihr Sohn. Er behinderte sie in der Hauptsache deshalb, weil sie ihn überallhin mitnehmen zu müssen glaubte: in die Cafés, zu den Rennen, in die Hotelhallen, zu den Theatervorstellungen, zu den Männern, zu den Spazierfahrten. Mit seinen viel zu großen, hervorquellenden, wasserblauen Augen prüfte der Kleine die neuen Welten, still, mit einer unheimlich stummen Gehässigkeit. Niemals weinte er. Und Mizzi Schinagl, die sich erinnerte, daß sie selbst als Kind sehr oft geweint hatte, und der übrigens ein wohltätiger Instinkt sagte, daß Kinder, die nicht weinen, böse Menschen werden, versuchte oft, ihn ohne Ursache zu schlagen, nur, damit er zu weinen beginne. Er ließ sich schlagen; er schien überhaupt keinen Schmerz zu empfinden, der Kleine. Obwohl er noch sehr wenig sprechen konnte, war doch aus dem wenigen, das er hervorbrachte, deutlich sichtbar, daß er nichts andres zu wünschen entschlossen war, als was er im Augenblick nötig zu haben glaubte: ein Stück Papier, ein Zündholz, ein Schnürchen, ein Spielzeug, einen Stein.
Nach einigen Wochen gestand sich Mizzi, daß ihr Sohn ihr fremder war als jedes fremde Kind. Dies war die zweite Enttäuschung ihres Lebens seit dem erschrecklichen Glücksfall; und schmerzlicher als jene Kunde von der Abkommandierung des Rittmeisters Taittinger. Auch sein Kind war gleichsam abkommandiert.
Sie eilte, lange noch, ehe die Saison zu Ende war, mit dem Kind nach Graz. Sie wollte es eigentlich loswerden. Sie nahm sich vor, ihren Buben nach der Art unterzubringen, in der die Kinder aus der guten Gesellschaft untergebracht waren. Sie hatte mehrere Adressen. Sie ging aber keineswegs in alle Häuser, die man ihr angegeben hatte, sondern in das erste, das auf ihrem Blatt verzeichnet stand. Also kam ihr Bub,

der Xandl Schinagl, in das Erziehungsheim für minderjährige Knaben, verbunden mit Gartenschule, zum Gymnasialprofessor Weißbart. Und Mizzi Schinagl, einmal auf der Richtung nach dem Süden begriffen, konnte sich weder in Graz aufhalten noch auch nach Baden zurück. Sie war der Meinung, es sei zu schäbig, in Graz zu bleiben, in der Nähe ihres Sohnes, ohne ihn wiederzusehn; und wiedersehn wollte sie ihn nicht; vorläufig nicht. Nach Baden konnte sie auch nicht zurück: Es erwartete sie dort Lissauer, der sie schon so viel gekostet hatte. Gott allein wußte, warum sie mit ihm zusammengelebt hatte, die letzten drei Wochen!

Es peinigte sie nicht nur, daß dieser Mann wartete, sondern auch, daß alle anderen Männer zu warten schienen. Alle warteten auf sie: nur nicht der Taittinger. Der wartete nicht!

Es fiel ihm auch nicht ein, auf Mizzis Heimkehr zu warten. Als er sah, daß sie nicht zurückgekehrt war, fuhr er nach Wien, ging zur Frau Matzner und ließ sich die Adresse der Mizzi geben. Er sagte, er habe ihr eine wichtige Nachricht von Taittinger zu geben.

Er war entschlossen, die Schinagl nicht mehr zu verlassen, ja, ihr, soweit es ging, zu folgen. Er fuhr also nach Meran.

Mizzi Schinagl freute sich, als sie ihn auf der Promenade erblickte. In seinen strahlenden Pejáchevich-Hosen, im blauen Jackett, in den dunkelgelben, weichen Knöpfelschuhen erweckte er ihr zärtliches Gefühl und auch eine Art von Reue. Sie hatte Angst! Sie hatte Angst vor ihrem eigenen Reichtum, Angst vor dem neuen Leben, zu dem er sie verpflichtete, Angst vor der großen Welt, in die sie sich besinnungslos begeben hatte, und am meisten Angst vor den Männern. Im Hause der Josephine Matzner war sie allen Männern, bekannten, fremden, exotischen, heimischen, Herren und Pülchern überlegen gewesen. Dort war ihr Boden, dort war ihre Heimat. Sie besaß weder die Fähigkeit noch die Übung, mit Männern umzugehen, die nicht gekommen waren, um sie zu kaufen. Sie wußte wohl, ihre gierigen Blicke zu deuten, ihre Zeichen, sie erriet wohl ihre verhüllten Reden und ihre kindischen Witze. Allein, sie war hilflos, heimatlos, sie schaukelte dahin, ohne Steuer, ohne Segel, ohne Ruder auf dem Meer der Welt, und Angst hatte sie, eine unnennbare, namenlose Angst. Nach etwas Bekanntem suchte sie, nach etwas halbwegs Vertrautem. Sie war geneigt, etwas Bekanntes als Wohlvertrautes zu begrüßen. So begrüßte sie Franz Lissauer.

Er mußte ahnen, was in ihrem Herzen vorging, dank dem sicheren Instinkt, den gewisse Wesen in dem Augenblick aufbringen und sogar erzeugen, in dem ihnen eine Gefahr winkt, eine Nahrung, eine Lust oder eine Beute. Er grüßte flüchtig mit seinem sonnenfarbenen Panamahut und sagte zerstreut: »Ach, du bist auch hier?«
»Ich bin so selig!« antwortete sie, -- und sie umarmte ihn.
In diesem Augenblick stand sein Plan fest. Es war die alte Geschichte mit den Brüsseler Spitzen.
Um jene Zeit waren Brüsseler Spitzen ebenso geschätzt wie Juwelen – und zuweilen heißer noch von den Frauen ersehnt.
Es gab infolgedessen zahlreiche Nachahmungen der berühmten Spitzen. Mit den bestgelungenen handelte der Freund Lissauers, Xavier Ferrente, dessen Ware, obwohl er selbst aus Triest stammte, von einem andern, fremden und ziemlich enfernten Hafen anzukommen pflegte: nämlich aus Antwerpen. Also waren sie »deklariert«, wie es in der Fachsprache hieß. In Wirklichkeit kamen sie aus der Pfaidlerei Schirmer in der Wienzeile. Wenn Lissauer überhaupt arbeitete, so bestand diese Arbeit darin, daß er seinem Freund Ferrente Abnehmer und sogenannte große Abnehmer verschaffte, Zwischenhändler und unter den größeren Zwischenhändlern noch welche kleineren. Dafür bekam er »Provisionen« von Fall zu Fall, aber niemals »Beteiligungen«. »Beteiligen kannst du dich nur mit Kapital«, sagte Ferrente. »Ohne Geld keine Welt«, fügte er hinzu. Es war eine geläufige Weisheit der Tarockspieler vom Café Steidl.
Jetzt endlich, nachdem er so lange Jahre »fast umsonst für Ferrente geschuftet hatte« – wie Lissauer manchmal sagte –, erblickte er eine Möglichkeit, sich mit einem Kapital an den Spitzen zu beteiligen; mit dem Kapital der Schinagl.
Nachdem er diesen Entschluß gefaßt hatte, begann Lissauer, Mizzi Schinagl offensichtlich zu vernachlässigen. Er machte Ausflüge mit einem gewissen Fräulein Korngold, schickte der Frau Glaeser Blumen, lustwandelte auf der Promenade mit der Brandl, hielt seine Verabredungen mit der Schinagl unpünktlich oder überhaupt nicht ein und gab ihr zu verstehen, daß sie ihm gar nichts bedeute. Ja, hie und da sagte er sogar, daß er bald aus bestimmten Gründen abzureisen gedenke.
Nachdem er dieses Betragen ein paar Tage lang fortgesetzt hatte, fuhr er nach Innsbruck und depeschierte der Schinagl: »In wichtigen Verhandlungen verreist, erwarte mich morgen abend.«

Am Abend des nächsten Tages kam er auch. Er war nicht nur freundlich und gefällig wie seit langem nicht mehr; er schien gar liebevoll. Zugleich aber zeigte er auch ein aufgeregtes Gehaben. »Ein großer Glücksfall«, sagte er. Er sprach in atemloser Freudigkeit. Endlich sei er auf dem Wege, ein reicher Mann zu werden. »Wirst du heiraten?« Es war Mizzis erster Einfall. Wie sollte man sonst plötzlich ein reicher Mann werden?

»Heiraten?« sagte Lissauer, »ja, vielleicht!« Er tat, als ob er nachdächte. Von Brüsseler Spitzen wußte Mizzi Schinagl so viel, daß sie teuer waren – und gar nichts mehr. Sie wäre kaum imstande gewesen, einen Musselinvorhang von einem Brautschleier zu unterscheiden. In ihrer eigenen Pfaidlerei war sie nicht öfter als fünfmal gewesen. Sie sah aber ein, daß eine Spitze, die man für fünf Gulden fünfzig verkaufte und die man für einen Gulden achtzig einkaufen konnte, eine angenehme Ware sein könnte. »Wir teilen«, sagte Lissauer. »Halbpart! Gemacht?« »Gemacht«, sagte die Schinagl, und sie dachte gar nicht mehr an die Spitzen. Man begann, die großen Lichter in der Hotelhalle auszulöschen. Eine unsägliche Traurigkeit strömte die weiße Pracht der Treppen und des Geländers aus, die blutrote, plötzlich schwärzlich scheinende Pracht der Teppiche. Die riesigen Palmen in den riesigen Töpfen schienen eben vom Friedhof gekommen zu sein. Auch ihre dunkelgrünen Blätter wurden schwärzlich und erinnerten an eine Art verstorbener und verwelkter Waffen aus uralten Zeiten. Das Gaslicht in den Kandelabern surrte grünlich und giftig, und der große, rötliche, in falsche Bronze eingerahmte Spiegel zeigte Mizzi Schinagl, sooft sie flüchtig und furchtsam hineinblickte, eine andere Mizzi Schinagl, eine, die sie selbst nicht kannte, niemals gesehn zu haben glaubte, eine Mizzi Schinagl, die es niemals gegeben hatte.

Sie wurde sehr traurig. Durch ihre einfache Seele huschte für ein paar Minuten ein hurtiger Abglanz jenes Lichts, das die Klügeren und Einsichtigen so selig und so traurig macht: das Licht der Erkenntnis. Sie erkannte, wie trostlos und vergeblich alles war: nicht nur die Spitzen, nicht nur der Lissauer, nicht nur ihr Vermögen, sondern auch ihr Sohn und der Taittinger, und ihre Sehnsucht nach Heim, Liebe, Mann und die falsche Liebe ihres Vaters und alles, alles ... Und aus ihrem eigenen Herzen kam ein wüster Hauch, wie aus dem Eiskeller daheim in Sievering, als sie noch ein kleines Mädchen gewesen war und fest geglaubt hatte, dort unten warteten der Winter und alle die bösen Winde.

In dieser Nacht ging Lissauer mit ihr ins Zimmer, denn er wußte freilich, daß er sich ihrer jetzt auf jede Weise versichern müsse. Mizzi Schinagl spürte es. Sie war müde; müde und gleichgültig.
In der Nacht, während sie wach lag, faßte sie den Entschluß, am nächsten Tag zurückzufahren. Zurück? – Wohin? Das Haus der Josephine Matzner war noch eine Heimat gewesen. Das gab's nicht mehr. Sie erinnerte sich an den schweren Atem, den süßlich parfümierten Bart, die bräunlichgelbe Haut, die weichen Hände, das unheimliche Augenweiß des Herrschers von Persien, des Urhebers ihres Glücks. Sie begann, sachte zu weinen. Es war ein bewährtes Schlafmittel. –
Als der Morgen graute, schlief sie ein.

XIV

Eine lange Zeit bemerkte niemand aus der Umgebung der Frau Josephine Matzner, daß sich zugleich mit ihrem Körper auch ihr Wesen veränderte. Man sah nur, daß sie alterte. Sie selbst wußte es, obwohl sie selten in den Spiegel sah. Sie hatte gleichsam den Spiegel im Kopf, wie manche Menschen die Uhr im Kopf haben. Wenige Jahre vorher behagte ihr noch gelegentlich eines der täppischen und handgreiflichen Komplimente, das ihr der und jener ihrer Stammgäste zu machen pflegte. Es waren sinnlose Komplimente. Weder sollten sie irgendein Begehren des Gastes andeuten, noch auch erweckten sie irgendeinen Wunsch im Herzen der Frau Josephine Matzner. Sie hätten also eigentlich in alle Ewigkeit fortgesetzt werden können, ebenso wie bestimmte konventionelle Bräuche innerhalb der Gesellschaft unabhängig sind vom Alter derjenigen, die sie ausüben. Aber siehe da, was geschah? – Auch diese symbolischen Komplimente, deren Gegenstand die Frau so lange Jahre gewesen war, wurden nunmehr immer seltener; und eines Abends hörten sie ganz auf. Es war beinahe so, als ob sich die Herren verabredet hätten. Als der letzte Gast verschwunden war, die Mädchen schon schlafen gingen und der Kapellmeister sich den Frack auszog, sah sie noch für einen flüchtigen Augenblick in den Spiegel hinter der Kassa. Ja, alles war so, wie sie es bereits seit langem wußte: Zwischen den grauen Haaren spielte noch ein häßlicher Schimmer der früheren, aufreizenden, pikanten Röte. Zwei dicke Falten saßen, gleichsam ohne Grund, über der Nasenwurzel. Die Lippen waren

trocken, rissig und bläulich. Die Augen unter stark gerunzelten Lidern waren wie zwei winzige, ausgelaugte Teiche. Der Kopf ging unmittelbar in die Schultern über, als säße er gar nicht auf dem Hals. Und auf den Brüsten, unter dem dichten Puderstaub, lauerten gelblichrötliche Flecke, Insekten nicht unähnlich.
Seit dieser Nacht erfuhr Frau Matzner, daß das Leben vorbei war. Sie hatte sich niemals Illusionen gemacht. Sie war gesonnen, das Alter ebenso mutig anzupacken, wie sie einst ihre Jugend, ihren Beruf, ihre Männer, ihr Geschäft angepackt hatte. Jede Stunde ihres Lebens hatte sie sich genaue Rechenschaft über sich abgelegt. Sie kannte sogar die Teufel, denen sie zeit ihres Lebens ausgeliefert war, und hätte sie fast alle bei Namen nennen können. Aber einen jener Teufel des Alters kannte sie nicht, der sich oft zu den einsamen Greisinnen schleicht, ihre Herzen verhärtet und ihre modernen Sinne mit einer neuen Wollust erfüllt: die Geldgier. Sie fühlte nicht, wie sie immer geiziger und geldgefräßiger wurde.
Es ereignete sich freilich auch sonst etwas, was ihr selbst den Anschein eines berechtigten Geizes oder einer Sparsamkeit vortäuschen durfte: Das Haus »ging« nicht mehr. Wie oft wechseln die Moden in der Welt! Das Haus der Matzner kam aus der Mode. Zwei neue erstanden, eins in der Nähe der Wollzeile und ein anderes in der Vorderen Zollamtsstraße. Auch die Mädchen, die der Frau Matzner treu blieben, wurden alt – und die jungen wurden treulos. Wo waren die Zeiten dahin, wo Frau Matzner noch sagen konnte: »Meine Kinder sind alle Gold!« und wo diese goldenen Kinder sie mit den fröhlichen Stimmen junger Vögelchen »Tante Finchen« oder »Finerl« riefen? Jetzt sagte man »Frau Matzner«, und die Kinder erinnerten nicht mehr an Gold, eher an das Kupfer, das sie noch dem Hause eintrugen. »Es kommt nur noch kreuzerlweis'!« stöhnte die Matzner.
In der Nacht war sie wach. Wenn sie sich hinlegte, hatte sie das Gefühl, daß sie sich wehrlos machte, weil die Ängste es gleichsam leichter hätten, sich von oben her über sie zu stürzen. Sie erhob sich also wieder und keuchte zum Lehnstuhl. Sie stöhnte oft, in dem Glauben, daß es sie erleichtern könnte, aber sie sagte sich sofort: Wie schlecht muß es mir gehn, wenn ich, die Josephine Matzner, schon zu stöhnen anfange. Sie nahm auch hie und da ein Schlafmittel, aber den Ängsten, der Furcht, der Bangnis konnte man keins eingeben! – Sie sah sich schon im Armenhaus am Alsergrund; im Greisenasyl in der Bacher-

gasse; am Krippentisch der Barmherzigen Brüder; als Aushilfe, die Fußböden scheuernd bei der Milchfrau Dworak; schließlich vor der Polizei, vor dem Gericht und sogar im Kriminal. Denn es schien ihr klar, daß die Not allmählich so gewaltig werden müßte, daß sie schließlich gezwungen wäre zu stehlen. Und sie sah sich stehlen, und sie empfand schon die Angst des Diebes vor dem Ertapptwerden.

Immer häufiger ging sie zu ihrem Bankier, Herrn Efrussi. Sein Vermögen, seine kluge Ruhe, seine Redlichkeit, sein Ruf, sein Alter: alles tröstete sie. Er war ein stiller Greis, von einer berechnenden Gutherzigkeit (der einzigen, die auf Erden kein Unheil anrichtet). Frau Josephine Matzner saß vor ihm in dem unbequemen Stuhl, in dem altmodischen Kontor, sehr tief (der Bankier Efrussi benutzte noch das hochgelegene Pult mit dem winzigen Sitzpolster ohne Lehne, das an einer metallenen Schraube befestigt war). Halb saß er, halb stand er an seinem Pult. Er drehte sich Frau Josephine Matzner zuliebe herum. So tief er aber auch sein Polster herunterschrauben mochte, er blieb doch in einer beträchtlichen Höhe über dem Kopf der Besucherin. Es war auch keine Rede davon, daß er ihr Gesicht hätte sehen können, denn ein großer Hut bedeckte den Kopf, und lediglich an dem leisen Zittern der violetten Pleureusen konnte Efrussi erkennen, ob Frau Matzner zustimmte oder ablehnte. »Sie haben ja«, wiederholte er bereits zum fünfundzwanzigsten Male, »›Albatros‹ für fünftausend, für dreitausendfünfhundert Staatslose, mit zehntausend sind Sie an der Pfaidlerei beteiligt, mit zweitausend an der Bäckerei Schindler, Ihr eigenes Geschäft ist – ich weiß nicht, wieviel wert – Ihr Notar wird es wissen. Sie wissen es auch. Sie sind dreiundfünfzig Jahre alt.« Hier unterbrach Frau Matzner: »Zweiundfünfzig, Herr Efrussi!« – »Um so besser«, fuhr er fort, »also selbst wenn Ihr Geschäft nicht geht und Sie wollen nicht nur Coupons schneiden, so arbeiten Sie noch gute acht Jahre in voller Blüte, in der Pfaidlerei meinetwegen. Gründen Sie ein Modistengeschäft – kaufen Sie eins – Sie haben Geschmack.« Immer brachte der Anblick der Pleureusen den Bankier Efrussi auf die Modisten-Idee.

»Ist das auch ganz sicher, Herr Kaiserlicher Rat?« fragte Josephine Matzner.

»Ich kann's Ihnen beweisen«, sagte Efrussi, und, wie gewöhnlich, bewegte er das Tischglöckchen. Wie gewöhnlich kam der Buchhalter. Er öffnete die Bücher. Stumpf blickte Josephine Matzner auf die blauen Zahlen, roten Streifen, grünen Striche: Tröstlich war all dies. Sie erhob sich, sie nickte, sie sagte: »Herr Kaiserlicher Rat, Sie haben mir einen Stein vom Herzen genommen«; und sie ging endlich.

Einmal fiel es ihr ein, daß sie in der Pfaidlerei der Mizzi Schinagl nach dem Rechten sehen müsse. Bevor sie noch in den vertrauten Laden trat, schien ihr irgend etwas auf den ersten Blick verändert. Unheil ahnte sie. Sie sah zwei neue, goldgerahmte Spiegel im Fenster und an der Glastür eine große Tafel mit der Inschrift: »Echte Brüsseler Spitzen«. Und ihr Herz stockte, als sie im Innern des Ladens den Herrn Lissauer erblickte. Sie kannte diese Art Gäste ihres Hauses; »Kunden« war die richtige Bezeichnung für diese Leute. »Wir haben uns lange nicht gesehen, Herr von Lissauer!« sagte sie, »ja, alle Welt hat uns verlassen. Wir sind den Herren nicht modern genug. Es geht wohl viel solider bei mir zu als in der Vorderen Zollamtsstraße zum Beispiel.«

»Wissen Sie, man wird älter und ernster!« sagte Lissauer. »Und dann, Sie sehen ja! Ich arbeite hier fleißig!«

Ja, sie sah es wohl. Mit einem der hurtigen und scharfen Rundblicke, derentwegen man sie in den früheren Jahren so gefürchtet hatte – in ihrem eigenen Hause, in den Läden, in denen sie einzukaufen pflegte, in der ganzen Gegend und selbst im Bezirkskommissariat, wo sie alle Wachleute und alle Geheimen kannte, überflog sie jetzt den ganzen Laden. War das überhaupt noch eine Pfaidlerei? Wo waren die kleinen, niedlichen Schächtelchen mit den Knöpfen und Knöpfchen aller Art, Farbe, Form und Größe? Wo die lieblichen und doch so soliden Hafteln und Häkchen? Wo die Prachtstücke der Pfaidlerei, die großartigen sogenannten Besatzstücke? Wo alle diese unwichtigen, gewichtlosen Dingerchen, die man eigentlich nur so mit führte, eine Art nebensächlicher Begleiterscheinungen der wirklichen, der ernsten Ware, ohne die aber keine einzige Schneiderin in der Umgebung auskommen konnte. Und was sollten diese Brüsseler Spitzen? Wer in dieser Gegend, wer von dieser Kundschaft konnte Brüsseler Spitzen kaufen? Ihr, der Frau Josephine Matzner, brauchte man nicht zu erklären, was Brüsseler Spitzen waren! Sie konnte sich nicht enthalten, Herrn Lissauer zu sagen: »Sie haben ja den Laden ganz schön ausgeräumt!« – »Ausgeräumt? Ausgeräumt? So nennen Sie's?« rief der junge Mann. Und mit dem geschwätzigen Eifer, der ihm eigen war und der ihm schon recht viel unbegreifliche Erfolge eingetragen hatte, begann er, der Frau Matzner auseinanderzusetzen, welchen Aufschwung das Geschäft genommen hätte und wieviel er schon an den Spitzen verdient habe und noch zu verdienen gedenke. Wie so mancher, dem eine Unredlichkeit längere Zeit Gedeih und Verdienst einträgt, vergaß auch Lissauer zuweilen die Vorsicht über der Eitelkeit. Obwohl er wußte, daß er nicht befugt gewesen war, den Anteil der Matzner in das Geschäft mit den Spitzen zu stecken, schien es ihm doch sicher in seinem törichten Optimismus, daß die Matzner nicht nur mit ihm einverstanden sei, sondern sich auch schon als seine Komplizin betrachtete. Er verdrängte die peinliche Erinnerung an die Tatsache, daß die Bücher nicht in Ordnung waren, und ferner, daß er selbst ein Drittel der Einnahmen verwendet hatte. Mizzi Schinagl verlangte nie eine Aufklärung. Weshalb sollte die Matzner eine verlangen?

Frau Matzner konnte eine leichte Übelkeit nicht mehr ganz verbergen. Sie lehnte sich an den Ladentisch und verlangte nach einem Glas Wasser und nach einem Sessel. Sie trank in kleinen Zügen und lag halb ausgestreckt im Sessel, trotz dem Mieder, das ihren Körper mörderisch umpanzerte. Sie erholte sich langsam. Sie zog die Hutnadel aus dem gewaltigen Strohdach, das sie bedeckte, und, indem sie die Waffe gegen Lissauer kehrte, sagte sie: »Lissauer, ich möchte die Bücher sehn. Ich werde mit meinem Notar sprechen.«

Lissauer holte die Bücher herbei. Noch einmal sah die arme Matzner schwarze Ziffern, blaue Ziffern, grüne Striche, rote Linien; aber diesmal war sie nicht beruhigt. »Und wo ist das Kapital?« fragte sie. »Und die Gewinne?« – »Das Kapital arbeitet, Frau Matzner«, sagte Lissauer ganz leise. Er klappte die Bücher zu und sprach noch weiter. Sie hörte nicht mehr alles. Sie vernahm nur noch ein paar Worte wie »neue Zeiten, moderne Geschäftsmethoden, kein totes Kapital« und dergleichen. Sie dachte mit Schrecken daran, daß ihre zehntausend Gulden verloren waren.

Unverzüglich verabschiedete sie sich, ohne die ausgestreckte Hand Lissauers zu beachten. Sie ging zur Post. Es war höchste Gefahr. Die Hutnadel hielt sie immer noch in der Hand. Der Riesenhut wackelte. Sie überwand die Angst vor einer außerordentlichen Geldausgabe. Sie depeschierte nach Baden an Mizzi Schinagl. »Sofort herkommen«, telegraphierte sie, überlegte eine Weile und steckte den Bleistift zwischen die Lippen. Mizzi Schinagl würde einfach nicht kommen. Was nutzte die teure Depesche? Schon war die Matzner zu einer einfachen Postkarte bereit, als ihr einer jener guten Lügengeister, die so lange ihre Handlungen bestimmt hatten, eine nützliche Idee eingab. »Taittinger erwartet Dich morgen«, depeschierte sie.

Natürlich kam Mizzi Schinagl in den ersten Morgenstunden. Nach sehr langer Zeit betrat sie wieder das Haus der Matzner. Alles war ihr fremd geworden. In der Erinnerung hatte sie es sich nicht nur kostbar, sondern auch glänzend vorgestellt. Nun war sie lange an glänzende Räume und Häuser gewöhnt. Das Haus der Matzner war armselig, sogar schäbig, mit seinen erblindeten Spiegeln, dem Salonkandelaber, von dem schon so viele Kristalle abgefallen waren und der an einen teilweise entlaubten Baum erinnerte, den großen grauen Mottenlöchern im roten Plüsch des Diwans, der abgesprungenen falschen Bronzeverschalung an dem Rahmen des Spiegels, dem ausgefransten Seidendeckchen über dem zerkratzten polierten Deckel des Fortepianos und den verstaubten Gardinen an den Fenstern. Aber was bedeuten Erinnerungen gegen die Erwartung? Bald sollte sie Taittinger sehn. Sie hatte im Täschchen das letzte Bild seines Sohnes und die letzten, allerdings sehr kümmerlichen Schulzeugnisse. Das sittliche Betragen war »nicht entsprechend« und der Fleiß »hinreichend«. Bis jetzt hatte der Sohn noch jede Klasse repetiert. Der Mizzi war der Junge gleichgültig. Weihnachten hatte sie ihn zuletzt besucht. An der Bahn verlangte er zuerst einen Kakao, und sie ging mit ihm in den Wartesaal. Den Kakao trank er mit Appetit, den Koffer öffnete er sofort und nahm die obenauf liegenden Geschenke an sich. Dann schloß er den Koffer und rief: »Zahlen!« – So war ihr Sohn. Aber in der letzten Nacht hatte sie ein Dutzend Geschichten erfunden, die sie Taittinger erzählen wollte: Xandl war ein guter Turner, ein goldenes Herz, ein begabter Sänger. Und einmal hatte er sogar ein Kind vor dem Ertrinken errettet. Dies war auch keine erfundene Geschichte. Xandl hatte in der Tat ein Kind aus dem Wasser gefischt; genauso, wie er Frösche, Fische und Eidechsen zu fangen gewohnt war.

Ja, all dies wollte Mizzi Schinagl erzählen. Es schien ihr, daß sie etwas lange wartete. Frau Matzner ließ sie warten. Endlich kam sie, in voller Rüstung, nicht wie sonst am Vormittag im Schlafrock, sondern geschnürt, gepudert, frisiert. Die Umarmung war flüchtig, der Kuß trokken und kalt. »Der Taittinger kommt nicht!« sagte die Matzner sofort. »Dienstlich verhindert!«

Mizzi Schinagl atmete schwer und setzte sich wieder. »Aber, aber«, begann sie, schwieg eine Weile und fand endlich einen schwachen Trost: »Er wollte mich doch sehen?« – »Ja«, sagte die Matzner. »Aber vorläufig ist er eben dienstlich verhindert. Du kannst ihm ja schreiben! Hast ja seine Adresse.«

Mizzi saß noch da, die Matzner stand vor ihr, drohend, einem Gendarmen ähnlich.
»Ich hab' dir was Ernstes zu sagen«, begann sie. »Du hast mich betrogen, du und dein Lissauer. Ihr habt mich beraubt, ihr habt mich begaunert. Alles für meine Güte. Wie eine Mutter war ich zu dir. Goldkind hab' ich dich genannt. Mein Geld habt ihr verpraßt. Du begleitest mich auf der Stelle. Wir gehn zum Notar. Weh dir, wenn du wegläufst!«
In Mizzi Schinagl war nichts mehr lebendig. Das Gehirn schien ihr tot und das Herz auch, und nur eines lebte in ihr: eine große Furcht ohne Namen. Auch die Furcht gibt manchmal Erleuchtungen, und also fiel Mizzi Schinagl die Geschichte mit den Spitzen ein, und sie erinnerte sich an alle Papiere, die sie von Lissauer bekommen und unterschrieben hatte, ohne sie zu lesen, und es tauchte in ihrer Erinnerung auch ein längst gehörter, längst verschollener Satz auf, den Lissauer einmal geäußert hatte, in einer zärtlichen Sekunde; und der Satz lautete: »Wenn man mich erwischt, sperrt man dich ein!« Nun, es war soweit. Sie erhob sich, sie ging. Eine Verhaftete bereits, schritt sie willenlos neben der unerbittlichen Matzner dahin.

XV

Neue Kräfte strömten der Frau Josephine Matzner in den folgenden Wochen zu. Diese Kräfte machten sie zwar keineswegs jünger, sondern verstärkten umgekehrt die äußeren Zeichen ihres rapide heranstürmenden Alters. Sie selbst aber merkte es nicht und fühlte sich leicht, gesund, vergnügt und verjüngt. Es schien ihr, daß sie eine wichtige Aufgabe zu erfüllen habe, die Aufgabe nämlich, ihr Geld zu retten oder, was ihr noch besser gefiel, obwohl es sie zugleich schmerzte, dieses verlorene Geld zu rächen. Ein großartiger, gehässiger Elan erfüllte sie, wärmte sie, heizte sie geradezu. Ein kochender Zorn trieb sie. Ihre Tage, ihre Nächte waren verändert, der alte gutmütig, harmlos und sinnlos schludrige Rhythmus ihres Lebens verwandelt. Sie schlief gut und traumlos einen gesunden Schlaf, sie erwachte neu gestärkt an jedem Morgen und zu allerhand Taten bereit. Sie offenbarte eine erstaunliche Fähigkeit, Gesetze zu begreifen, auszulegen, mit Advokaten zu sprechen und sie genau zu verstehen. Sie hatte jetzt deren zwei, der Sicherheit halber: den Hof- und Gerichtsadvokaten Doktor Egon Silberer und den nebensächlichen Doktor Gollitzer, der eine Art Winkeladvokat war und den sie eigentlich weniger des Prozesses selbst wegen brauchte als zu lustvollem und zugleich lehrsamem Zeitvertreib. Denn der Hof- und Gerichtsadvokat Doktor Silberer hatte kaum eine halbe Stunde für sie – dreimal in der Woche –, und der Gollitzer stand ihr täglich lange zur Verfügung. Eigentlich hielt sie sich diesen Gollitzer aus Mißtrauen gegen Silberer. Der Gollitzer war es, der sie aufklärte, wie man große und angesehene Advokaten zu behandeln habe. Er war es, der sie über das Privatleben der Richter aufklärte, über die Chancen, die das Gesetz bot, und über die geheimen Tücken, die es enthielt. In seiner düsteren Kanzlei, in der Wasagasse 43 im dritten Stock, begann sie allmählich sich zu einer Art juristischer Kanaille heranzubilden. Lüste erlebte sie da, wie sie keine je gekannt hatte.

Der verbotenen und selbst verpönten Lüste hatte sie bereits viele kennengelernt, aber die wahre Wollust lernte sie jetzt erst kennen, in der Wasagasse, als sie erfuhr, daß eben jene Gesetze, die sie instinktiv zeit ihres Lebens gefürchtet hatte, ihr gefügig werden konnten wie gezähmte Hunde. Zeit ihres Lebens hatte sie in der falschen Vorstellung gelebt, daß Frauen ihresgleichen außerhalb der Gesetze lebten, ausgeliefert auf Gedeih und Verderb dem Wohlwollen oder der üblen Laune jedes beliebigen Polizeikommissärs. Auf dem Grund ihrer Seele hatte immer schon das Heimweh nach einer legalen Existenz geschlummert. Lange Jahre schon hatte sie gehofft, einmal, wenn sie Geld haben würde, im wohltätigen, bürgerlichen Schatten der Gesetze leben zu können; irgendwo weit weg von ihrem Hause, das sie günstig, im günstigen Augenblick zu verkaufen gedacht hatte; zu leben als die »Private« Josephine Matzner, ohne Beruf, ohne Gefahr und mit sehr viel Geld ausgestattet. Aber jetzt war Gefahr, daß kein Geld bleiben würde. Kein Geld! Nach einem ganzen langen Leben jenseits der Gesetze! Welch ein entsetzlicher Zustand für eine alternde Frau, die gehofft hatte, endlich im Alter in den geschützten Bezirk der Bürgerlichkeit eintreten zu können! – Nun, und trotzdem: die Gesetze sprachen für sie, beide Advokaten waren dessen sicher. Nicht mehr als eine abseitige oder ausgestoßene Person verkehrte die Frau Josephine Matzner mit den Gesetzen: sondern als ihre Herrin und Nutznießerin sozusagen.

Außer dem Winkeladvokaten Gollitzer stand ihr auch ihr alter Freund, der Geheime Sedlacek, zur Seite. Oh, sie verkehrte längst nicht mehr mit ihm so wie früher; nicht mehr als eine vogelfreie Person gewisser-

maßen, sondern als eine beinahe gleichberechtigte. Viele Stunden verbrachte sie mit Sedlacek in seinem Büro auf dem Schottenring. Indessen liefen seine Leute herum, in der Stadt, im Reich. Eine große Geschichte: gefälschte Brüsseler Spitzen; in Wien hergestellt, von hier nach Triest geschickt; von dort nach Antwerpen; von dort nach Wien zurück. Auch Sedlacek war alt geworden und müde. Seine »mondäne« Beschäftigung behagte ihm nicht mehr. Seine drei Kinder – lauter Buben – wuchsen mit unheimlicher Schnelligkeit. Mit unheimlicher Schnelligkeit alterte seine Frau. Mit unheimlicher Schnelligkeit alterte auch er selbst, er selbst. Er brauchte eine »fette Affär'«, um befördert zu werden und endlich stillsitzen zu können, in der Polizeidirektion Graz, Innsbruck, Linz, Brünn, Prag oder Olmütz. Er war in Koslowitz geboren, und obwohl er so lange schon in Wien gelebt hatte und von Berufs wegen in die höchsten Sphären vorgestoßen war, erschien ihm jetzt, da er alterte, Olmütz wieder als eine glückliche, große, aber auch nicht allzu große Stadt: grad' so eine, wie er sie brauchte. Als Oberinspektor wollte er pensioniert werden.
Es war eine Geschichte, durchaus geeignet, aufgebauscht zu werden, und das Schicksal selbst, so schien es dem Geheimen Sedlacek, hatte ihm von Anfang an diese Affäre zugewiesen. Wie lange war es her! Der Schah von Persien (von dem auch Sedlacek einen Orden bekommen hatte, auf Vorschlag des Polizeipräsidenten, für seine Verdienste um die persönliche Sicherheit des hohen Gastes) bereitete sich schon für eine zweite Reise nach Wien vor, so sagten die Zeitungen. Der Polizeireporter Lazik von der »Kronen-Zeitung«, ein intimer Freund Sedlaceks, fand, daß es gerade jetzt angebracht und auch im Interesse des Polizisten angebracht sei, die Geschichte zu einer Art Skandalaffäre ausarten zu lassen. Diese Geschichte enthielt alle Elemente, die zu einer Skandalaffäre notwendig waren: das Milieu, die märchenhafte Herkunft des Vermögens, die man allerdings nur andeutungsweise, aber immerhin reizvoll genug erklären konnte; die glänzenden paar Jahre der Mizzi Schinagl und nunmehr ihren Untergang; die abenteuerliche Persönlichkeit Lissauers; die Bedeutung der Brüsseler Spitzen im allgemeinen; Enthüllungen über den seit langen Jahren von der Triestiner Firma betriebenen Schwindel; schließlich die geniale Wachsamkeit der Wiener Polizei, beziehungsweise des Inspektors Sedlacek. Übergenug Stoff für den Polizeireporter Lazik!...
Es herrschte damals tiefer und übermütiger Frieden in der Welt. In den

Zeitungen der Monarchie las man Hof- und Personalnachrichten, Berichte über die Vorbereitungen zum nächsten Fiakerball, Feuilletons über den Kahlenberg, über die Katakomben der Stephanskirche, über ländliche Feste in Agram, Aussichten für die Tabaksernte der braven Schwaben im Banat, Manöverberichte aus der Umgebung von Lemberg, Schilderungen eines Kinderfestes im Prater unter dem Protektorat einer Kaiserlichen Hoheit, von Kegelvereinsfesten der Schlachtermeister, Tischler, Schuster; und was dergleichen mehr an friedlichen, heiteren, sinnlosen Ereignissen in der nahen Welt und in der weiten vorkommen mochte. Gerichts- und Kriminalaffären von Bedeutung kamen in jener Zeit selten vor, und die Polizeireporter saßen in Grinzing beim Schopfner häufiger als im Café am Schottenring neben der Polizeidirektion. Die Geschichte von den Brüsseler Spitzen, in bruchstückhaften Fortsetzungen jeden Tag mitgeteilt, aufgeputzt, aufgefrischt, in niedlichen Glossen kommentiert, wurde eine echte Sensation. Der Prozeß dauerte allerdings nur zwei Tage. Es war Anfang September, der klare Sommer ging brüderlich in einen klaren Herbst über. Im Gerichtssaal herrschte noch eine bedeutende Hitze. Der Zuhörer gab es viele. Aus der Untersuchungshaft wurde nur einer der Angeklagten vorgeführt: Franz Lissauer. Sein Triestiner Auftraggeber war verschwunden. Auf freiem Fuß belassen hatte man Fräulein Mizzi Schinagl. Sie kam, begleitet von ihrem Anwalt. Die berühmte Firma Seidmann, die seit vielen Jahren mit echten Brüsseler Spitzen handelte und sich geschädigt fühlte, erhob Anspruch auf Schadenersatz. Auch diese Firma, ebenso wie die Frau Matzner, vertrat der Hof- und Gerichtsadvokat Doktor Silberer. Es bestand alle Aussicht, daß Mizzi Schinagl den Rest ihres Vermögens verlieren würde. Der Verteidiger Lissauers bemühte sich nachzuweisen, daß die Schinagl dank ihrer weiblichen Dämonie ihren leichtsinnigen Geliebten verführt hatte. Dunkel war ihre Vergangenheit. Durch einen märchenhaft-orientalischen Glücksfall zu einer reichen Frau geworden, hatte sie innerhalb weniger Jahre in verbrecherischer Verschwendung den größten Teil ihres Vermögens verbraucht, ihr Kind – ein uneheliches natürlich – fast verkommen lassen, nur einmal jährlich flüchtig besucht, und schließlich, wie es ja nicht anders möglich ist, einen verliebten Mann zu einem Werkzeug degradiert und zum Verbrechen verführt.

Mizzi Schinagl begriff sehr wenig von den Vorgängen und Reden im Gerichtssaal. Zuweilen kam ihr alles sogar harmlos vor, harmloser

noch als dereinst in der Schule. Sie erinnerte sich, so ähnlich war es auch einst in der Klasse gewesen, in der Volksschule. Man stand auf, wenn man gefragt wurde, und man wußte nicht auf alle Fragen zu antworten, nur auf einige. Bei besonders schwierigen flüchtete man in sich selbst hinein. Ein Knäuel steckte im Hals, Tränen kamen in die Augen, man mußte sich schneuzen, die Augenlider taten weh vom scharfen Salz der Tränen. Alles wiederholte sich hier. Sie weinte, schwieg oft, sagte aus Verlegenheit und Verzweiflung »Ja!«, wenn der Staatsanwalt sie hereinlegen wollte, und »Nein!«, wenn ihr Verteidiger sie retten wollte. Sie wunderte sich nur über die grausame Unerbittlichkeit der Männer, dieses rätselhaften männlichen Geschlechts überhaupt, das sie ja eigentlich längst zu kennen glaubte, wenn überhaupt Erfahrungen Kenntnis verleihen. Aber diese Männer trugen ja auch Roben, und sie sahen seltsam aus, wie Kapläne manchmal und auch wie feierliche Zwitter. Ganz anders gekleidet, waren sie einst in den Salon der Matzner gekommen.
Der Verteidiger Lissauers fragte seinen Klienten: »Wie oft hat die Mizzi Schinagl größere Summen angefordert?« – »Mindestens jede Woche einmal!« sagte er prompt. »Und warum mußten Sie es herschaffen?« Lissauer schwieg und senkte den Kopf. »Haben Sie keine falsche Scham!« rief der Anwalt. »Die Schinagl hätte sich Ihnen sonst verweigert!« Lissauer seufzte. »Es ist nicht wahr!« schrie Mizzi Schinagl schrill. Aber die Verzweiflung hat keine angenehme Stimme. Sie klingt wie die Stimme der Verlogenheit.
Es war der wichtigste Tag im Leben der Frau Josephine Matzner. Auf die Frage nach Stand und Beruf antwortete sie: ledig, Kassiererin. »Eingetragen als Besitzerin eines Freudenhauses auf der Wieden«, verbesserte der Vorsitzende. Undank hätte sie erlebt, lauter Undank – sagte Frau Matzner. Alle Mädchen hätte sie immer gut behandelt. Sie begann zu weinen. Sie verlangte vom hohen Gerichtshof nichts mehr als ihr Geld. Sie bat um Milde. Ihre Pleureusen, violett und heute von einem lila Papagei am Hutrand festgehalten, schwankten dennoch wie in einem starken Sturm. Rechts und links starrten zwei scharfe Hutnadelspitzen, blitzten bedrohlich. Wuchtig und geschwollen hing das Retikül aus blaßblauer Seide am linken Arm. Diamanten funkelten an den Ohrläppchen.
»Sie können gehn!« sagte der Vorsitzende. Er hatte sie mitten im Satz unterbrochen. Sie war noch betäubt vom Widerhall ihrer eigenen

Worte. Sie verstand nicht sofort. »Es ist genug! Sie können gehen!« wiederholte der Präsident. Sie begriff endlich, verneigte sich tief, erhob sich wieder und rief: »Ich bitte um Gnade!«
Ohne sich umzusehen, ging sie hinaus.
Inspektor Sedlacek wurde diskret darauf hingewiesen, daß er dienstlich verpflichtet sei, über den Ursprung des Schinaglschen Geldes zu schweigen. Er berichtete – und sein Herz erwärmte sich dabei ein wenig –, daß er beruflich die Angeklagte seit langem zu beobachten gezwungen sei. Er traue ihr nur Leichtsinn zu, kein bewußtes Verbrechen.
Die Ansprüche auf Schadenersatz beliefen sich, alles in allem, auf rund vierundzwanzigtausend Gulden. Mizzi Schinagls Anwalt erklärte, daß seine Klientin mit den fünfzehntausend, über die sie noch verfügte, gutstehe. Er rettete ihr auf diese Weise fünftausend, von denen sie nach Abzug seines Honorars noch leben konnte.
Sie wurde dennoch verurteilt. Lissauer bekam drei Jahre Zuchthaus, die Schinagl sechzehn Monate Gefängnis.
Sie weinte nur. Sechs Monate, ein Jahr, zehn Jahre oder lebenslänglich, das war ihr in diesem Augenblick gleichgültig.
Ihr Verteidiger versprach ihr, alles zu tun, damit sie früher frei werde. »Ich will ja gar nicht!« sagte sie.
Sie weinte nicht mehr, auf der ganzen langen Fahrt vom Landesgericht bis zur Strafanstalt. Es roch nach feuchter, schmutziger Wäsche und nach Spülwasser und Suppenresten im Korridor. Man zog sie aus, in einem kleinen Zimmer, stellte sie auf eine Waage und unter ein Zentimetermaß. Die Barmherzige Schwester brachte ihr den blauen Kittel. Sie zog sich an. Sie sah gleichgültig, wie eine andere Nonne das schöne dunkelblaue englische Straßenkostüm, die hohen Knöpfelschuhe mit den Lackspitzen und das rosa Retikül in eine Pappschachtel packte und daran eine Blechmarke hängte. Sie mußte sich hinsetzen, mit dem Rücken zur Tür. Sie hörte die Tür aufgehen, sie wagte nicht sich umzusehn. Etwas Metallenes, Klapperndes, Klirrendes kam von hinten an sie heran, kaltes Eisen und eine warme Hand rührten gleichzeitig an ihren Kopf.
Sie stieß einen grellen Schrei aus. Die Nonne nahm ihre beiden Hände. Ringsum fielen ihre aschblonden, jungen Haare in Büscheln und Flokken nieder. Es wurde kühl an der Kopfhaut. Kämme und Nadeln räumte die Schwester auf.

Man brachte ihr eine blaue Haube, die mußte sie anziehn. Sie sah sich nach einem Spiegel um. Nirgends ein Spiegel. Dies verwunderte sie. Man hieß sie aufstehen. Sie erhob sich. Am Arm der Schwester hing sie, ihre Sandalen klapperten auf dem Stein des Korridors. Schlüssel klirrten. Graues Licht sickerte aus seltenen, hoch angebrachten Luken, man hörte irgendwo in der Welt einen Vogel zwitschern.
Die Zelle 23 war leer, obwohl zwei Betten dastanden. »Wählen Sie, Kind!« sagte die Schwester, sie hatte keinen anderen Trost zu bieten als die Freiheit der Wahl zwischen der rechten und der linken Pritsche. Mizzi Schinagl fiel auf die linke hin. Sie schlief sofort ein.
Eine Stunde später weckte sie jemand. Es war der weibliche Häftling Magdalene Kreutzer, ehemals Seilakrobatin, derzeit Karussellbesitzerin im Prater, wie Mizzi Schinagl bald erfahren sollte.

XVI

Auch zwei Tage noch nach dem Prozeß hatte die Frau Matzner reichlich Gelegenheit, sich an ihrem plötzlichen Ruhm zu delektieren. Noch war sie halb betäubt von den Tagen, die sie im Gerichtssaal des Landesgerichts verbracht hatte, von dem Verhör, von ihrer Aussage und von ihrem großartigen und großherzigen Appell an die Gnade der Richter, und schon begann sie, in allerhand verworrenen, aber tröstlichen Vorstellungen von ihrer eigenen Zukunft zu schwelgen. Nur knappe zwei Tage nach der Beendigung des Prozesses durfte die Frau Matzner in diesem seligen Reich des Rausches und der Träume verweilen, gerade so lange, wie die Zeitungen Lust hatten, der Sensation Nachrufe zu widmen, in immer kleineren Artikelchen allerdings. Frau Matzner scheute keine Kosten, sie kaufte alle Blätter. Aber auch Nachbarn und Bekannte brachten ihr Ausschnitte. Am dritten Tage aber erstarb, wie durch einen bösen Zauber, die Rede von den Brüsseler Spitzen, und soviel Zeitungen die Frau Matzner auch an diesem Tage kaufte, nirgends fand sich auch nur ein Wort, das nur von ferne an den Prozeß hätte erinnern können. Es war der Frau Matzner, als wäre sie in eine entsetzlich starre Stille eingetreten, wie sie auf Friedhöfen in der Nacht herrschen mochte und in den Katakomben. Nein! nicht einfach eingetreten war sie in diese makabre Stille, hineingestoßen hatte man sie. Sie erlitt die grausamen und bitteren Gefühle aller Verlassenen und

Verratenen, das verblüffte Staunen zuerst, die verständnislose Verwunderung, die trügerische Hoffnung, daß man selber nur träume, die schmerzliche Erkenntnis, daß man dennoch wache, die Verbitterung, die Ohnmacht und schließlich die Rachsucht. Sie versteckte die schnöden Zeitungen, in denen nichts enthalten war, damit sie keines ihrer Mädchen in die Hand bekäme. Sie ging hinunter in die Gasse, blieb eine Weile noch vor dem Haustor stehn, um sich ihre Haltung wiederzugeben, die sie in all den Wochen getragen hatte, denn es schien ihr, daß sie gebrochen und verkümmert aussehe. Vor allem sollte man es ihr nicht ansehn. Sie ging in verschiedenen Läden einkaufen, obwohl sie gar nichts nötig hatte. Aber es trieb sie, die Leute zu sehen und zu erforschen, ob auch sie schon etwas von der tödlichen und gehässigen Stille ausströmten, die in den Zeitungen waltete. Sie brauchte keine Brezeln – längst war ihr Appetit erloschen, und sie glaubte, sie würde niemals mehr im Leben einen Bissen nötig haben. Sie brauchte die Hafteln nicht – sie dachte nicht daran, alte Kleider auszubessern. Sie brauchte keinen Schuhknöpfer, kein neues Miederband, keinen Steckkamm und keine Haselnüsse. Aber sie kaufte alle diese Sachen ein, sie errichtete geradezu Barrikaden aus Paketen in Zeitungspapier rings um sich, aus diesem gesinnungslosen, verräterischen Zeitungspapier. Ihr Blick fiel auf das Stanitzl, in dem die Nüsse eingepackt waren: Da stand es fett gedruckt: »Der Prozeß um die Brüsseler Spitzen«. Drei Tage war es her – und schon packte man Haselnüsse in jene Blätter! Nicht auszudenken, welches andere Schicksal noch diesen Blättern vorbehalten war! In gleichförmige Rechtecke geschnitten, hingen sie bündelweise an Nägeln in den Toiletten der Schenken und der Cafés.
Frau Matzner bemühte sich noch, mit den Händlern in ihrem gewohnten, herablassenden Hochmut zu sprechen. Allein es schien ihr, daß sie nicht den großartigen Eindruck mehr machte wie bisher. Eine gewisse Familiarität in der Ausdrucksweise aller Leute war nicht zu verkennen. Dank ihrer geübten und gepflegten Empfindlichkeit gab sie sich Rechenschaft darüber; und schon begann sie zu fürchten, sie sei sogar noch weniger geworden, als sie vorher gewesen war.
»Nun, Sie haben ja alles erreicht«, sagte Efrussi zu ihr. »Alles erreicht«, sagte der Mann. Er dachte offenbar nur an das Geld...
Ein paar Wochen später beschloß sie zu resignieren. Das Haus war nicht mehr aufrechtzuerhalten. Sie kaufte den Sekt nicht mehr beim Hoflieferanten Weinberger, sondern bei Baumann in Mariahilf. Wozu

auch? Wie spärlich waren jetzt noch die alten, guten Kunden. Und selbst diese erschienen ihr verwandelt, geradezu verkümmert. Sie waren nur noch vergilbte und verblaßte Abbilder ihrer selbst. Die Gäste waren erbleicht, die Körper und Gesichter der ältlichen Mädchen verfielen zusehends, der Frack des Klavierspielers wurde grünlich, die Tapeten schälten sich langsam von den Wänden, das Sofa seufzte, wenn man sich nur hinsetzte, auf dem Spiegel häuften sich die blinden Flecke, und sogar die Putzfrau Clementine Wastl hatte schon die Gicht. Es war nichts mehr zu machen. Frau Matzner unterwarf sich dem grausamen Gebot der Zeit. Sie verkaufte das Haus. Es wurde eine billige Filiale des mondänen Hauses in der Zollamtsstraße.
Der Abschied machte sie nicht einmal wehmütig. In einer Abendstunde, im herbstlichen Halbdunkel, innerhalb der knappen Zeitspanne, die zwischen dem Erlöschen des Tages und dem Aufleuchten der Laternen lag, rollte sie im Fiaker davon. Sie sah sich nicht mehr um. Die Mädchen gehörten ihr nicht mehr. Sie unterstanden bereits der Zollamtsstraße.

Es schien zuerst der Frau Matzner, daß sie bereits mit dem Leben abgeschlossen habe, aber sie täuschte sich und fühlte selbst, daß sie sich getäuscht hatte. Denn anstatt, wie es ihre Absicht gewesen war, sich in den Schutz der weltfremden Stille zurückzuziehen, irgendwohin in eine Provinz, wo kein Mensch sie kannte, beschloß sie plötzlich, in Wien zu bleiben, und zwar mitten in Wien, in der innern Stadt. Auf eine natürliche Weise vermengten sich in ihr Geiz und Geldsucht mit der Furcht, sie wäre, abgesondert von der Welt, dem Tod und dem Alter noch schneller ausgeliefert; und jener: sie könnte die Heimstätte ihres Kapitals verlieren. Es schien ihr, daß sie einen Verrat an ihrem Geld beginge, wenn sie es verließe; es würde verwaist bleiben, ein hilfloses Kind. Nein, sie wollte nicht weg! Sie mietete sich im Gegenteil im Herzen der Stadt ein, in der Jasomirgottgasse.
Sie war ein wenig heimatlos in den ersten Tagen, und obwohl sie die innere Stadt seit ihrer Jugend sehr wohl kannte, kam es ihr zuweilen vor, sie sei gar nicht in Wien. Die Läden waren anders, die Schilder anders. Selbst die Tiere, die Pferde, die Hunde, die Katzen und die Vögel unterschieden sich von den Tieren der Wieden. Es war, als könnte es einer Amsel aus dem ersten Bezirk gar niemals einfallen, ihre Nahrung im vierten zu suchen. Auch hatte sie ein wenig Angst vor

ihren zwei Zimmern, die ihr viel zu geräumig und viel zu kostspielig eingerichtet erschienen. Kein einziger Gegenstand in dieser Wohnung kam ihr nahe und vertraut genug vor. Beim Anblick eines jeden Möbelstücks mußte sie daran denken, daß sie für alles die sogenannte Abnützungsgebühr zahlte, und obwohl die Höhe dieser Gebühr von vornherein ausgemacht war, überfiel sie immer von neuem die Angst, die Möbelstücke nützten sich bei jeder Berührung nicht nur viel zu wenig ab, sondern die Gebühr steige auch noch, dank einer unerklärlichen Tücke des Mietvertrags. Um sich in der fremden Umgebung ein bißchen heimischer zu fühlen, holte sie sich fünfhundert Gulden in bar vom Bankhaus Efrussi ab, die Hälfte in Gold, die Hälfte in Banknoten. So wußte sie wenigstens, daß etwas Gutes sie erwartete, wenn sie am Abend nach langen und nutzlosen Wanderungen durch die Straßen, nach schläfrigen Stunden, die sie im Stadtpark oder im Rathauspark auf einer Bank verbracht hatte, nach Hause zurückkehrte. Eine Majorswitwe, die zu ihrem Schwiegersohn nach Graz übersiedelt war, hatte ihr die Wohnung vermietet. Frau Matzner erbte etwas von dem sozialen Ansehn, das die Besitzerin der Wohnung bei dem Hausmeister und bei den Parteien und deren Dienstboten genossen hatte. Sie war zwar laut Meldezettel eine »Ledige« – aber auch eine »Private«. Wohlhabend sah sie aus. Niemand kannte sie. Sie hatte freundliche Manieren, ein halbes Dutzend guter Kleider und drei Hutschachteln und eine brave Leibwäsche aus gutem Leinen. Die Hausmeisterin hielt die Zimmer in Ordnung. Sie suchte manchmal in den Schubladen nach Briefen oder Papieren. Nicht einmal eine Photographie fand sich, auch kein Sparkassenbuch. Man gab schließlich das Suchen auf und beschloß, die neue Mieterin für eine alleinstehende, vermögende, diskrete Person zu halten, über die man schon eines Tages etwas Näheres erfahren würde.

In dem alten Koffer, den sie von ihren Eltern geerbt hatte, einem soliden, eisenbeschlagenen Koffer auf Rädern, bewahrte Frau Matzner das Geld auf, die Banknoten in einer Brieftasche, die Goldstücke in einem silbernen Netzbeutel. Wenn sie heimkam, zog sie den Schlüssel aus dem Retikül, öffnete das Vorhängeschloß, schob die eiserne Stange aus den Ösen und klappte den schweren Kofferdeckel auf. Sie öffnete die Brieftasche, dann den Silberbeutel, atmete auf, grämte sich dann, daß es zu wenig sei, überlegte hierauf, daß es ja eigentlich nur ein geringer Bruchteil ihres Vermögens sei, und atmete wieder erleichtert. Sie legte den Hut ab, klappte den Koffer zu, verschloß ihn und ging hinunter zur Hausmeisterin, die ihr jeden Abend das Kleid aufzuknöpfeln pflegte. Dann, die seidene Pelerine umgehängt, ging sie wieder in den ersten Stock. Es fiel ihr regelmäßig noch auf der Treppe ein, daß sie eigentlich viel zu leichtsinnig war, wenn sie das ganze Geld in der Bank liegen ließ. Man hätte mehr nach Hause nehmen können. Sie beschloß, morgen wieder bei Efrussi vorzusprechen. Aber dazu bedurfte es eines außergewöhnlichen Mutes. Regelmäßig kehrte sie wieder um und bestellte durch die Hausmeisterin ein Krügl Lager, Okocimer oder Pilsner -- zum Einschlafen, wie sie sagte; in Wirklichkeit, um sich heute schon Mut für morgen anzutrinken.

Am nächsten Vormittag saß sie im Kontor Efrussi. Aber sie hatte keinen Mut mehr. Die sanfte, kluge Stimme Efrussis, der hoch über ihr auf seinem Drehstuhl hockte, fiel sachte auf ihren großen Hut. Sie hatte auch gar kein Mißtrauen mehr. Und gar keine Angst mehr um ihr Geld. »Wenn Sie hundertundzwanzig alt werden, Frau Matzner«, pflegte Efrussi zu sagen, »werden Sie auch nicht verhungern und noch eine anständige feine Leich' haben, mit vier Rappen und Bespann, wenn Sie wollen, und vererben können Sie auch noch was!«

»Dank' schön! Dank' für die Auskunft!« sagte dann Frau Matzner. »Empfehl' mich, Herr Kaiserlicher Rat!« Sie näherte sich seinem Drehstuhl und reichte ihm aus der Tiefe die Hand hinauf. Sie ging, wenn es warm war, in den Stadtpark zum Rondell und setzte sich neben das Barometerhäuschen. An solch tröstlichen Tagen begab sie sich später in die Schwemme des Gasthauses Kriegl in der Wipplingerstraße.

Der Herbst dieses Jahres blieb lange warm, gütig und silbern. Im Restaurant des Volksgartens spielte am Nachmittag die Regimentskapelle der Hoch- und Deutschmeister. Die Kapelle begann um fünf Uhr pünktlich zu »konzertieren«. Aber wenn man eine Viertelstunde früher kam und den Kaffee mit Schlag bestellte, bezahlte man nicht den Aufschlag von fünf Kreuzern für die Musik, sondern nur dreißig Kreuzer und fünfzehn für ein Stück Gugelhupf. Es war erträglich, wenn auch eine Art Verschwendung. Aber diese Militärkapelle vermittelte der Frau Matzner dafür auch eine unbezahlbare Wollust: die Wollust der Wehmut. Es waren gleichsam die dichterischen Stunden im Leben der Frau Josephine Matzner, das heißt jene, in denen sie die schrecklichen und gütigen Schauer der Traurigkeit fühlte, einen wohltätigen Schmerz, eine tröstliche und zugleich schauderhafte Gewißheit, daß alles vorbei sei. Sie konnte alle Bitternis genießen. Sie konnte in aller Bitternis schwelgen. Die Musik spielte längstvergessene Melodien, Polkas, Mazurkas, aus der Zeit, in der Josephine Matzner noch ein Backfisch, noch ein junges Mädchen gewesen war, noch gehofft hatte, die Frau des Stationsvorstands Anger zu werden. Sie liebte ihn nicht mehr, seit langem nicht mehr, wie sollte sie auch! Aber ihre Jugend liebte sie und selbst noch die Art, in der sie diese ihre Jugend vergeudet hatte. Alle anderen Mädchen, die sie später bei der Jenny Lakatos in Budapest bei der »Arbeit« kennengelernt hatte, waren irgendwo untergegangen. Auch an alle diese Mädchen dachte sie mit Wehmut. Sie allein war imstande gewesen, sich eine »Existenz« zu schaffen. Sie »war wer« und sie »konnte was«. Und jetzt? – Ach, die Musik der Hoch- und Deutschmeister weckte süße und zarte Vergangenheiten, machte das Alter milde, die Bitternis lieblich, vergoldete den Kummer, und wenn sie zu Ende war und die uniformierten Musikanten Pulte, Noten, Instrumente zusammenpackten, blieb immer noch die Musik, die sie gespielt hatten, eine lange Weile in der Luft, als hätten sie die Melodien in den Wolken gelassen, und die Bäume im Volksgarten, mit welken goldenen Blättern schon, rauschten im Einvernehmen mit den innern Stimmen der Frau Matzner, in brüderlicher, tröstlicher Ratlosigkeit: Und jetzt? Und jetzt?

Eines späten Nachmittags, als sich Frau Matzner dem Genuß des Kaffees, des Gugelhupfs und der Musik auslieferte, hörte sie plötzlich eine Stimme: »Grüß Gott, Tante Fini!« – Die näselnde, hochmütige Stimme eines Herrn aus guter Gesellschaft, stellte sie fest, mitten in ihrer Verträumtheit. Sie sah auf. Ja, es war ein Herr, ein wohlbekanntes Gesicht, sie konnte sich zuerst nicht erinnern, wem es gehörte. Sie erhob sich jäh, die Erinnerung riß sie hoch, sie erhob sich so, als wäre sie noch in ihrem Salon oder an der Kassa gesessen. Ja, ja, das war er: es war der Baron Taittinger – allerdings in Zivil. Sein grünes Jägerhütchen hatte er nicht abgenommen. Er lächelte nur. Die Zähne blinkten noch wie ehemals. Aber just an diesem unveränderten Blinken erkannte Frau Matzner, daß sich etwas verändert hatte; eine Sekunde später wußte sie es auch: Der Schnurrbart des Rittmeisters war fast grau geworden; meliert konnte man sagen...

Die Frau Matzner blieb stehen, aus altem Respekt vor dem Rittmeister, aber auch aus einer Art Ehrfurcht vor dem verwandelten Schnurrbart. Der Baron sah sich schnell um, und da er in der näheren Umgebung kein bekanntes Gesicht sah, sagte er: »Ist's erlaubt, Frau Matzner?« und setzte sich. Er nahm das grüne Hütchen ab, und jetzt sah Frau Matzner, daß der Kopf des Barons noch grauer war als der Schnurrbart – beinahe weiß. Sie setzte sich noch immer nicht, jetzt mehr aus Verblüffung als aus Respekt. Gingen die Jahre so schnell? Oder gingen die Jahre des einen schneller als die des anderen? Oder war der Baron krank oder unglücklich? »Nehmen S' doch Platz!« sagte er, und sie setzte sich, steif und behutsam, auf den Stuhlrand und stützte sich mit den Ellenbogen am kleinen Tisch. Dies erschien ihr damenhaft und den Umständen angemessen.

»Nun, ist's immer noch lustig bei Ihnen?« begann der Rittmeister.

»Bei mir? Das Haus ist verkauft, Herr Baron, ich bin nicht mehr die alte Tante Fini, ich bin auch die ›Frau Matzner‹ nicht! Ich bin wieder das Fräulein Matzner wie vor zwanzig Jahren! Ich wohne in der Jasomirgottgasse und bin eine Ledige und Private, und kein Hahn kräht nach mir. Ach, Herr Baron, die alten Zeiten! Was? Und jetzt die Einsamkeit!«

Sie machte eine Pause und seufzte.

»Reden S' nur! Reden S' nur!« sagte der Rittmeister munter, als erwarte er nach dieser Einleitung lauter heitere Geschichten.

Frau Matzner erzählte in exakter Reihenfolge. Sie erstattete beinahe einen militärischen Bericht. Als sie die Geschichte von den Spitzen erzählte, stockte sie ein paarmal. »Mizzi Schinagl, Herr Baron wissen ja ––«, sagte sie und schwieg wieder eine Weile.

Ja, ja! Der Name Mizzi Schinagl erweckte allerhand unbehagliche Gefühle im Rittmeister.

»Ich hab' noch das hohe Gericht um Gnade gebeten«, erzählte die Matzner weiter. Sie erwartete ein wenig Bewunderung, ein wenig Anerkennung nur, ein kleines, armes Wort, einen zustimmenden Blick. Aber der Rittmeister hatte offenbar diesen wichtigen Satz überhört. Er starrte plötzlich hinauf in die vergilbten Baumkronen. Als hätte er es mit einem Blick herabgeholt, wirbelte leicht und langsam ein breites Kastanienblatt aus dürrem Gold nieder und blieb auf dem breiten Hutrand der Matzner liegen. Er betrachtete das gelbe Blatt auf dem violetten Samt. Warum kam ihm jetzt Kagran in den Sinn? Warum plötzlich Kagran?

»Jetzt sitzt sie!« sagte die Matzner und seufzte wieder.

Ja, er erinnerte sich. Es war ein paar Wochen her, da hatte er in der Kanzlei einen Zettel unterschreiben müssen. Es war ein rekommandierter Brief, eine wohlbekannte Schrift, und ein roter Stempel auf dem Kuvert sagte: »Gelesen, passiert!« Dieser Stempel roch nach einer »langweiligen Geschichte«, viel intensiver noch als die Schrift. Es war ein blaugrünes, häßlich billiges Kuvert, es erinnerte an Armut und Gesetz zugleich. Der Rittmeister hatte unterschrieben, zerstreut den Brief geöffnet und nur einen Blick auf den Aufdruck am Kopfrand des Blattes geworfen. »Weibliche Strafanstalt Kagran« stand darauf. Er war weiter nicht neugierig. Er war nie im Leben besonders neugierig gewesen. Solch ein Brief, mit solch einer lächerlichen, erbärmlichen und vor allem langweiligen Aufschrift gehörte zu den unerklärlichen Erscheinungen, die den Baron Taittinger von Zeit zu Zeit verfolgten, wie zum Beispiel die Briefe seines Ökonomen Brandl, die Rechnungen des Oberkellners Reitmayer, irgendwelche überflüssigen Mitteilungen des Bürgermeisters aus Oberndorf, wo sich sein Gut befand. Es waren beinahe okkulte Erscheinungen. Sie hatten nichts mit der Liebe zu tun, nichts mit der Wiener Gesellschaft, nichts mit dem Dienst, nichts mit den Pferden. All dies war gar nicht mehr langweilig: es war schon »ennuyeux«! – der höchste Grad von Langeweile.
»Reden S' nur, reden S' nur!« sagte er, fest entschlossen, nicht mehr zuzuhören. Er hatte sich nach langen Wochen wieder einmal aufgerafft, nach Wien zu fahren. Wieder einmal, wie so oft seit der fatalen Affäre mit dem Schah und seiner brüsken Rückversetzung zum Regiment, hatte ihn das starke, gefährliche und rätselhafte Weh gepackt, für das er keinen Namen wußte. Es war eine ungewöhnliche Mischung aus Schmerz, Scham, Sehnsucht, Liebe und Verlorenheit. In solchen Momenten bekam der Rittmeister eine deutliche Vorstellung von seiner Leichtfertigkeit, und die Reue nagte an ihm; fast fühlte er körperlich ihre scharfen Zähne. Vergeblich fragte er sich, warum er dies getan im Leben, jenes unterlassen oder versäumt hatte. Sinnlos erschien ihm alles, was er seit seiner Ausmusterung erlebt hatte. Er versuchte, seine Erinnerungen gewaltsam in die Kadettenschule, zur Mutter, zum Vater zurückzulenken, aber sie gehorchten ihm nicht, rannten vorwärts und stockten immer vor der Gräfin W., dem Schah, dem charmanten Kirilida Pajidzani und dem grauslichen Sedlacek mit dem Zylinder, stockten zuerst und kreisten hierauf um diese vier Menschen. Diese schmähliche Geschichte war längst begraben, kein Mensch kannte sie,

der Oberst nicht und nicht die Kameraden. Aber was nutzte es Taittinger selbst? Es gab eine Episode in seinem Leben, von der er zu keinem Menschen jemals sprechen durfte. Sie kreiste im Blut wie irgendein Fremdkörper, kam von Zeit zu Zeit in die Gegend des Herzens, drückte es, stach es, bohrte darin. In solchen Stunden gab es nur drei Auswege: Entweder man floh nach Wien, an die Stätte des Glanzes und den Geburtsort der Schande; oder man betrank sich; oder – oder: Man erschoß sich. Krieg wäre ein Ausweg gewesen. Weit und breit aber herrschte ein satter, behäbiger, übermütiger Frieden in der Welt...

Ja, jetzt wußte er's: Nun hatte ihm also die Mizzi aus dem Gefängnis geschrieben – ihm – aus dem Gefängnis – es war ähnlich wie damals der familiäre Gruß des ekelhaften Geheimen Sedlacek. Es konnte sich jeden Moment eine solche Peinlichkeit wiederholen. Und wie sie verhüten? Sowenig der arme Taittinger auch von den Gesetzen der zivilen Welt verstehen mochte, soviel wußte er doch, daß es einem Gefangenen erlaubt war, Briefe in die freie Welt hinauszusenden. Der Gefängnisdirektor las sie. Er hatte auch den letzten Brief der Schinagl gelesen. Taittinger betrachtete immer noch das heruntergewirbelte goldgelbe Blatt auf dem violetten Hutrand der Matzner. Ach, er neigte keineswegs zu poetischen Empfindungen. Jetzt in dieser Sekunde aber begann er, irgendeine merkwürdige, lächerliche Zärtlichkeit für das armselige Blättchen zu empfinden. Es kündete den Herbst, gewiß! Wie oft hatte er schon welke Blätter den Herbst künden gesehn! Dieses Blatt aber, dieses besondere, kündigte ihm, speziell ihm, dem Taittinger, seinen speziellen Herbst an. Ihn fröstelte.

Er hörte plötzlich Säbelklirren, bekam Angst, daß ihn bekannte Kameraden am Tisch der Matzner sehen könnten, zog die Uhr und sagte unvermittelt, mitten in das von Seufzen begleitete, unermüdliche Reden der Matzner hinein: »Ich muß gehn. Wir treffen uns morgen um diese Zeit – – aber wo?« Er überlegte eine Weile – wo war man still und ungesehen? – Ja, ja, er erinnerte sich und sagte: »Bei Grützner! Ist Ihnen recht, Frau Matzner?« – »Ganz wie Herr Baron belieben«, antwortete sie. Er rief: »Zahlen!« und setzte das Hütchen auf. Er zahlte auch für die Matzner, und sie beobachtete mit kummervollem Entsetzen, daß der Kellner die fünf Kreuzer Aufschlag berechnete, wo sie doch eine Viertelstunde vor der Musik gekommen war!

Taittinger reichte ihr lässig vier Fingerspitzen. Sie erhob sich mit einer Verbeugung: Da fiel das Blatt vom Hut auf den Tisch.

Dann verschwand der Baron im Dunkel des Volksgartens.

XVII

Zum erstenmal in seinem Leben sollte der Baron Taittinger erfahren, was es hieß: Schritte unternehmen. Beim Militär unternahm man keine Schritte. Alles war geregelt. Es gab keine Komplikationen, und wenn es welche gab, so waren sie die Folgen gewisser Vorschriften und Bestimmungen, welche die Macht hatten, die Verwicklungen, die sie schufen, auch gleichzeitig zu lösen. Im zivilistischen Leben aber hatte man sehr oft Schritte zu unternehmen. Man mußte sich von Zeit zu Zeit irgend etwas richten, denn die Gesetze hatten anscheinend nicht die Aufgabe, das Leben der Menschen zu regeln, sondern im Gegenteil, es in Unordnung zu bringen. Derlei Überlegungen ließen den Rittmeister in dieser Nacht nicht schlafen. Er erwachte früh, der Herbstmorgen dämmerte eben heran. Gestern noch hatte er an den Polizeiarzt Doktor Stiasny gedacht, der in Taittingers Dragonerregiment als Reserve-Oberarzt jedes Jahr zu den Übungen einrückte. Es wäre Taittinger ganz unmöglich gewesen, etwa den ihm von ferne bekannten Oberkommissär Baron Handl aufzusuchen, aus dem einfachen Grunde, weil er diesen nämlich noch niemals in Uniform gesehen hatte. Mit Doktor Stiasny war man immerhin schon im Kasino gesessen, beim Domino.

Unbehagen bereitete dem armen Taittinger die Polizeidirektion. Er war in Zivil, und es konnte nicht fehlen, daß ihn die zwei Wachleute vor dem Eingang respektlos musterten, daß ihn die Spitzel, von denen es in den Korridoren wimmelte, mit flüchtigen, aber sehr eindringlichen Blicken verfolgten. Jeden Augenblick hätte er Sedlacek, den Geheimen, treffen können. Es war »penibel« und »langweilig«. Auf einer braunen Bank, mit irgendwelchen Personen, die er als Bittsteller klassifizierte, mußte er eine qualvolle Viertelstunde warten. »Herr Doktor läßt bitten!« sagte endlich der Beamte.

»Ah, Baron!« sagte der Polizeiarzt und stand auf. Er war rund, wohlbeleibt, auf kurzen Beinen kam er dem Rittmeister eilig entgegen. Taittinger hatte ihn sich anders vorgestellt. Es fiel ihm ziemlich schwer, ihn wieder so zu sehen, wie er sich ihn erträumt hatte. Im Zivil trug der Doktor Stiasny einen Zwicker an einem schwarzen Bändchen – und das irritierte den Rittmeister. »Servus, Doktor!« sagte er mit einer gequälten Stimme. Der Doktor war eben im Spital gewesen, er roch nach Jod und Chloroform, wie eine Apotheke. In seiner oberen Westenta-

sche schimmerte die scharfe Quecksilberspitze des Fieberthermometers. Verwirrt setzte sich Taittinger. Der Doktor fragte nach dem Befinden der Regimentskameraden. Der Rittmeister sagte immer wieder: »Dank' schön, glänzend!« – Und: »Was ein Doktor doch für ein Gedächtnis hat!« Ihm selbst entfielen die meisten Namen, sobald er nur den Bahnhof der Garnison betrat, um wegzufahren.
Es war eine wahre Marter, so lange zu warten, bevor er mit seinem Anliegen herausrücken konnte. Und wie sollte man anfangen? »Da is so ein Mädel, Doktor, weißt, so ein Sündenfall, und die is jetzt bei euch«, so fing er an, und der Doktor Stiasny glaubte schon, es handele sich um eine der sogenannten »geheimen Krankheiten« oder gar um eine verbotene »Hebammen-Sache«, wie er zu sagen pflegte. Es bedurfte erst eines ausführlichen Verhörs, bevor der Doktor Stiasny den Sachverhalt aus den abrupten Sätzen Taittingers zusammenflicken konnte. Es war ihm, als müßte er kurze Fadenstückchen aneinanderknüpfen. Als er endlich begriff, wunderte er sich zwar ein wenig, war aber doch erleichtert und bereit, noch an diesem Vormittag mit dem Rittmeister nach Kagran hinauszufahren. »Nein, lieber Doktor, sofort bitte!« sagte Taittinger. Er wäre nicht imstande gewesen, eine halbe Stunde länger zu warten. Auf einmal, da er knapp vor diesem langweiligen Kagran stand, schien er alle Schrecken schon im voraus zu spüren, mit denen es ihn erwartete. Er! In ein Gefängnis! Es war schauerlich! Der Doktor Stiasny sagte es so leicht vor sich hin! Freilich, nicht jeder Mensch war Polizeiarzt und ging jeden Tag in Gefängnisse. Man mußte die ganze Angelegenheit schnell hinter sich bringen.
Während der Fahrt nach Kagran im Fiaker war Taittinger stillbekümmert. Dabei fuhren sie geradezu im Galopp. Als sie anlangten, hatten ihn Langeweile, Kummer und Bangnis dermaßen mitgenommen, daß er fast den Zustand der Gleichgültigkeit erreichte.
Der Gefängnisdirektor Regierungsrat Smekal hatte goldgeränderte Brillen – nicht einmal sie schockierten den unseligen Taittinger. Er wurde vorgestellt. Er gab die Hand. Er tat alles, was zu tun war, und hatte nur eine nebelhafte Vorstellung von allem, was sich mit ihm und was sich rings um ihn zutrug. Wie aus weiter Ferne hörte er den Gefängnisdirektor sagen, daß es ihm unmöglich sei, gewissen Sträflingen das Briefschreiben zu untersagen. Jawohl! Es war ihm unmöglich. Er verstand sehr wohl die »Difficültäten« des Herrn Baron, – aber, wie gesagt: »die Vorschriften«!... Und er wollte auch auf den Häftling

Schinagl in dem Sinne einwirken, daß sie nicht mehr schreibe, außer an ihren Vater in Sievering und ihren Sohn in Graz. Und am einfachsten sei es wohl: der Herr Baron spricht selbst mit ihr. Dagegen ist keine Vorschrift. Der Regierungsrat Smekal kann den Häftling Mizzi Schinagl sofort holen lassen, selbst hierher in die Kanzlei, er selbst geht für eine halbe Stunde, grad' jetzt, inspizieren. Ehe noch Taittinger recht verstanden hatte, sagte der Doktor Stiasny: »Ausgezeichnet!«, und während eine seltsame, nie gekannte Mattigkeit aus Blei und Trauer sich über den armen Taittinger senkte, klingelte der Regierungsrat schon, gab er schon einen Auftrag, nahm er schon den Hut vom Haken, sagte er schon: »Also in einer halben Stunde, Herr Baron!« –, und auch der Doktor Stiasny sagte: »Ich gehe inzwischen in den Hof!« –, und schon waren beide Herren verschwunden. Nicht einmal die Tür hatte man auf- und zugehn gehört.
Und schon war Taittinger allein, im Zimmer des Direktors, zwischen fremden Tabellen an den Wänden, friedlichen grünen Aktenfaszikeln und allerdings einem stählernen Tintenfaß gegenüber, das seinen schwarzen, höllischen Rachen höllisch aufgeklappt hatte.

Ein Aufseher kam herein, salutierte, ging wieder hinaus. Durch die offengebliebene Tür trat Mizzi Schinagl in die Kanzlei. Sie erschrak sichtlich. Sie machte zuerst eine Wendung, als wollte sie wieder in den Korridor zurück, schien sich zu besinnen, blieb stehen, hart an der Schwelle, und bedeckte das Angesicht mit den Händen. Man hatte ihr nur gesagt, sie müsse zum Herrn Direktor. Als sie Taittinger erblickte, hatte sie zuerst das Gefühl, daß sie fliehen müsse wie bei einer Katastrophe, und gleich darauf die schreckliche Gewißheit, daß ihr alle Auswege versperrt seien. Eine heiße Freude durchströmte sie, hierauf eine ebenso heiße Scham. Sie stand so ein paar lange Sekunden, die Hände vor den Augen. Es war ihr, als würde sie, wenn sie die Hände fallen ließe, Taittinger nicht mehr sehen können; verschwunden wäre er dann. Und sie hielt mit den Händen hinter den geschlossenen Lidern seinen Anblick fest, mit Gewalt. Sie ließ endlich die Hände fallen, aber ihre Augen waren noch geschlossen. Sie fühlte, daß sie im nächsten Moment weinen müßte, grämte sich darüber, wünschte es sich aber auch gleichzeitig
Taittinger war ratlos wie noch nie in seinem Leben. Er stand auf, aber er ging nicht auf die Schinagl zu, sondern zur Wand und starrte gedan-

kenlos auf eine sinnlose Tabelle. Seine Hände spielten mit dem grünen Hütchen und mit den grauen Handschuhen. Es dauerte ein paar Minuten, ehe er seine gewohnte, natürliche leichtfertige Gleichgültigkeit wiederbekam, den nonchalenten Gleichmut. »Ja, da bist du ja, liebe Mizzi! Laß dich anschaun! Wie geht's dir?« sagte er mit seiner alten, zärtlichen, näselnden Heiterkeit. Lieblich klang sie der Mizzi, und um besser zu hören, öffnete sie auch die Augen. »Setz dich, Mizzi!« sagte Taittinger, und sie gehorchte und saß da, auf der Stuhlkante, die Hände im Schoß gefaltet wie ein Schulmädchen. Er dachte, es wäre wohl angebracht, ein kleines Kompliment zu sagen; aber das konnte man ja nicht unter diesen Umständen. Du siehst aber gut aus zum Beispiel, war gewiß deplaciert. »Dank' schön«, stotterte die Mizzi, »daß du – daß Herr Baron gekommen sind, bitte um Entschuldigung für den Brief.« Ja, natürlich, der Brief, das war ja der Grund, weshalb er hier war; aber nett mußte das gesagt werden. »Es ist so nett«, sagte Mizzi fast tonlos, »zu kommen, wenn ich drum bitte und ins Unglück geraten bin. Das ist so, so – – edel!« Sie hatte unter großer Anstrengung dieses Wort gefunden, und wie plötzlich befreit, brach ein Strom von Schluchzen aus ihrem Herzen. Taittinger näherte sich ihr elastisch, durch das Wasser der Tränen sah sie ihn herankommen, ein Engel im grauen Straßenanzug schwebte heran. Als er hart vor ihr stand, wußte er noch immer nicht, was er sagen sollte. Eine unbekannte Stimme diktierte ihm plötzlich, eine Stimme, die er noch niemals vernommen hatte. Er sprach ihr nach: »Es freut mich ja, wenn ich einen netten Brief bekomme. Ich lese sofort, noch in der Kanzlei. Weißt, im Grunde bin ich ja ein ganz guter Kerl.« Er wollte noch fortfahren, er wollte sogar noch sagen, daß er um recht viele Briefe bitten möge, aber da weigerte sich auf einmal seine Zunge, und er erinnerte sich, daß er ja eigentlich genau das Gegenteil hatte sagen wollen. Deshalb schien es ihm angebracht, den nächsten Satz mit einem Aber zu beginnen. »Aber es is nämlich so, weißt«, fuhr er fort, »daß der Zenower, der Rechnungsunteroffizier, mein' ich, der kriegt so einen Haufen Post jeden Tag, und er macht mal so was Fremdes auf, in der Eile, und deshalb auch hab' ich alle meine Freunde und Bekannten gebeten, mir nix mehr zu schreiben, außer – außer« – er stockte, jene unbekannte Stimme wurde plötzlich ganz stark, gewaltsam fast diktierte sie ihm, und er sprach ihr nach: »unter H. v. T. poste restante!«

»H. v. T.«, wiederholte Mizzi, »poste restante.« Er blickte jetzt auf ihr dunkelblaues Häubchen, er stand vor ihr, seine Knie berührten ihren gestreiften, langen Kittel. Die Haube ärgerte ihn, sie war aus dem steifen, faserigen Gewebe, aus dem man Säcke macht, und er erinnerte sich an die Gräfin Helene W. und an das Haar der beiden Frauen, und er zog plötzlich, mit einer brüsken Bewegung, mit zwei Fingern die Haube herunter. Im gleichen Augenblick bedeckte Mizzi Schinagl mit beiden Händen ihren Kopf. Sie fing wieder an, bitterlich zu schluchzen. In starren, unregelmäßigen, stachligen Bündeln starrte das Haar der Mizzi empor, und Taittinger hatte Mühe, nicht wieder einen Schritt zurückzutreten. Schrecken und Mitleid erfüllten, überfluteten ihn. Ja, Mitleid! Zum erstenmal empfand er Mitleid in seinem Leben. Es war ihm zumute, wie einem, der vor seinem eigenen Glück erschrickt. Er streichelte die stachligen Büschel mit einer verschämten Hand, und er wunderte sich darüber, daß er es tat. Nicht mehr der alte Taittinger war er, er verlor sich, er fiel, und das Fallen bereitete ihm eine neue, unbekannte Wonne und glich einem Schweben. »Wann kommst du heraus?« fragte er und stülpte wieder die greuliche Haube über Mizzis armen Kopf. »Ich weiß nicht«, schluchzte sie. »Am liebsten wär's, ich bleib' hier!« – »Ich werd' schaun, was ich tun kann!« sagte Taittinger. »Dank' schön, Herr Baron!« sagte Mizzi.

Er war nicht mehr imstande, sie anzusehen. Es schien ihm auf einmal, daß er schuld war: Er wußte nur nicht, wieso, warum. Die Schinagl fühlte es vielleicht. Sie erhob sich mit einem plötzlichen Ruck. »Darf ich gehn, Herr Baron?« fragte sie, und es war Würde und Anmut in ihrem Aufstehn, in ihrem Blick, in ihrer Stimme.

»H. v. T. poste restante«, sagte Taittinger. Ihre holzbesohlten Sandalen klapperten, auf dem hölzernen Boden der Kanzlei zuerst, dann lauter, härter, auf den Steinen des Korridors. Taittinger sah sich nicht mehr um. Er stand der Wand zugekehrt und starrte gedankenlos auf die unsinnigen Tabellen.

Er erinnerte sich jetzt erst, daß er nach dem Sohn hätte fragen müssen. Wo befand sich der eigentlich? – Oh, er hatte keineswegs etwa das Gefühl einer Verpflichtung! Es schmerzte ihn einfach, daß er das Gebot der Höflichkeit verletzt hatte. Zugleich erinnerte er sich dunkel daran, daß zum Beispiel der Leutnant Wander, der ein uneheliches Kind hatte, jeden Monat eine bestimmte Summe dafür zahlen mußte. Weshalb er, Taittinger, bis jetzt niemals etwas für den Jungen bezahlt hatte, konnte er sich nicht erklären. Das hing mit den unbegreiflichen

»Gesetzen« zusammen. Aber es schmerzte ihn etwas, er wußte nicht genau, was es war. Er fühlte nur, daß er niemals die geschorenen Haare der Mizzi Schinagl vergessen könnte. Auch seine rechte Hand schien eine Art Gedächtnis bekommen zu haben. Auch die Innenfläche seiner rechten Hand würde immer die Erinnerung behalten an die stachligen, harten Haarbüschel der Mizzi Schinagl.

Als er mit Doktor Stiasny wieder im Wagen saß und in die Stadt zurückfuhr, begann er, gegen seinen Willen, von sinnlosen Dingen zu reden, muntere, aufgeräumte, geradezu kindische Angelegenheiten zu erzählen; aus seiner Jugend. Ein paar Augenblicke hörte er sich selbst sprechen, und es war ihm, als sei er schon alt, und er empfand das Lächerliche seiner Reden, und er übte Nachsicht mit sich selbst, und er bestand aus zwei Taittingers: einem jungen und törichten und einem alten und klügeren.

In einer traurigen Verwirrung fuhr er am Nachmittag zum Rendezvous mit der Matzner. Er ließ sich die Geschichte von den Spitzen und den ganzen Prozeß ausführlich erzählen. Zu seiner eigenen Verblüffung verstand er sogar die geschäftlichen Vorgänge.

Es ekelte ihn ein wenig vor der Frau Matzner. Zum erstenmal empfand er den Unterschied zwischen Langeweile und Ekel. Er war sogar imstande, sich über die Gewissensruhe der Matzner zu wundern, da er erkannte, daß allein ihre Geldgier den Prozeß verursacht hatte. Er fühlte sich auf eine merkwürdige Art abgestoßen und angezogen zugleich, rettungslos verwickelt in eine »fremde Geschichte«. Als die Matzner im Laufe ihres Berichts den Namen Sedlacek fallenließ, ergriff den Rittmeister auch Angst. Und er zahlte schnell und ging und ließ die Matzner ratlos zurück. »Meine Adresse, Herr Baron«, rief sie und schrieb auf die Rückseite eines Kuverts, das sie hastig aus dem Täschchen herausgezogen hatte, ihre Adresse auf.

Der Rittmeister steckte sie höflich in die Brieftasche.

Die Matzner blieb noch bis in den späten Abend. Die abendliche Herbstluft war klar, streng und herb. Als die Matzner sich erhob, um zur Pferdebahn zu gehn, fühlte sie einen leichten Schwindel im Kopf und einen frostigen Schauer im Herzen. Sie glaubte, dies mache der Wein, den sie nicht gewohnt war, und auch die Aufregung, die ihr der Baron bereitet hatte. Unterwegs in der Pferdebahn nahm sie sich vor, einen Kamillentee zu trinken.

XVIII

Auch am nächsten Tag setzte die Matzner ihr gewohntes Leben fort. Sie erwachte nicht ohne Munterkeit. Eine Zeitung las sie nicht mehr, seit dem Tage, an dem sie endgültig eingesehen hatte, daß ihr das Interesse der Welt nicht mehr galt. Die zwiefache Begegnung mit dem Baron gewährte ihr heute noch einigen Trost. Die wichtigsten Neuigkeiten aus der »Kronen-Zeitung« und aus dem »Neuigkeits-Weltblatt« brachte ihr die Hausmeisterin, die gegen neun Uhr morgens aufräumen kam. Obwohl sie nur spärliche Trinkgelder gab und als ledig gemeldet war, nannte sie die Hausmeisterin doch Gnädige Frau. (Meist vermied sie die Anrede.)

Dieser Tag also unterschied sich vorläufig noch nicht von allen verflossenen. Die hellen, gütigen, herbstlichen Tage hielten immer noch an. Die Matzner machte, während ihr die Hausmeisterin das Kleid zuhaftelte, den Stundenplan. Zuerst wollte sie zur Bank Efrussi, hierauf zum Notar und schließlich in die Polizeidirektion, um wieder einmal den Inspektor Sedlacek zu sehn. Es war ihrer Meinung nach wichtig, dem Sedlacek mitzuteilen, daß sie mit dem Baron Taittinger zusammengekommen war.

Auf der Straße aber, als sie der milde, silberne und hoffnungsreiche Atem dieses gnädigen Herbstes umfing, erschien ihr Sedlacek immer wichtiger. Dringlicher wurde auch ihr Wunsch, sich der Zusammenkunft mit dem Baron vor irgend jemandem rühmen zu können, der so etwas zu schätzen wußte. Und sie lenkte ihren entschlossenen Schritt zum Schottenring ins Café Wirzl, wo Inspektor Sedlacek mit den Polizeireportern von elf bis eins Tarock zu spielen pflegte. Wer kann genau wissen? Alles ist möglich. Es kann sein, daß der Baron in einer wichtigen Angelegenheit nach Wien gekommen ist; in Zivil: Warum war er in Zivil? Es kann sein, daß Sedlacek schon etwas Näheres weiß. Es kann auch sein, daß es für ihn wichtig ist, etwas zu erfahren. Oft genug ist er in das Haus der Matzner gekommen, um sich zu erkundigen, wer von den Herrschaften gestern nacht dagewesen war. Die Herren Redakteure saßen auch im Café, Lazik unter ihnen. Es konnte sein, daß auch die Zeitungen Gefallen oder Interesse an der Geschichte der Matzner finden würden.

Im Café Wirzl war Pause zwischen zwei Partien. Sedlacek und seine Tischgenossen aßen Prager Würstl mit Kren und tranken einen Schnitt

Extra. Man begrüßte Frau Matzner mit einem herzlich-lauten »Lang nicht gesehn, Tante Fini!« Sie bekam einen Schale Gold mit Mohnkipfel und begann, während sie den knusprigen Kipfel mit hörbarem Genuß im Munde zersplitterte, ihre Geschichte mit den Worten: »Also, Herr Sedlacek, staunen werden S'! Sitz' ich da unschuldig im Volksgarten – wer kommt da auf einmal? Die Musik spielt grad: ›Droben wo die Wölklein stehn‹ – – wer kommt da daher? ...«
»Schau, schau!« sagte der Inspektor immer wieder. Der Redakteur Lazik notierte das Datum der Abreise Taittingers auf der Manschette, für alle Fälle. »Dank' Ihnen sehr!« sagte Sedlacek. Die Matzner erhob sich. Sie glich einem Ballon, der soeben Ballast abgeworfen hat und stolz und frei in die höheren Regionen steigen darf. Sie schwebte zur Tür hinaus. Sie ging zu Efrussi.
Aber der Kaiserliche Rat war heute nicht im Geschäft, zum erstenmal seit dreißig Jahren. Der Buchhalter, ein veränderter, beinahe fremd aussehender Mann heute, empfing die Frau Matzner. Er teilte der Matzner mit, daß der Kaiserliche Rat gestern nacht plötzlich in die Klinik gebracht worden sei, eben operiert werde, der Blinddarm sei es und eine Sache von Tod und Leben.
»Und was geschieht mit dem Geld?« rief die Matzner.
»Welches Geld?« fragte der Buchhalter.
»Meins, meins!« schrie sie und fiel in den Sessel, wuchtig, als hätte sie plötzlich ein doppeltes Gewicht bekommen.
»Ruhe, beruhigen Sie sich«, sagte der Buchhalter. »Die Bank bleibt die Bank, Frau Matzner, auch im schlimmsten Fall, was Gott verhüten möge! Ihr Geld bleibt Ihr Geld!«
»Ich werd' lieber selbst in die Klinik fahren«, sagte sie. »Ich werd' mich erkundigen.« Sie hatte schon Tränen in der Stimme und ein zusammengepreßtes Herz. Ein wüster Nebel wallte vor ihren Augen. »Die Adresse, die Adresse!« rief sie. Man gab ihr die Adresse. Sie war, obwohl die Füße zitterten, das Herz gewaltig pochte, wie durch ein Wunder in einem Nu draußen, schon winkte sie dem Fiaker. »Klinik Haselmeyer«, schrie sie schrill, als riefe sie: »Feuer!«
Sie kam knapp eine Viertelstunde, nachdem der Kaiserliche Rat Efrussi an den Folgen der Blinddarmoperation gestorben war. Man sagte es ihr, kalt und geschäftlich, wie es die Art ist in Kliniken.
Ohnmacht überfiel sie. Sie erwachte im Inspektionszimmer, im bitterscharfen Wind des Ammoniaksalzes. Sie wankte am Arm der Schwe-

ster die Treppe hinunter. Ihre Füße fühlten noch den Boden, ihre rechte Hand noch den Schirmgriff, ihre linke noch das Retikül. Aber ihre Gedanken hatten gar keinen Halt mehr. Wie ein Schwarm wildgewordener Vögel stoben sie durcheinander, in einer Art von lautlosem Lärm, stießen gegeneinander mit Köpfen und Flügeln, verschwanden plötzlich und kehrten wieder, in erneuter Verwirrung. Das Herz klopfte nicht mehr, es wuchtete, es schaukelte, auf und nieder, auf und nieder. Jemand fragte die Matzner nach ihrer Adresse. Jemand setzte sie in einen Wagen. Jemand übergab sie der Hausmeisterin. Man führte sie in die Wohnung, legte sie auf das Sofa. Sie hatte noch Geistesgegenwart genug zu sagen: »Lassen S' mich allein, ich will schlafen!« Man ließ sie allein. Sie ging zum Koffer und sah nach dem Geld. Sie nahm es an sich, das Portefeuille und die silberne Netzbörse. Sie steckte beides in den Strumpf. Das silberne Beutelchen fühlte sie angenehm, es glitt von der Wade zum Knöchel hinunter, ein liebes Tierchen. Sie ließ sich in den Lehnstuhl fallen. Sie schlief ein mit dem innigen Wunsch, eine Woche, einen Monat, ein ganzes Jahr zu schlafen.

Aber sie erwachte am Abend des gleichen Tages, die Sonne war noch nicht untergegangen. Ihre Stirn brannte, ihre Schläfen waren taub und bleiern. Ein kalter Schauer nach dem andern durchjagte ihren Körper. Sie erhob sich, keuchte zur Tür, machte sie auf, nahm alle Kraft zusammen und rief: »Frau Smelik, Frau Smelik!« und wunderte sich noch selbst, daß sie noch eine Stimme hatte. Die Hausmeisterin kam, löste die Miederbänder, und alsbald glich der Körper der Frau Matzner einer formlosen, in weißes Leinen gefaßten, überquellenden Masse aus unbestimmter Substanz. Die Strümpfe ließ sie nicht anrühren.

Es schien der Frau Smelik, daß es an der Zeit sei, den Doktor zu rufen. Sie sagte es auch der Matzner, obwohl sie erkannt zu haben glaubte, daß die Kranke gar nichts mehr richtig begreifen konnte. Sie irrte sich. Die Matzner fragte nur: »Was kostet eine Visite?« – »Einen halben Gulden!« sagte die Hausmeisterin, »das weiß ich vom letztenmal, wie er bei der Frau Majorin gewesen ist.« – »Meinetwegen, holen S' ihn!« sagte die Matzner. Sie dachte nur noch daran, die Strümpfe mit dem Geld ohne Zeugen auszuziehn und im Bett zu verstecken, unter dem Kissen.

Der Doktor kam. Die Matzner lag schon ausgekleidet im Bett, sie fühlte nur noch kaum den Strumpf mit dem Geld unter dem Kissen. Es schien ihr, daß sie schon eine unglaublich lange Zeit dalag und auf

irgend etwas wartete. Ihr Gesicht brannte, zeitweilig hatte sie die Empfindung, daß ihr Kopf nicht mehr zu ihrem Körper gehörte: denn dieser war kalt, ein Eisklumpen. Endlich hörte sie den Schlüssel, dachte eine Weile nach, wen sie eigentlich erwartet hatte und wer jetzt kommen könnte, und vermochte nicht, sich daran zu erinnern. Sie sah wohl, daß die Hausmeisterin mit einem fremden Herrn eintrat, und wußte wohl, daß es die Hausmeisterin war und ein fremder Herr – – aber es schien ihr zugleich auch, daß Mizzi Schinagl eintrete und hinter ihr der Baron Taittinger. Welch eine veränderte Welt! Zu zweit und zu dritt gar kamen jetzt die Leute an, und man kannte sich nicht mehr aus. Der Doktor – oder war es der Baron Taittinger – winkte der Hausmeisterin – oder war es die Mizzi? – hinauszugehen und näherte sich dem Bett und zog ein glänzendes Ding aus der Westentasche. Die Matzner schrie auf. Alsbald beruhigte sie sich, wie eingeschläfert vom Geruch von Zigarren und Karbol, den der Doktor ausströmte.
Er tastete an ihr herum, klopfte, horchte, griff nach ihrer Hand. Seine Berührungen waren ebenso peinlich wie wohltuend, ebenso angenehm wie beschämend, sie beruhigten und besänftigten das Gemüt der Matzner zu gleicher Zeit. Der Doktor entfernte sich. Wie ein dunkler Nebelfleck stand er irgendwo über dem Waschbecken und plätscherte kindisch im Wasser. Noch einmal ging die Tür, die Hausmeisterin erschien wieder, und diesmal war sie es wirklich und nicht eine zweifelhafte, verwandelte Mizzi. Und der Doktor war auch der Doktor und hatte nichts mit dem Baron Taittinger zu tun. Und die Matzner hörte klar und deutlich, was der Doktor zur Hausmeisterin sagte: nämlich dieses: »Rippenfellentzündung! Sie hat hohes Fieber. Ich schicke eine Schwester. Sie wird in einer halben Stunde etwa dasein. Können Sie solange hierbleiben?« – »Ja, Herr Doktor!« sagte die Hausmeisterin. Sie blieb da. Sie setzte sich ans Bett, hart neben die Matzner. Das Gesicht der Hausmeisterin zerfloß, verschwamm, zerrann in einem grauen Brei. Als die Schwester schließlich eintraf, wußte die Matzner gar nichts mehr. Sie erzählte kindische Ereignisse aus ihrer Kindheit.
Am nächsten Morgen ging es ihr besser. Sie ließ dem Doktor gar keine Zweifel darüber: Sie fragte ihn sofort, wieviel sein Besuch koste. »Einen halben Gulden!« sagte er. Nun – meinte sie – wenn er glaube, daß er noch häufiger wiederkommen müsse, so wäre es besser, man würde gleich akkordieren. Und um ihn weicher zu stimmen, erzählte sie auch, daß der jähe Tod ihres Bankiers Efrussi sie in Gefahr bringe,

»das Letzte« zu verlieren. Ja, sagte der Doktor sanft, er würde nur noch ein paarmal wiederkommen müssen und den Priester brauchte man auch nicht zu holen. Akkordieren würde man besser nach der völligen Gesundung.

Solange der Doktor im Zimmer war, blieb die Matzner heiter. Als er aber gegangen war, behielt sie von allem, was er gesagt hatte, nicht mehr in Erinnerung als ein Wort vom Priester. Und plötzlich erschien ihr der brave Doktor falsch und verlogen, tückisch und ein Künder des nahen Todes. Ein Geistlicher! Seit vielen, vielen Jahren hatte sie nicht daran gedacht. Ein Geistlicher! Sie erinnerte sich an ihre erste Kommunion. »Jessas!« hatte sie oft im Leben gerufen und auch: »Jessas – Mariaundjosef« – ohne sich etwas dabei zu denken. Weshalb hatte der Doktor vom Priester gesprochen? Weshalb hatte er gesagt, man brauchte noch nicht an ihn zu denken? Und wenn er es gesagt hatte, war es nicht ein Beweis dafür, daß es umgekehrt just an der Zeit sei, an ihn zu denken? – Der Tod? war er nahe? – Was war der Tod? – Eine Art Kommunion, aber in Schwarz wahrscheinlich statt in Weiß.

Die Matzner aß nur ein wenig Graupensuppe, schlief ein, träumte von ihrer Kommunion, von ihren Eltern und hierauf vom Prozeß, vom Richter, vom Staatsanwalt, von den Advokaten, von den Geschworenen. Laut rief sie ein paarmal: »Ich bitte um Gnade.« – Am Abend stieg das Fieber. Kurz vor Mitternacht bat sie um den Priester. Es war ein einfacher Mann. Mitten aus dem Schlaf geweckt, war er noch simpler als am Tage. Er hatte seit langem nicht mehr Sterbende versehen, insbesondere nicht fiebernde Kranke. Er begriff nicht alles, was ihm die Matzner sagte.

So fragte sie ihn zum Beispiel, ob er glaubte, daß der Beruf, den sie ihr Lebtag ausgeübt habe, sie zur Hölle verdamme. Und als er sie fragte, was für einen Beruf sie denn ausgeübt habe, sagte sie, sie sei Besitzerin des Hauses Matzner auf der Wieden gewesen. Er verstand nicht und sagte, Hausbesitz sei keine Sünde. Sie sagte ihm ferner, daß sie ledig sei. Auch das war keine Sünde, in seinen Augen. Sie wurde müde und schloß die Augen, und es schien dem Pfarrer, daß sie eingeschlafen sei. Sie aber war wach, und trotz ihrem Fieber konnte sie auch klar denken. Die ungeheure Furcht vor dem Tode verjagte ihre Wirrnisse. Die Furcht vor dem Jenseits klärte ihr Gehirn, heiterte ihre Seele auf. In der kümmerlichen und trostlosen Vorstellung, die sie zeit ihres Lebens vom Gewicht der Schuld gehabt hatte und von den Möglichkeiten, es abzuwälzen oder auch nur ein wenig zu erleichtern, war Geld eines der ersten Mittel, mit deren Hilfe man sühnen konnte. Während sie die Augen also geschlossen hielt, überlegte sie nüchtern, daß man Sünden durch Gaben ablösen könne. Das ganze sündhafte Leben, das Freudenhaus und den Prozeß, durch den Mizzi Schinagl ins Gefängnis geraten war, die kleinen tückischen, ungerechtfertigten Abzüge, die sie dann und wann ihren Pensionärinnen aufgerechnet hatte, und was es sonst für Sünden geben mochte, die im Katechismus verzeichnet standen, einfache Sünden, wie üble Nachrede zum Beispiel und gotteslästerliche Äußerungen, von denen es in ihrem Leben nur so wimmelte. Sie war auch schon entschlossen, dem Hochwürdigen Herrn zu sagen, daß sie ihr Geld für wohltätige Zwecke hinterlassen wolle und einen Teil, zur Wiedergutmachung, für die Mizzi Schinagl, die doch alles verloren haben mußte. Ja, alles Geld! Obwohl der Bankier Efrussi schon tot war – sie gedachte, ihn droben irgendwo wieder aufzusuchen – und trotz ihrem Mißtrauen gegen den doppelten Buchhalter, mußte ja etwas noch in der Bank geblieben sein! Etwas, nicht viel! Fürs Begräbnis mußte freilich etwas bleiben. Es soll ein schönes Leichenbegräbnis werden, dachte sie und setzte sich in den Kissen auf. Sehr schnell und fließend, als rezitierte sie etwas seit langem auswendig Gelerntes, erzählte sie dem Hochwürdigen Herrn, daß sie ein Drittel ihres Geldes den Armen, ein Drittel der Kirche, ein Drittel der Mizzi Schinagl hinterlassen wolle. Morgen wollte sie ihren Notar kommen lassen, gleich in der Früh. Der Pfarrer nickte. Sie fragte ihn mit einem verborgenen Mißtrauen in der Stimme, was seiner Meinung nach ein Leichenbegängnis erster Klasse koste, mit vier Rappen. Das müßte, sagte der Hochwürdige Herr, die »Pietas« wissen, das Leichenbestattungsunternehmen, und es wäre leicht, es zu erfahren. Er bekäme jedenfalls nicht mehr als einen Gulden für die Totenmesse, es wäre eine Gebühr. Nun war sie auch bereit zu sterben, und der Pfarrer begann sein Werk. »In Reue und Demut beichte ich meine Sünden«, sagte die Matzner mit klingender Stimme wie ein Schulmädchen.

Sie fiel wieder in die Kissen und schlief sofort ein. Sie schlief ruhig und traumlos die ganze Nacht. Am Morgen erwachte sie mit geringem Fieber, munter wie einst in ihren gesunden Tagen und von Tatkraft erfüllt. Sie ließ sofort den Notar kommen, es sollte kein Geld gespart werden, die Hausmeisterin durfte einen Fiaker nehmen. Es war, als bereitete sich die Matzner zum Tod so vor wie andere zu größeren

»Transaktionen«. Sie ließ sich eine blaue Nachthaube reichen und das Nachtkamisol mit der blaßblauen Borte. So empfing sie den Notar.
Sie fragte ihn zuerst, was mit dem Geld geschehen sein möge, das in der Bank des seligen Efrussi gesteckt hatte – und der Notar beruhigte sie: Es gab gar keine Gefahr. Das Geld war sicher. Die Matzner verlangte nun, daß der Notar ein Testament aufsetze, und sie machte die Angaben, dem Versprechen getreu, das sie gestern nacht dem Pfarrer gegeben hatte. Der Notar notierte auf ein Blatt Papier, zog Tinte und Feder aus seiner Ledertasche und setzte sich an den Tisch. Er schrieb zuerst die üblichen Formeln mit seiner langsamen, bedächtigen wie gestochenen Schrift. Als er zu den Ziffern kam, wandte er sich um und fragte die Frau Matzner: »Ist es Ihnen auch klar, wie groß Ihr Vermögen ist?« Sie wußte es nicht. »Es sind genau«, sagte der Notar und blätterte noch einmal in den Papieren, »zweiunddreißigtausend Gulden und fünfundachtzig Kreuzer. Tausend Gulden haben Sie vor zwei Wochen bei Efrussi abgehoben!« – »Wieviel?« fragte die Matzner. »Zweiunddreißigtausendfünfundachtzig!« wiederholte der Notar.
So viel Geld – und sie mußte sterben! Warum war sie überhaupt krank geworden? War die ganze Krankheit nicht nur ein wüster Traum? Was wissen schon die Doktoren? War es nicht lediglich ein grauenhafter Schrecken infolge des Todes Efrussis? Wer sagte, daß sie überhaupt sterben müßte? Wo stand es geschrieben? Und wenn sie noch zwanzig oder sagen wir nur noch zehn Jahre zu leben hatte – war da noch nicht Zeit genug, ein Testament zu machen? »Sind Sie sicher, Herr Notar?« fragte sie. »Ganz sicher«, bestätigte er. – Sie lehnte sich in den Kissen zurück und dachte eine Weile nach, eine sehr, sehr lange Weile, während der Notar die gezückte Feder einen Zentimeter über dem Papier hielt.
Sie hatte sich endlich entschlossen. Sie stützte sich auf und sagte, ein bißchen verschämt: »Ich möchte nur die tausend Gulden hinterlassen, die ich hier im Hause habe, vorläufig! Wenn's nötig ist, werd' ich Sie nochmals bitten lassen. Zu drei teilen, Herr Notar! 300 für die Armen, 300 für die Kirche, 300 für die Mizzi Schinagl. 100 bleiben für allerhand Kosten.« Sie wußte nicht, was »allerhand Kosten« sein mochten, sie sagte es so hin. Es schien ihr, daß sie damit den Eindruck einer gewissen Großzügigkeit erweckte. »Allerhand Kosten!« sagte der Notar, »das muß man spezifizieren.« – Und er schlug vor: »Leichenbegängnis und Grabstein!« Zwei Worte, die der Matzner, der eben noch Todbereiten, in diesem Augenblick fürchterlich klangen.

Und schon schrieb er, der Notar, langsam, aber auch unerbittlich. Undurchsichtig war sein Körper, sein Kopf, sein Angesicht. Er mochte sich allerhand denken – oder auch gar nichts. Er war ein Beamter, er war ein versperrtes Amt. Was weiß man, was alles in einem verschlossenen Amt vorgeht, in einem kaiser-königlichen Notariat?
Die Matzner hielt den Atem an. Sie kostete die ganze Feierlichkeit des Vorgangs aus – und zugleich ihre heimliche Gewißheit, daß sie noch für längere Zeit zu leben hatte. Sie machte sozusagen ein Probesterben. Alle Welt – der Hochwürdige Herr von gestern mit inbegriffen – freute sich schon auf ihren Tod. Sie allein wußte, daß sie noch am Leben bleiben würde. Und was sollte das für ein Leben werden! Das Leben einer Neugeborenen, aus dem Jenseits Heimgekehrten!
»Und der Rest Ihres Vermögens?« fragte der Notar.
»Darüber sprechen wir noch!« sagte die Matzner. Sie unterschrieb mit der Feder, die ihr der Notar hinhielt. Er packte das Papier umständlich in ein dickes, leinengefüttertes Kuvert. Dieses versiegelte er. Kerze und Siegellack holte er aus der Aktentasche. Vor der brennenden Kerze, die an Tod erinnerte, schloß die Matzner die Augen. Sie öffnete sie erst, als sie den Notar pusten hörte. »Auf Wiedersehn!« sagte der Notar. Sie lächelte ihm zu.
Sie aß eine Graupensuppe, mit starkem Appetit, und verlangte selbst nach etwas Festerem. Ein großes Verlangen nach einem Gulasch und einem Krügl Okocimer überkam sie. Sie war nicht krank, gar nicht krank. Sie gedachte nur noch eine Weile, ein, zwei Tage noch, eine Kranke zu spielen. Am Abend aber, als der Doktor wiederkam, erkannte sie ihn nicht. Schweiß stand in dicken Perlen auf ihrer Stirn. Die Haube drückte mit dem strammen Gummiband. Sie hatte das Gefühl, als trüge sie eine Krone, und bat flehentlich: »Nehmt mir die Krone ab!« – und in der verschwommenen Erinnerung an die gestrige Absolution fügte sie hinzu: »Die Dornenkrone!« – Aber man hatte nicht acht auf das, was sie sagte. Das Thermometer zeigte 40 Grad.
Plötzlich schrie sie auf. Sie fühlte einen schneidenden Schmerz im Rücken, als wenn man ihr ein Schwert, doppelt geschliffen, durch die Rippen gestoßen hätte. Sie öffnete weit den Mund, der Atem ging ihr aus, sie wollte etwas rufen: Luft oder Fenster –– aber sie vergaß es sofort. Es wurde ihr sehr heiß, eine unnennbare Furcht ergiff sie, sie trommelte mit den Fingern auf der Bettdecke. Sie verdrehte die Augen. Der Doktor schickte die Schwester nach Sauerstoff in die Apotheke, er

bereitete die Morphiumspritze vor. Die Schwester kam mit den Ballons. In diesem Augenblick erhob sich die Matzner im Bett und fiel sofort wieder zurück. Ein leichtes Zucken bewegte ihre Augenlider, und auch ihre Finger flatterten auf der Bettdecke. Dann fiel ihre rechte Hand über die Lehne. Der Friede kam über die Josephine Matzner.
Man begrub sie an einem der ersten regnerischen Tage dieses Herbstes. Es war ein Leichenbegängnis dritter Klasse, zwei Rappen ohne galonierte Diener. Den Vorschriften gemäß veröffentlichte der Notar in den Zeitungen die übliche Notiz: »Erben gesucht!«
Es meldete sich zwei Monate später ein Neffe der Matzner, Hopfenbauer in Saaz, wohlhabend und ohne jedes Gefühl der Dankbarkeit gegen das Schicksal wie gegen die Tante.
Die Weibliche Strafanstalt in Kagran bekam die Mitteilung, daß der Häftling Mizzi Schinagl als Erbin der verstorbenen Ledigen Josephine Matzner in den Besitz von dreihundert Gulden gekommen sei.
Die Notiz in den Zeitungen las der Polizeireporter Lazik. In seinem einfallsreichen Gehirn formte sich ein ganz bestimmter Plan. Er sprach darüber mit seinem Freund, dem Oberinspektor Sedlacek, am Schottenring im Café Wirzl.

XIX

Weit und breit herrschte ein tiefer, geradezu grausam tiefer Friede, und die offizielle Polizeikorrespondenz, die auch noch die banalsten Vorfälle mitzuteilen pflegte, umfaßte kaum zweieinhalb Seiten täglich. Das Kartell der Polizeireporter saß niedergedrückt im Café Wirzl, erschöpft von der unerträglichen Ruhe, gelähmt von dem ereignislosen Frieden und ohne die geringste Hoffnung auf eine Sensation. Sooft die Tür aufging, blickten die Männer von ihren Karten auf. Wenn einer der Geheimen eintrat, die bei Wirzl aus- und eingingen, sah man ihm mit angespannten Blicken entgegen, als könnten die Augen schon erlauschen, was die Ohren noch nicht vernahmen. »Gibt's was?« fragten fünf, sechs Männer auf einmal. Der Geheime nahm den steifen Hut nicht ab; ein Zeichen, daß er sich nicht zu setzen gedachte, daß er nichts zu erzählen hatte. Die Köpfe senkten sich wieder in trostloser Lethargie über die Karten. Der einzige Reporter Lazik nur verfolgte im stillen eine ganz bestimmte Idee. Es war ihm nichts anzusehn. Auch er tat so, als ob er genauso wie die anderen ermattet wäre von der Aussichtslosigkeit in diesen miserabel ruhigen Zeiten. Indessen aber spann er Faden um Faden, flocht sie zu Maschen und zertrennte sie wieder, knüpfte Entlegenes zu brüderlichen Knoten, schnitt andererseits auch wieder auseinander, was eigentlich zusammenhing, denn er brauchte die einzelnen Glieder einer bestimmten Gedankenfamilie für andere Ketten, Bande und Verwandschaften. Er allein spürte einen Zusammenhang zwischen dem Tod des Bankiers Efrussi und dem der Josephine Matzner. Wenn er sich recht erinnerte, so hatte seinerzeit der Bankier Efrussi die berühmten Perlen der Schinagl belehnt und sogar wahrscheinlich nach Antwerpen verkauft. Direkte Zusammenhänge zwischen Perlen, Persien, dem Schah, der Matzner, dem Efrussi und der Schinagl konnte man zwar keineswegs herstellen, aber gerade die indirekten waren ja der Mühe wert und versprachen Erfolg. Ferner war damals in den unappetitlichen Betrug, dessen Opfer der törichte Muselman geworden war, auch der Baron Taittinger verwickelt. Gut, daß die selige Matzner noch kurz vor ihrem jähen Ende im Café Wirzl gewesen war! Der »Stoff« war reichlich vorhanden. Lazik, aufpassen! sagte Lazik.

Eines Vormittags, während sie so bei ihrem depressiven Tarock saßen, tat Lazik von ungefähr einen schweren Seufzer. »Was ist los?« fragte Keiler, »willst du wieder Gedichte schreiben?« Es war eine Beleidigung in diesem Kreise. Es gab noch ein paar Journalisten, die sich an einen verschollenen Gedichtband Laziks erinnerten. »Man wird wirklich wehmütig«, sagte Lazik, »wenn man so an den Tod denkt. Wie lang ist es eigentlich her, daß die gottselige Matzner dagesessen is, und jetzt nagen schon die Würmer an ihr. Das viele Geld, das sie hinterlassen hat!« Die anderen nickten nur. »Es war Zeit, daß sie stirbt«, sagte Sedlacek. »Es waren neue Zeiten. Da hat sie nicht mehr hineingepaßt. Das Haus in der Zollamtsstraße hat ihr den Rest gegeben.« – »Der Höhepunkt ihres Lebens«, sagte Lazik, »war der Schah. Erinnerst dich an die Perlen? Wo sind die eigentlich hingekommen?« »Bei Efrussi«, antwortete Sedlacek. »Und auch der ist schon tot!« »Ja, wenn wir jetzt so eine Geschichte hätten«, begann wieder Lazik. »Kommt der Schah nimmer wieder?« – »Ich glaub', es war im ›Fremdenblatt‹ schon die Rede von ihm, der Doktor Auspitzer hat einmal schon davon in der Redaktion gesprochen.« – »Uns ist nichts bekannt«, sagte Sedlacek. Er sprach das »Uns« sehr nachdrücklich betont, beinahe feierlich aus.

»Efrussi hat die Perlen sicher verkauft?« fragte Lazik harmlos, rief gleich darauf: »König! Bube!« und klatschte die Karten auf den Tisch, um in diesem Geräusch die Wichtigkeit untergehen zu lassen, die er seiner Frage beimaß. »Er hat sie dem Gwendl in Kommission gegeben. Monatelang waren sie im Schaufenster. Ich hab' sie mir oft angeschaut, mit unserem Juwelenspezialisten, Inspektor Farkas. Eines Tages waren sie weg!«

Das Gespräch erstarb. Man spielte weiter. Die gewohnte Apathie senkte sich wieder über das Café, wie eine schwere Sommerschwüle zurückkehrt nach einem kleinen trügerischen und folgenlosen Windchen.

Lazik verlor fünfundzwanzig Kreuzer an Keiler. Er hatte verlieren wollen. Er war abergläubisch. Vor jeder schwierigen Aufgabe opferte er den Göttern. Er erhob sich plötzlich. »Ich bin heut eingeladen«, sagte er. Und schon war er, ohne Gruß, verschwunden.

Er ging zuerst in die Wasagasse, um seine Freunde zu täuschen, denn er wußte, daß es ihre Natur war, wie ja auch die seine, vor die Tür zu treten und dem Fortgehenden nachzuspähen, um wenigstens die Richtung zu kennen, die er eingeschlagen hatte. Dann bog er in die Währinger Straße ein, sprang auf die Pferdebahn, erreichte den Opernring und stieg ab. Er ging in die Kärntner Straße zum großen Juwelier Gwendl.

Er verlangte Herrn Gwendl persönlich zu sprechen. Herr Gwendl kannte ihn wohl. Er saß im Hintergrund des Ladens, im schmalen grüntapezierten Kontor vor schwarzen Kästen und Kästchen, die ihre sanften dunkelblausamtenen Rachen zeigten und alle glitzernde, schimmernde, jubelnde Pracht, die sie verschlungen hatten. Er verschloß alle Etuis, legte die Lupe weg und empfing den Redakteur Lazik.

»Habe die Ehre, Herr Kommerzialrat!« sagte Lazik.

»Herr Redakteur!« sagte der Kommerzialrat Gwendl. »Womit kann ich Ihnen dienen? Zigarre gefällig? Bitte, Platz zu nehmen« – und während der Kommerzialrat sich bückte, um aus der unteren Lade die Virginier herauszuholen – die Trabukos lagen in den oberen für bessere Gäste bestimmt – Geschäftsfreunde und Kunden von Adel zum Beispiel –, beobachtete er mit einem wachsamen Auge die Hände Laziks. Und er atmete auf, als endlich die Zigarrenkiste auf dem Tisch stand.

Man redete zuerst von Neuigkeiten, deren es wenig gab, in diesen stillen Zeiten. Es sei denn, daß man in der Redaktion des »Fremdenblatts«

letzthin von einem neuerlichen Besuch des Schahs von Persien gesprochen hatte.

Die Erwähnung dieses Souveräns erweckte im Kommerzialrat Gwendl höchst angenehme Erinnerungen. Sie bezogen sich auf die Perlenkette der Schinagl, die Efrussi dem Gwendl in Kommission gegeben hatte. Im Laden hatte sie lange vergeblich gewartet. Der Kommissionär Heilpern aus Antwerpen hatte sie schließlich mitgenommen. Der Juwelenhändler Perlester hatte sie gekauft. Zweitausend Gulden hatten sie verdient, zu zweit. Fünfzigtausend Gulden waren die Perlen wert gewesen. Für sechzigtausend – so sagte man in Fachkreisen – hatte sie der Perlester verkauft. Tausend Gulden waren immerhin keineswegs zu verachten. Ja, da kam also der Schah von Persien wieder. Nun, weiß Gott, es konnte noch einmal etwas zu verdienen geben. Der Kommerzialrat Gwendl wurde heiter. »Herr Kommerzialrat wissen vielleicht«, begann Lazik – er begann gewöhnlich in der dritten Person –, »Herr Kommerzialrat wissen wahrscheinlich, wo diese berühmten Perlen geblieben sind?«

Der Kommerzialrat erzählte, was er wußte. Aber er versprach, sich bei dem Kollegen Perlester nach dem weiteren Schicksal der Perlen zu erkundigen. In einer Woche konnte Lazik genauere Auskunft holen.

Man sprach noch von Wind und Wetter, von der Hofgesellschaft und vom schlechten Gang der Geschäfte, in dieser Jahreszeit, wo doch sonst in allen vergangenen Jahren das Geschäft »geblüht« hatte, wie Gwendl sagte.

»Nun, bald ist Weihnachten!« sagte Lazik.

Und er schied mit dieser Feststellung von dem getrösteten Juwelier, der langsam zu hoffen begann, daß der mohammedanische Schah just und ausgerechnet zu den christlichen Festtagen nach Wien kommen könnte. Seine offenen Augen sahen ein Traumland, einen Orient voller Weihnachtsbäume.

Nach einigen Tagen wußte Lazik, welchen Weg die Perlen des Schahs genommen hatten. Aber er beschloß, den Lesern der »Kronen-Zeitung« nicht sofort und etwa auf eine so plumpe Weise, wie es sein phantasieloser Kollege Keiler getan hätte, die ganze Geschichte vorzutragen. Diese Geschichte mußte im Gegenteil sorgfältig komponiert werden; komponiert mußte sie werden.

Er kündigte eine Serie von Artikeln an, unter dem Titel: »Die Perlen

von Teheran. Hinter den Kulissen der großen Welt und der Halbwelt«. Er begann mit einer einfachen Feststellung, wie es gelegentlich oft bedeutende Romanciers zu tun pflegen: nämlich mit der Nachricht, daß Josephine Matzner – Lazik schrieb: »eine gewisse Josephine Matzner« – kürzlich gestorben sei. Und nach der üblichen rhetorischen Frage: »Wer war diese Josephine Matzner?« erfolgte die Beschreibung des Hauses, seit seiner Gründung im Jahre 1857, seiner Pensionärinnen und seiner Besucher und Stammgäste aus der großen Lebewelt, ohne Namen allerdings, aber mit unmißverständlichen Kennzeichnungen. Die Serie dieser Artikel wurde gleichzeitig in kleinen Heftchen verkauft, im Zeitungsdruck zwar, aber mit einem bunten Umschlag, auf dem ein sympathisch halbentkleidetes Mädchen auf einer giftgrünen Chaiselongue zu sehen war. Sie war ganz Buntheit und Erwartung. Sie lag da matt und angriffsbereit zugleich. Die Hefte wurden in den Tabaktrafiken und in Papierläden verkauft. Gymnasiasten, Wäschermädchen und Hausmeister kauften, selbst wenn sie die Artikel in der »Kronen-Zeitung« bereits gelesen hatten. Es war lange noch keine Rede von den Perlen, die der Titel jeden Tag verhieß.
In diesen Wochen kam Lazik nur für ein paar Minuten täglich in das Café Wirzl. Er konnte die Kollegen und die Geheimen nicht recht leiden. Er spürte, daß sie ihn ein wenig beneideten, aber auch, daß sie ihn nicht mehr wie einen völlig Gleichberechtigten behandelten. Sie waren keine »Dichter«. Sie entfalteten keine »Phantasie«. Sie hatten »Nachrichten«, große, kleinere, sensationelle, aber niemals »Geschichten«. In Zeiten der Dürre, wie sie jetzt herrschten, klaubten sie bescheiden die bescheidenen Tagesneuigkeiten auf, eine Messerstecherei, eine Geburt von Drillingen, einen Fenstersturz aus dem vierten Stock. Lazik hatte geradezu einen Verrat an dem Metier begangen. Er kam nicht einmal als Kiebitz beim Tarock noch in Betracht.
Er hatte oft davon geträumt, auf einmal viel Geld zu verdienen und den Beruf aufzugeben. Er näherte sich den Sechsundfünfzig, er hatte nur noch wenig Zähne im Mund, und sein Kopf war kahl. Seine Frau war in jungen Jahren gestorben, seine Tochter lebte bei seiner Schwester in Podiebrad. Er hatte keine Sorgen, aber Nöte, kleine Schulden, peinliche Gläubiger, Zinsen, die gefährlich anschwollen, Kellner, die nicht mehr kreditierten. Ach! und seine Seele dürstete nach den Köstlichkeiten, die in den oberen Sphären vorhanden waren. Er liebte das teure Leben, die Rennen, die stillen Restaurants, in denen die stolzen

Kellner bedienten und die stolzen Herrschaften mit kühlen Gesichtern, herben und maßvollen Gebärden Speise und Trank genossen, um dann in geschlossenen Kutschen heimzukehren in ihre noch kühleren, noch mehr geschlossenen Häuser. Immer, wenn Lazik das Café Wirzl verließ, die Geheimen und die Kollegen und die fettigen Spielkarten und den Geruch aus Kaffee, Okocimer, billigen Zigarren und warmen Salzstangeln, schien es ihm, daß er sich etwas vergeben habe und daß er eigentlich gesunken sei. Es war klar: Sein Weg hatte nach unten geführt: vom Dichter, der sogar ein Stück im Burgtheater eingereicht hatte, über den Gerichtssaalstenographen zum Polizeireporter, der in Fachkreisen »Unterläufel« genannt wurde. Zum erstenmal seit dreißig Jahren stand der Name Bernhard Lazik gedruckt – nicht einmal in der Zeitung, sondern auf dem bunten Titelblatt der kleinen Heftchen. Lazik schickte sie seiner Schwester und seiner Tochter nach Podiebrad. Was blieb von ihm übrig? Eine Notiz in Nonpareille in der »Kronen-Zeitung«: »Gestern verschied unser langjähriger Mitarbeiter...« und Schluß. Und ein paar Ellen auf dem Währinger Friedhof. Das »Kabinett«, das er in der Rembrandtstraße bewohnte, war nicht viel geräumiger. Auch war es nicht heller als ein Grab, denn es »ging« in den Hausflur. Sparen hatte er niemals gekonnt. Er verlor das Dürftige, das er verdiente, beim Rennen und im Spiel. Man zahlte ihm zwei Kreuzer die Zeile. Ein »Coup«! sagte er sich manchmal – Lazik, nur ein einziger »Coup«!

Nach ein paar Tagen, in denen er sich sehr einsam vorkam und sogar ein wenig bitter wurde, weil es ihm schien, daß nicht er seine Bekannten zu meiden angefangen hatte, sondern umgekehrt, daß er von ihnen gemieden werde, begann er, jeden Morgen in der »Sicherheit« die Meldezettel der neuangekommenen Hotelgäste zu studieren. Von allen »oberen Zehntausend«, die heimisch gewesen waren im Hause der Matzner, interessierte ihn lediglich der Baron Taittinger. Noch wußte Lazik nicht genau, unter welchem Vorwand er zum Rittmeister kommen würde; noch auch, was er ihm eigentlich vorschlagen wollte. Er wußte nur, daß er mit Taittinger würde sprechen müssen; ferner, daß am fünfzehnten November die dreihundert Gulden fällig waren, die er dem Brociner, dem »Blutsauger«, schuldig war. In diesen Tagen war es Lazik, als befände er sich auf einem Kreuzweg seines Lebens. Ein formloser Größenwahn umnebelte sein Gehirn und ließ ihn zuweilen glauben, daß er jetzt oder niemals seine entscheidenden Entschlüsse zu treffen habe.

Eines Tages fand er tatsächlich in der »Sicherheit« den Meldezettel des Rittmeisters. Er wohnte, wie immer, im Imperial. Lazik machte sich sofort auf den Weg, ehe er noch recht wußte, was er dem Baron zu sagen haben würde, ja, ehe er sich noch dessen bewußt geworden war, daß er wirklich den Weg zum Hotel Imperial eingschlagen hatte. Er hatte ein paar seiner bunten Heftchen in der Tasche, und er zog sie unterwegs immer wieder hervor, betrachtete seinen Namen auf dem Titelblatt. Schwarz und fett stand er knapp unter dem giftgrünen Sofa, auf dem das Mädchen ruhte. Er dachte auch an die dreihundert Gulden, die am fünfzehnten November fällig waren. Und der »Blutsauger« Brociner erschien ihm häßlicher und gefährlicher als sonst, obwohl er ihn seit zwei Jahren genau kannte und die Kunst besaß, ihn zu besänftigen – »ihm die Giftzähne auszubrechen«, wie er es nannte.
Es war dem Baron Taittinger überaus unangenehm, Besuche zu empfangen. Er liebte die ihm bekannten Personen nicht sonderlich, sie waren meist langweilig. Auch die nicht langweiligen konnten zumindest »fad« werden, wenn man sich nicht auf sie gehörig vorbereitet hatte. Als man ihm die Visitkarte Laziks reichte, erschrak er zuerst. Eine äußerst peinliche Vorstellung erweckte in ihm schon der Name Lazik allein. Unter dem Namen Bernhard Lazik stand das Wort »Redakteur«. Es war einer jener Berufe, die der Baron Taittinger für »ominöse« hielt. Außer der Armeezeitung las Taittinger kein Blatt. Ja, wenn er gelegentlich in einer Tabaktrafik Zigaretten einkaufte, mußte er den Blick abwenden von den häßlich aufgestapelten, nach frischer Druckerschwärze penetrant riechenden Zeitungen. Er wußte nicht genau, was sie enthielten und wozu sie eigentlich vorhanden waren. Wenn er gelegentlich in einem Café einen jener Herren sah, die vor einem Berg eingespannter Zeitungen saßen, erfaßte ihn beinahe Zorn. Jetzt sollte er sogar einem leibhaftigen Redakteur begegnen! Unausdenkbar! Er legte die Visitkarte wieder auf die metallene Platte und sagte zum Ober: »Ich bin nicht zu sprechen!« – Er atmete auf.
Aber es vergingen kaum drei Minuten, und schon stand vor ihm ein Mann, kahlköpfig, mit aschgrauem Angesicht und einem grauen, trist herabhängenden Schnurrbart. »Ich bin der Redakteur Bernhard Lazik«, sagte der Fremde. Seine Stimme war gebrechlich und erinnerte den Rittmeister an ein wehmütiges verstimmtes Spinett, auf dem er irgendwo, irgendwann, in seiner Kindheit vielleicht, gespielt haben mochte.

»Was wollen S' denn von mir?« fragte Taittinger.
»Ich möcht', Herr Baron möchten mich anhören«, antwortete Lazik. »Im eigenen Interesse«, fügte er noch hinzu, noch leiser, beinahe schon weinerlich.
»Ja, – und?« sagte Taittinger – und er war entschlossen, überhaupt nicht zu hören.
»Wenn Herr Baron gestatten«, begann Lazik, »die Geschichte ist nicht einfach. Es handelt sich um eine polizeiliche Angelegenheit, im Vertrauen gesagt – –«
»Ich wünsche nichts Vertrauliches«, unterbrach der Rittmeister. Obwohl er sich vorgenommen hatte, gar nicht zuzuhören, mußte er doch jeden Laut dieses wehmütigen Mannes in sein Ohr dringen lassen. Eine merkwürdige Kraft hatte diese Stimme. »Vertrauen, Herr Baron, hab' ich auch nicht sagen wollen«, sprach die Stimme weiter. »Da ist nämlich vor kurzem die gewisse Josephine Matzner gestorben« – – der Name schlug mit einiger Wucht an das Ohr Taittingers, er empfand ihn wie den Anprall eines körperlichen Gegenstands an die Schläfe. »Ah, die ist gestorben?« fragte er. Eine kleine Freude leuchtete in Laziks Augen auf. »Gestorben«, fuhr er fort, »und ehe man es noch glauben konnte! Und der Schinagl, die jetzt sitzt, hat sie eine Kleinigkeit hinterlassen. Viel zu wenig bei dem großen Vermögen.« Lazik schwieg eine Weile. Er wartete. Der Rittmeister sagte zwar nichts, aber er verriet so deutlich ein interessiertes Schweigen, daß Lazik sich geradezu aufgemuntert fühlte. Seine Stimme wurde stärker. Er stand zwar immer noch vor dem Tischchen in der Halle und glich immer noch einer Art von Dienstmann, aber er wagte doch schon, mit beiden Händen die lederne Lehne des leeren Stuhls anzufassen. Es war, als dürfte er jetzt wenigstens schon seine Hände Platz nehmen lassen. Taittinger bemerkte es, unwillig zuerst, aber im nächsten Augenblick auch schon nachsichtig. Er gestand sich zwar noch nicht, daß ihn der ominöse Mensch interessierte, wenn auch in einer lästigen Weise. Aber er fand, daß es auffallend werden könne, wenn der Kerl noch lange aufrecht bliebe. Und er sagte: »Setzen Sie sich!« Lazik saß bereits. Er hatte sich so hurtig hingesetzt, daß Taittinger seine Einladung bereute. Sein silbernes Zigarettenetui lag aufgeschlagen auf dem Tisch. Er hatte Lust, sich eine Zigarette anzustecken, aber da saß nun dieser Kerl – mußte man ihm nicht auch eine anbieten? Taittinger wußte genau, wie man Gleichgestellte, Höhergestellte, Subalterne und Diener behandelt; mit

Redakteuren aber konnte er sich keinen Rat schaffen. Er entschloß sich, nach längerer Überlegung, zuerst selbst eine Zigarette anzuzünden und dann erst dem Redakteur eine anzubieten.
Lazik rauchte langsam und ehrfürchtig, als wäre just die »Ägyptische« eine besonders köstliches Kraut. Er zog seine Heftchen aus der Tasche und legte sie auf den Tisch. »Die geb' ich jetzt heraus, Herr Baron!« sagte er, »bitte, nur den Anfang anzuschaun!« – »Ich les' keine Büchln«, sagte Taittinger. »Dann darf ich wohl vorlesen?« fragte Lazik. Und ehe noch eine Antwort erfolgte, begann er zu lesen. Jetzt is' schon eh alles gleich, dachte Taittinger. Aber, siehe da; gleich nach dem Satz: »Wer war diese Josephine Matzner?« wurde er neugierig wie ein Kind. Mit unverhohlenem Vergnügen beugte er sich vor, vernahm die Geschichte von der Gründung des Hauses Matzner, und an den charakteristischen Kennzeichen, die der Verfasser den Anfangsbuchstaben der Stammgäste beigefügt hatte, erkannte er zu seiner großen Freude den und jenen seiner früheren Freunde und Genossen, die »Langweiligen«, die »Gleichgültigen« und die »Charmanten«. Wenn Lazik eine Pause machte und bescheiden, fast bekümmert fragte: »Darf ich weiter?«, munterte ihn Taittinger auf: »Lesens S' nur, lesen S' nur, Herr.« – »Dies ist die erste Folge!« sagte der Autor, als er das erste Heftchen vorgelesen hatte. »Verkaufen S' mir die Büchln!« sagte der Rittmeister. – »Herr Baron erlauben, daß ich sie gratis offeriere«, sagte Lazik, und schon klopfte er an den metallenen Tischrand mit einem Bleistift und befahl dem Kellner: »Tinte und Feder!« Und schon stand alles da, und Lazik tauchte die Feder ein und schrieb in jedes der drei Heftchen die Widmung: »Herrn Rittmeister Baron Taittinger ehrfurchtsvoll gewidmet vom Verfasser Bernhard Lazik«.
»Dank' schön!« sagte der Baron. »Schicken S' mir die nächsten. Ich les' sie gern.«
»Sehr geschmeichelt, Herr Baron«, erwiderte der Verfasser. »Aber es ist ein Problem, ich zerbrech' mir den Kopf, wie ich die Bücher weiter fortsetzen soll.«
»Aber, wie denn?« rief Taittinger. »Sie sind ja großartig unterrichtet, eingeweiht, möcht' man sagen!«
»Gewiß, gewiß, Herr Baron«, antwortete Lazik. »Aber das kost' halt was, und ich such' eben Interessenten! Ich such', kurz gesagt, etwas Geld, um meine angefangene Arbeit fortsetzen zu können. Ja, das Leben für unsereins ist schwer!« Lazik seufzte. Sein Kopf fiel auf die

linke Schulter. Taittinger hatte Mitleid mit ihm, er bot ihm eine Zigarette an. Der Kerl ist gar nicht langweilig, dachte er. »Wieviel brauchen S' denn für Ihre Büchln?« fragte er. Lazik dachte zuerst an tausend Gulden, und ein jäher, froher Schreck durchzuckte sein Herz. Dreihundert Gulden dem Blutsauger Brociner, dann bleiben siebenhundert, es war ein »Coup«, es war der »Coup«, Lazik! Gleich darauf verdoppelte seine habsüchtige Phantasie die Summe. Zweitausend! sagte die Phantasie. Er sah die Summe in Ziffern und in Buchstaben, geschrieben und gedruckt und als bares Geld in zwanzig blauen Hundertguldenscheinen. Er fühlte, wie seine Hände heiß und feucht wurden, und gleichzeitig einen Frost, die ganze Wirbelsäule entlang einen eisigen Faden. Er zog das Taschentuch, eine Bewegung, die Taittinger mißfiel und vor der er am liebsten die Augen geschlossen hätte, trocknete die Hände unter dem Tisch und flüsterte: »Zweitausend, Herr Baron!«

»Zweitausend Gulden kostet das?« fragte Taittinger. Er kannte nicht genau den Wert des Geldes, aber er wußte zum Beispiel, was ein Pferd kostete, was eine Uniform, was ein Faß Burgunder, was ein Fäßchen »Napoleon«. Vor Jahren hatte er einmal tausend Gulden in Monte Carlo verloren. Aber so kleine, dünne »Büchln«! – Nun, der Kerl war nicht langweilig; das nicht! Wenn er noch die Leute mit Namen nennen würde! Das wäre was!

»Ja, warum nennen S' denn die Leut' nicht mit dem Namen, sondern nur mit Anfangsbuchstaben?« fragte der Rittmeister.

»Weil dann, weil dann –– Herr Baron – Herr Baron selber drin vorkommen müßten!« flüsterte Lazik.

»Natürlich ich nicht!« sagte Taittinger.

Nie in seinem Leben – das ihm übrigens in diesem Augenblick sehr lang erschien und reich an Erlebnissen – hatte er Haß empfunden. Plötzlich aber, jetzt in dieser Stunde, fühlte er zum erstenmal Wollust in der Vorstellung, daß der und jener der ihm verhaßten »Langweiligen« in einem so hübschen, bunten Büchl mit Namen und Rang verzeichnet stehn könnte; auch Bitterkeit empfand er gegen die »Langweiligen«, die ihn von Wien in die Garnison zurückversetzt hatten. Es war eine unschuldige, kindliche Bitterkeit, ein Witz, eine Laune eher als ein Haß. –

»Ich kann auch die Herren nennen, wie Herr Baron wünschen!« sagte Lazik.

»Gut!« sagte der Baron. »Großartig!«
Lazik blieb still. Sein Herz klopfte gewaltig, seine Glieder waren plötzlich schwer wie Blei, und zugleich fühlte er doch, wie seine Gedanken leicht, verwirrte Vogelschwärme, in seinem armen Kopf herumschwirrten. Sie schwirrten herum, zweitausend Gedanken, jeder Gedanke ein Gulden, zweitausend Gulden.
Der Baron Taittinger fragte: »Zweitausend, was?«
»Jawohl, Herr Baron!« hauchte Lazik.
»Die holen S' sich morgen!« sagte Taittinger.
Lazik stand mühsam auf. Er verneigte sich tief und murmelte: »Zu ewiger Dankbarkeit verpflichtet, Herr Baron!«
»Grüß Gott!« sagte Taittinger. Er steckte die drei Heftchen in die Tasche.
Nach gewohnter Weise, wie er es schon oft getan hatte, depeschierte er an den »langweiligen« Ökonomen: »2 000 Imperial«.
Die zweitausend kamen, aber mit einer Begleitdepesche: »Befohlenes anbei, dringlicher Brief unterwegs.«
Diese Depesche zerriß der Baron aus unüberwindlichem Ekel vor der Wendung: »dringlicher Brief«. Er steckte das Geld in ein Kuvert, befahl dem Portier, es dem »Herrn von gestern nachmittag« auszuhändigen, und stieg in einen Zweispänner. Er war lange nicht mehr in Grinzing gewesen. Morgen mußte er in die Garnison zurück.

XX

Sonst pflegte Taittinger in der Eisenbahn sofort einzuschlafen. Heute las er in den Heftchen Laziks, und sogar in der ersten Nummer, die ihm der Verfasser ja bereits vorgelesen hatte. Er stelle sich vor, daß alle Welt diese Heftchen mit dem gleichen begeisterten Behagen lesen müßte. Morgen wollte er im Regiment von seiner literarischen Entdekkung erzählen und eventuell im Kasino einiges vorlesen, freilich in Abwesenheit des Obersten. Unter solch heiteren Gedanken verging die Zeit bis zur Ankunft in der Garnison.
Es war Abend, als er ausstieg. Ein dünner, langweiliger und kalter Regen rieselte sacht und zudringlich hernieder und umgab die armseligen gelblichen Petroleumlampen auf dem Perron mit einem nassen Dämmer. Auch im Wartesaal erster Klasse lauerte eine seelenbedrückende

Trübnis, und die Palme auf dem Büfett ließ die schweren, schlanken Blätter hängen, als stünde auch sie im herbstlichen Regen. Zwei Gaslampen, Neuerung und Stolz der Bahnstation, hatten schadhafte Netze und verbreiteten ein ewig wechselndes grünlich-trübes Licht. Ein jämmerliches Surren ging von ihnen aus, ein Wehklagen. Auch die weiße Hemdbrust des Obers Ottokar zeigte verdächtige Flecke unbekannter Herkunft. Der metallene Glanz des Rittmeisters brach siegreich in all diese Trübsal. Der Ober Ottokar brachte einen Hennessy »zur Erwärmung« und die Speisekarte. »Heut gibt's Suppe mit Leberknöderln, Herr Baron!« – »Halten S' die Goschen!« sagte Taittinger fröhlich. Immer, wenn er dergleichen sagte, wünschte er eigentlich das Gegenteil, und das wußte Ottokar auch. Deshalb bot er auch noch ein mürbes Beinfleisch mit Kren an und Zwetschkenknödel, extra gekocht. »Die Goschen halten und servieren!« sagte Taittinger. Der Cognac erheiterte ihn noch mehr und verstärkte seinen Appetit. Er erhob sich, um jetzt erst seinen Mantel abzulegen. Ottokar eilte hinzu. Aus der rechten Manteltasche lugten die bunten Ränder der Lazikschen Werke hervor, Ottokars lüsternes Auge erhaschte sie sofort. »Geschichten aus der großen Welt und aus der Halbwelt«, erlaubte sich der Ober zu sagen. Wenn der Rittmeister einmal »Halten S' die Goschen!« gesagt hatte, durfte man mit ihm über alles sprechen. »Ah, Sie lesen auch, Ottokar?« fragte Taittinger. »Jeden Morgen die ›Kronen-Zeitung‹, Herr Baron, erlaube mir ergebenst zu bemerken! Da stehn die Geschichten eh drin, und frischer noch, direkt wie vom Bäcker!«
»Ach so, ach so«, sagte Taittinger nur. Er aß mit gesundem Vergnügen, fand das Beinfleisch »famos« und die Zwetschkenknödel »direkt interessant«, trank zum Schwarzen einen Sliwowitz und beschloß, vorläufig im Wartesaal sitzenzubleiben, bis zur Ankunft des Wiener Abendzuges, der erst um 11 Uhr 47 kam und manchmal noch den oder jenen verspäteten Kameraden brachte, wenn auch meist nur Offiziere des Landwehrregiments, mit dem die Dragoner die Garnison teilten. Es gab manchmal solche Launen, solche Abende. Solange man sich noch auf der Station befand, war man gleichsam noch nicht in die Garnison zurückgekehrt. Es regnete draußen auch ekelhaft. Die Fiaker taugten wenig in dieser Stadt, und das Pflaster war nicht ordentlich. Man blieb lieber sitzen. Ottokar konnte Patiencen legen. Taittinger selbst hielt es für unschicklich. Ottokar legte für ihn, stehend, ihm gegenüber, vorgeneigt und nachdenklich, die Serviette über der Schulter, als wär's

eine Kelle. Dazwischen redete Ottokar. Er war noch jung, er gedachte, »sich zu verbessern«, er hatte in Wien Kellner gelernt, er wollte bald nach Wien zurück. In Wien passierten noch Geschichten, wie sie da in den Büchln und in der »Kronen-Zeitung« beschrieben waren. Ja, und manche Herrschaften waren so genau beschrieben, daß man sie sogar erkannte. »Da schau her! Man erkennt sie!« rief Taittinger. Ja, sagte Ottokar. Der Herr Hanfl – es war der Pächter der Bahnhofsrestaurants erster, zweiter und dritter Klasse – wüßte alles. Er war seinerzeit, als der Schah Wien besucht hatte, Restaurateur auf der Wieden gewesen. Er kannte das Haus, die Geschichte von den Perlen, der ganze Bezirk hatte damals von nichts anderem gesprochen. »Ja, und sogar Herrn Baron«, sagte Ottokar unbedacht, schwieg und tat so, als dächte er plötzlich angestrengt über den Ausgang der Patience nach.
»Was haben Sie da gesagt?« fragte Taittinger.
Es half nichts, der Ottokar mußte erzählen. So war es also, man kannte Taittingers Geschichte. Ottokar mußte sogar den Restaurateur aus dem Kontor holen. Der Restaurateur, Herr Hanfl, erzählte Einzelheiten, sagte aber nichts Gewisses über den Baron selbst. Er erzählte mit dem aufgeräumten Behagen der Menschen, die schon lange auf eine Gelegenheit gewartet haben, um etwas mitzuteilen, was sie allein nur wissen können. »Woher kennen S' denn die Geschichte?« fragte Taittinger schließlich. Der Restaurateur beugte sich etwas vor – viel zu viel, dachte Taittinger – und flüsterte beinahe so, wie man mit eingeweihten Komplizen zu flüstern pflegt: »Der Herr Inspektor Sedlacek ist mein spezieller Freund, Herr Baron!«
Auf einmal schien es dem Rittmeister, daß sich die Welt verwandelt habe, oder vielmehr, daß sie sich ihm in ihrer ganzen grauenhaften Gestalt zu entschleiern beginne. In seinem ganzen Leben gab es eine einzige peinliche Affäre. Seit vielen Jahren würgte sie ihn, ein ekelhafter, harter Bissen, den man nicht verschlucken kann und auch nicht wieder ausspucken. Zu keinem Menschen in der Welt konnte er von dieser Affäre sprechen. Jetzt kam sie ihm entgegen, diese Affäre, die Bahnhofrestaurateure kannten sie bereits. Wahrscheinlich sprachen auch die Kameraden, zumindest diese hinterhältigen Landwehroffiziere von der Affäre. Die scheußliche Gestalt des Geheimen Sedlacek sah Taittinger, und jenen Augenblick auf der Treppe erlebte er wieder, den leicht gelüfteten Zylinder über dem ordinären Antlitz mit den glashellen Augen, die an blaßblaue Lämpchen erinnerten, mit dem

hochgezwirbelten Schnurrbart voll sanfter goldbrauner Frechheit, unter dem die starken, langen gelben Pferdezähne sichtbar wurden.
Der Restaurateur sprach noch weiter, aber Taittinger hörte nicht mehr zu. Er vernahm plötzlich, was er bis nun nicht zur Kenntnis genommen hatte, das trübselige Trommeln des Regens auf das gläserne Perrondach und das wehklagende Surren der giftgrünen Gaskandelaber. Obwohl Hanfl noch mitten im angeregten Erzählen war, erhob sich Taittinger, ließ sich den Mantel anziehn, setzte die Kappe auf, befahl, man möchte ihm Reisetasche und Rechnung zum »Schwarzen Elefanten« schicken, und ging fast schon wie ein verlorener Mann hinaus. Wäre nicht sein Sporenklirren gewesen, man hätte glauben können, er sei verschämt hinausgeglitten.
Die Kaiser-Joseph-Straße, die vom Bahnhof geradewegs in die Mitte der Stadt zum Rathaus führte, war still, der kalte Regen allein bewohnte sie. Allein mit dem Regen und der Straße war der Rittmeister Taittinger.

Schlimme oder auch nur ernstere Ahnungen und Vorgefühle waren ihm unbekannt gewesen bis zu dieser Stunde. Unangenehme, das heißt langweilige Stimmungen konnte er in musterhafter Weise leicht verscheuchen. Diesmal gab er sich ihnen preis, wie dem Regen und der Nacht und der Kaiser-Josef-Straße. Früher hatte er immer noch, sooft er aus Wien zurückkam, einen kleinen Sprung ins Kasino gemacht, um sich »wiedereinzuleben«. Heute aber flüchtete er beinahe ins Hotel »Zum schwarzen Elefanten«. Die Oberleutnants Stockinger und Felch wohnten auch dort. Taittinger wollte ihnen um keinen Preis begegnen. Er ging sofort in sein Zimmer. Er machte nicht die gewohnte große Nachttoilette, die er seit fünfzehn Jahren wie einen erhabenen Ritus zu vollführen pflegte. »Laß das!« sagte er zum Burschen, der in gewohnter Weise Kamm und Bürste, Zahnpasta, Pomade für die Haare, das Netz, das den Scheitel zu bewahren hatte, Vaseline und Kakaobutter auf dem Stuhl auszubreiten begann. Der Rittmeister ließ sich nur die Stiefel ausziehn. »Geh schlafen!« sagte er dann. Er legte sich aufs Bett, in Hosen, in Strümpfen. Er wagte nicht sich auszuziehn, verstand selbst nicht, warum er zum erstenmal in seinem Leben Angst vor der Nacht hatte. Er wollte gleichsam den Tag, den Abend noch ausdehnen. Er hatte Angst vor dieser Nacht. Ich werde ja nicht einschlafen können, dachte er. Aber er schlief sofort ein. Er fiel in Schlaf, als hätte man ihn betäubt.

Dennoch war seine Furcht vor dieser Nacht berechtigt gewesen, denn ihm träumte zum erstenmal nach langer Zeit teils Fürchterliches, teils unsäglich Trauriges. So sah er sich zum Beispiel die marmorne, rotbekleidete Treppe hinuntergehn und Sedlacek ihm entgegenkommen und den Zylinder lüften; aber er selbst, der Taittinger, war auch zugleich der Sedlacek; er selbst lüftete den Zylinder; er selbst kam sich entgegen. Er ging die Treppe hinauf, er ging sie aber auch gleichzeitig hinunter. Plötzlich stand er in der Kanzlei des Direktors, in der Strafanstalt in Kagran, und der Polizeiarzt fragte ihn: »Was fehlt Ihnen? Warum geben Sie mir keinen Bericht über die Zustände in meinem Regiment?« Er konnte nicht antworten, der arme Taittinger. Er fürchtete auch, daß der Polizeipräsident jeden Augenblick hereinkommen könnte und sagen: »Den Baron Taittinger kenne ich gar nicht.« Ferner erschien auch die Gräfin Helene W. und hatte einen rasierten Kopf, genau wie die Mizzi Schinagl, und sie verlangte alle ihre Briefe zurück. Er konnte nur sagen, daß es ein schrecklicher Irrtum sei, niemals habe er von der Gräfin irgendwelche Briefe erhalten, schon bestimmt keine rekommandierten. »Bitte, Gräfin«, sagte er, »fragen Sie den Rechnungsunteroffizier Zenower.« »Zu spät, zu spät!« rief sie, und er erwachte. Der Bursche hatte ihn geweckt.
Es war spät, drei Viertel sieben, er fand keine Zeit mehr, sich rasieren zu lassen. Zwei Korporale, Leschak und Kaniuk, hatte er für heute zum Rapport befohlen, weil sie vorvorgestern unrasiert auf dem Exerzierplatz erschienen waren. Das dienstliche, das soldatische Gewissen plagte den Rittmeister. Einerlei, er mußte hinein, in Stiefel, Rock, Tschako und schnell zur Kaserne. Sie saßen schon in den Sätteln, die ganze Eskadron. Es war keine Zeit mehr, die Namen zu verlesen. Es regnete sacht und unerbittlich, wie es gestern abend geregnet hatte. Der Regen verband das Gestern mit dem Heute, als ob dazwischen kein neuer Sonnenaufgang stattgefunden hätte! als würde nie mehr eine neue Sonne aufgehn! …
Das Regiment formierte sich, das breite, schwarz-gelb gestreifte Doppeltor ging auf, man ritt hinaus. Im Sattel erst fühlte Taittinger wieder die erwachende Wirklichkeit. Er konnte jetzt erst erkennen, daß er alles Grausige nur geträumt hatte. Durch den Sattel noch und noch durch die Schäfte seiner Stiefel fühlte er die Wärme und das Blut des Pferdes, das er ritt. Heute saß er gut auf seiner braunen Stute. Wally hieß sie. Er liebte sie, obwohl sie lange nicht so intelligent war wie sein

Schimmel Pylades. So hatte er ihn getauft, denn er lebte in der Meinung, daß Pylades ein griechischer Philosoph gewesen sei. Wally war langsam, störrisch manchmal, man mußte ihr lange zureden. Ein sachter Druck der Schenkel genügte niemals. Launisch war sie halt, nicht umsonst ein Frauenzimmer und urplötzlich aus Trägheit in Übermut umsiedelnd. Aber man liebte sie eben.

Als er auf der Waldwiese absaß, war er fast schon wieder der alte, der gewöhnliche Taittinger. Er nahm den Rapport ab, die Unrasierten bestrafte er sehr streng, je drei Tage Einzelarrest. »Eine Schande für eine Charge, unrasiert!« sagte er. Er befühlte dabei unwillkürlich sein eigenes stachliges Kinn. Der Dienstführende Prokurak sah es wohl. Einerlei! Jetzt kamen Gelenksübungen, Reitübungen, Karabiner-Exerzieren. Rittmeister Taittinger war heute äußerst »sekkant«!

Vier Stunden später allerdings, nach dem Einrücken in die Kaserne, stand er wieder geradezu verlegen, fast kleinlaut in der Rechnungskanzlei. Es war ein rekommandierter Brief da. Schon wieder. Man mußte den Zettel unterschreiben. Rechnungsunteroffizier Zenower machte ein so erschreckend ernstes Gesicht heute, anders als sonst bei rekommandierten Briefen. Der Brief war auch sehr dick und schwer. Wenn man ihn in den Papierkorb hätte fallen lassen, so hätte es ein ordentlich unbehagliches und unpassendes Geräusch gegeben. Auf dem gelben Kuvert stand »Bürgermeisteramt Oberndorf«. Lieber jetzt als später, sagte sich der Baron Taittinger. Er riß den Umschlag auf. Er begann zu lesen.

Dem amtlichen Schreiben des Bürgermeisters, der Taittinger mitteilte, daß sich ein Minderjähriger namens Alexander Alois Schinagl im Bürgermeisteramt gemeldet habe und unter der Angabe, der uneheliche Sohn des Herrn Rittmeister Baron Taittinger zu sein, nach der Adresse dieses seines natürlichen Vaters gefragt habe und nach der seiner Mutter, der unverehelichten Mizzi Schinagl, lag ein Brief des Ökonomen bei. Dies war eigentlich kein Brief, sondern eine Art mathematischer Schulaufgabe, wie man sie den Kadetten in Mährisch-Weißkirchen tückischerweise aufzugeben pflegte. Lediglich den allerletzten Satz begriff Taittinger, der also lautete: »Infolge des oben Geäußerten erlaube ich mir respektvoll und ergebenst, Herrn Baron mitzuteilen, daß nur seine unverzügliche Ankunft hierorts noch einige Möglichkeiten bzw. Aussichten bieten könnte.« – Beide Briefe beschloß Taittinger dem guten, klugen Zenower zu geben. Er wußte schon seit langem, daß er

Zenower brauchen würde. »Lieber Zenower!« sagte er, »Sie haben doch Zivil?« – »Jawohl, Herr Baron!« – »Also, seien S' so freundlich, ziehen S' es heute an, und so gegen sechs, nach dem Befehl, erwart' ich Sie im Extrastüberl vom ›Schwarzen Elefanten‹. Und sagen S' mir dann genau, was die Leut' eigentlich von mir wollen.«

XXI

Am Abend, nach dem Befehl, kam Zenower in Zivil ins Extrastüberl. Und er sah noch ernster aus als in Uniform. Zum erstenmal sah ihn Taittinger in Zivil. Es war gar nicht der Rechnungsunteroffizier Zenower mehr, kein Untergebener, auch kein Vorgesetzter, aber auch ebenso kein Zivilist, sondern irgendein Wesen zwischen Welten, zwischen Rassen, eigenartig, unverständlich, aber auf jeden Fall düster und Unheil atmend. Man mußte einen tiefen Schluck tun, immerhin gab es einige Zuversicht. »Lieber Zenower!« begann Taittinger, »trinken Sie Cognac?« – Es war Taittinger, als hinge jetzt sein Wohlergehn von der Bereitwilligkeit Zenowers ab, Cognac zu trinken. »Gewiß, Herr Baron!« sagte Zenower. Er lächelte sogar. Merkwürdig, wie sich die Leute verwandelten. Zenower war durchaus nicht langweilig, durchaus nicht subaltern, durchaus nicht gleichgültig. Wäre er nicht so streng gewesen, man hätte ihn sogar zu den »Charmanten« zählen können. Sie tranken den Cognac. »Nun«, fragte Taittinger, und er fühlte genau, daß ihn der Cognac noch nicht mutiger gemacht hatte, »was können Sie mir Gutes sagen, Zenower?« – Man sah plötzlich Zenowers echtes Angesicht. Es war hart und kalt, härter und kälter stieg es aus dem weißen Zivilkragen als aus den grünen Aufschlägen des hochgeschlossenen Blusenkragens. Unzählige Falten gab es auf der hohen Stirn, noch viel mehr Runzeln unter den Lidern und an den Schläfen. Ja, seine Haare selbst schienen plötzlich ergraut. Es war ein älterer, strenger, besonnener Herr.

»Herr Baron«, sagte der besonnene Herr, »ich habe Ihnen leider nichts Gutes zu berichten. Wollen Sie mir bitte genau zuhören, Herr Baron?«

»Gewiß, gewiß!« sagte Taittinger.

»Also: Punkt eins betrifft den Bürgermeister. Er teilt mit, daß sich Alexander Alois Schinagl, entlaufen der Anstalt in Graz und von der Gendarmerie aufgegriffen, bei ihm gemeldet habe. Der junge Schinagl ist vierzehn Jahre alt. Er kam in Begleitung des Zugführers der Gendarmerie Eichholz zum Bürgermeister. Die Anstalt in Graz war seit sechs Monaten nicht bezahlt. Der Leiter der Anstalt brachte in Erfahrung, daß seine Mutter, Fräulein Schinagl, augenblicklich sich in der Strafanstalt Kagran befinde. Sie schrieb ihm auch auf seine direkte Anfrage, daß Herr Baron Taittinger der natürliche Vater des Jungen sei, sie auch in der Anstalt besucht habe und gewiß für das Kind sorgen werde. Der Junge muß diesen Brief gestohlen haben. Er fand sich in seinem Anzug. Er leugnete dennoch und fragte nach dem Aufenthalt der Mutter. Sein Vormund ist der Vater des Fräuleins Mizzi Schinagl. Er befindet sich jetzt im Altersversorgungsheim in Lainz. Er ist beiderseitig gelähmt, sein Laden in Sievering ist sequestriert. Er läßt dem Bürgermeister mitteilen, daß der Herr Baron Taittinger, der Vater des Jungen, bis jetzt keine Alimente bezahlt hat. – Inzwischen hat der Bürgermeister, in Anbetracht der Umstände, den Jungen Ihrem Ökonomen übergeben, damit kein größerer Skandal entstehe. Man wartet auf Ihre Entscheidung, Herr Baron!«

»Die Mizzi hat niemals Alimente verlangt«, sagte Taittinger. »Schade! – was soll ich also, Zenower?«

»Wenn ich raten darf, den Jungen nach Graz zurückschicken lassen und dort vorläufig die Schuld bezahlen. Sie beträgt dreihundert Gulden etwa.«

»Ja, lieber Zenower, das will ich tun.«

»Nun Punkt zwei, Herr Baron«, sagte Zenower. Er wartete eine Weile. »Punkt zwei ist sehr unangenehm. Der Verwalter bittet um Entschuldigung, hält es aber für seine Pflicht, Herrn Baron mitzuteilen, daß nach der letzten Sendung von zweitausend Gulden nach Wien etwaige weitere Abhebungen von Bargeld gefährlich werden könnten. Herr Baron haben in den letzten vier Jahren fünfundzwanzigtausend verbraucht. Es bleiben an Bargeld etwa fünftausend. Dreizehntausend sind für die Auslösung der Wechsel Ihres Herrn Cousins, des Barons Zernutti, gezahlt worden.«

»Ein langweiliger Mensch, der Zernutti!« sagte Taittinger.

»Man kann's auch so nennen«, erwiderte Zenower. Er hatte den Rittmeister gern, so wie er war, mit all seiner munteren Herzlosigkeit, den kümmerlichen paar Gedanken, für die der Schädel ein viel zu geräumiger Aufenthaltsort schien, mit seinen winzigen Liebhabereien und kindischen Leidenschaften und den zwecklosen Bemerkungen, die ohne Zusammenhang in die Welt aufs Geratewohl aus seinem Munde kamen. Er war ein mittelmäßiger Offizier, die Kameraden waren ihm gleichgültig, die Soldaten, die Karriere. Zenower verstand keineswegs die innere Mechanik, die ein Lebewesen wie den Baron zu lauter sinnlosen, leeren und ihm selbst schädlichen Handlungen antrieb. Für Zenower, der sich über Welt und Menschen mehr Gedanken machte als das ganze Regiment, den Obersten eingeschlossen, blieb Taittinger ein Rätsel der Natur. Wenn er wenigstens ausgesprochen dumm gewesen wäre! Wenn er wenigstens ausgesprochen böse gewesen wäre! Wenn er ein leidenschaftlicher Spieler oder Liebhaber gewesen wäre! Wenn er wenigstens sichtbar gelitten hätte unter der Versetzung! Und dennoch, sagte sich Zenower, muß er unglücklich sein. Vielleicht gar hat er ein so starkes Unglück erlebt, daß es ihm jede menschliche Art zu denken und zu fühlen verschlägt! Vielleicht auch wartet auf ihn solch ein Unglück, und er weiß es schon eigentlich und gleitet ihm entgegen. Wie konnte man denn sonst beim Anhören derartiger Nachrichten gleichgültig bleiben? Da sitzt man nun, sagt einem erwachsenen Mann, daß er kein Geld mehr habe – und er antwortet nur: »Ein langweiliger Mensch, der Zernutti!«

»Es steht schlimm um das Gut«, fuhr Zenower fort. »Die Hypothekenbelastung beträgt dreißigtausend – soviel ich der Darstellung entnehme – ebenfalls zum Teil aus Schuld des Cousins. Er dürfte, soviel ich verstehe, seinen rechtmäßigen Anteil längst überzogen haben. Ihr seliger Herr Onkel hatte offenbar bestimmt, daß Ihr Herr Vetter Bargeld abheben oder gar Darlehen aufnehmen ohne Ihre Zustimmung nicht dürfe. Ist es so, Herr Baron?«

»Ja, es wird schon stimmen!« sagte Taittinger. »Ich hab' immer ja gesagt, er war auch immer zu langweilig. Alles gibt er für Buben aus, sagen Sie Zenower, begreifen Sie, was man für ein Vergnügen an Buben haben kann?«

»Nein, Herr Baron«, sagte Zenower hart, »aber es ist nicht wichtig. Wichtiger ist, daß Ihr Gut seit drei Jahren nichts mehr eingetragen hat. Vor zwei Jahren haben Sie den kleinen Fichtenwald abholzen lassen. Der Holzfäller ist fallit gangen, es ist bei der Anzahlung geblieben. Vor einem Jahr war der große Schneefall im Mai, die Saat verdorben. In diesem Jahr ist die Ernte kümmerlich. Das Wohnhaus ist schadhaft geworden, seit über zehn Jahren hat kein Mensch mehr dort gelebt. Von dem Zustand der Tiere nicht zu reden. Man brauchte zwei Gäule, es ist kein Geld da.«

»Lauter Pech!« sagte Taittinger, klatschte in die Hände und bestellte noch zwei Cognacs.
Er trank in zwei großen Zügen. Er schwieg. Schon begann eine leise Bitterkeit gegen Zenower in ihm aufzusteigen. Aber eine große Verlassenheit fühlte er ebenfalls und zugleich auch eine Spur von Dankbarkeit. Da war doch einer, der nahm alles Brieflesen und Überlegen und Nachdenken auf sich. Er war ein kluger Mann, der Zenower. Wahrscheinlich machte er es jetzt so mit ihm, wie alle klugen Leute seit dem Mathematikprofessor Hauptmann Jellinek in der Kadettenschule mit Taittinger zu verfahren pflegten: Zuerst schreckten sie mit langweiligen Dingen, zermürbten einen, um einen dann wieder aufzurichten, mit guten und gesunden Ratschlägen. Man brauchte ja nicht wirklich zermürbt zu sein, man mußte nur so tun, als wäre man's, dann wurde alles wieder gut.
Diesmal aber hatte sich Taittinger verrechnet. Denn als er, das Schema anwendend, das ihm immer bei den Gescheiten genützt hatte, den Rechnungsunteroffizier fragte:
»Was soll ich also tun?«, antwortete Zenower: »Ihnen ist nicht zu helfen, Herr Baron!« – Welch eine merkwürdige Abart der Gescheiten, dieser Zenower.
Eine lange Weile schwiegen beide. Dann bestellte Taittinger eine Flasche weißen Bordeaux. Er sah auf die Wanduhr, es war noch eine Stunde Zeit bis zum Nachtmahl.
Als er vom ersten Glas getrunken hatte, begann Zenower: »Herr Baron, erlauben Sie mir, alles aufrichtig zu sagen?« – Taittinger nickte. – »Dann also: Sie könnten für den Augenblick den Schimmel verkaufen!«
»Wen? den Pylades?« rief Taittinger, »eher die Wally!«
»Nein, sie bringt nicht genug, und dann wird doch der Schimmel dranmüssen. Dann muß man Geld für die zwei Gäule haben, Sie müssen Urlaub nehmen, auf das Gut fahren, das Haus reparieren lassen, mit den Hypothekaren sprechen, mit dem Bürgermeister, dem kleinen Schinagl einen neuen Vormund besorgen. Ich glaube, ein Urlaub von drei Monaten, Herr Baron! Für den Herrn Vetter dürfen Sie nichts mehr unterschreiben, das versteht sich. Wenn sie all dies nicht tun, sehe ich eine trübe Zukunft. Sie werden sich zur Infanterie transferieren lassen müssen!«
»Zur Landwehr, was?! Ich kann nicht marschieren, lieber Zenower!«

»Das ist alles«, sagte Zenower. Auch er sah auf die Uhr. »Erlauben Sie, daß ich mich verabschiede, Herr Baron!« – »Nein, Zenower, Sie bleiben!« sagte Taittinger, und er hatte dabei den flehenden Blick eines Knaben, den man in ein finsteres Zimmer stoßen will. »Bitte!« sagte Zenower.

Der Rittmeister ging zum Rechen, wo sein Mantel hing, und holte die bunten Büchln Laziks hervor. »Kennen Sie das, lieber Zenower?«

Zenower blätterte in den Heftchen, las hier und dort und klappte sie wieder zu und sagte: »Grauslich, Herr Baron!« – »Im Gegenteil!« rief Taittinger. Und er erzählte, daß alle Personen, die da vorkamen, »glänzend getroffen« seien. Er selbst habe den Verfasser Lazik kennengelernt. Und die letzten zweitausend Gulden habe er eben dem Verfasser gegeben.

»Das ist noch schlimmer als alles andere!« sagte Zenower.

Er ahnte schon nach dem Titel allein, worum es sich handelte. Auch er kannte die Geschichten, die man rings um Taittinger spann, seit dem Tage fast, an dem er zum Regiment heimgekehrt war. Als längerdienender, wohlerfahrener Unteroffizier kannte er wohl jene besondere Abart menschlicher Schwächen, die manche Angehörige der Armee kennzeichnete, die phantasiereiche Schadenfreude. Längst noch bevor Taittinger rücktransferiert worden war, hatten manche Herren im Regiment ohne Wohlwollen Geschichten von ihm erzählt, deren Unglaubwürdigkeit sichtbar war. Man beneidete ihn wegen seines Postens in Wien. Dann aber, als er wieder Soldat war wie alle anderen, begann man sich zu fragen, aus welchen Gründen er seiner besonderen Verwendung enthoben worden war. Manches erzählte der Bahnhofrestaurateur. Der Ober Ottokar machte Andeutungen, seitdem die Artikel in der »Kronen-Zeitung« erschienen. »Haben Sie ihm das Geld etwa gegeben, damit er Sie nicht in dem Zusammenhang nenne?« fragte Zenower. »Nein«, antwortete Taittinger, »was weiß er denn von mir?« – »Gibt's denn etwas, was Ihnen schaden und was er wissen könnte, Herr Baron?«

Taittinger antwortete nicht. Es war noch schlimmer als gestern abend im Wartesaal. Er hatte tagsüber den gestrigen Abend bereits vergessen, trotz der beiden Briefe. Er bedauerte schon, daß er Zenower um Auskünfte gebeten hatte. Besser wäre es wohl gewesen, man hätte, langjährigen Erfahrungen treu, die Briefe gar nicht zur Kenntnis genommen. Es hatte sich aber dennoch etwas geändert, in der letzten Zeit, man wußte nur nicht genau, was. Man konnte sich gerade noch zur Not erinnern, wann diese Veränderung angefangen hatte: Man konnte sich genau erinnern: Sie war in dem Augenblick eingetreten, in dem Taittinger den rasierten Kopf der Mizzi Schinagl erblickt hatte. Ja, so war es.

Es war alles so schwierig und so heillos verworren! Selbst wenn er die Kraft besessen hätte, Zenower alles zu erzählen – auch die »Affäre« –, er hätte es in diesem Augenblick nicht vermocht, aus Unfähigkeit, auch nur zwei Sätze logisch aneinanderzureihen. »Wenn Sie gestatten, Herr Baron – ich werde vielleicht gehn«, hörte er Zenower sagen. »Nein!« rief er, »bleiben Sie um Gottes willen! Ich kann nur im Augenblick nicht sprechen. Ich muß überlegen, lieber Zenower!« Aber er überlegte gar nichts. Seine Augen waren leer, zwei blaue Glasmurmeln. Auch das Nichtüberlegen war sehr anstrengend. Er trank, rauchte, versuchte ein paarmal vergeblich zu lächeln, strengte sich an, einen Witz, ein heiteres Wort, eine Ankedote zu finden, und nichts half, und er schämte sich zugleich, daß er so vertrackt schweigen mußte. Ja, im Kasino, mit seinesgleichen, fiel ihm in jeder Situation irgend etwas Passendes ein. Mit seinesgleichen! Er klammerte sich an dieses Wort, es erklärte ihm, daß er eigentlich in solche Verlegenheiten geriet, weil Zenower halt nicht »seinesgleichen« war. Für einen Augenblick glaubte er, Gleichgewicht, Festigkeit, Haltung wiedergefunden zu haben, und mit jener hochmütigen Freundlichkeit, mit der er zu Subalternen sprechen konnte, sagte er: »Erzählen S' doch was, lieber Zenower, aus Ihrem Leben zum Beispiel.« – »Mein Leben ist ganz uninteressant, Herr Baron!« sagte Zenower. »Ich diene heute das dreizehnte Jahr. Ich war Goldmacher von Beruf. Das ist lange her. Ich bin nicht verheiratet. Ich bin seinerzeit zum Militär gegangen, freiwillig, mit zweiundzwanzig, weil das Mädchen, das ich geliebt hatte, einen andern geheiratet hat.« – »Das ist nicht nett!« warf Taittinger ein. »Ja, Herr Baron, das war der einzige Schmerz meines Lebens, auch der letzte.« – »Kurios!« rief der Rittmeister. »Leben denn Ihre Eltern noch?« – »Ich habe keine! Meine Mutter ist früh gestorben. Sie war Köchin. Von meinem Vater weiß ich nichts, ich bin ein uneheliches Kind.« – »Interessant«, wiederholte Taittinger, »und Sie sind so ganz allein aufgewachsen?« – »Im städtischen Waisenhaus in Müglitz, dann kam ich mit sechzehn in die Lehre.« – »Sie sind ein kluger Mann, Zenower«, sagte der Rittmeister. »Warum machen Sie denn eigentlich nicht die Rechnungsprüfung?« – »Ich will's auch«, sagte Zenower. »Obwohl ich ja nicht höher kommen kann als bis zum Rechnungshauptmann. Aber da gibt's noch Schwierigkeiten wegen der unehelichen Geburt. Ich hab' aber einen Freund, Rechnungsrat im Kriegsministerium.« – »Na, es wird schon gehn!« tröstete Taittinger. »Interessantes Leben haben Sie, Zenower! Sie sind eigentlich, wie nennt man das: ein Kind aus dem Volke! Das hätt' ich nie gedacht.« – »Ja«, sagte Zenower, »ein Kind aus dem Volke. Ich stell' mir wenig darunter vor. Ich weiß nur, daß ich das Kind einer Köchin bin!« – Taittinger erinnerte sich an die alte Köchin seines väterlichen Hauses. Karoline hieß sie. Sie war alt und weinte immer, dreimal jährlich, wenn Taittinger nach Hause kam, zu Ostern, in den Sommerferien und zu Weihnachten. Plötzlich aber sagte er – und er wußte gar nicht, daß er so laut sprach: »Lieber Zenower, vorher hab' ich gedacht, ich kann mit Ihnen eigentlich nicht ganz frei sprechen. Jetzt weiß ich, warum: Ich schäme mich nämlich vor Ihnen, ich beneide Sie, und ich würde ganz gern mit Ihnen tauschen!« Er erschrak selbst vor diesem Satz, vor seiner Aufrichtigkeit, vor allem aber über die Schnelligkeit, mit der er vermocht hatte, Rechenschaft über seine Gedanken abzulegen. Er hatte sich auf einer Wahrheit ertappt; und zum erstenmal nach langen Jahren wurde er rot, wie er einst, als Knabe, rot geworden war, wenn man ihn auf einer Lüge ertappt hatte. Zenower sagte: »Herr Baron, Sie brauchen niemanden zu beneiden und mit niemandem zu tauschen, wenn Sie nur immer aufrichtig zu sich selbst sind. – Und heute auch zu mir!« fügte er hinzu. »Ja, Zenower«, sagte der Rittmeister. Er fühlte eine große Trauer und eine starke Heiterkeit zugleich. »Ich treffe Sie nach dem Essen bei Sedlak, wo ich oft sitze, wissen Sie? Wollen sie kommen? In zwei Stunden verlasse ich das Kasino.« Er drückte Zenowers große Hand, sie fühlte sich an wie ein einziger, warmer, sehr lebendiger Muskel. Er fühlte, daß etwas Gutes und Starkes von ihr ausging und etwas Beredtes und Hörbares. Es war, als ob die Hand Zenowers Gutes gesagt hätte.

XXII

Die Gaststube Sedlaks lag hinter den Bahnschranken, gegenüber den sogenannten Sandbergen, man brauchte eine halbe Stunde, um sie zu erreichen. Gutspächter trafen sich dort, Getreidehändler, Gestütszüchter und von den gehobenen Ständen lediglich manchmal die zwei

Veterinäre. Man war sicher, keiner Uniform in dieser Gaststube zu begegnen. Es begann sachte zu schneien, als Taittinger das Kasino verließ. »Entschuldigung, ich hab' ein Rendezvous«, sagte er dem Oberleutnant Zschoch in der Tür. »Wie heißt sie?« fragte Zschoch, aber Taittinger hörte nicht mehr. Es war der erste Schnee dieses Jahres. Taittinger, auf den weder die gewöhnlichen noch die unerwarteten Naturereignisse jemals irgendeinen Eindruck gemacht hatten, empfand zum erstenmal eine knabenhafte Freude an den weichen, sanften, gütigen Flocken, die lässig und verträumt auf seine Kappe und auf seine Schultern fielen und auf die ganze breite Straße, die zu den Sandbergen führte. Es schien ihm bedeutsam, daß heute der erste Schnee fiel. Munter ging er durch den dichten weißen Schleier. Der Bahnschranken war geschlossen, er mußte lange warten. An jedem anderen Tag hätte er die Bahn »langweilig« genannt. Heute aber wartete er sogar genießerisch. Er hatte das Gefühl, man würde stärker eingeschneit, so im Stehen. Ein endloser Schleppzug rollte vorbei. Was wohl in diesen stummen Waggons enthalten sein mochte? Waren's Tiere, Holz, Eierkisten, Getreidesäcke, Bierfässer? Was mir doch für Gedanken heute kommen! sagte sich Taittinger. Es gibt so viele Dinge auf der Welt, von denen unsereins keine Ahnung hat! So Leute wie der Zenower, dessen Mutter eine Köchin war und die im Waisenhaus aufgewachsen sind, wissen sehr viel. Der Schleppzug nahm noch immer kein Ende. Die Güterwagen konnten auch Gepäck enthalten, wie damals die vielen Koffer der persischen Majestät, die so spät angekommen waren. Der charmante Kirilida Pajidzani fiel Taittinger ein. Was machte der jetzt in Teheran? Vielleicht schneite es dort auch. Glücklich war dieser Pajidzani. Er hatte keine Affäre auf dem Gewissen, keine Mizzi Schinagl, keinen langweiligen Cousin Zernutti, keine rekommandierten Briefe, keinen Ökonomen, keinen Gutsverwalter! – Jetzt war der Zug vorbei, der Bahnschranken ging in die Höhe, als kämpfte er langsam, mühselig gegen die leichte Last des Schnees. Ich werde ihm erzählen, beschloß Taittinger, in dem Augenblick, in dem er die zwei Fenster der Gaststube durch den Schnee aufleuchten sah.

Zenower saß schon da, er las in den bunten Heftchen, Taittinger erkannte sie vom Eingang aus. Er griff in die Manteltasche, unwillkürlich, er dachte, es wären seine Heftchen, die dort auf dem Tisch Zenowers lagen. Aber nein! Zenower las andere Büchln. »Ach, Sie haben sich bekehrt?« fragte Taittinger. »Sind's die gleichen wie meine?« –

»Nein, Herr Baron, im Gegenteil! Es sind in der kurzen Zeit seit Ihrer Rückkehr schon zwei neue Heftchen erschienen. Leider!« – »Lassen S' schaun«, sagte Taittinger. »Später, Herr Baron«, sagte Zenower, »es ist unerfreulich. Für Sie unerfreulich!«
Sie tranken Vöslauer; wie schnell der Zenower sich veränderte. Noch am Nachmittag hatte er anders ausgesehen. Es war nicht das Zivil, das ihn veränderte, er trug ja noch den gleichen braunen Zivilanzug. Er war etwas jünger als der Rittmeister, aber seine schütteren, hellblonden Haare schimmerten schon grau unter dem Licht des großen Rundbrenners, und der helle Soldatenblick in den grauen Augen war weg, war in der Kaserne geblieben, mit Säbel, Kappe, Uniform. Es waren traurige, bekümmerte und prüfende Augen, die jetzt den Rittmeister anblickten. Er konnte sie kaum ertragen. Er konnte sich nicht entschließen, sie »langweilig« zu nennen. Er wußte überhaupt nicht, wo er eigentlich den Zenower einreihen sollte. Der paßte in keine Kategorie: weder zu den »Charmanten« noch zu den »Gleichgültigen«. Was alles in diesem Zenower steckte, wußte man ebensowenig wie den Inhalt der geschlossenen Güterwagen vor einer Weile. Und dennoch tat es gut, mit ihm zusammenzusitzen, und alles Grausliche, das er sagte, klang eigentlich wie Tröstliches.
»Sie sind der erste Mensch«, begann der Baron, »dem ich endlich die ›Affäre‹ erzählen kann.« »Nicht nötig, Herr Baron«, sagte Zenower, »ich kenne sie schon. Sie steht da drin, in dem Büchl, für jeden sichtbar, der zu lesen weiß. Sie sind nicht genannt, aber genau beschrieben.«
Taittinger wurde blaß. Er stand auf, er setzte sich wieder. Er griff nach dem Blusenkragen.
»Bleiben Sie ruhig, Herr Baron«, sagte Zenower. »Ich habe vorläufig alle Büchln in den hiesigen Tabaktrafiken zusammengekauft.« Und er zog einen großen Packen aus der Tasche. »Man muß überlegen. Aber ich sehe keinen Ausweg. Um deutlich zu sein: dieser Lazik ist nicht schüchtern. Er schreibt: ›die hohe Kuppelei‹ zum Beispiel. Man könnte glauben, sehr hohe Persönlichkeiten, auch Sie, Herr Baron, seien einfach Nutznießer. Es ist schrecklich.«
Er schwieg lange. Taittinger trank hastig, aber in kleinen Schlückchen. Er hatte das Bedürfnis, wenigstens die Hände nicht untätig zu lassen. Er wollte etwas sagen, etwas weitab Liegendem gewissermaßen mit Worten entfliehen. Aber gegen seinen Willen sprach er die schreckli-

che Phrase aus, die unaufhörlich in seinem Hirn klang: »Ich bin verloren, lieber Zenower!«
Zenowers traurige Augen ertrug er jetzt ganz ohne Mühe. Sie waren sein Trost, sein einziger. »Verloren, Herr Baron, das ist es nicht. Sie kennen nicht Verlorene. Die Welt, in der Sie leben, verzeihen Sie, ist nicht die Welt, in der man wirklich verloren sein kann. Die wirkliche Welt ist sehr groß, und sie hat ganz andere Möglichkeiten der Verlorenheit. Aber es ist ja noch nichts, auch in Ihrem Sinne, nichts verloren. Sie sind nur gefährdet. Dieser Journalist ist gewiß gefährlich, aber sehr dumm. Es muß leicht sein, ihn unschädlich zu machen. In die gute Gesellschaft kommen diese Heftchen gewiß nicht. Was die Leser betrifft, ist es ganz gleich. Aber die Gefahr besteht, daß der Verfasser selbst zu den Herrschaften kommt – wie er zu Ihnen gekommen ist. Ich glaube nicht, daß andere ihm auch Geld geben. Aber er selbst hegt derlei Hoffnungen. Er kann sich mit Recht auf Sie berufen.«
»Was soll ich tun, lieber Zenower?«
Der Rittmeister sah aus wie ein ergrauter Knabe. Er kaute an seinen Lippen. Er betrachtete seine Finger, als untersuchte er, ob es noch seine eigenen seien, oder schon fremde, die Hände eines Verlorenen.
»Erlauben Sie mir, mit Lazik zu sprechen«, sagte Zenower. »Ich werde morgen um drei Tage Urlaub bitten.«
Gewiß, alles klärte sich auf. Taittinger gewann seine alte Heiterkeit wieder. Zenower, dieser Kluge, Gute, er wird fahren, sprechen, alles ordnen. Auch die andern Sachen. Den kleinen Schinagl schickt man nach Graz. Auf dem Gut ordnet sich schon alles. Man verkauft Pylades. Morgen gleich nach dem Exerzieren ein Sprung zur Post, poste restante liegt wahrscheinlich ein Brief von der Mizzi aus Kagran. Man hat von nun an keine Angst vor Briefen, vor Unterschriften, kurz, vor all den grauenhaften Ereignissen, die sich außerhalb der Kaserne, des Kasinos, des Hotels Imperial in Wien und der »Gesellschaft« abspielen. Taittinger war nunmehr »ehrlich« überzeugt, daß er seit gestern um viele Jahre älter, um viele und bittere Erfahrungen reicher geworden sei und viele Hindernisse überwunden habe; alles dank diesem Zenower. Und zu denken, daß es ein Kind aus dem Volke war!
»Das Volk ist gut!« sagte Taittinger laut.
»Sie kennen es nicht«, sagte Zenower, »das Volk! Das Volk besteht aus

Menschen. Der Mensch ist gut und schlecht.« Damit erhob er sich, so entschieden, daß Taittinger keine Zeit mehr fand, ihn noch um eine halbe Stunde zu bitten. Jetzt, wie der Zenower so dastand, im Zivilmantel mit samtenem schwarzem Kragen, steifem Hut und Handschuhen in der Linken, den Stock über den Arm gehängt, erinnerte er Taittinger zum drittenmal nicht mehr an den Zenower. Noch einmal verändert war er, fremd, streng und lieb und – allerdings – auch ein bißchen wieder langweilig. Aber seine Hand war stark, warm und beredt, wie am Abend, und nachdem er fort war, fühlte Taittinger Heimweh nach ihm. Es verdroß ihn auch, daß man ihn allein gelassen hatte. Er trank noch eine Flasche, sah die letzten Gäste gehn, Hoffnung und Trost blühten wieder auf in seinem Herzen. Es wird sich alles ordnen, dachte er. Es schneite immer noch, immer dichter, was hatte man jetzt? November. Der Schnee erinnerte an Weihnachten und also dachte Taittinger: Bis Weihnachten wird sich alles ordnen!
In dieser Nacht schlief er gut, unbekümmert und traumlos.
Am Morgen lag der Schnee schon hoch, fest und gefroren. Die Hufe des Pylades, den er heute ritt, sentimental und aus Abschiedsschmerz, glitschten gefährlich über das leergefegte Kopfpflaster. Die Trompeten bliesen verhalten, verschleiert und betäubt. »Pylades«, sagte der Rittmeister, als er auf dem Exerzierplatz absaß, »Pylades, es ist das letztemal!« Er klopfte den Hals des Schimmels, holte ein Stück Zukker aus dem Patronentäschchen, steckte es zwischen die Zähne des Tiers und hielt lange die gehöhlte Hand vor die warmen, weichen Nüstern und die dankbare, große, heiß-kühle Zunge. Er fühlte, daß er nicht mehr die Kraft haben würde, noch heute auf Pylades wieder in die Kaserne einzurücken. Er befahl dem Wachtmeister, das Pferd zurückzuschicken. Er übergab Obrleutnant Zschoch die Eskadron. In der Zehn-Uhr-Pause ging er fort, meldete sich bei Major Festetics ab und schritt schnell der Stadt zu, immer schneller, mit möglichst viel Geräusch, um die Wehmut zu betäuben und auch die leise Angst vor den Briefen, die am Poste-restante-Schalter auf ihn warten mochten.
Es war nur ein Brief, schon drei Wochen alt und mit dem ekelhaften Kagraner Stempel. Er lautete:

»Hochverehrter Herr Baron! Es war so außergewöhnliche Ehre sowie herzliche Freude bei mir, in meinem Herzen, daß Herr Baron an mich gedacht haben. Es geht mir gut, auch sind die Schwestern gut und arbeite ich jetzt in der Näherei, wo man auch singen darf. Ich werde bald entlassen, und heute ist noch im Oktober. Hochachtungsvoll und mit Liebe voll, empfiehlt sich Mizzi Schinagl.«

Taittinger las den Brief zweimal, in der Posthalle, denn er war auf einem grauen, porösen Papier geschrieben, aus dem man Tüten macht, und die Züge waren von großen Klecksen unterbrochen und entstellt. Taittinger war gerührt, vom Brief, noch mehr von seiner eigenen Kraft, ihn abgeholt und zweimal gelesen zu haben, am meisten aber wegen des Abschieds von Pylades. In Tartakowers »Frühstücksstube« stärkte er sich mit Hering und Sliwowitz. Er wollte noch in die Kanzlei, Zenower sehn, vor seiner Abreise nach Wien. Er beschloß, nicht im Kasino Mittag zu essen, sondern draußen bei Sedlak. Die Luft war glashell und hart und umwehte angenehm frostig die süßen Wehmutsgefühle des Rittmeisters. Die Sonne wärmte den Rücken, durch die dicke Litewka spürte man sie. Es schien alles in der Welt gut und geordnet. Überraschungen gab es nicht mehr. Es war, als hätte man gestern mit Zenower das Schlimmste nicht nur besprochen, sondern auch überwunden. Es war ungefähr wie nach der Prüfung.

XXIII

Leider stürzte das Unglück mit einer so jähen Rasanz über den armen Taittinger herein, daß er keine Zeit mehr hatte, aus der Munterkeit, in der er sich schon ganz heimisch fühlte, in die Verzweiflung hinüberzuwechseln. Er hatte nicht einmal Zeit zu erschrecken. In einer Art von Gebanntheit, wortlos und ohne Verständnis, hörte er die Meldung Zenowers in der Kanzlei. Es war wieder der alte Rechnungsunteroffizier Zenower, in Uniform. Er stand Habt-acht, als der Rittmeister eintrat, er hatte wieder seinen dienstlichen, hellen Disziplinblick, und mit seiner gewöhnlichen dienstlichen Stimme sagte er: »Herr Rittmeister, melde gehorsamst, daß ich vom Herrn Oberst drei Tage Urlaub erhalten habe; melde gehorsamst, daß der Herr Oberst befohlen haben, Herr Rittmeister möchten sich unverzüglich in der Kanzlei melden; der Herr Oberst wartet!« »Ruht!« kommandierte Taittinger. »Sie können sich setzen, Zenower!« Er selbst setzte sich auf den Schreibtisch.

»Was will er denn, der Alte?« Eine ferne Ähnlichkeit mit dem Zivilblick von gestern schimmerte für eine Sekunde im Auge Zenowers: »Herr Baron, der Herr Oberst ist sehr aufgeregt. Er hat heute einen rekommandierten Brief vom Kriegsministerium bekommen, ich hab' ihn gesehn, auf dem Tisch des Stabswachtmeisters. Herr Baron – –« Weiter kam der Rechnungsunteroffizier Zenower nicht. »Na, so reden S' doch!« sagte Taittinger. Noch einmal sprang Zenower in die Habtacht-Stellung: »Herr Rittmeister, melde gehorsamst, daß der Herr Oberst befohlen haben, Herr Rittmeister möchten unverzüglich in die Kanzlei.«
»Aha, verstehe!« murmelte Taittinger, obwohl er noch immer nichts verstand. Er ging hinaus, überquerte den Hof. Der Alte lauerte manchmal an seinem Fenster, hinter der Gardine. Man mußte den Hof mit beflissenen Schritten überqueren und jeden Gruß der Soldaten, die sich im Hof befanden, reglementmäßig beantworten. Vielleicht hat er gehört – sagte sich Taittinger – daß ich den Pylades abgeben will. Der Schimmel hat ihm immer schon gefallen.
Er trat in die Kanzlei. Der Oberst Kovac war kaum zu erkennen. Er war ein kleiner, rundlicher, feister Mann mit einem runden Schädel, rötlicher Nase, grauem, kurzem Schnurrbart und winzigen schwarzen Augen, die eigentlich nur aus Pupillen zu bestehen schienen. Seine kurzen Ärmchen, die trotzdem in noch kürzeren Ärmeln steckten, gingen unmittelbar in rote, feiste Hände über, die an eine Art hautüberzogener Hämmer erinnerten. Jetzt aber erschien der Oberst Kovac geradezu mager. Seine Nase war bläulich-blaß, seine Hände fast weiß. Quer über seiner kurzen Stirn, in die das stachlige Dreieck der grauen Haarbürste vorstieß, stand eine starke, geschwollene blaue Ader, die sichtbare Künderin eines verborgenen außergewöhnlichen Grolls. Der Oberst trat vor seinen Schreibtisch, stemmte eine Hand in die Hüfte und betrachtete aufmerksam den Rittmeister, der unbeweglich war wie ein buntes Monument! Der Alte sagte nicht: Ruht, geschweige denn: Servus. Es begann Taittinger allmählich unheimlich zu werden. Er konnte nicht nachdenken. Die Fünkchenaugen des Obersten glitten an Taittinger auf und ab, auf und ab. Es dauerte wohl eine, zwei, drei Minuten. Es war so still, daß man die eigene Taschenuhr und die des Obersten ticken hörte.
Endlich sagte der Oberst – und er sprach erstaunlich leise: »Herr Rittmeister, kennen Sie einen Grafen W., Sektionschef im Finanzministe-

rium?« Taittinger fühlte die Knie kalt werden, über dem Rand der Stiefelschäfte begann das Eis, es waren gar keine Knie mehr. Es war schwer, aufrecht zu bleiben, wenn die Schenkel auf Eisklumpen saßen. »Jawohl, Herr Oberst!« – »Und kennen Sie einen, einen, einen gewissen Redakteur Bernhard Lazik?« – »Jawohl, Herr Oberst!« »Wissen sie jetzt, warum Sie hier stehn?« – »Jawohl, Herr Oberst!« – »Ruht!« befahl der Oberst. Der Rittmeister streckte den rechten Stiefel vor. »Sie können sich setzen!« sagte Kovac und zeigte auf den nackten, hölzernen Stuhl. »Danke respektvollst!« sagte Taittinger. Er wartete. »Setzten S' sich! hab' ich gesagt!« schrie Kovac. Der Rittmeister setzte sich. Der Oberst ging auf und ab, kreuz und quer über den großen Teppich. Von Zeit zu Zeit verschränkte er die Arme, löste sie wieder, ballte die Fäuste, steckte sie in die Hosentaschen, klimperte mit Schlüsseln, zog die Schlüssel hervor, drehte sie im Kreis am Ring um den Daumen, steckte sie wieder ein. Er schien immer schmaler, blasser und unwirklicher zu werden. Der Novembernachmittag warf seine ersten Dämmer in die Kanzlei, und nur der blanke Widerschein des frischen Schnees, der aus dem Hof durch die Fenster drang, konnte sie noch abschwächen.

»So reden S' doch endlich!« schrie der Oberst auf. Es war ein Brüllen und ein Kreischen zugleich. »Erklären Sie, Herr Rittmeister!«

»Herr Oberst!« sagte Taittinger, »es ist die fatale Affäre, wegen der ich zum Regiment zurückgekommen bin.«

»Fatal, fatal!« schrie der Oberst. »Schrecklich ist sie, unselig, ein –«, er fand endlich das Wort: »ein Skandal! Ja! Nicht fatal, sondern Skandal! Und mir das! Unsern, nein, Herr Rittmeister, meinen Neunern! Nicht Ihren, o nein! Ich dulde, dulde derlei, derlei Herren nicht bei mir. Ich bin ein einfacher Frontoffizier, jawohl, einfacher Frontoffizier! Ich war nie detachiert. Ich hab' keine Freunderln in Wien. Ich kenn' keine Exzellenzen! Jawohl, so wahr ich der Oberst Joseph Maria Kovac bin, einfacher Oberst, verstehen Sie, Herr Rittmeister, das werden Sie büßen! Hier, solche Briefe!« – Der Oberst trat hinter den Schreibtisch und schwang den Brief des Kriegsministeriums in der hoch erhobenen Faust. »Wissen Sie, was da steht?« – »Nein, Herr Oberst!« sagte Taittinger. Jetzt stand schon der Schweiß auf seiner Stirn. Die Füße brannten in den Stiefeln, aber über den Schäften, in den Knien herrschte der Frost. Das Herz pochte so stark, daß man seine Schläge wahrscheinlich durch das dicke Tuch der Bluse sehen mußte. »Also hören Sie, Herr

Rittmeister! Als Sie von Ihrer besonderen Verwendung zum Regiment zurückkamen, wußte ich natürlich, daß Sie einen faux pas begangen hatten. Die Geschichte war begraben. Jetzt aber! Sie können's nicht lassen, diese Unterrockgeschichten, Sie sind, Sie sind-- Also, Sie begeben sich in die Gesellschaft eines Individuums, eines Individuums, sag' ich – und geben ihm zweitausend Gulden, und Sie beteiligen sich an seinem Schmutz, an seinem Dreck, Dreck sag' ich – und der Kerl geht zum Sektionschef W. und will von ihm auch Geld und sagt, was Sie schon gezahlt haben, und der Herr Sektionschef ist leider gelähmt, Paralyse, sag' ich, seit zwei Monaten, und die Frau Gräfin kommt in die Scheißbüchln, und er kann sich nicht mit Ihnen schlagen, und das tät' er auch nicht als Gesunder, und er schreibt's seinem Freund, dem Herrn Kriegsminister, Seiner Exzellenz persönlich – persönlich sag' ich – und ich, und ich! Seitdem unsere Armee besteht -- ich sag' nichts mehr! Ich steh' Ihnen zur Verfügung, Herr Rittmeister!«
Taittinger sprang auf. »Herr Oberst!« rief er. »Habt acht!« befahl Kovac. Und dann: »Ruht! Setzen!« Taittinger setzte sich wieder.
Der Oberst schrie so laut, daß man es in allen Korridoren des linken Flügeltrakts hörte. Der Adjutant, Oberleutnant von Dengl, stand eine Weile vor der Tür, ein paar Akten in der Hand und den heutigen Tagesbefehl parat, um in jedem Augenblick sagen zu können, er sei eben im Begriffe gewesen anzuklopfen. Der Standesführer, Wachtmeister Steiner, und seine zwei Kanzleischreiber hörten durch die Verbindungstür jedes Wort, obwohl sie so taten, alle drei, als seien sie vertieft in Standesregister, Desertierungsanzeigen, Meldungen der Gendarmerie und Conduitelisten. Sogar im Hof, in der Kantine, verstummte der Lärm der kartenspielenden Unteroffiziere. Die glasklare, frostige Luft dieses Novemberabends vermittelte deutlich jeden Laut der brüllenden Oberstenstimme. Es war die grollende Stimme des Kasernengottes, ein Naturereignis allererster Ordnung. Man wußte sofort, daß es sich um Taittinger handelte; nicht nur deshalb, weil man ihn zum Obersten hatte gehen sehn; ach nein! Man hatte die Heftchen Laziks gelesen, nicht in allen Tabaktrafiken hatte Zenower sie aufgekauft! Ein gewaltiger Schrecken und eine große Betrübtheit beherrschte alle, obwohl ihnen der Baron Taittinger immer gleichgültig gewesen war. Er paßte nicht zum Regiment, er paßte nicht in die Kaserne. All die bäurischen Menschen des Regiments, die aus der Bukowina, aus der Slowakei, aus der Bacska stammten und niemals einen Wiener Salon gesehen hatten,

bekamen, wenn sie den Baron Taittinger ansahen, die überzeugende Vorstellung, daß er in einen Salon gehöre. Dennoch konnten sie sich jetzt genau denken, wie er leiden mußte, dank jener soldatischen Solidarität, die aus Schwadronen und Regimentern eigentlich Familien macht, aus Vorgesetzten Väter oder ältere Brüder, aus Untergebenen Söhne, aus Rekruten Enkel, aus Wachtmeistern Onkel und Oheime und aus Korporalen Vettern. Es wurde still in der Kantine, und die Karten lagen reglos und spiegelblank auf den Tischen.

Der Oberst indessen schwieg plötzlich, und sein Schweigen war noch fürchterlicher als vorher sein Geschrei. Er hatte seine Stimme und seinen Sprachschatz erschöpft. Er, auch er, fühlte seine Knie frieren und wanken, er mußte sich setzen. Er vergrub den Kopf in beiden Händen und sagte mehr zu seinen Papieren auf dem Schreibtisch als zu Taittinger: »Der Abschied, Herr Rittmeister! Der Abschied, sag' ich! Ich will kein Ehrengericht! Hören Sie! Ich will mitteilen, daß Sie den Abschied genommen haben. Der Regimentsarzt, der Doktor Kallir, ich hab' schon mit ihm gesprochen, weiß genau, wie schlimm es um Ihre Gesundheit steht. Ihre Nerven sind angegriffen, Sie haben den Verstand verloren. Den Abschied! Ich wünsche keine Transferierung mit dieser Conduitenliste, verstehen Sie, Herr Rittmeister?«

Der Rittmeister Taittinger stand auf: »Jawohl, Her Oberst! Ich werde morgen um den Abschied bitten!«

Dem Obersten wurde weh ums Herz. Er wollte aufstehen, er fühlte sich zu schwach. Er streckte Taittinger die Hand über den Tisch hin und sagte: »Leb wohl, Taittinger!«

XXIV

Sie saßen die ganze Nacht bei Sedlak, Taittinger und der Rechnungsunteroffizier Zenower. Auch er, Zenower, war betäubt von der Schnelligkeit des Schicksals. Auch er, das Kind der Köchin, war ein Kind der Armee. Auch er, obwohl er das wahre Leid der Welt außerhalb der Kasernen kannte, war nicht imstande, den Schmerz Taittingers geringzuschätzen; und er war auch betrübt, wie heute alle, vom Obersten bis zu den Rekruten. Es gab gewiß viel Unglück auf Erden. Aber hier war ein sichtbares, ein greifbares Unglück der Kaserne, in der man schlief und aß und lebte. Gestern noch hatte er dem Rittmeister etwas sagen, raten, helfen können. Heute war er stumm. Taittinger war stumm. Manchmal sagte er nur: »Denken Sie doch, Zenower!...« Aber er wußte nicht, was Zenower eigentlich zu denken hatte. Die Wanduhr tickte, ihre schwarzen Zeiger drehten sich unermüdlich, gleichmäßig glitten sie an den Ziffern vorbei und hielten sich nicht auf, als wären's nur Minutenstriche, und beide Männer blickten oft gleichzeitig nach der Uhr, und beide empfanden mit der gleichen Deutlichkeit beim Anblick der unveränderlichen Zeitgesetze die menschliche Ohnmacht, auch allen andern Gesetzen gegenüber, den bekannten und den unbekannten. Die Stunden gingen, Teile des Lebens. Eine, zwei, drei oder auch zehn Stunden seines Lebens hatte Taittinger vertan oder verraten; es war nichts mehr zu reparieren.

Die letzten Gäste gingen, das Petroleum im gläsernen Rundbrenner verringerte sich zusehends. Sie ließen Kerzen bringen und Wein und blieben sitzen. Man sah, als die Lampe vollends erlosch, den silbernen Schimmer des Schnees vor den Fenstern. Der frostige Wind sang dünn und hell durch die Nacht, und die Scheiben klirrten leise. Obwohl sie einander nichts Bestimmtes gesagt hatten, wußten sie doch beide, daß es galt, das erste Morgengrauen abzuwarten. Mitten in der Nacht konnte keiner den andern verlassen. Sie warteten.

»Ich werde Sie begleiten, Herr Baron«, begann endlich Zenower. »Sie werden morgen Urlaub nehmen. Ich werde mit Ihnen nach Wien fahren. Ich hätte sowieso längst zu meinem Freund müssen, dem Oberrechnungsrat. Ich glaube, daß ich im Januar noch die Prüfung machen kann.« – »Ja, gewiß!« sagte Taittinger.

Der Wirt Sedlak schlief hinter der Theke. Manchmal sprach er etwas Undeutliches aus dem Schlaf. Zenower sagte: »Der hat einen gesegneten Schlaf!« Aber Taittinger, der gar nicht zugehört hatte, antwortete: »Ja, er hat einen ganz guten Vöslauer!« – »Am liebsten trink' ich ja ein gutes Bier!« sagte Zenower. Dann war es wieder still. Vergeblich blieben ihre Bemühungen, in ein gleichgültiges Gespräch zu flüchten. Sie dachten nicht an das, was sie sagten, sie sprachen nur so, um die Uhr nicht zu hören, es waren sinnlose Beschwörungen, zusammenhanglose Phrasen, törichte, kleine Verlogenheiten. Die zwei Kerzen waren schon bis zum letzten Drittel abgebrannt, als draußen, vor den Fenstern, der Schnee bläulich zu werden begann, der Gesang des Frostes heftiger, der Himmel blasser. Zenower ging an die Theke, weckte Sedlak, zahlte.

Sie gingen langsam der Stadt zu, in die Kaserne. »Morgen bin ich in Zivil, für immer!« sagte Taittinger, als sie in die Kaserne eintraten und der Posten salutierte. »Zum letztenmal salutiert er!« sprach er weiter. Was ist es schon viel Großes! dachte Zenower, wenn man nicht mehr salutiert wird! – Aber er fühlte auch zugleich, daß es eine ungerechte Überlegung war. Es war ein Leben, das hier zu Ende ging. Wie ein Sterbender den Körper ablegt, so zieht ein Soldat die Uniform aus. Zivil, Zivil: das war ein unbekanntes, vielleicht ein schreckliches Jenseits.

Um neun Uhr war Offiziersrapport. Den »Urlaub aus Gesundheitsgründen« bekam Taittinger sofort. Der Dienstzettel des Regimentsarztes Doktor Kallir verkündete ausdrücklich eine gefährliche Nervenzerrüttung. Sie enthob Taittinger auch der Pflicht, sich vom Regiment zu verabschieden. Um zwei Uhr vierzig am Nachmittag stieg er in den Zug, in Zivil, mit Zenower. Um sechs Uhr kamen sie an. Zenower schrieb das Abschiedsgesuch. Im Schreibzimmer des Hotels Prinz Eugen schrieb Taittinger es ab, mit seiner dienstlichen, steilen Schrift, vier Finger Abstand von oben, drei Finger Abstand vom Rand. Er unterschrieb sehr langsam: »Alois Franz Baron von Taittinger, Rittmeister.« Es glich gar nicht seiner gewohnten Unterschrift, so langsam und vorsichtig hingemalt waren seine Buchstaben. Es war ihm, als wäre es gar nicht sein Name. Einen fremden Namen unterschrieb er.

In der Halle wartete Zenower. Er nahm das Gesuch, suchte lange darin zu lesen und den Anschein zu erwecken, als müßte er es vorsichtig prüfen, nur, um nicht den Rittmeister bald wieder ansehn zu müssen. Schließlich faltete er es zusammen.

Taittinger sagte: »Jetzt bin ich kein Vorgesetzter mehr, Zenower!«

Er zog die Uhr aus der Westentasche, eine goldene Uhr, sie stammte aus dem Juwelierladen des Kommerzialrats Gwendl, auf der Rückseite eingraviert waren die Initialen Taittingers und die seines Onkels. Es war ein Geschenk des Onkels, anläßlich der Ausmusterung in Mährisch-Weißkirchen. »Nehmen Sie die Uhr!« sagte Taittinger. Zum erstenmal schenkte er etwas her – außer Geld und Blumen hatte er noch niemals etwas hergegeben. Zenower sah ihn lange an, zog seine eigene, eine umfangreiche silberne, und sagte: »Nehmen Sie diese, Herr Baron!«

Dann, als er sah, daß Taittinger wartete, die silberne Uhr in der flachen Hand, fügte er hinzu: »Wenn Sie einen Freund brauchen – – –«

»Ich fahre heute noch aufs Gut!« sagte Taittinger. Er ließ die Uhr in die Westentasche gleiten. Er tat sehr geschäftig. »Nicht wahr? Sie erledigen das Gesuch! Verkaufen Sie beide Pferde. Ich mag sie nicht. Schreiben Sie bald. Danke Ihnen sehr, lieber Zenower! Meine Adresse haben Sie ja!«
»Gute Reise!« sagte Zenower und erhob sich.
»Mein Gepäck!« rief der Baron. Er fuhr zur Ostbahn.

XXV

Das Gut Taittingers war nicht leicht zu erreichen. Es lag im Bezirk Ceterymentar, eingefangen zwischen den tiefverschneiten Karpaten. Man mußte zweimal umsteigen. Vom Bahnhof Ceterymentar waren noch sechseinhalb Kilometer bis zum Gut emporzufahren, hierauf noch anderthalb wieder hinunter. Es hieß Zamky, aber Taittinger hatte es immer schon die Mausefalle genannt, auch als Knabe schon, wenn ihn der Onkel in den Ferien eingeladen hatte. Der Bürgermeister Wenk war ein Deutscher, einer der wenigen versprengten sächsischen Kolonisten, die in der Gegend wohnten. Der Ökonom stammte aus Mähren, die Bauern waren Karpatorussen, der bereits ertaubte Lakai ein Ungar, der aber vollends vergessen hatte, aus welcher Gegend er hierhergekommen war, wann und zu welchen Zwecken. Das letzte, was er in der Erinnerung behalten hatte, war die Rebellion in Budapest und der Tod seines Herrn, des alten Barons. Der Förster war ein Ruthene aus Galizien, der Wachtmeister der Gendarmerie ein Preßburger: der einzige Mensch weit und breit, mit dem Taittinger manchmal in der Schenke ein paar Reden führen konnte.
Es war Anfang Dezember. Der Frost hauste ringsum auf den Gipfeln und auch unten im Gut. Die Raben hingen reglos und schwarz an den verschneiten Tannen. Wenn sie nicht urplötzlich aufflatterten und gewaltig zu krächzen anfingen, konnte man zuweilen glauben, sie seien verzauberte Früchte. Man hatte das Wohnhaus nur flüchtig reparieren können (so schnell war Taittinger gekommen, und so wenig Geld war überdies vorhanden). Der Ökonom bezahlte den Handwerkern außerdem nur die Hälfte des Ausbedungenen – und sie kannten ihn gut genug, um zu wissen, daß sie den versprochenen Rest »nach Weihnachten« nimmer sehen würden. Übrigens gab es zweimal Weihnach-

ten, für die Römisch-Katholischen und für die Russischen! Das Dach bekam hier und dort ein paar neue Schindeln, behielt aber die alten Löcher. Als man nach so langen Jahren wieder zu heizen begann, bogen sich die alten Türleisten, die Fensterrahmen, kein Riegel paßte mehr und kein Schloß, und es seufzte und krachte in den großen, schweren Schränken, in denen sich die Leisten und die Fächerbretter krümmten. Schief an halbgelockerten Haken hingen im Schreibzimmer die alten, finsteren Ahnenbilder der Familie Zernutti. Im übergroßen Speisezimmer wucherte der Schwamm. Große braune, blaue und weiße Pappendeckel füllten die hohlen Fensterrahmen der Veranda. In der Küche nisteten zwei uralte Kröten, die der Lakai Joszi fütterte mit den spärlichen Winterfliegen, die hervorkrochen, wenn der Herd geheizt wurde, und die Joszi auch im Nu erspähte. Es war eine peinliche Überraschung gewesen, als der Baron ankam. Aber man hatte gedacht, er würde höchstens eine Woche bleiben, den unehelichen Sohn wegschicken, sich ein wenig umsehn und wieder abfahren. Als man aber von dem Wachtmeister erfuhr, daß Taittinger die Absicht habe zu bleiben, ja, daß er den Dienst gar quittiert habe, begann man den Baron zu hassen, mit dem besonderen Haß, den die Furcht eingibt. Sie kannten ihn nicht genau. Leichtsinnig war er bis jetzt gewesen, das stand fest: Korn und Weizen und das Wäldchen und das Geld hatte er verschleudert. Aber jetzt, wo er offenbar um seine Armut wußte, war er nicht vorsichtig geworden? Hatte er nicht deshalb die Armee verlassen? Wenn er wollte – er hatte so viel Rechenschaft zu fordern. Was war aus dem Weinkeller geworden? Wer hatte bald Heuschrecken, bald schlechte Ernten erfunden, den Fallit des Waldkäufers?
Es ist gleich der erste Abend in der Herberge, das Schlafzimmer ist angeblich noch nicht fertig, Taittinger muß im Gasthof schlafen. Ein paar Bauern sitzen noch da, an dem großen, breiten braunen Tisch, neben dem nackten, großen Lehmofen. Janko, der Wirt, schleicht um den Baron herum, obwohl er weiß, daß Taittinger weder etwas sagen will noch auch neugierig ist, irgend etwas zu vernehmen. Die Bauern sind gewohnt, laut zu sprechen oder aber zu schweigen. Leise zu sprechen verstehen sie nicht. Laut sprechen können sie nicht wegen des Barons. Sie können gerade noch von Zeit zu Zeit die Pfeifen ausklopfen, aber auch nicht wie sonst an den Tischrändern, sondern an den Stiefelschäften unter dem Tisch. Wie nun der Wachtmeister eintritt, stramm vor dem Baron stehenbleibt und der Baron ihn einlädt sich zu

setzen und ihm die Hand gibt und mit ihm sogar trinkt, wird es vollends still um die Bauern und in ihnen. Sie senken die Köpfe und blikken nur gelegentlich verstohlen nach dem Tisch des Herrn. Der Baron und der Wachtmeister sprechen deutsch, man versteht jedes zehnte Wort, aber man hätte ja Angst, auch zu hören, selbst wenn die beiden slowakisch oder ruthenisch sprechen würden. Taittinger hält es für selbstverständlich, daß die Bauern so stumm sind. Seitdem er das Gut hat, aber auch früher, war er im ganzen vielleicht zehnmal hier, und immer waren die Bauern so lautlos gewesen. Der Wachtmeister aber weiß, wie sie poltern, und er sagt dem Baron: »Sie schweigen so aus Angst vor Herrn Baron!« Angst – vor mir! denkt Taittinger. »Ich tu ihnen ja nix!« sagte er. »Ja, grad deswegen, Herr Baron!« meint der Wachtmeister. »Das ist penibel!« sagt Taittinger. Der Wachtmeister geht hinüber und sagt den Bauern auf slowakisch, der Herr Baron wünschte, sie sollten nicht seinetwegen schweigen. Das ist nahezu ein Befehl. Sie reden etwas, zu zweit, zu dritt, Dinge, die sie gar nicht hatten sagen wollen. Dann verfallen sie wieder in Schweigsamkeit. Der Wirt bringt Gulasch und Bier. Taittinger und der Gendarm essen.
Auf einmal geht die Tür auf, und ein junger Mann tritt ein und geht geradeswegs auf Taittinger zu. Der Baron hört zu essen auf, hält noch Messer und Gabel und sieht auf den jungen Mann, den er nicht zu kennen glaubt. »Servus, Xandl!« sagt der Wachtmeister. Alle Bauern wissen, daß es der uneheliche Sohn des Barons ist, und sehen auf. Die mit dem Rücken zu Taittinger gesessen sind, wenden sich um. Der Baron wird ihnen zwar nicht vertrauter, aber die Neugier ist mächtiger als die Angst; und die Schadenfreude entschädigt reichlich. Jetzt müßte noch einer der vielen Gläubiger herankommen. Die Bauern wissen, daß der Gutsherr verschuldet ist. »Ihr Sohn?« fragt Taittinger den Wachtmeister. »Nein«, sagt der junge Mann, »Ihr Sohn bin ich, Herr Baron!« – »Ah«, sagt Taittinger, »Sie sind der Schinagl!« – »Ja!« sagt der Junge. Taittinger sieht ihn genau an. Er trägt einen grünen Samtanzug, hat kurze Ärmel und viel zu große, rote, aufgesprungene Hände und unappetitliche Nägel. Der Kopf könnte angehen, Taittinger bemüht sich, irgendeine Ähnlichkeit zwischen sich selbst und dem jungen Mann zu entdecken. Es geht nicht, beim besten Willen nicht. Der Junge hat rotgeränderte Augen aus blauem Porzellan, er verzieht den Mund unaufhörlich, seine Ohren glühen rot, sein Kopf ist kahlrasiert, so daß man die Haarfarbe nicht erkennen kann, seine blaue, tintenbe-

fleckte Kappe mit dem schäbigen, verrunzelten Lackschirm knetet er unaufhörlich mit den häßlichen Fäusten. Er kann nicht einen Augenblick still sein. Er tritt von einem Fuß auf den andern, manchmal wippt er im Stehen. Taittinger hat noch niemals ein ähnliches Lebewesen gesehn. Er denkt schon daran, morgen abzureisen.
»Ja, Herr Schinagl«, sagt er, »was wünschen Sie?« Er hat seine gewohnte, die alte Baron- und Rittmeister-Stimme, eine sehr langsame, lässige, dennoch scharf trompetende Stimme. Der Junge wippt einen Schritt zurück. »Ich möcht' wissen, wie es der Mutter geht!« Er spricht sehr laut, Taittinger empfindet, daß die Stimme gleichsam rot ist, gerötet wie die Fäuste und wie die Ohren. Der Kerl ist unausstehlich, denkt er und schiebt das Gulasch weg und trinkt Bier. »Was wollen Sie?« fragt der Baron noch einmal. »Wissen, wie's der Mutter geht!« wiederholt der Xandl. Der Baron denkt nach, aber nicht über das Befinden der Mizzi Schinagl, sondern darüber, ob er sagen soll: Ihrer Frau Mutter oder Ihrem Fräulein Mutter! Es kommt ihm nicht in den Sinn, daß man einfach sagen könnte: Ihrer Mutter.
»Ich hab' lang nichts mehr von Fräulein Schinagl gehört«, sagt er schließlich.
»Aber ihre Adresse?« fragt der Junge.
»Sie sind doch in Graz in der Schule?« fragt der Baron.
»Ja, aber hinausgeschmissen haben s' mich. Meine Mutter hat auch nicht bezahlt. Ich hab' auch was angestellt, und ich möcht' auch gar nicht zurück!«
Der Wachtmeister hat unbeirrt sein Gulasch aufgegessen, sein Krügl ausgetrunken, jetzt bestellt er noch ein Bier, tut einen gewaltigen Schluck, läuft plötzlich blaurot an und wischt sich den Schnurrbart mit einem fast ebenso rotblauen Taschentuch trocken. Dann erhebt er sich, steckt das Taschentuch ein und schlägt Xandl ins Gesicht. Der Junge torkelt. Der Wachtmeiter setzt sich und sagt ruhig: »Xandl, du wirst mit dem Herrn Baron so reden, wie es sich gebührt, oder ich führ' dich ab, und du kommst zwei Jahre später erst aus dem Kriminal. Weißt du, wie du dich zu benehmen hast?«
»Jawohl, Herr Wachtmeister!«
»Also bitte den Herrn Baron um Verzeihung!«
»Ich bitte um Verzeihung, Herr Baron«, sagt Xandl.
Die Bauern lachen schallend im Chor und klatschen sich auf die Schenkel.

»Also, Herr Wirt«, ruft der Baron, »geben S' dem Jungen was zu essen. Drüben!« fügt er hinzu. »Wenn Sie gegessen haben, gehen S' heim, zum Herrn Ökonomen, und sagen ihm, daß Sie morgen nach Graz zurückfahren!«
»Dank' schön, Herr Baron, möcht' noch etwas bitten!«
»Ja?«
»Ob ich zu Weihnachten wieder herkommen dürft'?«
»Ja!« sagt der Baron.
»Erlauben mir schon die Freiheit, Herr Baron«, sagt der Wachtmeister, »aus dem wird nix Rechts.«
»Ist nicht seine Schuld!« antwortet der Baron.
»Ich weiß schon«, meint der Wachtmeister, »die hohen Herrschaften denken immer viel zu gut von derlei Gesindel. Unser Herr Bezirkshauptmann, wenn ich ihm politisch subversive Elemente angebe, sagt immer, es wird nicht so schlimm sein.«
»Er ist ein Kind aus dem Volke!« sagt Taittinger, er denkt dabei an Zenower und daß dieser auch ein uneheliches Kind war, vielleicht auch von irgendeinem Taittinger. Wer weiß, es ist alles so verworren.
Der Xandl hat gegessen, erhebt sich, geht, bleibt noch einmal stehn, sagt: »Bitte um Entschuldigung!« und reicht dem Baron ein Kuvert und macht einen schauerlich unappetitlichen Knix und geht. Taittinger gibt dem Wachtmeister das Kuvert: »Was will er?«
Der Wachtmeister liest vor: »Sehr geehrter Herr Baron, der Herr Ökonom ist unehrlich, und der Bürgermeister weiß es. Die Frau des Ökonomen hat alle Tischtücher, Servietten und Leintücher mit der Krone und die große Fischterrine mit dem Porträt einer Kaiserin. Dies erlaubt sich Ihnen mitzuteilen aus Dankbarkeit Xandl Schinagl.« – »Es ist leider wahr!« sagt der Wachtmeister. Taittinger sagt: »Da kann man nix machen!« Er starrt in die Luft. Er weiß schon, er ist nicht für diese Welt gemacht.
Seit dieser ersten Begegnung mit seinem Sohn weiß Taittinger, daß er sein Gut haßt, die ganze Gegend, das Haus, das Andenken an den toten Onkel Zernutti, dessen Sohn, den langweiligen Vetter, die Berge, den Winter, den Ökonomen, das gestohlene Geschirr, sogar den tauben Joszi. Man heizte nicht ausgiebig. Mitten in der Nacht, wenn das Feuer im Schlafzimmer ausging, wurde es plötzlich, ohne Übergang, frostig und naß, die Kissen und die Leintücher schwitzten feuchte Kälte aus und rochen nach faulem Heu. Weihnachten nahte, ein un-

leidliches Fest, erfüllt von heuchlerischen Wünschen aller bösen Menschen, von gierig ausgestreckten, süchtigen Händen, von verkleideten Bauernbuben und Engeln aus Papier -- und Weihnachten dauerte in dieser Gegend, dank dem russischen Kalender, etwa drei Wochen. Nun hatte dieser junge Schinagl noch gedroht hierherzukommen. Ohne den Wachtmeister war es unmöglich, den Jungen anzusehn. Beide Pferde waren verkauft, das nächste Semester für den Schinagl bezahlt, der Baron Taittinger hatte eigentlich noch Geld genug, um einige Wochen in Wien zu leben. Bescheiden allerdings, nicht im Hotel Imperial. Jede Nacht, wenn Taittinger die Herberge Jankos verließ, um den bitterkalten Leidensheimweg anzutreten, hatte er so viel Sliwowitz getrunken, daß er überzeugt war, er könnte heute noch pakken, morgen früh einspannen lassen und wegfahren. Aber als er sein Haus betrat und die Kerze zuerst, dann die Lampe entzündete, ergriffen ihn Furcht und Ekel vor den nächtlichen Schatten der Möbel, vor dem Schwamm an den Wänden, vor den Geräuschen der knackenden Türen und Fenster. Er legte sich schnell hin, solange das Feuer im Ofen noch hielt, verfiel in unruhigen Schlaf, erwachte spät, trank einen Kaffee aus Zichorie, hierauf einen bleichen Landwein, kleidete sich an, streifte gedankenlos und ziellos durch die Gegend, sehnte sich nach dem Abend, ging in die Herberge, erwartete den Wachtmeister, sprach kaum ein Wort mit dem Bürgermeister und dem Ökonomen, die gelegentlich auch eintraten, und trank sich neuerlich einen kümmerlichen Zweistundenmut an, der gerade noch für den Heimweg reichte. Der Baron Taittinger gehörte zu den nicht seltsamen Menschen, die, in der Disziplin des Militärs herangewachsen, vom Schicksal genauso Befehle und Anweisungen erwarteten wie von vorgesetzten Stellen.
Eines Tages kam auch solch eine Weisung. Der Rittmeister Taittinger hatte sich am vierzehnten Dezember, 9 Uhr 30 vormittags, vor der Superarbitrierungskommission im Zweiten Wiener Garnisonsspital zu stellen. Dies war die Folge seines Gesuches um einen längeren Urlaub aus Gesundheitsgründen. Man hatte nicht wenig Eile, diesen Rittmeister loszuwerden. Sonst pflegten Befunde nicht so schnell zur Superarbitrierung zu führen! Freilich war Taittinger gekränkt. Er fühlte Wehmut, Schmerz, Selbstverachtung.
Am zehnten Dezember schon fuhr er weg. Dem Ökonomen sagte er vor der Abreise: »So, im Februar bin ich wieder hier! Da wird alles anders!« Dem Gendarmeriewachtmeister beim Abschied am Bahnhof sagte er:

»Ich verlass' mich drauf, daß Sie diesen Buben, den Schinagl, nach Graz zurückschicken. Er kann eine Woche beim Ökonomen bleiben!« Als der Stationsvorstand das Zeichen zur Abfahrt gab, winkte ihm Taittinger vom Fenster freundlich zu, Dankbarkeit im Herzen, als hätte der Beamte, lediglich des Barons wegen, den Zug abfahren lassen.
Im Februar komm' ich wieder, dachte er – und erfüllt von einer vollkommen grundlosen Sicherheit, sagte er sich auch: Im Februar bin ich ein ganz anderer Mensch; und: Im Februar ist ja schon beinah Frühling.
Er dachte, daß es gut wäre, in Wien auch den guten, lieben Zenower wiederzusehn, und er telegraphierte von Preßburg aus, wo er umzusteigen hatte: »Erwarte Sie dringendst Wien, Prinz Eugen.« Er ging voller Hoffnung der Superarbitrierung entgegen.
Sein »Befund« lautete: Herzerweiterung, hochgradige Neurasthenie, Herzmuskelschwäche, zu aktivem Dienst vorläufig ungeeignet. Er war nicht einmal untersucht worden. Der Generalstabsarzt im Zweiten Wiener Garnisonsspital hatte nur: »Servus!« gesagt und das Papier unterschrieben.
»Alles Gute, Rittmeister!« sagte er dann noch. Es war eine Kondolenz. So also! Das war der Abschied von der Armee. Baron Taittinger ging die Währinger Straße entlang, er ging achtlos durch den geschmolzenen, kotigen Schnee, zum erstenmal kein Soldat mehr, seit er denken konnte, zum erstenmal kein Soldat. Was denn sonst? Ein Zivilist eben. Es gibt lauter Zivilisten auf der Straße, aber die sind es schon lange. Er aber ist sozusagen ein Rekrut unter den Zivilisten. Der Abschied liegt gefaltet in der Brieftasche.
Es ist nicht leicht, so mir nichts, dir nichts ein Zivilist zu werden. Ein Zivilist hat vielleicht Vorgesetzte, aber keine Höheren. Ein Zivilist kann hingehn, wohin es ihm beliebt und zu welcher Zeit auch immer. Ein Zivilist ist nicht unbedingt verpflichtet, seine Ehre mit der Waffe in der Hand zu verteidigen. Ein Zivilist kann aufstehen auch ohne Burschen: Einen Wecker hat ein Zivilist. Man geht, als wolle man sich immer noch zivilistischer machen, achtlos durch den kotigen Schnee, biegt links ein, in den Schottenring und will sich im Café niederlassen. Man sieht nicht mehr wie früher flüchtig durch die Scheiben, ob das Lokal standesgemäß ist. Ein Zivilist kann sich alles erlauben.
Taittinger tritt also in ein beliebiges Café am Schottenring, in der Nähe der Polizeidirektion. Es ist ein kleines, ein sogenanntes Volkscafé. An

einem der wenigen Tische sitzen sechs Männer mit Hüten. Alle mit steifen Hüten. Sie spielen Tarock. Geht mich nichts an! denkt Taittinger und sieht in den trüben Wintertag hinaus und trinkt Kaffee mit Schlagsahne.

Noch ein Gast kommt. Taittinger nimmt wohl zur Kenntnis, daß irgendwer eingetreten ist, aber nicht anders, als wie man eine Fliege zur Kenntnis nimmt.

Der Mann setzt seinen Hut nicht ab, er salutiert mit einem Finger und setzt sich zu den Tarockspielern und beginnt zu kiebitzen. In dem Augenblick, wo Taittinger »Zahlen!« ruft, springt der Mann auf und sieht sich um. Taittinger glaubt, ihn irgendwo gesehen zu haben. Er zieht den Hut. Er kommt näher und sagt: »Herr Baron erkennen mich nicht? Herr Baron hier?«

Ja, das ist der Mann von den Büchln, Taittinger weiß es sofort. »Darf ich Platz nehmen?« fragt Lazik, und er sitzt auch schon. Und er erzählt auch schon: »Diese Welt heutzutage! Ich habe sie ganz durchschaut, diese Feiglinge, diese Schufte! Diese noblen Herrschaften! Jeder von ihnen hat mindestens ein Menschenleben auf dem Gewissen, Mörder sind es, privilegierte Mörder. Orden und Geld und Ehre haben sie. Sehen Sie, Herr Baron, wie ich heruntergekommen bin.« Und Lazik stand auf, zupfte an seiner Hose, klappte den Rock um und zeigte das zerfranste Unterfutter, hob den Fuß und deutete auf das zerrissene Oberleder, berührte den Kragen und sagte: »Seit einer Woche hab' ich ihn nicht gewechselt.« »Das ist schlimm!« sagte Taittinger. »Herr Baron sind ein Engel. Herr Baron, Sie waren der einzige, der gut zu mir war«, sagte Lazik. »Ich möchte Ihnen die Hände küssen, Herr Baron. Erlauben Sie mir die Gnade, Ihnen die Hände zu küssen.« Lazik beugte sich vor, Taittinger verwahrte die Hände in den Taschen. »Nein, ich verstehe, ich bin nicht würdig«, sagte Lazik. »Aber ich darf Ihnen von der himmelschreienden Ungerechtigkeit erzählen, ja?« – »Ja!« sagte der Baron. »Also da bin ich mit meinen Büchln zu dem Grafen W. gegangen, gelähmt ist er jetzt, Gott sei Dank, eine himmlische Gerechtigkeit gibt's noch. Und ich red' mit ihm, wie ich seinerzeit mit Herrn Baron gesprochen hab'. Aber der Herr Graf hat leider noch einen gesunden Arm, und den streckt er aus und klingelt, und der Diener kommt, und der Graf sagt: ›Den Sekretär‹ – und der Sekretär kommt, und der Graf sagt: ›Behandeln Sie den Herrn, wie es sich gebührt.‹ Ich sprech' ahnungslos, ein unschuldiges

Kind, mit dem Sekretär – und wie ich nach Haus komm, steht der Rothbucher von der Brigade da und sagt: ›Lazik, ich muß dich verhaften!‹ – Also, kurz und gut, die Büchln sind beschlagnahmt und verboten, aus der Zeitung schmeißen s' mich hinaus, jetzt leb' ich nur noch von den Jüngln drüben, sie sind auch von der Brigade!«
»Schlimm, Herr Redakteur!« sagte Taittinger.
»Herr Baron sind noch so lieb, mich so zu betiteln«, sagte Lazik, Tränen gluckten schon hörbar in seiner Kehle. »Wenn ich mich revanchieren darf: Ich hab' hier so eine kleine Vertretung von Medikamenten.« Er zog Tübchen und Pulverchen aus den Taschen. »Man ist schlaflos, manchmal, ich weiß, Herr Baron, und der Doktor verschreibt's nicht!«
In diesem Moment erhoben sich die sechs Männer, grüßten mit den ernsten, steifen Hüten, und der letzte sagte: »Entschuldigung!«, steckte die Tuben und Pulver in die Tasche und befahl Lazik: »Komm!« – Lazik erhob sich, verbeugte sich und folgte den Männern.
Der Kellner kam an den Tisch. »Bitte um Verzeihung, Herr Baron, ich soll vom Herrn Oberinspektor Sedlacek (Herr Baron haben ihn nicht erkannt, sagt er) ausrichten, daß der Redakteur Lazik mit Kokain handelt und die Polizei benützt ihn und – und, sollt' ich sagen, daß Herr Baron ihn nicht unterstützen sollten!«
»Danke!« sagte Taittinger. Er trat hinaus, winkte einem Fiaker, befahl: »Kagran!«
Als er die Strafanstalt betrat und sich beim Direktor melden ließ, hatte er das Gefühl, daß er hierhergekommen sei, um sich freiwillig einsperren zu lassen. Er war noch immer der alte Direktor, er erkannte Taittinger sofort. »Ich lasse Herrn Baron hier«, sagte er wie damals. »Nein, bitte!« sagte Taittinger so bestimmt, daß der Direktor sitzenblieb. »Ich möchte das Fräulein Schinagl nicht allein sprechen!«
Man machte die Tür auf, die Schinagl kam, sie blieb an der Schwelle stehn wie damals, sie schlug auch die Hände vors Gesicht, Taittinger ging ihr entgegen. »Grüß Gott, Mizzi!« sagte er. Mizzi erblickte den Direktor hinter dem Schreibtisch, erschrak und machte einen ungelenken Knicks. »Kommen S' näher, Mizzi!« sagte der Direktor – und zum Baron: »Sie ist sehr brav! Im März wird sie frei!« »Was wirst du machen?« fragte Taittinger. »Oh, Herr Baron sind so gut!« sagte Mizzi. Sie erschien Taittinger anders als das letztemal. Er schob ihre Haube empor, das Haar quoll blond und voll hervor. Der Direktor sagte: »Wir sind nicht so grausam, Herr Baron!«

»Dank' schön, Herr Rat!« sagte Mizzi und versuchte noch einmal einen verfehlten Knicks. Sie zog ein Taschentuch aus dem blauen Kleid und wischte sich die Augen. Aber ihre Augen waren trocken, der Baron sah es wohl. Nichts rührte sich in seinem Herzen. Es war nicht so wie das letztemal. Er wollte gut sein, vielleicht war die Schinagl nur wegen des Direktors so verändert oder wegen der nachgewachsenen Haare. »Dein Sohn war bei mir!« sagte Taittinger. »Ich hab' ihn wieder nach Graz zurückgeschickt!« – »Der Xandl!!« rief Mizzi. »Wie sieht er aus?« – Leider nicht wie ich, wollte Taittinger antworten, aber er sagte: »Ganz gut, recht gut!« – Mizzi begann wirklich zu weinen, aber diesmal wischte sie sich die Augen mit den Handknöcheln trocken. Sie war übrigens schnell fertig mit dem Weinen. Mit einer harten, gleichgültigen, metallenen Stimme bat sie um die Erlaubnis, gehen zu dürfen. »Bitte!« sagte Taittinger. Sie wurde abgeführt.
»Die fühlt sich ganz wohl, Herr Baron!« sagte der gefällige Direktor. »Gewiß, das sieht man!« sagte Taittinger. »Sie sind sehr liebenswürdig.« – »Immer zu Diensten, Herr Baron!« Der Direktor erhob sich. »Immer zu Diensten!« wiederholte er.
Der Fiaker wartete. Taittinger hatte das deutliche Gefühl, daß etwas zerbrochen sei. Zugleich kam es ihm auch vor, daß er durchaus nicht imstande sei, nie und nimmer imstande sein würde, die verworrene Welt zu begreifen. Es war genauso wie einst in Mährisch-Weißkirchen vor der mathematischen Schulaufgabe. Er war kein Soldat mehr, und er war noch kein Zivilist. Hing es damit zusammen? Er wußte nicht, ob ein Mensch gut sei oder nicht. Er hätte, würde man ihn danach gefragt haben, nicht sagen können, ob Lazik gut, schwach, gemein sei, ob Mizzi brav, verdorben, böse, nicht einmal, ob ihr Sohn – sein Sohn, dachte er nebenbei – ein Luder sei oder noch kein Verlorener. – Wenn wenigstens der Zenower schon da wäre.
Es war offenbar ein ereignisreicher Tag, das Wort schicksalsschwer, das er einmal irgendwo gelesen hatte, kam dem Baron in den Sinn. Man sagte ihm im Hotel, daß der Herr Leutnant Zenower eben angekommen sei.
Zum viertenmal verändert war Zenower in der Offiziersuniform, fremder noch als in Zivil. Jetzt, da er nicht mehr die Streifen des Wachtmeisters trug, sondern die jugendliche Distinktion des Leutnants, erschien er alt, weit älter, als er in Wirklichkeit war. Er selbst mochte es wohl spüren. Er ging nicht soldatisch mehr einher, er sah

aus, wie Reserve aussieht: ein wenig verkleidet. Es war nicht Zivil, und es war auch keine Montur. Ein Rechnungsleutnant hat keine Sporen. Man glaubt, nachdem man dreizehn Jahre lang Sporen getragen hat, entweder, daß man Zivil trägt, oder aber, daß man gar nicht geht. Es ist fast, als hätte man keine Füße! All dies erzählte Zenower mit einem echten, beinahe bittern Ernst. Taittinger begriff ihn vollkommen. Bei der Parade-Uniform hatte man keinen Tschako mehr, sondern einen Krappenhut, wie ein Bezirkskommissär. Taittinger verstand diesen Schmerz. Es dauerte noch lange, ehe sie aufhören konnten, gemeinsam das tiefe Unrecht zu verdammen, das ein lächerliches Reglement den Rechnungsoffizieren zufügte. Die ganze angeborene Klugheit nutzte Zenower nichts. Dreizehn Jahre Kavallerie waren genauso stark wie die Natur. Man war ein Rechnungsleutnant. Man war ein ältlicher Leutnant.

Es konnte nicht fehlen, daß sie in dieser Nacht noch Bruderschaft tranken. Arm in Arm kehrten sie in das Hotel zurück. Der Rechnungsleutnant Zenower hatte am nächsten Tag in eine entfernte Garnison abzugehn, just dorthin, wo ein Rechnungsleutnant gebraucht wurde. Es war das Vierzehnte Jägerbataillon, weit weg von aller Welt, in Brody, an der russischen Grenze.

Man erwachte spät, hatte kaum noch Zeit, miteinander zu sprechen, vor allem wieder in den familiären Duzton der gestrigen Nacht heimzufinden. »Wer weiß, wann ich dich wiedersehe!« sagte der Baron. »Wer weiß, ob ich dich wiedersehe!« sagte Zenower. Sie umarmten sich und küßten sich auf beide Backen.

Der Baron blieb verlassen zurück, ein Waisenknabe. Er ließ sich gehen. Seine Nachlässigkeit gewann allmählich auch einen bestimmten Rhythmus. Er traf keine alten Freunde mehr. Er genoß stundenlange Gedankenlosigkeit, Gänge ohne Ziel, Essen ohne Appetit, Trank ohne Lust, eine Frau ohne Freude, sinnlose Einsamkeit mitten im geschäftigen Getriebe und zuweilen den Rausch ohne Fröhlichkeit.

Manchmal dachte er an Mizzi Schinagl und an den März. Eines Abends schrieb er an den Gefängnisdirektor. Er erfuhr, daß die Schinagl am fünfzehnten März entlassen werden sollte. Weder empfand er etwas Besonderes für die Mizzi noch auch etwas gerade für den fünfzehnten März. Es war wenigstens ein Datum, ein fester Punkt, eine Grenze. Die ruhelosen Gedanken hielten manchmal vor diesem Datum inne; vor einem Schranken.

XXVI

Dieses Jahr brachte einen frühen Frühling. Im März wärmte bereits eine maienhafte Sonne. Mit einer jähen, übersatten Kraft blühte der Goldregen in den Gärten. Die Amseln übertönten alle Geräusche der Stadt. Zusehends breiter und wuchtiger wurden die hellgrünen Blätter der Kastanien, und ihre Kerzen dufteten herb, stolz, weiß und ragend. Sogar die hurtigen Schwalben schienen in diesem Jahr zutraulicher zu sein. Hart über den Köpfen der Passanten schossen sie vorbei, friedliche Pfeile des Himmels. Vom Kahlenberg wehte ein ständiger, sachter Atem in die Stadt. Die Mauern und das Pflaster erwiderten ihm dankbar und zärtlich mit ihrem eigenen, besondern Atem. Und wenn der Abend kam, konnte man von jedem Punkt der Stadt das gütige Rot der Sonne die Spitze des Stephansturms liebkosen sehn. Es roch nach erwachendem Holunder, nach dem frischen Brot der Bäckerläden, deren Türen weit offen standen, nach dem Hafer in den Säcken vor den Fiakergäulen, nach jungen Zwiebeln und Radieschen von den Märkten.

An einem solchen Tage, morgens um neun Uhr vierzig, wurde Mizzi Schinagl aus der Weiblichen Strafanstalt entlassen. Ihre Entlassung war für Taittinger seit Wochen ein Grund gewesen, nicht so bald auf das Gut zurückzukehren.

Manchmal, wenn er so allein saß, in einem der frühreif erblühten Gasthausgärten der Wiener Vorstädte, der Wein ihn traurig gemacht hatte und die Luft zugleich heiter, führte er stumme Zwiesprache mit sich selber. Er stellte sich Fragen, auf die er keine Antwort wußte. Nicht sein Gewissen plagte ihn! Ob die Mizzi durch seine Schuld ins Haus der Matzner gekommen war oder nicht, beschäftigte ihn schon deshalb nicht, weil er nichts Betrübliches im Schicksal einer verlorenen Frau sehen konnte. Er kannte nur heitere, sorglose Freudenmädchen, denen das Leben viel mehr Spaß zu bereiten schien als zum Beispiel den Frauen der Ministerialräte, der Sektionschefs, als den versauerten und bösen Tabaktrafikantinnen, als verweinten Köchinnen, von Männern verlassenen Bürgerstöchtern. Im übrigen hatte er durch seine ekelhafte »Affäre« der Mizzi ein paar gute, sogar märchenhafte Jahre verschafft; durch die gleiche »Affäre«, dank der er selbst seinen Glanz, seine Sorglosigkeit und um ein Haar Ehre und Namen verloren hatte. Weshalb also kümmerte er sich noch um die Mizzi? Liebte er sie? – Auch dies nicht. Das Herz gehörte zu den verkümmerten Organen Taittingers.

Er wußte keine Antwort. Er fühlte nur irgendeine unbegreifliche und unlösliche Beziehung zur Mizzi, zur »Affäre«. Unbegreiflich war all dies zwar, aber, so schien es ihm, beschlossen und besiegelt. Gegen Beschlossenes und Besiegeltes war einfach nichts zu machen.
Er konnte sich einer gewissen feierlichen Stimmung nicht enthalten, als er am Morgen des fünfzehnten März nach Kagran hinausfuhr. Er wußte selbst nicht mehr, daß er allein es sich vorgenommen hatte, die Schinagl abzuholen. Ihm schien es, daß ihm irgendein Zeremoniell diese törichte Handlung diktiere. Übrigens war die Fahrt im Fiaker durch den üppigen Triumph dieses Morgens durchaus geeignet, Taittingers aufkeimende Überlegungen in einem heiteren Rausch aufzulösen.
So kam er, als wäre es das Selbstverständlichste, in die Kanzlei des Gefängnisdirektors, um die Schinagl abzuholen. Sie wurde infolgedessen eine halbe Stunde früher aus der Zelle geholt. Sie trug den braunen Mantel, in dem man sie im vergangenen Herbst eingeliefert hatte. Den großen Filzhut mit den Glaskirschen hielt sie in der Hand, aus Angst, er könnte in der Zwischenzeit unmodern geworden sein. Ihr immer noch kurzes, üppig nachgewuchertes, schönes Haar leuchtete mit frischem Glanz, und ihr gebleichtes Angesicht erschien schmal, edel geradezu. Jetzt sieht sie wirklich wie die Helen' aus! dachte Taittinger.
»Ich kann mir die übliche Sittenpredigt ersparen«, sagte lächelnd der Direktor. »Mizzi Schinagl, der Herr Baron kümmert sich in so edler Weise um Sie, daß ich bestimmt weiß, ich werd' Sie hier nicht mehr wiedersehn. Herr Baron, ich steh' Ihnen immer zur Verfügung!«
Auf Taittinger wartete draußen der Wagen. »Wohin willst du?« fragte er. Mizzi aber sah sich erst bekümmert um, offenbar vermißte sie jemanden. »Ich muß noch warten«, sagte sie, »die Leni kommt noch. Sie haben mich zu früh herausgeholt!« Es war ein Vorwurf. Die Freiheit, der Frühling, der wartende Gummiradler und der Baron schienen der Mizzi keine Freude zu machen. »Wer ist die Leni?« fragte Taittinger. »Meine Freundin, Herr Baron!! Wir waren alle beide in der Zelle. Die Leni wegen Beihilfe zur Fruchtabtreibung, die ist ein sauberes Weibsstück, die Leni, wir waren gut miteinander, sie ist schon vor vier Wochen freigekommen. Die hält Wort, die kommt sicher.«
In diesem Augenblick sah der Baron auch etwas Stattliches, Grelles und Winkendes eilig herannahen. Jetzt konnte man diese Erscheinung schon vernehmen. Schrille Rufe wehten vor ihr einher. Immer deutli-

cher erkannte man, daß sie den Namen »Mizzi« rief und daß es sich um ein weibliches Wesen handelte, in einem gelben, rohseidenen Kostüm, mit einem hellgrünen, radgroßen Hut, mit schwarzen, hervorquellenden Locken, in gelben Knopfstiefeln, mit Regenschirm, Boa und Pompadourtäschchen. Es war Magdalene Kreutzer, konzessionierte Karussellbesitzerin im Prater. Die Frauen küßten sich innig. »Sie sind der Herr Baron, weiß eh schon, mir brauchn S' nix mehr zu sag'n, i weiß eh schon alles von der Mizzi. Und das ist der Wagen, da steig'n m'r ein und fahren erst zu deinem Papa, der is gelähmt, sonst wär' er hergekommen!« Und ehe Taittinger noch wußte, was eigentlich vorgefallen war, saß er schon auf dem Rücksitz, Mizzi und Leni gegenüber, schüchtern und äußerst unbequem, mit hochgezogenen Knien. Er senkte den Kopf. Über ihn hinweg rasten unverständliche Redensarten, zuckten Ausrufe wie grelle Blitze, klatschte Gelächter wie heiterer Platzregen, in einem Dialekt, den er noch niemals so intensiv und in solcher Nähe vernommen hatte und der an Räderrollen, Miauen und Hörnerblasen zugleich erinnerte. Endlich erreichte man Sievering.
Hier war Mizzi einmal großartig vorgefahren, als »Kebsweib« des persischen Kaisers. Die Hausmeisterin freilich lebte noch, der Friseur Xandl war verheiratet und nach Brünn verzogen. Der Laden war wieder geöffnet (er gehörte jetzt einem jungen Mann). Nur für diesen Tag war der alte Schinagl aus dem Heim in Lainz entlassen worden, denn er wollte seine Tochter nichts von seiner »Schande« wissen lassen. Drinnen, hart neben der offenen Tür, saß der gelähmte alte Schinagl. Im dunklen Hintergrund schimmerten die weißen Meerschaumpfeifen wie Knochen von Skeletten. Auch im Baron erweckte der Laden einige Erinnerungen. Hier hatte er die Mizzi zum erstenmal gesehn. Der alte Schinagl konnte nur die Arme bewegen. Auch seine Zunge war hilflos, er stotterte, stöhnte und schneuzte sich schließlich mit unerwarteter Kraft. Aus Verlegenheit kaufte Taittinger fünf Pfeifen. Die Hausmeisterin fragte, ob sie Tabak holen dürfe. Aus Verlegenheit sagte er: »Ja, bitte, danke vielmals!« – Ob die Mizzi nun hierbleiben wollte? stammelte der Alte. »Nein!« entschied Magdalene Kreutzer. Es war längst beschlossen. Die Mizzi wohnte, um sich ein bisserl zu »renovieren«, vorläufig im Hause der Kreutzer, Klosterneuburger Straße. Sie hatte auch gedruckte Visitkarten im Pompadourtäschchen, sie kramte eine hervor, gab sie dem Taittinger und sagte: »Nicht verschmeißen, Herr Baron, wir erwarten Sie morgen, Sonntag, dritter Stock links, Tür 21,

nicht vergessen, nachmittag fünf. Bitte nicht zu spät kommen, Herr Baron!« Damit verabschiedete sie Taittinger. Er verneigte sich, sagte dem Fiaker die Adresse der Kreutzer, bezahlte die Fahrt der Frauen im voraus und verlor sich in der nächsten Seitengasse, wo ihm eine Caféterrasse tröstlich entgegenwinkte.

Er verschmiß die Adresse nicht, er vergaß auch nicht die Stunde, er hielt alles Abgemachte ein, wie immer. Mit einiger Bangnis stand er am Sonntag vor der Tür 21, roch er Sauerkraut, Katzen und trocknende Kinderwäsche, hörte er Stimmen aus allen Zimmern, unter, über, neben sich, auch die Stimme der Mizzi unterschied er jetzt. Er zog entschlossen an der Klingelschnur, er trat unmittelbar in ein Zimmer, das aus rotem Plüsch, grünem Tischtuch, gelben Vasen, Torten, Orangen, Kaffeetassen und einem enormen Guglhupf bestand. In sommerlichen weißen, schwarzgetupften Kleidern saßen beide Frauen wie Schwestern da. Schwarz die eine, goldblond die andere. Er tat alles, was sie ihm befahlen: er aß Guglhupf, schleckte Eingemachtes, trank Kaffee, hierauf Himbeerwasser, rauchte eine Trabuko, obwohl er nur Zigaretten vertrug, hörte zu, verstand nichts, dachte auch nichts und bekam Sodbrennen. Er entschloß sich, nach der Toilette zu fragen, wurde in die Küche geleitet, in einen unerkennbaren Raum gesperrt, begnügte sich damit, Wasser aus der Blechkanne in die Muschel zu gießen und wieder hinauszugehn. Er hatte sich kaum wieder hingesetzt, als die Klingel ertönte. Ein Ungeheuer trat ein, nicht von dieser Welt. Es erinnerte an einen Kutscher, an einen Schlachtermeister und ein angekleidetes Monument. Es war Ignaz Trummer, der Freund der Magdalene Kreutzer. So stellte er sich vor, und von allem, was er im nächsten Augenblick noch hersagte, mit einer Geschwindigkeit, die weder seinen körperlichen Ausmaßen noch seiner grollenden Stimme entsprach, verstand Taittinger nur, daß er sich sehr geehrt fühle. Er aß, trank, sprach, rauchte, trank, aß und sprach. »Wos habt's denn nur?« fragte er schließlich. »Und fahr ma endli aussa?« – »Um Gottars wölln!« rief er ohne Grund von Zeit zu Zeit und dann wieder: »Haarfix no amoi!« Es war nicht mehr einfach der Wiener Dialekt. Es war, wie wenn ein Bär den Versuch gemacht hätte, italienisch zu sprechen.

Die Pferdebahn war überfüllt, der Trummer, Haarfix no amoi, bestand darauf, daß sie zu Fuß in den Prater gingen, ins »Geschäft«, – er meinte das Karussell. Gehorsam schritt Taittinger neben dem Ignaz dahin, die Frauen gingen voran. Wenn man sich an den Dialekt gewöhnte, konnte man bald einiges begreifen. Trummer kannte die große Welt, er war in der Tat einmal Kutscher gewesen, beim Grafen Zamborski. Nach dem Tode des Alten war er Pferdehändler geworden. Dann hatte er leichtsinnig gehandelt und einer militärischen Pferde-Assentkommission Schwierigkeiten gemacht, einem Freunde zuliebe, und ein anderes Tier geschickt statt des assentierten, und so »Sperenzchen« gemacht. Na, der Herr Baron kennen ja auch so G'schichten, vom Ärar halt, und so ist man jetzt beteiligt am Karussell der Magdalene Kreutzer, und ein gutes Geschäft wär's; man könnt' jetzt eventuell das Wachsfigurenkabinett billig kaufen. Das ist was Nobles und direkt hohe Kunst, musealische...

Das Karussell war in der Tat stattlich, es bestand aus Pferden, Wagen, Schlitten und Booten. Es drehte sich um eine große Statue aus buntem Pappmaché, einer Jungfrau, mit zwei weizenblonden Zöpfen, Riesenarmen, einer turmhohen Frisur und einer Riesenkrinoline. Auch diese Jungfrau selbst drehte sich um die eigene Achse. Aus ihrem Innern ertönte eine Drehorgel. Das Karussell stand auf einem runden, hölzernen Unterbau. Eine Tür in diesem hölzernen Rund ging auf, die Frauen traten ein, Taittinger mußte folgen, selbst das Ungetüm kam seltsamerweise durch die kleine Tür. Jetzt stand man unten, über sich den Lärm der Menschen, die Musik der Orgel, das Gerassel der Ketten, an denen die Fahrzeuge schlenkerten. Es war dunkel und feucht. Ein Esel, grau wie der Dämmer in diesem Raum, drehte sich unaufhörlich im Kreis, einem Hafersäckchen nach, das unerreichbar vor ihm baumelte. Das Tier erhielt das Karussell in Betrieb, Schani feuerte es manchmal an, dermaßen, daß es zu galoppieren begann, als wär's ein Gaul. »Mir san keine Unmenschen«, erklärte die Kreutzer, »mir hab'n noch an andern Esel, zum Ablösen!« Sie klemmten sich alle wieder durch die kleine Tür an die Luft. Auf den Befehl Trummers mußten sie ins »Zweite Café«. Die Militärmusik spielte, die Leute lachten, weiß, fröhlich, verschwitzt, in einer bewußtlosen Gemeinsamkeit. Die Luft war dennoch leicht, würzig, elegant beinahe, eine gesittete Luft, und selbst in der Lautheit blieben die Menschen diskret. Ihre Ausrufe klangen wie Aufmunterungen, an die Betrübten gerichtet, Wunsch der Fröhlichen, nur Fröhliches ringsum zu sehen. Taittinger wurde heiter.

Die Kreutzer fragte ihn, ob er schon ein Panoptikum gesehen habe. Gewiß, sagte er, und er erzählte angeregt, was er dort alles gesehen hatte. Zum Beispiel den Blaubart, den Schwerverbrecher Zingerl, den

Räuberhauptmann Krasnik aus Siebenbürgen, die Komitadschis aus Bosnien, die zusammengewachsenen Zwillinge. »Der Herr Baron«, sagte Trummer, diesmal hochdeutsch und feierlich, »haben ein scheniales Kopfvermögen!« Niemals hatte Taittinger derlei Komplimente gehört. Wann er wieder in Uniform erscheinen würde, wollte die Mizzi wissen. An Kaisers Geburtstag, sagte Taittinger. Er wußte, daß er log. Aber er wollte aller Welt eine Freude machen. Eigentlich war dies alles hier ja Volk. Sie waren ganz charmant, die »Kinder aus dem Volke«, sogar das Ungetüm, der Trummer.

Um Mizzis zertrümmerte Existenz wieder aufzurichten, war es nötig, ihr jetzt die einzig günstige Gelegenheit zu verschaffen; das war das Panoptikum. Die Frau Kreutzer meinte, daß der Baron nichts dagegen haben könnte. Taitinger sagte auch: »Aber, wie denn!« Nun sei es ja einfach, man müßte sich nur nicht anschwindeln lassen und einen richtigen Preis erzielen.

»Is zu vüll!« rief Trummer.

Nicht, wenn der Baron was beitragen wollte, statt der Alimente sozusagen, wo doch die Mizzi selber den Buben großgezogen hat und sogar so nobel, wie es sich gehört für das Kind eines solchen Vaters.

So, dachte Taittinger. Auf diese Weise bin ich endlich diese langweiligen Alimente los. »Selbstverständlich!« sagte er. »Im Rahmen meiner Möglichkeiten«, er sagte die Phrase nicht aus Vorsicht, sondern weil sie so seriös klang, »will ich der Mizzi helfen!«

Leider geschah im nächsten Augenblick etwas außergewöhnlich Peinliches. Der Oberleutnant Teuffenstein von den Elfer-Ulanen ging, Arm in Arm mit seiner Braut, Fräulein Hoffmann von Nagyföteg, vorbei und rief: »Da ist er ja! Taittinger!« – Es war eine fürchterliche Situation, um ganz genau zu sein, eine »unkommode«. »Ich wohne im Prinz Eugen!« sagte er zu seiner Tischgesellschaft. »Bitte, morgen nach mir zu fragen.« Er vergaß sogar zu zahlen, stand auf, eilte dem Teuffenstein entgegen, wurde von ihm an einen andern Tisch gezogen, trank Wein, mußte lachen, Anekdoten hören, erzählen, daß er sich auf sein Gut beschränke. »Weißt«, sagte er, »es ist immerhin ein Vermögen, und es wär' sonst rettungslos verloren.«

Spät in der Nacht ging er einsam durch den Prater. Der Staub wirbelte immer noch in der Luft. Durch die Hauptallee trommelten zärtlich die eleganten Hufe der Pferde vor den lautlosen Gummiradlern. »Rettungs-los-ver-loren, rettungs-los, rettungs-los«, trommelten die Hufe.

Aus den Büschen am Alleerand kam das lüsterne Flüstern der Verliebten. Eine Blumenfrau bot ihm Veilchen an. Er kaufte fünf Sträuße und behielt sie gedankenlos, bis ihm das erste Mädchen in den Weg kam. Er gab der Kleinen die Blumen und ging mit ihr ins Hotel zur Nordwestbahn. Denn er hatte Angst vor der einsamen Nacht.

XXVII

Der Prater offenbarte am Vormittag die gesittete Lieblichkeit eines Parks, die geheimnisvolle Stille eines Waldes und die rührige Bewegtheit eines Vorfeiertages.

Man sah damals den Baron Taittinger häufig in der Hauptallee zu Fuß. Vor vielen Jahren – eine Welt lag dazwischen – war er diesen Weg geritten, auf dem Rücken des Pylades.

Manchmal ging der Baron den Rand der Reitallee entlang. An ihm vorbei trabten und galoppierten die Herrschaften. Manche erkannte er, ohne sie erst gesehn zu haben, am Rhythmus und am Schritt der Tiere, an der Reiter Art, im Sattel zu sitzen, Zügel und Peitsche zu halten, an der Krümmung der Rücken. Dies hier war die Stute Glans-Ei-re pasz. Dort ritt Tibor von Daniel. Drüben grüßte eben Emilio Casabona seinen Landsmann, den Grafen Pogaccio. Das Pferd des Bankiers von Goldschmidt war ein Brauner aus dem Gestüt des Grafen Khun-Hedervary, es war seine zweitausend Gulden wert. Dagegen ritt die Seilern und Aspang eine häßliche Stute mit plumpem Gang und viel zu breitem Hinterteil. Mit gründlichem Ernst machte Taittinger jeden Vormittag derlei Feststellungen. Er ging nirgends mehr hin, er kannte immer noch alle. Es kam ihm vor, daß es seine Aufgabe sei, sie in »Evidenz zu halten«. Manchmal beunruhigte ihn die Abwesenheit eines Kavaliers, der schon zwei Tage nicht in der Allee erschienen war. Dann ging er bis zum Spitz und setzte sich ins Gasthaus, wo viele von den Reitern abzusteigen pflegten. Viele erkannten ihn. Was denn mit ihm geschehen sei, fragten sie, und er antwortete immer mit der gleichen lügnerischen Phrase: »Ich bin ganz verbauert!« – So sagte er. Es sei schauderhaft auf dem Gut, aber seine Anwesenheit wäre unbedingt notwendig. Weltfremd und menschenscheu sei er geworden. In einen Salon traue er sich nicht mehr. Und das Leben habe für ihn jeden Sinn verloren. »Jetzt endlich solltest du heiraten!« sagte der alte Baron

Wilmowsky, Mitglied des Herrenhauses und seit Jahren leidenschaftlich beflissen, ältliche Herren mit jungen Mädchen aus verschuldeten Familien zu verheiraten. Er gestand freimütig, daß er keine andere Politik betreibe und anerkenne als Familienpolitik. »Ich hätte damals die Helen' heiraten sollen!« sagte Taittinger. »Sie ist recht unglücklich!« antwortete Wilmowsky, »Graf W. ist paralytisch. Der junge Tschirschky macht ihr den Hof. Ihr Mann war immer schon ein bisserl teppert.«

Die Vormittage waren auf diese Weise meist der Aristokratie gewidmet. Die Nachmittage aber weihte der Baron dem »Volk«, ebenfalls im Prater. Er kam oft am Karussell vorbei, unterhielt sich mit der Mizzi, mit der Kreutzer und mit Herrn Trummer, ging mit ihnen gerne zur Militärmusik, ins Zweite Caféhaus, und ließ sich den Stand der Verhandlungen über das Wachsfigurenkabinett berichten. Er fand Gefallen am Panoptikum überhaupt. Wachsfiguren waren ganz sympathisch; netter als ein Karussell auf alle Fälle. Trummer sagte, es gehöre ein ordentliches Stück Geld dazu, die Geschichte Himmel-Herr-Gott-sakra no amoi! richtig zu machen. Allerdings waren dann die Verdienstchancen unabsehbar. Manchmal kam es vor, daß Mizzi Schinagl, als hätte sie sich plötzlich wieder einer längst vernachlässigten Pflicht entsonnen, mit der Kreutzer oder dem Trummer den Platz tauschte, hart an den Baron heranrückte und leise seine Hand streichelte. Das erstemal erschrak er und wurde plötzlich schweigsam. Dann gewöhnte er sich an seine Ausrede: Es macht eh nix, die Mizzi ist brav; es sind überhaupt alles brave Leute. Es waren halt ihre »volkstümlichen Sitten«. Allmählich gefielen ihm diese Sitten sogar. Es ging eine freundliche Wärme von Mizzi Schinagl aus, an so kühlen Frühlingsabenden. Warme Erinnerungen erwachten, Erinnerungen an ihren Körper, an manche seiner geheimen Merkmale, an seine verborgenen Lüsternheiten, an seine wollüstigen Geschenke. Störende Gebärden vollführte die Mizzi freilich. Sie merkte sie aber selbst zuerst und begann allmählich, sich ihrer zu enthalten. Sie bändigte ihre Lebhaftigkeit, schlug nicht mehr die Hände vors Gesicht, wenn sie lachte, und schrie nicht mehr auf, wenn sie erschrak. All dies zwang sie sich ab, den Trost im Herzen, den sie einst in der Schule parat gehalten hatte: Es dauert ja doch nur vier Stunden. Sehr wirres und widerspruchsvolles Zeug huschte durch ihren Kopf. Sie hatte sich auch in der Anstalt lediglich bestraft gefühlt, ebenfalls wie einst in der Schule; aber keineswegs etwa entwürdigt. Jetzt aber in der Freiheit empfand sie, daß ihr zu Unrecht ein

Schimpf anhaftete. Zu Unrecht! Denn worin war sie schuldig? Sie überlegte angestrengt und schritt mit der Genauigkeit, deren nur Beleidigte und Geschmähte fähig sind, Jahr für Jahr, Handlung für Handlung ihres bisherigen Lebens ab. Am Anfang stand Taittinger. Vorher war nichts als der unbestimmte Dämmer des väterlichen Ladens gewesen. Ein Glanzumflossener trat plötzlich ein. Sterne hat er am Kragen, Sonnen am Rock und einen silbernen, schmalen Blitz an der Hüfte. Man hätte brav den Friseur Xandl geheiratet, wenn der Strahlende nicht gekommen wäre! Man wäre zur Matzner nicht gekommen! Man wäre auch nicht ein Kebsweib geworden und mit Perlen beschenkt. Perlen bringen Unglück! Schuld war der Taittinger.

Unfähig, wie sie war, lange Zeit zu schweigen, sprach sie ihre Gedanken vor der Kreutzer aus. Sie erntete Zustimmung. Den Bankert erwähnte die Kreutzer. Es war Taittingers Pflicht, Mutter und Sohn zu erhalten. Ignaz Trummer kam herbei. Er war der gleichen Meinung. »Alle Menschen san gleich« – von dieser Prämisse ging er aus. »Unseresgleichen wird ›vurgeladen‹, wann er kane Alimenter zahlt – und ujegerl, was noch für Tanz! Zarwuzeln kennt ma si! –« Trummer dachte an seine drei unehelichen Kinder. Was für Scherereien! Ihn hatten die Mütter natürlich verklagt. In zwei Fällen war es ihm gelungen, die Vaterschaft abzuleugnen. Das dritte Kind, ein Mädchen, hatte er bei seiner alten Tante in Krieglach untergebracht. Da war es in einen Waschkessel gefallen und verbrüht. Derlei »Sperenzln« machte man den noblen Herren nicht. Es war nur selbstverständlich, wenn der Baron das Wachsfigurenkabinett der Mizzi zum Präsent machen tät'! Und das wär' noch auch für all das Ausgestandene eine mittelmäßige Entschädigung.

»Ich lieb' ihn halt immer noch!« gestand die Schinagl. Sie liebte ihn in der Tat. Manchmal glaubte sie, daß sie dem Taittinger noch einmal folgen könne, wie einst, vom Vater fort in die Herrengasse und hierauf ins Haus der Matzner gehen und ein Kind haben und Unglücksperlen bekommen und noch einmal eingesperrt werden. Sie bereute nichts von all dem. Auch das Heimweh nach ihm, seinen Händen, seinem Geruch, seinen Nächten, seiner Liebe zehrten an ihrem Herzen. Sie verlangte nach ihm; und es erschien ihr selbst merkwürdig, in klaren Augenblicken, daß ihr dieses Verlangen nicht allein die Liebe befahl, sondern auch Rachsucht. Vergeltung wollte sie üben. Sie gehörte zu Taittinger. Weshalb blieb er ihr fern?

Sie wußte, daß er am Vormittag im Prater zu spazieren pflegte; sie machte sich einmal auf, um ihm zu begegnen. Sie erblickte ihn zuerst aus der Ferne, weit vor ihr ging er, seinen Rücken erkannte sie und seinen Gang. Dünn und zart ging er dahin, mitten zwischen den starken Bäumen, es rührte sie zu Tränen; über seine Art dahinzugehn allein hätte sie weinen mögen. Es war eigentlich wunderschön, dem Herrn zu folgen, nur seinen Rücken zu sehen und zu lieben und seinen Schatten, wenn er dann und wann die Allee verließ und in der sonnigen Straße weiterging. Sie nannte ihn in Gedanken: den Herrn, den Baron, den Rittmeister. Auch im stillen wagte sie nicht, ihn Franz zu nennen – aus körperlicher Angst. Wenn sie »Franz« dachte, fuhr ein Schwert durch ihr Herz.

Es war gut, daß sie ihm nicht zufällig entgegengekommen war; das hätte sie vielleicht nicht ausgehalten. Sie wollte auch schon umkehren, damit er ihr heute, heute nicht, heute noch nicht begegne; das Umkehren aber konnte noch etwas Zeit haben. Sie ging, ohne es zu wissen, immer schneller. Jetzt konnte sie schon seinen Schritt hören. Plötzlich blieb er stehn, wandte sich schnell um und erblickte sie. Er hatte gefühlt, daß man ihm folgte.

Er ließ sie herankommen. »Weißt, Mizzi, Überraschungen hab' ich nicht gern!« – Er war ehrlich, er haßte Überraschungen. Weihnachtsgeschenke, die er nicht selbst gewünscht und gleichsam bestellt hatte, haßte er, vernichtete oder verlor er auch sofort. Er empfand Überraschungen als vulgär, ebenso wie Schreckrufe, lautes Weinen einer Frau, geräuschvolles Tarockspiel im Café, Streit zwischen Männern auf der Straße. »Es ist ein Zufall, bitt' um Entschuldigung, Herr Baron!« log die Mizzi. »Ich hab' gedacht, Herr Baron reiten?« – »Ich hab' kein Pferd, Mizzi. Auf gemieteten Pferden reit' ich nicht! – Wohin gehst denn?« – Er war beinahe schon mißtrauisch. »Nix, so halt«, sagte Mizzi. »Nun, geh zurück, setz dich zu Steinacker in den Garten, trink ein Bier. Ich komm' in einer Stunde!« Er wandte sich um und ging.

Er hatte aber in Wahrheit keine Lust mehr an diesem Spaziergang. Auch mied er die Reiter. Er kehrte um. Ein wenig Mitleid rührte sich für die Mizzi. Er schämte sich auch dieses Mitleids. Alles wäre gut, wenn sie nur nicht diesen vertrackten Sohn hätte! Er erinnerte sich plötzlich, daß es ja sein Sohn war. Schuldig fühlte er sich nicht – keineswegs. Aber es war ein Faktum: Unleugbar war der Xandl sein Sohn, und die Mizzi konnte nichts dafür – oder nur sehr wenig. Als er das Gasthaus Steinacker betrat, hatte er fast schon ein freundliches Gesicht. Es war ein etwas vorweggenommener Nachmittag des Barons. Die Mizzi eröffnete schon gegen elf die Abteilung Volk. Automatisch erwachte auch das Interesse Taittingers an den Wachspuppen. Es sei viel Geld nötig. Wieviel? Das wüßte der Trummer. Und wieviel sie selbst habe, fragte Taittinger. Mizzi gestand lediglich die von der seligen Matzner ererbten 300 Gulden. Was von der Pfaidlerei übriggebliebenen war, verschwieg sie. Noch in der Zelle hatte ihr die Kreutzer geraten, von diesem »Notgroschen« keiner Seele etwas zu sagen, nicht einmal dem Trummer. Am allerwenigsten dem Sohn. Aber es war nicht nur der gute Rat der Leni, den sie jetzt befolgte, sondern auch die Stimme ihres Herzens. Seit ihrer Haft hatte sie eine grauenhafte Angst vor dem Alter und vor der Not. Es war, als ob der ganze Leichtsinn, dessen sie überhaupt fähig gewesen war, aufgezehrt, geschmolzen wäre, gleichzeitig mit dem Geld; der ganze Vorrat an Unbekümmertheit, Vertrauensseligkeit, Übermut und Großzügigkeit verbraucht. Übrig blieb auf dem Grunde ihrer Seele die natürliche, lediglich durch die Jugend verhüllt gewesene Angst vor dem Zufall des bittern Lebens, Sehnsucht nach der garantierten Sicherheit, warme Liebe zu Hab und Gut, eifersüchtige Zärtlichkeit für Zurückgelegtes, Aufgespartes und Verborgenes, kurz, der ewige, den Frauen ihrer Art angeborene Glauben an Sparkasse und Assekuranz. Sie empfand keine Scham. Dieses Verschweigen war geradezu eine moralische Pflicht. Ebenso war es ein moralisches Gebot, Taittinger zahlen zu lassen. Das Geld, das er für sie ausgab, nährte noch ihre Liebe zu ihm. Die zweitausend Gulden lagen in der Post, und das Sparkassenbüchl, eingewickelt im Taschentuch, auf dem Grunde des Koffers. Und der Kofferschlüssel hing um den Hals, neben dem Kruzifix und dem Medaillon mit der heiligen Therese. »Dreihundert sind gewiß zu wenig«, meinte Taittinger, dem die Ehrfurcht vor den Wachsfiguren schon zu tief eingegraben war, ebenso wie die Geringschätzung des Geldes. Dergleichen Wachsfiguren konnten gar nicht billig sein. Gewiß, gewiß, er begriff es. »Ich werd' mir erlauben, dir mit etwas auszuhelfen«, sagte er. »Oh, dank' schön! Das ist so lieb, so nobel, ganz Ihre Art, Herr Baron!« – Und sie faßte schon mit ihren beiden Händen nach seiner Rechten: und ehe er noch eine Bewegung der Abwehr machen konnte, beugte sie sich über seine Hand und küßte sie innig. Er war erschrocken, verzweifelt, machtlos.

Plötzlich brach Mizzi in Tränen aus. Dies steigerte Taittingers Unwillen, aber es rührte auch an sein Herz, fast so wie damals, als Mizzi in der Kanzlei des Gefängnisdirektors zu weinen angefangen hatte. »Sie haben mich noch ein bißchen lieb?« fragte Mizzi. »Ja, ja, sicherlich«, sagte Taittinger, mit der festen Zuversicht, daß die Tränen innehalten würden. Aber das Gegenteil ereignete sich: sie strömten noch heißer und dichter. Es währte allerdings nicht mehr lange. Mizzi erhob ihr Gesicht. Ihr zerzaustes Haar, der verbogene Hut, das zerknüllte Taschentuch, das treuherzige Blau der Augen, die zwischen den verweinten Lidern geradezu kindlich erschienen, gefielen dem Baron eigentlich und machten ihm die Frau vertraut. Sie fühlte es sofort, und mit der Schnelligkeit, mit der ein Adler nach langem, lauerndem Kreisen auf die Beute hinunterstürzt, sobald er deren schwachen Augenblick gekommen weiß, fragte sie: »Darf ich heute zu Ihnen kommen – abends?« »Heut nicht!« sagte der Taittinger. Er liebte nichts Unvorbereitetes. »Morgen? Übermorgen? Wann?« »Ja, morgen!« sagte Taittinger, »das heißt, wenn ich nicht plötzlich abgehalten bin!«

XXVIII

Er hatte wirklich noch eine vage Hoffnung auf irgendein Ereignis, das geeignet wäre, ihn abzuhalten. Aber solch ein Ereignis traf nicht ein, und die Mizzi Schinagl kam, wie abgemacht. Er gewöhnte sich schnell an sie, wie überhaupt an das meiste, an das Gute, an das Schlimme, an das »Charmante« und an das »Langweilige«, das ihm zustieß. Er fand bei Mizzi vertraute Wärme wieder und entdeckte ihre wohlbekannten Geheimnisse. Mizzi kam immer häufiger. Sie fütterte die wiedererwachte Gewohnheit eifrig. Sie liebte inbrünstig, wie einst, als es angefangen hatte. Und wie einst ergab sie sich zuweilen jenen gefährlichen Träumen, von denen sie wußte, daß sie töricht waren und das Erwachen aus ihnen eine wüste Bitterkeit. Lächerliche Träume, gütig in ihrer Flüchtigkeit und beseligend noch in der Enttäuschung, die sie selbst ankündigten: Der Baron wird alt werden, vielleicht auch ein bißchen krank. Oh, nicht viel! Vielleicht eine ganz kleine, vorübergehende, Pflege erfordernde Lähmung. Dann pflegt man ihn, gehört ihm ganz, nicht nur so, sondern auch als Opfer. Dann wird er immer älter, und er braucht die Mizzi – und dann wird sie seine Frau. Eine

Nacht lang war sie schon einmal Gräfin gewesen. Die letzten zehn Jahre ihres Lebens konnte sie ganz gut Baronin sein.
An einem dieser Tage bekam der alte Schinagl – da er noch Vormund seines Enkels war – vom Direktor der Grazer Anstalt die Verständigung, daß man nicht mehr in der Lage sei, den Xandl zu behalten; er müßte sofort nach Wien zur Mutter oder sonst irgendwohin. Weder sein sittliches Betragen noch sein Fleiß, noch auch seine Begabung würden ihm gestatten, noch eine andere Anstalt, in der Steiermark wenigstens, zu besuchen. Der Alte schickte den Brief seiner Tochter. Sowohl die Magdalene Kreutzer als auch der Trummer waren der Meinung, daß ein Kind zur Mutter gehöre und ein Bankert niemals in eine Anstalt. In die Lehre sollte er einfach, da konnte etwas Anständiges aus ihm werden. Es war übrigens ein Wink des Himmels, ein Fingerzeig Gottes, wie's geschrieben steht und der Katechet immer schon gesagt hat. Der Vater war hier, an Ort und Stelle. Dem sagt man nix. Der Bub kommt einfach her. Dann schickt man ihn zum Herrn Baron, am besten morgens. Da bin ich, was soll ich nun machen? Da bin ich, Herr Vater! Vielleicht schickt er ihn aufs Gut, wer kann's wissen? Der Baron hat manchmal so Launen, Himmel sakra no amoi!
Eine Woche später, am Morgen, als Taittinger das Hotel verlassen wollte, meldete man ihm den jungen Mann, Schinagl. Der grausliche Junge hatte einen starken Eindruck im armen Taittinger hinterlassen. Er wußte jetzt, ganz gegen seine Natur, im Nu, um wen es sich handelte. »Holen Sie ihn!« befahl er. »Aber wenn er noch einmal hierherkommt, schmeißen S' ihn 'naus!«
Ja, das war der grausige Junge, größer als das letztemal, das Maul schiefer, die Augenränder röter. Sein eigener Sohn! Sein eigener Sohn sah genauso aus, als wenn sich die Natur über den Baron hätte lustig machen wollen. Die Stirn war ähnlich, der Haaransatz, das Kinn, die Augenbrauen, der Schnitt der Augen. »Guten Morgen!« sagte der Junge. Er hielt die Mütze in der Hand. Er war verändert, bedeutend häßlicher geworden, aber es war dennoch beinahe so, als ob man ihn gestern erst gesehen hätte. »Herr Schinagl?« fragte Taittinger. »Die Mutter hat g'sagt, ich soll guten Morgen wünschen!« – »Danke, grüßen Sie Fräulein Schinagl!« sagte Taittinger und winkte einem Fiaker. Ein schrecklicher Tag war angebrochen. Wohin fahren? – »Nach Baden!« rief Taittinger, besann sich aber gleich darauf, in der Kärntner Straße schon, und sagte: »Zur Polizeidirektion!« Er stieg aus, zahlte,

hatte nicht den Mut, den Polizeiarzt aufzusuchen, mit dem er eigentlich den Fall Schinagl hatte besprechen wollen. Er wanderte ziellos durch die Straßen. Als es zwölf von den Türmen schlug, kam er just an der Burg vorbei, eine Sekunde vor der Wachablösung. Der Leutnant der Deutschmeisterkompanie kommandierte: »Kurzer Schritt!«, weil die Uhr im Burghof noch nicht den Mittag zu verkünden begonnen hatte. Der Tambour hob sein Zepter, die letzten Klänge des Radetzkymarsches erstarben wehmütig und weckten schon ein schwaches Echo unter der Wölbung des Burgtors. Jetzt dröhnte die Uhr im Hof, jetzt trommelte es sachte, wie wenn Sammetpfötchen auf das Kalbfell schlügen, jetzt erscholl drinnen das »Gewehr heraus!«. Jetzt erschien irgendwo hinter einem Vorhang der Kaiser selbst. Eine unsägliche Traurigkeit bemächtigte sich Taittingers. Zum erstenmal nach langer Zeit empfand er wieder Heimweh nach der Uniform und Schmerz um die Armee. Die Kapelle spielte den Donauwalzer. Das Volk im Burghof glaubte an einem der Fenster den Kaiser erblickt zu haben. Hüte und Hände erhoben sich. Im Hurrageschrei erstarb beinahe die Musik. Die Frühlingssonne lag milde über der Burg und lächelte: eine junge Mutter. Das »Gott erhalte« erklang, Taittinger durchrann der alte wohlbekannte Schauer, der Soldatenschauer, der Hymnenschauer. Er stand da, den Hut in der Hand; er hätte lieber salutiert.

Auf dem Weg zum »Deutschen Haus«, wo er heute mittag essen wollte, überlegte er ernstlich, ob er nicht wieder in die Armee eintreten sollte. Er hatte kein Geld mehr. Gut! Auch die Landwehr war ihm lieb. Den Befund konnte man wieder ändern. Sein Freund Kalergi saß im Kriegsministerium. Für die Dauer einer Stunde oder zwei sah der Rittmeister a.D. die ganze Vergeblichkeit seines Lebens. Das Gut, die Mizzi, das Volk im Prater, diese Kreutzer und dieser Trummer! ––– Und auch die Wachsfiguren weckten nicht mehr das geringste Interesse. Einmal hatte er schon eine Pfaidlerei gekauft, jetzt wird er freilich noch ein Panoptikum beschaffen müssen, aber dann ist's aus. Den lächerlichen Rest des Guts verkaufen! Und zurück zur Heimat! Heim in die Armee! Er wollte noch im Hotel ein wenig nachdenken. Er ging nach Haus, er setzte sich in die Halle.

Der Portier kam und meldete ihm, daß der junge Mann von heute morgen wieder da sei, in Begleitung der Dame, die jeden Tag komme, und man wisse nicht, was zu tun sei. Sie möchten beide herkommen, sagte Taittinger. – Sie kamen. Taittinger hatte sich vorgenommen,

nicht aufzustehen, aber er erhob sich: es hob ihn vom Sessel hoch. Er war unfähig, vor einem Wesen in Frauenkleidern sitzen zu bleiben. (Wenn sich ihm ein Kleid aus irgendeinem der Mode-Schaufenster genähert hätte, wäre er ebenfalls aufgestanden.) Er lächelte sogar. Er bat, Platz zu nehmen. Mizzi Schinagl zog den Brief des Schuldirektors aus dem Säckchen und zeigte ihn Taittinger. Hierauf nahm sie auch das Taschentuch in die Hand. Sie präparierte schon das Weinen. Taittinger las ein paar Zeilen und legte den Brief auf den Tisch. Mizzi rührte schon mit dem Tuch an die Augen. Und schon mit heftig schluchzender Stimme stieß sie den Satz hervor: »Der Bub ist ganz mißraten!« Es war ein deutlicher Vorwurf. Das Werk Taittingers war mißlungen.
»Liebes Fräulein Schinagl«, sagte Taittinger, »wie alt ist Ihr Sohn?«
»Er wird jetzt grad' achtzehn, morgen!«
»Ah, gratuliere!« sagte Taittinger zu Xandl.
»Was wollen Sie jetzt anfangen?« fragte Taittinger.
»Ich denk', und der Herr Trummer sagt's auch, er soll zu meinem Vater, im Geschäft helfen, und dann erbt er vielleicht das Geschäft, und der Vater ist ja krank!«
»Morgen nicht«, sagte Xandl, »morgen ist mein Geburtstag!«
»Da will ich Ihnen auch gleich was schenken«, sagte Taittinger, »da brauchen Sie sich morgen nicht noch einmal hierher zu bemühen!« Er zog einen Hundertguldenschein aus der Brieftasche. Xandl faltete ihn zusammen und behielt ihn in der Faust. »Danke!« sagte er. »Sag: Dank' schön, Herr Baron!« rief Mizzi. »Ja«, sagte Xandl, »dank' schön, Herr Baron!« – Es war eine Weile still. Dann sagte Xandl plötzlich: »Geh' ma, Mizzi!« und erhob sich.
»Ich muß auch fort!« sagte Taittinger, sah auf die Uhr und erhob sich. Er nahm den Hut und ging zuerst.

»Gib mir das Geld!« sagte Mizzi zu ihrem Sohn auf der Straße. »Fällt mir grad' ein!« rief Xandl. »So'n Hunderter is nix für Frauenzimmer wie du!« Er ging noch neben ihr ein Stückchen weiter, aber bei der nächsten Querstraße bog er ein, ohne ein Wort zu sagen. »Xandl, Xandl!« rief Mizzi. Er wandte sich nicht um. Sie ging zu Fuß, durch die Rotenturmstraße, am Franz-Josephs-Kai mußte sie sich setzen. Es war still um diese Stunde. Man hörte das gute Murmeln der Donau hinter den dichten Goldregenbüschen. Zutrauliche Amseln kamen zur Mizzi auf die Bank. Sie kamen um Atzung, den Straßenmusikanten ähnlich, die einsammeln gehn, nachdem sie ihr Liedchen gespielt haben. Mizzi erhob sich, sie wollte im Café nebenan einen Kipfel holen, um die Vögel zu füttern. Sie hatte für Vögel die Zärtlichkeit aller kleinen Frauen, deren rührselige Dankbarkeit für die Zutraulichkeit der Tiere. Sie zerbröckelte langsam und sparsam einen Kipfel, um die Amseln möglichst lange in der Nähe zu wissen. Sie konnte heute nicht allein sein. Sie wollte auch schnell zur Kreutzer und zum Trummer zurück. Sie sprach leise zu den Amseln. Sie erzählte ihnen, wie schlimm der Xandl sei, seit dem Augenblick seiner Ankunft. (»Und so goldig is er gewesen, wie er zur Welt gekommen is – und später auch, wie er noch die Locken g'habt hat. Und so g'freut hat's mi, wann er mir Mutter gesagt hat. Und jetzt sagt er mir nimmer Mutter, Mizzi sagt er halt und Frauenzimmer, Frauenzimmer!«) Sie begann bitterlich zu weinen. Sie hatte das Gefühl, daß sie erst seit der Ankunft des Buben zum erstenmal Erniedrigungen erfahren habe. Im Haus der Josephine Matzner hatte man sie freilich mißbraucht, aber niemals beschimpft. Auch bei dem obligaten wöchentlichen Besuch beim Arzt, auf der »Sitte«, hatte sie nie Kränkungen gefühlt, und später auch nicht, weder in der Untersuchungshaft noch im Gefängnis. Ihr eigenes Kind mußte kommen, um sie zu schänden. Sie empfand in diesem Augenblick das ganze Gewicht des Wortes: schänden. Dieses Wort – wie wunderlich – gehörte, seit sie denken konnte, zu ihrem täglichen Sprachschatz – jetzt erst begriff sie seine wuchtige Bedeutung. Sie erhob sich, sah sich um, es war kein Wachmann in der Nähe. Sie traute sich auf den Rasen, trat an die Brüstung des Donau-Kanals und sah hinunter auf den Fluß. Vor ein paar Jahren hatte sich die rothaarige Karolin' in die Donau geworfen, etwas weiter oben, bei der Augartenbrücke; man hat sie nie gefunden. Die Matzner hat damals gesagt, daß die Donau nicht gerne Leichen hergibt. Sie schleppt sie bis zum Meer. Der Mizzi schauderte vor solch einem Tod; je länger sie auf das dahineilende Wasser blickte, desto stärker wurde der Schauder; aber sie begann zugleich auch, ihre Furcht zu lieben. Sie liebte ihre Furcht vor dem nassen Tode. Als sie unten, am Kai-Ufer, den Helm eines Wachmanns aufblinken sah, kehrte sie auf die Bank zurück.

Sie hatte Sehnsucht nach dem Gefängnis. Dort war sie nicht so allein gewesen, die Zelle war klein. Aber hier draußen war die Welt groß, eine kleine Frau war tausendfach einsam. Die Einsamkeit war so groß wie die Welt. Die Kreutzer war eine Freundin, aber sie hatte ihren

Trummer. Wo gibt's eine Freundin, auf die man sich verlassen kann, wenn sie einen Mann liebt? Den Baron konnte man niemals haben. Das einzige, was man von ihm behalten konnte, war der Xandl – und der lief ihr weg, für den war sie keine Mutter. Wenn man nur vergessen könnte, wie goldig er einmal gewesen ist. Vielleicht tat's ihm schon leid, und er erwartete seine Mutter wie jeden Nachmittag im Karussell. Sie ging in den Prater, sie ging langsam. Je später sie kam, desto sicherer war Xandl schon dort. Aber Xandl kam erst spät, am Abend, er roch nach Bier und Schnaps. Er war stiller als sonst. In seinen Augen blinkte ein kleines, fremdes Licht. Sie zögerte lange, bevor sie ihn nach dem Hunderter fragte. Aber schließlich war die Vorstellung, daß sie wenigstens siebzig Gulden retten könnte, unbezwinglich. »Hier ist es!« sagte Xandl. Er zog ein Büschel Zehnguldenscheine hervor. »Zwanzig Gulden hab' ich ausgegeben. Ich hab' ein Bizykl angezahlt, morgen will ich's holen.« – »Gib mir den Rest!« Xandl steckte das Geld wieder ein. Er ging hinunter, den Esel ein bißchen anzutreiben und mit Schani zu sprechen. Er wollte auch seinen Reichtum zeigen. Schani brauchte Geld. Er hatte einen silbernen Ring mit einem echten Stein, aber Xandl traute weder dem Silber noch dem Juwel. Der einzige Wertgegenstand, den Schani besaß, war ein Revolver. Er verkaufte ihn, samt zwanzig Patronen, dem Xandl für fünf Gulden. Morgen sollte man den Revolver ausprobieren, auf der Wasserwiese, wo die Soldaten exerzierten und wo die Schüsse keinem Wachmann verdächtig erscheinen konnten. Herr Trummer zwängte sich eben durch den kleinen Eingang, im Augenblick, da der Handel abgeschlossen wurde. Er sah die Scheine, fragte, woher sie kämen, nannte den Baron einen Teppen, ein narrisches Gewächs, befahl Xandl, das Geld sofort ihm oder der Mutter zu geben. Sonst wollte er den Wachmann holen; wegen des Revolvers würden beide Buben eingesperrt. »Aber den Revolver behalt' ich«, sagte Schinagl konziliant. Er behielt den Revolver und lieferte das Geld aus. Trummer sagte der Mizzi, er würde es aufheben, solang der Bub im Hause sei. Ihm könne er's nicht stehlen wie der Mutter. Mizzi hielt das Geld für verloren, und sie wurde noch trauriger.
Sie suchte ein paar Tage nach Taittinger. Er kam nicht mehr in den Prater. Im Hotel traf sie ihn nicht. Sie ging in die Konditorei Schaub in der Petersgasse, wo sich die noblen Herren zuweilen trafen. Da saß er auch, mit zwei Offizieren. Sie wagte nicht, an ihn heranzugehn, nicht einmal, sich an einen anderen Tisch zu setzen. Sie blieb draußen. Sie

ging vor der Tür auf und ab. Taittinger kam endlich, er war allein: »Pardon, Mizzi«, sagte er, »ich hab' in diesen Tagen zu tun. Eine Woche noch. Grüß Gott!«
Er betrieb mit einer Energie, die er nie an sich gekannt hatte, seine Rückkehr zur Armee. In einer Woche wollte er vor der ärztlichen Kommission erscheinen. Um zur Infanterie transferiert zu werden, brauchte er noch einen Kurs von sechs Monaten. Er war jugendlich aufgeregt wie ein Kadett. Er hatte, wie gesagt, einen heißen Eifer, aber unselig kindliche Vorstellungen von dem Eifer der militärischen administrativen Behörden. Er glaubte, es ginge im Kriegsministerium so zu wie im Regiment, der Vorgesetzte befahl, der Subalterne gehorchte. Am Nachmittag wurde der Regimentsbefehl verlesen, und am nächsten Tag vollführte sich alles so, wie es im Befehl gestanden hatte. Aber so war es nicht in den Kanzleien des Ministeriums. Man sprach nicht zueinander, man korrespondierte. Taittingers Gesuch konnte auch der Oberstleutnant Kalergi nicht vor der verworrenen Wanderung bewahren, die alle Schriftstücke in der alten k.u.k. Monarchie zurücklegen mußten. Der »Akt Taittinger« wuchs und schwoll an, während er wanderte. Er hatte noch lange nicht jene Üppigkeit erreicht, die ihm gestattet hätte, zum Oberstleutnant Kalergi zurückzukehren. Und mochte dieser auch noch so aufmerksam die Kreuz- und Querfahrten des Aktes überwachen, dieser entschlüpfte immer, just in den Augenblicken, in denen er ihn gerade erwischt zu haben glaubte.
Nein, Baron Taittinger kam noch lange nicht vor die ärztliche Kommission.

XXIX

An einem dieser Tage erhielt er den höchst peinlichen Besuch seiner »Freunde aus dem Volke«. Sie kamen gemeinsam diesmal, das Fräulein Kreutzer und der Herr Trummer. Taittinger saß in der Halle und sah sie mit einem gelinden Schrecken anrücken. Herr Trummer kam zuerst und fragte nach dem Baron. Im gleichen Augenblick sah er auch schon Taittinger vor seiner Kaffeetasse. Er schwenkte den feierlichen schwarzen Hut. Es sah aus, als gäbe er Signale mit einer Trauerfahne. Er wandte sich sofort wieder dem Ausgang zu und winkte Magdalene Kreutzer heran. Er war würdig schwarz gekleidet, die Kreutzer som-

merlich bunt. Neben dem dunklen Ernst des Mannes erinnerte sie an ein wandelndes Gartenbeet, das vom Tod persönlich betreut wird. Sie waren nun einmal da, Taittinger fand sich damit in einigen Sekunden ab. Er konnte nicht leugnen, daß er selbst schon daran gedacht hatte, sie an einem dieser Tage aufzusuchen.
Sie setzten sich sofort, sahen einander lange an, überlegten gleichsam mit den Augen, wer von ihnen zuerst sprechen sollte. Schließlich fingen sie gleichzeitig an, hochdeutsch und mit dem gleichen Satz: »Es ist ein großes Malheur passiert!« – »Was ist geschehn?« fragte Taittinger. »Ein Malheur!« wiederholte die Kreutzer – und sie weinte auch schon. »Ruhe, Leni!« befahl Trummer. Er nahm das Wort, verfiel nach zwei hochdeutschen Sätzen wieder in den Dialekt, wurde unsicher, fragte immerzu: »verstanden?« – und mußte schließlich innehalten. Frau Kreutzer begann die Geschichte wieder von neuem. Das Weinen steckte noch in ihrer Kehle, färbte ihre Rede, erinnerte an das Miauen einer Katze und an Messerschleifen zugleich und hie und da an den durchdringenden Aufschrei einer Gabel, die auf einem Teller ausgleitet. Sie betäubte Taittinger dermaßen, daß er zehn Minuten lang gar nichts begriff. Dazu kam, daß sie selbst nicht immer zu wissen schien, was sie eben erzählt hatte, denn von Zeit zu Zeit unterbrach sie ihre Rede mit der Frage: »Wos hab' ich jetzt gesagt?« – worauf Taittinger schwieg und Herr Trummer wieder von vorn anfing. Jetzt, nachdem er sich entschlossen hatte, durchwegs beim Dialekt zu bleiben, gelang es ihm auch, einen Zusammenhang in den Bericht zu bringen. Es verging immerhin eine Viertelstunde, bevor Taittinger begriff, daß der Xandl etwas Schreckliches angestellt hatte – und zwar infolge der Schuld des Barons.
»Schuld hob' i g'sogt!« wiederholte Trummer.
»Allen gehorsamen Respekt, Herr Baron«, warf die Kreutzer ein, »aber man kann dem Buben doch kein Vermögen in die Hand geben!«
»Was hat er denn damit angestellt?« fragte der Baron. Alles ist falsch, was ich mache, dachte er. Jetzt hab' ich ihm das Geld gegeben, damit ich Ruh' hab', und das Gegenteil ist der Fall.
»An Murd hat er begangen!« sagte Trummer, »aber Gott sei Dank: an mir. Und i leb' noch! I leb' noch lang!«
»Wieso, einen Mord?« fragte Taittinger. »Geschossen hat er halt!« sagte die Leni. Und sie erzählte, noch einmal, daß Trummer das restliche Geld vom Hunderter dem Xandl abgenommen hatte; den Revol-

ver hatte der Xandl behalten. »Vorgestern abend nun, wie der Trummer das Geld vom Karussell wie gewohnt zusammenzählt und sich nach Mitternacht auf den Heimweg macht, kommt ihm der Xandl entgegen und verlangt nicht nur sein Geld, sondern einen ganzen Hunderter. Der Trummer holt aus zum Schlagen. Da zieht der Xandl den Revolver und sagt: ›Hände hoch‹. Aber der Trummer, der hat noch nie Angst vor so einem Hascherl von Räuber gehabt und gibt dem Xandl einen Stoß, der Bub fällt hin, und der Schuß geht los, und nun schießt der Xandl wie ein Wilder noch die anderen Patronen ab, so platt auf der Erde liegt er und schießt hinauf, und da ist auch gleich die Polizei da. Und jetzt sitzen wir alle ›in der Tinten‹.«
»Lesen S' denn gar nie a Blattl?« fragte Trummer. Er war beleidigt. Seit gestern stand die ganze Geschichte ausführlich in der Zeitung; auch sein Verhör im Polizeikommissariat Leopoldstadt. Heute hat ihn so ein Journalist sogar gezeichnet, und sein Porträt kommt morgen in die Öffentlichkeit. So war's. Die Mizzi saß den ganzen Tag auf der Polizei. Es wird ein großer Prozeß werden, hat der Herr Kommissär gesagt, und die Delikte – »Dalikter«, sagte Trummer – hießen: versuchter Raubüberfall und Mordversuch. Auch die Mizzi ist verhört worden, und sie hat ausgesagt und erzählt, wer der Vater ist. – Und da steht's auch schwarz auf weiß in der Zeitung – Trummer holte ein Blatt heraus und deutete auf einen Satz. Taittinger las: »Der junge Attentäter ist die uneheliche Frucht einer echt romantischen Liebesbeziehung zwischen der jungen Mizzi Schinagl und dem Dragoneroffizier von Adel, der zur besten Wiener Gesellschaft gehört, einem Baron...« Hier kamen drei Sterne.
Der arme Taittinger blieb versteinert sitzen. »Hätten S' nur nicht dieses Sündengeld gegeben, Herr Baron!« sagte die Kreutzer. Sie hatte sich fest vorgenommen, dem narrischen Baron die Wahrheit zu sagen. Sie stellte alles Fürchterliche dar, das nicht nur den Buben, sondern auch die Mizzi und den Taittinger selbst erwartete, wenn es zum Prozeß kam. Der Advokatursschreiber Pollitzer, ein Bekannter der Kreutzer, hat alles gesagt, wie es kommen muß. »In anderen Ländern, in Amerika zum Beispiel«, so hat Pollitzer gesagt, »werden Jugendliche ganz anders vom Gericht behandelt. Aber bei uns in Österreich ist alles rückständig.« »Weil's wahr is!« grollte Trummer. »Weil die Herrn kan blauen Dunst haben. Himmel Hergott sakra no amoi!«
Taittinger überlegte, aber er wußte ja schon längst, daß ihn noch nie-

mals eine Überlegung zu irgendeinem vernünftigen Ziel geführt hatte. Es galt vor allem, die beiden loszuwerden. Er bediente sich also einer Methode, die einst beim Militär in vielen Fällen geholfen hatte, wenigstens eine vorläufige Beruhigung herbeizuführen. Er erhob sich und sagte: »Ich werde das Nötige veranlassen!« Mit dem Bewußtsein, alles erreicht und dem Baron eine Niederlage beigebracht zu haben, verließen die Kreutzer und der Trummer das Hotel.

Im Laufe der nächsten Tage aber mußte Taittinger die Erfahrung machen, daß er durchaus nicht imstande war, »das Nötige zu veranlassen«. Die Sache Schinagl–Trummer war bereits dem Untersuchungsrichter anvertraut, als Taittinger den Polizeiarzt aufsuchte. »Weißt du«, sagte der Doktor Stiasny, »bei uns, bei der Polizei, da läßt sich immer noch was machen. Bei uns, weißt du, da gibt's sozusagen Abtreibungen, da sind die Geschichten noch Embryos. Aber du bist zu spät gekommen! Beim Untersuchungsrichter reift die Frucht langsam, aber sicher und unaufhaltsam. Und da gibt's auch nix zu machen. Du kannst grad noch verhindern, daß beim Prozeß dein Name genannt wird, direkt oder indirekt. Das übernehm ich gerne: Der Doktor Blum von der Gerichtssaalkorrespondenz ist mein Freund. Auch wenn von dir die Rede sein sollte, im Verlauf des Prozesses, so kommt nix davon in die Zeitungen. Lieber Baron, das ist alles, was ich für dich machen kann.«

Der Oberstleutnant Kalergi meinte ebenfalls, daß die Affäre unrettbar verloren sei. Taittinger begriff nicht ganz, weshalb es schwieriger sein sollte, etwas beim Gericht zu unternehmen als bei der Polizei. »Ein Richter, weißt du«, so belehrte ihn Kalergi, »ist etwas anderes als ein Beamter der Polizei. Die sind so was wie die Engel unter den Beamten. Aber dich geht ja die ganze Geschichte nur insoweit an, als sie deinem Gesuch um Wiederaufnahme in die Armee schaden kann. Fahr weg! Vorläufig! Ich sorg' schon dafür, daß alles gutgeht.«

Nein, Taittinger fuhr nicht weg. Eine seltsame Bangnis hielt ihn zurück. Beinahe war es schon eine Furcht des Gewissens. Schon fühlte er sich schuldig und unlösbar verbunden mit fremden Schicksalen und Angelegenheiten. Er fühlte selbst, daß eine große Veränderung in ihm vorgegangen war, er wußte nicht genau, wann sie angefangen hatte. Vielleicht damals, als Sedlacek ihm auf der Treppe entgegengekommen war. Vielleicht früher schon, im Laden Schinagls in Sievering. Vielleicht später dann, als er die Mizzi im Gefängnis besucht hatte. Vielleicht gar erst nach dem Abschied von der Armee. Er war jetzt sogar imstande, die gleichgültige Heiterkeit seiner früheren Jahre zu erklären: Ahnungslosigkeit war es gewesen. Manchmal kam es ihm vor, daß er lange Jahre gleichsam mit verbundenen Augen an wüsten und gefährlichen Abgründen vorbeigewandert und lediglich deshalb nicht gestürzt wäre, weil er sie nicht gesehn hatte. Viel zu spät hatte er sehen gelernt. Große und kleine Gefahren sah er jetzt überall. Gedankenlos begangene Handlungen, harmlos ausgeführte, harmlose Einfälle, leichtsinnig hingeworfene Redensarten und aus purer Gleichgültigkeit unterlassene Maßregeln rächten sich fürchterlich. Längst war die Welt nicht so einfach mehr wie früher; besonders nicht mehr seit der Stunde, in der man die Uniform abgelegt hatte. Längst gab es nicht nur drei einfache Kategorien von Menschen mehr: Charmante, Gleichgültige und Langweilige, sondern vor allem: Unerkennbare. Wie leicht hatte vor Jahren das nette Verhältnis mit der netten Mizzi ausgeschaut, eine der vielen angenehmen Episoden, unbedeutend wie eine gute Mahlzeit, ein angenehmer Ritt, eine Einladung zur Jagd, eine Flasche Champagner, ein zweiwöchentlicher Urlaub. Die Erlebnisse sahen damals, als man ihnen begegnete, bunt, heiter, schwebend aus. Man hielt sie an einem Faden wie Luftballons, solange sie Freude bereiteten. Dann, wenn sie anfingen langweilig zu werden, ließ man den Faden los. Sie schwebten freundlich in die Luft, man sah ihnen noch dankbar eine Weile nach, dann mochten sie irgendwo in den Wolken zerplatzen. Aber einige waren gar nicht zerplatzt. Tückisch unsichtbar hatten sie sich lange Jahre irgendwo aufgehalten, allen Naturgesetzen zum Trotz. Mit Ballast gefüllt, fielen sie jetzt, wuchtige Gewichte, auf den armen Kopf Taittingers zurück.

Er wehrte sich nicht mehr gegen das sinnlose Pflichtgefühl, das ihn jeden Tag antrieb, in den Prater zu gehn und der Mizzi, der Kreutzer und dem Trummer von den Mißerfolgen seiner »Demarchen« zu berichten. Er konnte nichts gegen das quälende Bewußtsein, daß er an allem schuld war: an der Existenz Xandls, an den hundert Gulden, an der Grauslichkeit des Buben. Er sank – er fühlte es wohl – in der Wertschätzung des »Volkes« (denn die drei Personen waren für ihn das »Volk«). »Wann i die Großkopferten so kenna tät' wie Sie!« sagte der Trummer. »Es g'hört nur Kurasch dazu!« meinte die Kreutzer. »Mein armer Bub!« schrie die Mizzi. Sie weinte leicht, schnell und gehässig. Nicht der Kummer, sondern der Haß gebar ihre Tränen. Alle drei bildeten eine feindliche Front gegen Taittinger. Selbst er, der ebenso unfähig war, irgendein Mißtrauen zu empfinden, wie er außerstande gewesen wäre, etwa einer Pferdebahn nachzulaufen oder sich nach einem fremden Gegenstand, der auf seinem Weg lag, zu bücken: Selbst er entdeckte hie und da die flinken Blicke, die geheimnisvollen, die zwischen den drei Repräsentanten des Volkes über seinen Kopf hinweg ausgetauscht wurden. Manchmal wurde »das Volk« auch direkt. Es sprach deutlich durch den Mund der Magdalene Kreutzer: »Ja, wann S' immer die Alimente gezahlt hätten!« und: »Mit so aner Pfaidlerei abfinden, wann man ein ehrliches Mädchen verführt hat!« – Die Geringschätzung der drei ging so weit, daß sie nur noch selten und immer seltener in den Dialekt verfielen. Sie schufen gewissermaßen eine hochdeutsche Distanz zwischen sich und dem Baron. Er war nicht mehr würdig, Dialekt zu vernehmen.

»Mir werden uns schon selber helfen!« sagte bedeutsam eines Tages die Kreutzer.

Sie hatte einen großartigen Einfall, wie es ihr schien. Mit Hilfe Pollitzers, der für zwei Gulden fünfzig jedes gewünschte und gebrauchte Gesuch abzufassen bereit ist, schreibt man an Seine Majestät persönlich: ein Gnadengesuch. In der Hof- und Kabinettskanzlei – sagt Pollitzer – wird alles sorgfältig geprüft. Man schreibt, daß die arme Mizzi von Baron Taittinger verführt und mit einem Kind ohne Alimente sitzengelassen wurde. Der Junge ist leichtsinnig und ohne Vater aufgewachsen. Man vernichtet sein blühendes Leben. Die allerhöchste Gnade des Kaisers allein kann einen Knaben, einen Staatsbürger, einen künftigen treuen Soldaten vor der unbarmherzigen Strenge des Gesetzes retten. Zuerst meinte der Pollitzer zwar, daß man mit diesem Gesuch noch Zeit hätte bis zur Gerichtsverhandlung. Allein er dachte an die zwei Gulden fünfzig – und sagte nur: »Ich schreib's – aber auf Ihre eigene Verantwortung!« Und er schrieb.

Eine Viertelstunde, bevor Seine Majestät der Kaiser seine tägliche Spazierfahrt durch die Straßen der Stadt Wien unternahm, kamen die Geheimen an die Kreuzungen und Straßenecken – nicht etwa, um nach Verdächtigen Ausschau zu halten, sondern im Gegenteil, um ihre uniformierten Kollegen, die Wachleute im Straßendienst, zu warnen.

Die Spazierfahrt des Kaisers ist ähnlich wie einer der gewohnten und vertrauten Feiertage: Man kennt sie schon lange, aber man erwartet sie wie etwas Unbekanntes. So kennen die Menschen auch den Frühling

zum Beispiel, und sie begrüßen ihn doch jedes Jahr mit der gleichen begierigen Freude. Die Geschäftsleute schließen ihre Läden und stellen sich am Straßenrand auf. In den großen Warenhäusern, die einige Stockwerke einnehmen, reißen die jungen Verkäuferinnen, Näherinnen, Modistinnen, ewig neugierige, ewig flatterhafte, nach Abwechslung lüsterne, frühlingshaft genäschige Kinder Wiens, alle Fenster auf. Eine halbe Stunde lang ist Feiertag: Der Kaiser fährt vorbei.
Da hört man auch schon seinen Wagen, die zwei schlanken Braunen, die hurtig und sachte, mit empfindlichen Hufen, das Pflaster zu liebkosen scheinen, während sie es treten. Auf dem Bock sitzt der Livrierte in kleiner Gala, und der Kutscher hält die Peitsche lediglich als Zeichen seiner Würde und seines Amtes. Denn kaiserliche Pferde brauchen keine Peitsche. Die Pferde des Kaisers wissen immer, was sie zu tun haben, und auch, wen sie dahinführen. Es ist, als ob sie es auch gar nicht nötig gehabt hätten, vor den kaiserlichen Wagen eingespannt zu werden: Von selbst haben sie sich Zügel und Geschirr angelegt. Sie geben dem Kutscher Richtung und Rhythmus an; nicht er ihnen.
An diesem Tage stürzte, als die Pferde vom Ring in die Mariahilfer Straße einbogen, eine Frau aus der dichten Reihe der »Hoch«- und »Vivat«-Rufenden, war in einer Sekunde am Trittbrett des Wagens angelangt und warf einen Brief hinein, der dem Adjutanten auf den Schoß fiel. Ähnliche Vorfälle hatten sich oft ereignet, der Kaiser kannte sie bereits. Es waren Gnadengesuche, geschriebene Hilferufe seiner Untertanen. Er hatte schon viele gelesen, viele gutgeheißen, viele abgelehnt. Genauso aber, wie er derlei Begebenheiten für gewöhnliche, selbstverständliche Folgen seines Amtes halten mochte, so erschienen seinen Dienern diese heftigen und überraschenden Bitten um Gnade äußerst gefährliche Symptome einer anarchistischen und bedrohlichen Freiheit. Die Geheimen stürzten hervor, zwei, drei, vier, fünf; zu viel Männer für eine einzige Frau. Der Hut fiel ihr vom Kopf, das Pompadourtäschchen aus der Hand. Ein Polizist hob beides auf. Der Kaiser war schon weit fort. Man brachte die Frau in die Wachstube in die Neubaugasse, untersuchte sie genau, wie es die Vorschrift befahl, nahm ihre Personalien auf. Es war Mizzi Schinagl. Sie wurde entlassen. Man sagte ihr, daß sie von nun ab unter besonderer polizeilicher Bewachung stehe und gewärtig sein müsse, jeden Moment vorgeladen zu werden. All dies bekümmerte die Mizzi nicht. Sie wußte, wie alle Welt, daß sie zwei Tage Arrest oder fünf Gulden Strafe zu bekommen hatte.

Die Kreutzer und der Trummer, die mit der Mizzi gekommen waren, um ihr Mut zu machen, begleiteten sie triumphierend in den Prater.
»Deinem Baron sagst nix!« befahl Trummer. Der Baron war bereits ein erklärter Feind, für vogelfrei erklärt sozusagen. Wenn er zu früh von dem Gnadengesuch der Mizzi erfuhr, war er imstande, das Geld für das Wachsfigurenkabinett zu verweigern.
Mizzi Schinagl litt unter einigen peinlichen Empfindungen, wegen der Angaben, die sie im Gesuch gemacht hatte. Allein, sie sagte sich, daß sie ihren Sohn, ihr einziges Kind, ihr »Alles auf der Welt« retten mußte. Eine Mutter bin ich eben! sagte sie sich. Sie beschloß, später erst, in zwei Tagen vielleicht, Taittinger von ihrer Tat zu berichten. Später erst: sobald das Panoptikum bezahlt wäre. In zwei, drei Tagen sollte man abschließen; im Café Zirrnagl, im Artisten-Café in der Praterstraße, wie es eine alte Überlieferung den Budenbesitzern vorschrieb.

XXX

Um fünf Uhr nachmittags sollte Taittinger ins Café Zirrnagl kommen. Seit vier Uhr erwarteten ihn die Schinagl, die Kreutzer und der Trummer. Jeden von den dreien beherrschte die Furcht, der Baron könnte es sich im letzten Augenblick überlegen und also ausbleiben oder, was noch schlimmer war, gestern schon weggefahren sein. Man hätte ihn fester halten müssen! dachte die Kreutzer.
Aber da kam er schon im Fiaker. Sie kannte seine Gewohnheit. Er liebte es nicht, an dem Ort vorzufahren, an dem er aussteigen sollte. Sie hatte Zeit genug, die breite Straße zu überqueren und ihn noch rechtzeitig zu erreichen.
»Ich bin hoffentlich nicht zu spät?« fragte Taittinger. »Hast du hier auf mich gewartet?« Er sah auf die Uhr, er war pünktlich wie immer. »Ich muß was schnell vorher erzählen!« sagte Mizzi. Sie hatte gar keine Angst mehr vor dem Widerwillen des Barons gegen heftige und intime Bewegungen. Sie glaubte in diesem Augenblick zu fühlen, daß er allein, von allen Menschen in der Welt er allein, ihr vertraut war. Ihr Geliebter war er. Sie liebte ihn mehr als ihren Sohn und ihren Vater. Sie wußte es jetzt ganz genau. »Was gibt's denn, was gibt's denn?« fragte er. Er ließ sich in die Seitengasse führen.

»Ich möcht' nicht, daß du das Kabinett kaufst«, begann sie. Sie sagte du, es schien ihr selbstverständlich, sie sprach zum erstenmal so zu ihm, am Tage, wie sonst nur in der Dunkelheit vertrauter Nächte. Sie habe selbst noch Geld genug und sie brauchte ja auch seine Hilfe nicht. Sie hatte nur die Ratschläge der Kreutzer befolgt, aber dies sei schlecht von ihr. Sie wollte nichts mehr Schlechtes anstellen. Und außerdem hatte sie noch ein Gnadengesuch gemacht, für den Xandl, ja –

»Nein, liebe Mizzi«, sagte er, mit einer Stimme, die sie nicht kannte. Er befreite seinen Arm. Seine Stimme kam von weitem, jede Silbe war eine zuschlagende metallene Tür. Die Sätze schnappten ein wie einst der Riegel an der Zellentür draußen. »Nein, ich zahle meine Schulden. Du hast dann eine sichere Existenz und der Junge auch, wenn er einmal herauskommt! – Gehn wir!« sagte er – und sie folgte ihm, einen halben Schritt hinter ihm, so schnell ging er dahin. Ihr Herz klopfte nicht mehr, obwohl sie jetzt eilen mußte, und ihr Kopf war leer, ausgehöhlt und dennoch schwer. Wie eine fremde Last saß er auf ihrem Hals.

Nur schnell fertig werden, dachte Taittinger, als er ins Café Zirrnagl eintrat. Da saßen sie schon, der Besitzer des Panoptikums und der Makler und noch einer, den Taittinger noch nicht kannte. Es war der juristische Beirat, der den Vertrag aufsetzen sollte, der Pollitzer. Taittinger strengte sich gar nicht an, um die einzelnen Phasen des Gesprächs zu begreifen. Er bemühte sich lediglich, die Verwirrung zu unterdrücken, die nicht aus ihm selber kam, sondern die von allen Seiten auf ihn einströmte, eindrang wie Wind, Gestöber, Staub und Eisregen zugleich.

Er hatte noch kaum seinen Kaffee angerührt, und schon mahnte der Pollitzer zum Aufbruch. Taittinger fragte, ob man endlich fertig sei. »Leider nicht, Herr Baron!« sagte Pollitzer, der hier das Wort führte und den alle »Herr Doktor« nannten. »Wir müssen mit dem alten Percoli sprechen, er wohnt nur zwei Häuser weiter. Herr Baron ziehen es vielleicht vor, uns hier zu erwarten?« Nein, dagegen wehrte sich etwas in Taittinger. Er konnte hier nicht allein bleiben, obwohl er auch etwas Unbehagen vor Pollitzers Lavallière-Krawatte, vor seinem Schlapphut, seiner bunten Samtweste und den vielen Papieren in seiner Rocktasche empfand. Er ging zwei Häuser weiter. Er folgte dem Trupp, gehorsam wie ein Haustier und mit verdoppelter, weil mühsam gezähmter Ungeduld. Er stieg die drei Treppen empor. Er trat hinter

den andren durch eine finstere Küche in ein helles, von einem Glasdach überdecktes Atelier. Der alte Neapolitaner blieb sitzen.
Den Vertrag hatte Pollitzer mitgebracht, der alte Tino Percoli verpflichtete sich darin, die Aktualitäten der letzten Monate nachzuliefern, gegen einen Vorschuß von hundert Gulden. Er durfte innerhalb der Monarchie keine gleichen Modelle anbieten, an das Berliner Panoptikum erst in einem Abstand von zwei Wochen. Ausgenommen war das Museé Grevin in Paris und überhaupt das Ausland. »Den Vertrag behalt' ich bis morgen«, sagte Percoli. »Morgen nachmittag! Ich will ihn allein durchlesen.«
»Ich bitte um die Freundlichkeit, das durchzulesen, was Herrn Baron betrifft«, sagte Pollitzer. Taittinger mußte noch einmal ins Café.
Es erwies sich, daß er siebenhundert Gulden in bar zu erlegen hatte, für den Rest – achthundert rund – garantierte er. Man brachte ihm Tinte und Feder. Er unterschrieb mit fester und heiterer Hand. Es kam ihm vor, daß er gewaltige Lasten abgeworfen, das Gewissen befreit hatte, Sorgen entronnen war, allen möglichen Verwicklungen und Peinlichkeiten. Er nahm geradezu herzlichen Abschied von allen. Er versprach, Sonntag zur Neueröffnung des Panoptikums zu kommen. Es sollte einen neuen Namen tragen. Pollitzer hatte vorgeschlagen: »Das Welt-Bioscop«. Der Name gefiel allen Beteiligten. Man ging trinken. Man machte nicht einmal den Versuch, den Baron einzuladen. Mizzi Schinagl begann plötzlich zu weinen. »Warum?« fragte man. »Ach so, vor Freude«, erwiderte sie.

Die Eröffnung des neuen »Großen Welt-Bioscop-Theaters« fand statt unter dem Andrang des spektakelsüchtigen Publikums der Reichshaupt- und Residenzstadt.
Der arme Taittinger hatte gar keine Möglichkeit fernzubleiben. Er ließ das ganze Programm über sich ergehen.
Der Vorhang ging leise kreischend auf, und Taittinger sah maßlos erschrocken die Mizzi auf einem roten Thron. Es war in der Tat unmöglich zu erkennen, ob sie wächsern oder lebendig war. Eine schwere, gelb, silbern und zugleich auch bläulich schimmernde, dreifach geschlungene Kette aus schweren, großen Perlen zierte ihren wächsernen Hals und den wächsernen Ausschnitt der Büste. Wuchtige Diamanten hingen an ihren Ohrläppchen. Zauberlicht kam aus einem Rundbrenner, der sich hinter einem blauen Schleier verbarg, an der Decke. Auf

dem Kopf trug die »Lieblingsfrau des Schahs« einen türkischen Halbmond, gestützt und gehalten von zwei silbernen, schmalen Pfeilen, zwischen denen das Haar in goldener Fülle wucherte. Reglos saß die Mizzi – war sie es wirklich? – auf ihrem roten Thron.
Ja, es war die Mizzi. Sie begann jetzt mit ihrer gewöhnlichen Stimme zu sprechen: »Seine Majestät der Schah von Persien ist sehr gut zu mir, einmal war ich ein armes Kind aus dem Wiener Volke. Ich herrsche über alle Frauen des Harems, und mich hat er am liebsten. Ich gedenke, noch lange Jahre zu herrschen, und ich grüße Wien, die Wienerstadt und das Wiener Volk und den alten Steffl!«
Alle klatschten. Mit hurtigem Gerassel schloß sich der Vorhang. »Diese Vision ist zu Ende!« verkündete Trummer.
Alle Welt drang nun zum Vorhang vor. Die Verwirrung benutzte Taittinger. Er ging. Er floh.

XXXI

Langsam zuerst, vorsichtig und dann immer heftiger begannen die Zeitungen, nach langen Jahren wieder einmal von Persien zu sprechen, dem befreundeten Königreich im nahen Orient und von Seiner Majestät dem Schah, dessen letzter Besuch in Wien dem Volk von Österreich, ja allen Völkern der Monarchie noch in Erinnerung sein mußte. Russische Aspirationen, englische Winkelzüge, französische Intrigen berichteten die Korrespondenten aus Petersburg, London und Paris.
Das »Fremdenblatt« schickte einen Journalisten nach Teheran. Er erzählte von persischen Sitten, persischen Frauen, persischen Gärten, von der persischen Armee, von persischen Bauern. Nach einigen Artikeln glaubte sich ein Wiener ebenso heimisch in Teheran wie in Döbling, Grinzing, in der Leopoldstadt und am Alsergrund.
Nichts steht in den Zeitungen über Persien, was nicht eine besondere Bedeutung hätte, eine besondere politische Bedeutung. Die Politiker, die Diplomaten, die Journalisten wissen es: Der Schah von Persien wird noch einmal nach Wien kommen.
Am Ballhausplatz durchstöbert man die Protokolle. In der Hof- und Kabinettskanzlei Seiner Majestät forscht man nach dem geringsten Vorfall, der sich seinerzeit, beim letzten Besuch des Schahs von Per-

sien, ereignet hatte. Man blätterte auch in den alten Archiven der Wiener Sicherheitspolizei.
In diesen Tagen hatte Lazik den glänzenden, um nicht zu sagen: unbezahlbaren Einfall, das neue »Welt-Bioscop-Theater« im Prater um eine Aktualität zu bereichern. Alle Zeichnungen, Skizzen und Porträts der »Kronen-Zeitung« vom Besuch der persischen Majestät besaß er noch. Zehn Gulden zahlte Mizzi Schinagl für die Idee.
Es war kein Zweifel: Die Reichshaupt- und Residenzstadt bereitete sich auf einen Empfang der persischen Majestät vor. Alle Redaktionen wußten es. Bald wußten es alle Amtsdiener, alle Hoflakaien, alle Kutscher, alle Dienstmänner, alle Wachleute. (Zuletzt erfuhren es, wie gewöhnlich, die fremden Diplomaten.)
Tino Percoli stellte für fünfzig Gulden die »brennende Aktualität« her: den Schah von Persien, den Großwesir und dessen Adjutanten und den Obereunuchen. Die Haremsfrauen waren überflüssig. (Zur Not konnte man sie aus dem bereits fertigen Harem des Sultans in das neu zu errichtende »Persische Zimmer« übernehmen.) In der Hof- und Kabinettskanzlei, im Ministerium des Innern und im Ministerium für Verkehr und Handel, in der Wiener Polizei und in der von Triest, im Triestiner Hafen und in der Direktion der Südbahn: überall war man parat. Winzige Rädchen, unverständige, im unverständlichen Betrieb des vielfältigen Reiches, begannen die kleinen Beamten, mit sinnlosem Eifer zu surren, zu suchen, zu schreiben, zu schwirren, Berichte zu erstatten, Berichte entgegenzunehmen. Man erinnerte sich, daß die Koffer Seiner persischen Majestät einst eine unverzeihliche, fast irreparable Verspätung erlitten hatten. An alles erinnerte man sich. Alles grub man aus: Zeremonielle, Namen, Programm des Hofballs, des Empfangs, die Offiziere des seinerzeit an der Franz-Josephs-Bahn gestellten Ehrenregiments, die Oberstenuniform des persischen Eliteregiments, dessen Inhaber der Kaiser war. Man erinnerte sich auch an den Rittmeister Baron Alois Franz von Taittinger, der seinerzeit, zwecks besonderer Verwendung, von seinem Regiment detachiert gewesen war. Und einer der besonders eifrigen Beamten, Werkzeug des Schicksals und ahnungslos, wie die Werkzeuge des Schicksals sein sollen, folgte gewissenhaft den Spuren, die Taittingers Taten und Untaten hinterlassen hatten, und berichtete getreulich, was er erfahren hatte, der Polizei. Auch hier gab es eifrige Werkzeuge des Schicksals, und sie schickten Berichte an das Kriegsministerium.

Um jene Zeit befand sich der Akt Taittinger in den Händen des Kriegsministerialrats Sackenfeld. Schon war er im Begriff gewesen, die Überprüfungskommission zu bestimmen und das Datum, an dem sich der Rittmeister vor ihr präsentieren sollte, als er den Bericht bekam mit der Überschrift: »Streng geheim, betrifft Taittinger«. Er ging mit dem Akt und dem Bericht zum Oberstleutnant Kalergi in den linken Trakt. Es war beiden Herren klar, daß man jetzt, im Augenblick, an Taittingers Gesuch nicht denken dürfe.
Man mußte es dem Baron sagen. Oberstleutnant Kalergi schnallte den Säbel um und ging.

Er traf Taittinger im Hotel; einen verbitterten, veränderten und, wie es Kalergi schien, sehr schnell gealterten Taittinger. Das runde Tischchen in der Hotelhalle, an dem er saß, war von einem riesigen, viereckigen Plakat überdeckt, das der Baron bekümmert studierte. Er erhob sich schwerfällig. Obwohl Taittinger keinen Stock hatte, schien es Kalergi, als stützte er sich auf einen unsichtbaren Stock. Kalergi setzte sich. Taittinger unterließ die übliche Frage nach Wohlergehen und Gesundheit und Frau.
»Du kennst ja mein ganzes Leben, Kalergi«, begann er sofort. »Du weißt ja die blöde Geschichte mit der Schinagl und dann die Affäre. Und von meinem Sohn hab' ich dir auch erzählt. – Jetzt also, vor zwei Wochen, hab' ich alles geregelt. Ich hab' das Panoptikum bezahlt, du weißt, das neue ›Welt-Bioscop-Theater‹. Ihr Sohn, das heißt: mein Sohn, Xandl heißt er – das wirst du auch wissen, ist wegen Raubmordversuchs, glaub' ich, eingesperrt –.«
»Ah, die Geschichte!« sagte Kalergi. »Die hab' ich gelesen!«
»Ja, also!« fuhr Taittinger fort. »Jetzt hab' ich natürlich, bevor ich wieder in die Armee geh', entschieden Schluß machen wollen mit den alten blöden Geschichten. Und jetzt aber, vor einer Viertelstund' eben, bringt mir der Trummer, es führt zu weit, dir zu erklären, wer er ist – aber er ist ein Freund der Mizzi –, dies Plakat – und morgen wird's in allen Zeitungen stehn, an allen Wänden kleben.« Taittinger schob das Plakat dem Oberstleutnant Kalergi zu, der las:
»Das neue ›Welt-Bioscop-Theater‹ zeigt aus Anlaß der Wiederkehr Seiner Majestät des Schahs von Persien naturgetreu und nachgebildet:
1. Die Ankunft des großen Schahs mit seinen Adjutanten am Franz-Josephs-Bahnhof (Hofzug verkleinert).

2. Den Harem und den Obereunuchen von Teheran.
3. Die Kebsfrau von Wien, ein Kind des Volkes aus Sievering, dem Schah zugeführt von höchsten Persönlichkeiten und seitdem Beherrscherin des Harems in Persien.
4. Restliche Suite des Schahs von Persien.«

Oberstleutnant Kalergi faltete sorgfältig das große Plakat zusammen, sehr langsam, ohne aufzusehn. Er hatte Angst, den verzweifelten Blick Taittingers anzuschauen. Aber er war gekommen, um ihm die Wahrheit zu sagen. Er wollte anfangen. Er glättete noch ein wenig das gefaltete Plakat und überlegte die ersten Worte.

»Ich bin ungeduldig«, sagte Taittinger. »Verstehst du das? Ich hab' mein ganzes Leben leichtsinnig gehandelt, ich seh's jetzt, aber es ist zu spät. Schau her – heut hab' ich mich im Spiegel angeschaut und hab' gesehn, daß ich alt bin. Jetzt grad' vor dem Plakat ist mir eingefallen, daß ich immer blöd gewesen bin. Vielleicht hätt' ich die Helen' heiraten sollen. Jetzt gibt's nix mehr für mich als die Armee. – Was weißt du Neues von meiner Sache?«

»Eben deswegen bin ich gekommen«, sagte der Oberstleutnant.

»Na und?«

»Ja, lieber Freund! Die alte Geschichte, die Affäre, wie du sagst! Ich hab' eben die Sache mit dem Sackenfeld besprochen. Du mußt warten, der Tepp von Teheran kommt uns dazwischen. Die Polizei gräbt die alten Akten aus, und grad' jetzt kommst du wieder vor. Ich kann nur sagen: abwarten!«

»Ich kann also nicht jetzt – – ?«

»Nein«, sagte Kalergi. »Deine blöde Geschichte ist wieder da. Lieber rührt man nicht dran.«

Taittinger sagte nur: »So« und »Danke!« Dann blieb er eine kurze Weile still. Es war schon spät am Abend, man entzündete die Lichter in der Halle. »Ich bin ein Verlorener«, sagte Taittinger. Er schwieg eine Weile und fragte dann schrill, mit einer Stimme, die nicht aus ihm selbst kam: »Also ist nichts mit dem Gesuch?«

»Vorläufig nichts!« erwiderte Kalergi. »Warten wir ab, bis die persische Geschichte aus ist.« – Und, um den Freund wieder in das normale Leben zurückzuführen, fügte Kalergi hinzu: »Gehn wir zum ›Anker‹ essen!« – und sah auf die Uhr.

»Ja, ich muß mich nur waschen!« sagte Taittinger. »Wart einen Augenblick! Ich geh' ins Zimmer.« Er stand auf.

Fünf Minuten später hörte Kalergi einen Schuß. Mit langem Echo tönte er wider auf Treppen und Korridoren.
Man fand den Baron tot neben dem Schreibtisch. Offenbar hatte er versucht, etwas aufzuschreiben. Der Revolver lag noch in seiner Rechten. Der Schädel war zerschmettert. Die Augen quollen hervor. Der Oberstleutnant Kalergi schloß sie mühsam.
Man begrub Taittinger mit den üblichen militärischen Ehren. Ein Zug schoß die Ehrensalve ab. Am Leichenzug nahmen teil: der Direktor des Hotels Prinz Eugen, Mizzi Schinagl, Magdalene Kreutzer und Ignaz Trummer, der Oberstleutnant Kalergi und der Ministerialrat Sackenfeld.
Auf dem Rückweg fragte der Ministerialrat: »Weshalb hat er sich eigentlich umgebracht? Sie waren ja sozusagen dabei?«
»Halt so!« antworte Kalergi. »Ich glaub', er hat sich verirrt im Leben. Derlei gibt's manchmal. Man verirrt sich halt!«
Dies war der einzige Nachruf auf den ehemaligen Rittmeister, den Baron Alois Franz von Taittinger.

XXXII

Diesmal hatte der Kapellmeister Nechwal von der Regimentskapelle der Hoch- und Deutschmeister kaum drei Tage Zeit, die persische Nationalhymne mit seinen Leuten ordentlich einzuüben. So plötzlich war der Befehl gekommen. Man übte also auch außerhalb der Dienststunden.
Der Tag, an dem die persische Majestät anlangte, war ein gütiger blauer Frühlingstag; einer jener Wiener Frühlingstage, von denen das kindliche Gemüt der Bevölkerung annahm, daß lediglich ihre Stadt imstande wäre, dergleichen hervorzubringen. Die vorgeschriebenen drei Ehrenkompanien, eine am Perron aufgestellt, die zwei anderen vor dem Bahnhof Spalier bildend, vor der Menge der Neugierigen, der Jubelwütigen und der Beflissenen, sahen in ihren blauen Uniformen wie ein integraler ärarischer Bestandteil des spezifischen Wiener Frühlings aus. Es war ein Frühlingstag ähnlich jenem weit zurückliegenden, an dem der Schah zum erstenmal nach Wien gekommen war; so ähnlich wie ein später geborener Bruder dem ältern.
Diesmal hatte den Schah nicht die Unruhe des Blutes nach dem Okzi-

dent gebracht, auch nicht die Neugier und kein rätselhaftes Verlangen nach Abwechslung. Seit einigen Monaten nämlich lebte er in einer vollkommenen Seligkeit mit einer neu angekauften vierzehnjährigen Inderin Jalmana Kahinderi, einem Geschöpf aus Sanftheit und Wonne, ein braunes Reh, ein gutes Tier von den fernen Ufern des Ganges. Sie allein hatte der Schah diesmal mitgenommen und ihretwegen allein auch den Obereunuchen. Es war längst ein neuer Großwesir vorhanden (den früheren hatte seine Majestät aus plötzlichem Unwillen in eine mediokre Pension geschickt). Aber der Adjutant war der gleiche geblieben; es war immer noch der leichtlebige Kirilida Pajidzani, Liebling des Schahs geworden im Laufe der Jahre und, verhältnismäßig noch jung, dennoch befördert zum General mit dem Honorartitel eines Kommandanten der gesamten Reiterei.

Der arme Taittinger freilich lag seit zehn Tagen im Grabe, und die Würmer nagten schon an seinem Sarg. Statt seiner war ein anderer Kavallerie-Offizier, diesmal ein Ulane, zur besonderen Verwendung nach Wien versetzt, ein Pole namens Stanislaus Zaborski, der seinen Dienst ernster nahm, sei es auch nur, um den Herrschaften zu beweisen, daß der Ruf der polnischen Unzuverlässigkeit keineswegs berechtigt sei. Der Oberleutnant Zaborski stand auch nicht wie einst der charmante Taittinger im Bahnhofsrestaurant am Büfett, sondern auf dem Perron neben dem Güterwagen. Das Gepäck war diesmal auch ordnungsgemäß angekommen. Er stellte sich ordnungsgemäß Seiner Exzellenz dem Adjutanten des Großwesirs, dem General Kirilida Pajidzani, vor. Pajidzani, an dessen Schläfen und dünnen Koteletten schon mattes Silber schimmerte, entsann sich des lustigen Rittmeisters Taittinger und fragte, ob der noch in Wien geblieben sei. »Exzellenz«, erwiderte der Oberleutnant Zaborski, »der Herr Rittmeister ist vor zehn Tagen plötzlich gestorben!« Pajidzani hatte ein oberflächliches Herz und ein hartes Gemüt, aber auch Angst vor dem Tod, besonders vor einem plötzlichen. Er sagte: »Der Herr Rittmeister war doch noch jung?« – und dachte gleichzeitig daran, daß er selbst noch jung war. – »Es war ein plötzlicher Tod, Exzellenz!« wiederholte Zaborski. »Herzschlag?« insistierte Pajidzani. »Nein, Exzellenz!« – »Also Selbstmord?« – Zaborski antwortete nicht. Pajidzani atmete auf.

Seit einigen Jahren unterhielt Pajidzani mit dem Obereunuchen beinahe brüderliche Beziehungen. Beide hatten sie eifrig daran gearbeitet, den Großwesir unmöglich zu machen. Es gelang ihnen, nun waren sie auf Tod und Leben Verbündete. Pajidzani war zwar nicht Großwesir geworden, aber immerhin General. Der Obereunuch hatte den harmlosen Kirilida Pajidzani gerngewonnen. Es war ein Mann nach seinem Herzen. Ungefährlich, hörig, leichtfertig, hilflos manchmal und für jeden Rat dankbar; gelegentlich ein williges Werkzeug. Ein vorzüglicher Freund!

Zwei Tage schon nach ihrer Ankunft schlenderten beide in europäischem Zivil durch die hellen Frühlingsstraßen. Sie betrachteten die bunten Läden, kauften sinnlose Dinge ein, Spazierstöcke, Operngukker, Stiefel, Westen und Panamahüte, Regenschirme und Hosenträger, Pistolen, Munition, Jagdmesser, Brieftaschen und Lederkoffer. Als sie durch die Kärntner Straße kamen, blieb der Obereunuch gebannt, verblüfft, beinahe erschrocken vor dem Schaufenster des Hoflieferanten Gwendl stehen. Auf einem breiten dunkelblauen Kissen aus Samt leuchteten opalen wie eine Hagelwolke, weiß wie der Schnee auf den Gipfeln der heimatlichen Berge und bläulichrosa zugleich wie ein gewitterschwangerer Himmel drei Reihen schwerer großer Perlen, die dem Eunuchen vertraut waren wie Schwestern. Unvergleichlich war sein Blick für Edelsteine. Rubine, Smaragde, Saphire, Perlen, die er einmal mit der Hand, ja einmal nur mit den Augen betastet hatte, konnte er niemals vergessen. Diese Perlen – er wußte, woher sie kamen. Diese Perlen hat er einmal auf Befehl seines Herrn in ein bestimmtes Haus gebracht. »Du hast mir gestern«, sagte der Obereunuch zum General, ohne den Blick von den Perlen zu lösen, »von dem Dragoneroffizier erzählt, der sich das Leben genommen hat!« – »Ja«, sagte Pajidzani. – »Nun, das ist ganz gut!« sagte der Obereunuch. »Komm mit! Du mußt dolmetschen! Ich will den Händler drin sprechen.«

Sie gingen in den Laden, sie verlangten den Besitzer. Der General nannte Rang und Namen. Der Hofjuwelier Gwendl kam würdig die steile Treppe herunter.

»Wir sind vom Gefolge Seiner Majestät des Schahs«, sagte der Obereunuch. – Und der General übersetzte. »Woher stammen die Perlen in Ihrem Schaufenster?«

Gwendl antwortete, der Wahrheit gemäß, daß er sie zuerst vom Bankhaus Efrussi erhalten, nach Amsterdam verkauft habe. Jetzt waren sie ihm wieder in Kommission zurückgegeben worden. »Was kosten sie?« fragte der Obereunuch – und Pajidzani übersetzte. »Zweihunderttausend Gulden!« sagte Gwendl. »Ich werde sie zurückkaufen«, sagte der

Eunuch. Er zog einen schweren blauen Lederbeutel, löste langsam die dicken Schnüre, die den Beutelhals umschlangen, und schüttete den Inhalt auf den Tisch, lauter goldene Reindln. Es waren fünfzigtausend Gulden. Er verlangte, daß die Perlen morgen für ihn bereitgelegt würden und daß sie sofort, im gleichen Augenblick noch, aus dem Schaufenster verschwänden. Er brauchte die Bestätigung nicht, die Gwendl zu schreiben sich anschickte. Er sah den Zettel eine Sekunde an, zerriß ihn und ließ die weißen Papierschnitzel auf die rötlichen Dukaten niederfallen. »Morgen um diese Zeit bin ich hier!« sagte der Obereunuch – Pajidzani übersetzte es.

»Warum hast du das getan?« fragte der General.

»Ich liebe diese Perlen!« antwortete der Obereunuch.

Pajidzani blieb an der Ecke der Kärntner Straße und des Stephansplatzes stehen. Hier lehnte eine große, hölzerne Plakatwand. Eine bunte, von persischen Fähnchen eingerahmte rote Inschrift auf schwarzem Grunde lautete:

»Der Schah, Seine Majestät, der Herr der gläubigen Perser und Anbeter Mohammeds in Naturähnlichkeit. – Der Harem von Teheran. – Die Geheimnisse des Orients. – Alles im ›Großen Welt-Bioscop-Theater‹ Prater-Hauptallee!«

»Fahren wir!« sagte Pajidzani.

XXXIII

Nach alter Gewohnheit ließ der Schah am Morgen den Obereunuchen rufen.

Die Majestät schlürfte den gewohnten Karluma-Tee. Die Pfeife lehnte am Tisch, lang wie ein Wanderstab; sie schien von selbst zu rauchen.

»Gestern hast du die Welt gesehn!« begann der Schah. »Was meinst du? Ist sie verändert seit dem letztenmal, da wir hier waren?«

»Alles verändert sich, Herr«, antwortete der Eunuch. »Und alles bleibt sich dennoch gleich. Dies ist meine Meinung!«

»Hast du alte Bekannte vom letzten Besuch her wiedergesehen?«

»Nur einen, Herr, eine Frau!«

»Was für eine?«

»Herr, sie war deine Geliebte, eine Nacht. Und ich hatte die unermeßliche Ehre, ihr dein Geschenk zu überbringen.«

»Denkt sie noch an mich? Hat sie von mir gesprochen?«
»Ich weiß es nicht, Herr! Sie hat nicht von dir gesprochen.«
»Was hast du ihr damals geschenkt?«
»Die schönsten Perlen, die ich in den Kisten gefunden habe. Es war ein würdiges Geschenk. Aber…«
»Aber?«
»Sie hat es nicht behalten. Ich habe die Perlen gestern im Schaufenster eines Ladens gesehn. Ich habe sie zurückgekauft.«
»Und wie ist die Frau?«
»Herr, sie ist nicht wert, daß von ihr gesprochen werde.«
»Und damals? War sie damals mehr wert?«
»Damals, mein Herr, war es anders. Eure Majestät waren jünger, auch damals sah ich, wer sie war. Ein armes Mädchen. Nach den Sitten des Westens eine käufliche Ware.«
»Sie hat mir aber damals gefallen!«
»Herr, es war nicht dieselbe; es war nur eine ähnliche!«
»So bin ich also blind?«
»Wir sind alle blind«, sagte der Obereunuch.
Dem Schah ward es unbehaglich. Er schob den Honig, die Butter, die Früchte beiseite. Er dachte nach, das heißt, er gab sich den Anschein, als dächte er nach, aber sein Kopf war leer, ein ausgehöhlter Kürbis.
»So, also, so!« sagte er. Und dann: »Sie hat mir dennoch Freuden gegeben!«
»Wohl, wohl, das ist so!« bestätigte der Eunuch.
»Sag mir noch«, begann der Schah wieder, »sag's mir aufrichtig: glaubst du, ich irre mich, ich irre–– in andern–– wichtigeren Dingen auch?«
»Herr, wenn ich aufrichtig sein muß: es ist gewiß! Du irrst, denn du bist ein Mensch!«
»Wo gibt es Sicherheit?« fragte der Schah.
»Drüben!« sagte der Obereunuch, »drüben, wenn man tot ist.«
»Hast du Angst vor dem Tod?«
»Ich erwarte ihn, lange schon. Ich wundere mich, daß ich noch lebe!«
»Geh!« sagte der Schah, rief aber im nächsten Augenblick: »Bring mir die Perlen zurück!«
Der Eunuch verneigte sich und glitt hinaus, ein behäbiger Schatten.

XXXIV

Eine Woche später verließ der Schah die Reichshaupt- und Residenzstadt. Der Kapellmeister Nechwal dirigierte die Regimentskapelle der Hoch- und Deutschmeister auf dem Perron. Die Ehrenkompanie präsentierte das Gewehr. Der Oberleutnant Zaborski nahm einen herzlichen Abschied vom General Kirilida Pajidzani. Die kleine Jalmana Kahinderi stieg in einen diskret angehängten Waggon, in Begleitung eines alten, behäbigen, immer noch munter scheinenden Herrn. Seine Majestät der Kaiser verabschiedete sich mit geübter Herzlichkeit vom fremden Monarchen. Hinter dem Fenster im Büro des Stationsvorstands zeichnete der Illustrator der »Kronen-Zeitung« die Abschiedsszene, eventuelles Thema für den Maestro Tino Percoli oder einen seiner Nachfolger.

Was das »Welt-Bioscop-Theater« betraf, so durfte es am Tag nach der Abreise der persischen Majestät wiederaufmachen. Mizzi Schinagl saß zuweilen an der Kassa, mit Perlen behängt. Manchmal dachte sie an den Prozeß, der ihrem Xandl bevorstand. Manchmal ging sie ins Untersuchungsgefängnis, um ihm einige stärkende Sachen zu bringen, Käse, Salami und, hinter dem wohlwollenden Rücken des Aufsehers, auch Zigaretten. Niemals kam sie mit der Empfindung zurück, daß Xandl ihr Sohn sei und sie seine Mutter.

Sehr selten, aber dafür auch immer heftiger, dachte sie an den geliebten Taittinger. Dann wurde sie traurig. Da es aber keineswegs in ihrer Natur lag, traurig zu bleiben, zwang sie sich mit fröhlicher Gewaltsamkeit, an die zweitausend Gulden zu denken, die sicher in der Postsparkasse lagen, und an das gute Geschäft, das sie mit dem »Welt-Bioscop-Theater« machte. Sie war gesund, munter, manchmal auch ausgelassen. Sie gehörte zu jenen Frauen, die man ihrer knusprigen Fülle wegen »resch« nennt. Und sie hielt manchmal Ausschau nach einem Mann.

Der alte Tino Percoli, der dem »Welt-Bioscop« immer noch Wachsfiguren lieferte und der die Geschichte der Mizzi Schinagl kannte, pflegte manchmal zu sagen: »Ich könnte vielleicht Puppen herstellen, die Herz, Gewissen, Leidenschaft, Gefühl, Sittlichkeit haben. Aber nach dergleichen fragt in der ganzen Welt niemand. Sie wollen nur Kuriositäten in der Welt; sie wollen Ungeheuer. Ungeheuer wollen sie!«